Greg Moody

TÖDLICHE TOUR

Übersetzung:
Sebastian Moll

Delius Klasing
EDITION MOBY DICK

Gewidmet Becky, Devon und Brynn,
deren Verständnis und Unterstützung
(und die Fähigkeit, leise im Nebenzimmer zu spielen)
dieses Buch erst möglich machten,
sowie John Stenner.

Die Originalausgabe erschien unter dem Titel »Two Wheels«
beim Verlag VeloPress in Boulder/Colorado, USA

Die Deutsche Bibliothek – CIP-Einheitsaufnahme

Moody, Greg:
Tödliche Tour: der Radsport-Krimi/Greg Moody
[Übers.: Sebastian Moll]. – 3. Aufl. –
Kiel: Moby Dick Verlag, 2001
ISBN 3-89595-148-X

3. Auflage
ISBN 3-89595-148-X

Übersetzung: Sebastian Moll
Umschlaggestaltung: Buchholz/Hinsch/Hensinger, Hamburg
unter Verwendung einer Grafik von Matt Brownson
Druck: Westermann Druck Zwickau
Printed in Germany 2001

Vertrieb: Delius Klasing Verlag, Siekerwall 21, D-33602 Bielefeld
Tel.: 0521/559-0, Fax: 0521/559-113
e-mail: info@delius-klasing.de
http: //www.delius-klasing.de

Inhalt

1
König der Landstraße

Es ist schön, König zu sein, dachte er. Jean-Pierre Colgan stand an einem verregneten Januar-Sonntag am Fenster und ließ seinen Blick über ein atemberaubendes Paris schweifen. Paris war trotz des Regens atemberaubend, denn es gehörte ihm.

Alles was die Stadt zu bieten hatte – Frauen, Wein, die besten Tische in den besten Restaurants – konnte er sich einfach nehmen, denn er war mit nur 27 Jahren Weltmeister im Radfahren; er war französischer Meister und er war der erste Franzose seit fast einem Jahrzehnt, der eine echte Chance hatte, die Rundfahrt durch sein Land zu gewinnen; der erste Franzose seit 30 Jahren, der das Peloton, die Presse und die Fans fest im Griff hatte.

In seiner eigenen Vorstellung war er bereits eine Legende.

Wer war schon Fignon? Wer war schon Hinault? Wer war schon Leblanc? Wer waren sie schon, sie, und ihre schwachsinnigen Anhänger?

»Tifosi«, nannte er sie abfällig und lachte dabei.

Jean-Pierre Colgan hatte den italienischen Ausdruck immer gemocht. Er machte aus den schreienden zappelnden Fans am Straßenrand, gefangen in ihrer Heldenverehrung und ihrem Chauvinismus, einen Schwarm von Kakerlaken, die nur darauf warteten von seinem Heldentum zertreten zu werden.

Er war nicht einfach ein König der Landstraße. Er war *der* König der Landstraße und er war sich dessen voll und ganz bewußt. Es war seine Zeit auf der Bühne dieser Welt, seine Zeit im Rampenlicht, und er würde sie voll auskosten. Man machte den Gehweg frei für ihn, Kellner behandelten ihn ehrfürchtig und die Welt lag ihm zu

Füßen – zumindest der Ausschnitt der Welt, in dem Teufelskerle auf zwei Rädern etwas bedeuteten.

Colgan rieb sich die Augen und erwischte sich dabei, wie er an Amerika dachte. Sein Ausflug nach Disney World war ein Desaster gewesen. Dort hatte ihn niemand erkannt. Keiner hatte um sein Autogramm gebeten. Goofy war mit einer Gruppe alter Damen aus Ohio so beschäftigt gewesen, dass er keine Zeit hatte, sich mit ihm fotografieren zu lassen. Und er hatte einen horrenden Eintrittspreis bezahlen müssen. *Mon dieu*! Er hatte schon seit Jahren nirgends mehr Eintritt bezahlt.

Er hatte verdammt noch mal Schlange stehen müssen. Er hatte am Space Mountain angestanden und sich dann nach der Hälfte der Fahrt übergeben. Das war nicht gerade der Stil eines Champions. Wäre er besser behandelt worden, dachte er, hätte er sein Mittagessen nicht an einen Mars aus Pappmaschee geklatscht.

Er hätte ins Euro-Disney fahren sollen.

Nein. Er würde keinen ihrer blöden Parks mehr besuchen. Soll Euro-Disney doch Pleite gehen. Er grinste. Seine amerikanischen Mannschaftskollegen begannen auf ihn abzufärben.

Sie waren miserable Fahrer, fand Colgan, aber sie kannten sich mit Geschäften aus und hatten keine Angst davor, den Bossen die Stirn zu bieten. Sie hatten die gesamte Branche aus dem Würgegriff der Team-Besitzer befreit. Seither wurde ein Champion auch wie ein Champion bezahlt – und konnte mit den richtigen Sponsorenverträgen sogar auf eine hübsche Rente hoffen.

Aber als Fahrer … pffft. LeMond ja, vielleicht Armstrong. Und eine Hand voll anderer. Hampsten. Aber so viele, die kaum mit dem Feld mithalten konnten.

Und die Fans erst. Einmal war Colgan in den USA gefahren, als er zwanzig war, irgendwo in Colorado. Das Rennen wurde von einer Brauerei gesponsort, eigentlich kein schlechter Wettkampf. Mangels ernsthafter Gegner war es für Colgan mehr ein Herbst-Training gewesen, aber es hatte niemand zugeschaut. Colgan hatte das Gefühl, dass selbst die »großen Massen« kleiner waren als die in Frankreich.

Die Amerikaner begriffen es einfach nicht. Und sie würden es nie begreifen. Sie würden nie begreifen, welche Gefahr es bedeutete, welche Kraft man brauchte, welchen Stil und vor allem welches Verlangen, ein Champion zu sein. Nicht einmal ihre eigenen Champions begriffen das. Amerikanische Champions waren gepolsterte Fleischklöße. Wie viel Finesse braucht man schon dazu, sich auf einem mit Linien markierten Rasen ineinander zu verkeilen?

Amerikaner.

Colgan sah nach unten und erblickte seine Nachbarin Yvette auf ihrem Balkon. Sie schaute nach oben und ihre Blicke trafen sich. Ihrer schien zu fragen, warum er letzte Nacht verschwunden war; es hatte sich doch alles gut angelassen.

Er zuckte mit den Schultern. *C'est la vie*. Ich schlafe gerne in meinem eigenen Bett, *Chéri*.

Colgan drehte sich um und lief barfuß durch seine Küche, die größte Küche, die er je in einer Pariser Wohnung gesehen hatte. Aber, sagte er sich, der Wand, dem Sofa, niemand bestimmtem, dies ist ja auch nicht die Wohnung von irgendwem.

»Es ist schön, König zu sein.«

Er liebte große Küchen. Er liebte Lebensmittel. Jean-Pierre schnitt zwei Scheiben von einem frischen Laib Weißbrot ab und schob sie in seine neueste Errungenschaft: einen amerikanischen Toaster. Ausgesprochen hübsch. Voll verchromt und sehr Hightech. Jegliche Technologie, die je zum Toasten von Brot erfunden worden war, steckte darin. Und das war für ihn gerade gut genug.

Er schenkte sich noch eine Tasse Kaffee ein. Und noch ein Glas Saft. Dann setzte er sich mit der neuesten Ausgabe von *L'Equipe* an den Küchentisch. Das Blatt wird vielleicht doch überschätzt, dachte er, als er die Sporttageszeitung überflog. Sein Name tauchte erstmals auf Seite drei auf. Irgendetwas lief hier falsch. Er würde mit Martin über sein Marketing sprechen müssen.

Marketing. Noch so eine amerikanische Erfindung. Sie müssten nur noch fahren können.

Das Gefühl, dass irgendetwas in der Wohnung, außerhalb seiner unmittelbaren Wahrnehmung, nicht stimmte, traf ihn nicht direkt. Es beschlich ihn so, wie eine leise tickende Uhr einen Traum stört. Nichts Plötzliches. Irgendetwas stimmte einfach nicht ganz.

Er lehnte sich zurück und schaute sich im Raum um. Irgendetwas.

Nur wo? Wo? … Der Toaster, da, der Toaster. Eine dünne weiße Rauchschwade stieg aus dem Gerät. Colgan ließ seine Zeitung fallen und eilte hinüber zur Arbeitsplatte.

Er schaute in den Toaster und rüttelte dann am Griff. Das Brot sprang heraus. Immer noch weiß. Immer noch kalt. Mittlerweile müsste es doch braun und heiß sein.

Colgan drückte den Griff wieder runter, aber der rastete nicht ein. Er drückte fester. Dann schlug er ihn hinunter. Das Ding wollte nicht funktionieren.

»Du gehörst in die Seine«, murmelte er.

Colgan zog das Brot heraus und lugte in seinen neuen hochglanzpolierten, vollverchromten, amerikanischen Hightech-Toaster. Für ihn musste das Ding doch funktionieren. Maschinen funktionierten immer für ihn, als zwänge die schiere Macht seiner Persönlichkeit sie dazu. Aber diese hier verweigerte sich.

Indem er das Gerät zur Seite drehte, konnte Colgan einen tieferen Blick in das Innere werfen. Die Sonne brachte die Drähte und die Auskleidung zum Vorschein – alles schien in bester Ordnung.

Aber da – da war irgendwas – unten am Boden des Toasters.

Colgan griff nach einem Messer und stocherte darin herum. Er schmierte die, nun ja … es schien Knetmasse zu sein, über den ganzen Boden des Toasters. Er kratzte daran, er piekste hinein, er scharrte daran herum.

Kein Zweifel. Dieses Ding würde in den Laden zurückwandern mit einem verärgerten Champion im Schlepptau, der sich sehr laut darüber wundern würde, wie die Verkäufer dazu kämen, Kinder Knetmasse in einen brandneuen, amerikanischen Hightech-Toaster fallen zu lassen.

Colgan schob ein Stückchen der Knetmasse an die Seite und schaltete den Toaster ein. Die Drähte fingen langsam an zu glühen. Wenn er jetzt die Knete noch herausbekäme, würde das Ding vielleicht endlich funktionieren.

Jetzt war der Toaster am Netz, die Knete beiseite und sein Holzgriffmesser bis zum Schaft in der Maschine vergraben, und Jean-Pierre Colgan, der Favorit der diesjährigen Tour de France hatte weder die Zeit noch das Interesse, ein leichtes Glühen zu bemerken, das von einem kleinen Draht ausging, der von den Heizspiralen zu der Knetmasse am Boden des Toasters führte.

Er bemerkte das Glühen nicht. Er bemerkte das Zischen nicht. Er bemerkte den Funken nicht.

Was er bemerkte, war, dass urplötzlich und ohne Vorwarnung das Universum in eine irrsinnige Farbenpracht zerbarst, sich vor ihm öffnete und ihn wie eine Geliebte, die ihn willkommen hieß, aus der Schwerkraft der Realität löste und durch eine Tür dem Nirvana entgegenschleuderte, die, wie er in seinem letzten bewussten Augenblick fand, für ein derart bedeutendes Ereignis viel zu schmal war.

Will Ross hatte keine Ahnung, wie lange sein Telefon schon klingelte, so viel er mitbekommen hatte, konnten es gut zehn Minuten gewesen sein. Er hatte nach dem Hörer greifen wollen, aber er konnte seine Hand nicht finden. Er wusste, dass er sie mit ins Bett genommen hatte. Aber jetzt konnte er sie gerade nicht finden.

Nur deutsches Bier – echtes deutsches Bier – hatte diese Wirkung auf ihn. Schon immer. Deshalb liebte er Europa. Hier hatte man eine ganz andere Einstellung dazu, sich die Lichter auszuschießen, als in Amerika. Und jetzt, da er nicht mehr im Training stand, sprach nichts mehr dagegen, sich ab und an in der kleinen Kneipe, nur ein paar Häuser von seiner Wohnung in Avelgem entfernt, die Lichter auszuschießen.

Das Telefon klingelte immer noch.

Vielleicht sind es ja meine Eltern, dachte Ross. Sie hatten nie den Zeitunterschied begriffen und außerdem gingen sie ihm jetzt, da er keine Radrennen mehr fuhr, ständig damit auf die Nerven, er solle zurück in die Vereinigten Staaten kommen und einen richtigen Beruf ergreifen und überhaupt, Rad fahren sei ja ohnehin etwas für kleine Jungs und dabei verdiene man ja kein richtiges Geld und, und, und …

Das Telefon klingelte immer noch.

Ross war wieder eingeschlafen. Aber er hatte seine Hand wiedergefunden. Genau da, wo er sie gelassen hatte.

»Was? Was?«

»Dir auch guten Tag, Will. Wo zum Teufel hast du gesteckt? Ich versuche dich seit sechs Stunden zu erreichen.«

»Ich war indisponiert, Leonard. Ich habe nicht nur geschlafen, sondern mich auch mit den vielfältigen Engagements und Sponsoren-Angeboten beschäftigt, die du mir in den vergangenen sechs Monaten verschafft hast.«

»Tut mir Leid, Kumpel, aber irgendwie sind die großen Brauereien momentan nicht scharf auf einen abgetakelten Rennfahrer, der seit sechs Jahren nichts mehr gewonnen hat und bei der Tour de France ... wie oft? viermal? ... die Karenzzeit überschritten hat.«

»Fünfmal.«

»Fünfmal. Danke. Jedenfalls bekomme ich momentan den Werbechef von Budweiser nicht dazu, mit einem Vertrag für das Clydesdale-Rennen bei mir vorbeizukommen.«

»Tausend Dank, Leonard. Was ist denn mit der belgischen Seife – läuft da was?«

»Tut mir Leid, die haben sich für David Hasselhoff entschieden. Aber ich habe etwas für dich.«

Ross rieb sich das Gesicht, um die Falten glattzubügeln, die der Alkohol hineingezeichnet hatte.

»Was denn? Mittlerweile bin ich so weit, dass ich alles annehmen würde.«

»Wie wär's mit ein bisschen Rad fahren?«

»Wie bitte?«

»Rad fahren, Will. Ich habe dich in einem Team untergebracht.«

Bisher hatte er auf dem Bett herumgelümmelt. Jetzt schoss er auf und saß bolzengerade auf der Kante.

»Bist du wahnsinnig, Leonard? Ich kann nicht fahren. Ich bin am Ende. Fertig. Außer Form. Ich bin seit sechs Monaten nicht ernsthaft Rad gefahren und so richtig gut war ich auch nicht, als ich trainiert habe. Was zum Teufel hast du dir dabei gedacht?«

Will hielt für einen Augenblick inne, holte tief Luft und wog den Hass, den er in der letzten Saison auf die Straße entwickelt hatte, gegen das wachsende Minus auf seinem Bankkonto ab. So ungern er es sich eingestehen wollte, das Bankkonto siegte, auch wenn es bedeuten würde, das Leben in Belgien, das er liebgewonnen hatte, aufzugeben, um in den Vereinigten Staaten für eine Firmenmannschaft zu fahren.

»Okay. Wann und wo? Wann muss ich in den Staaten sein und für welches Team fahre ich?«

»Es ist keine amerikanische Mannschaft. Es ist eine europäische Mannschaft.«

»Waaaas? Motorola? Warum sollte sich Motorola für mich interessieren? Och hasst mich doch immer noch, weil ich letztes Jahr auf den Mannschaftswagen gekotzt habe.«

»Nein. Es ist nicht Motorola. Pass auf. Es hat einen Knick in der Schwerkraft gegeben. Das Raum-Zeit-Kontinuum ist abgerissen, mein kleiner untrainierter Kamerad. Dein lieber Freund Jean-Pierre Colgan ist jetzt dein lieber verstorbener Freund Jean-Pierre Colgan. Du, mein Bester, bist zum Dienst in der Sportgruppe Haven auserkoren worden und ich – ein echter Profi, wie ich bemerken möchte – habe die Trauer über Colgans vorzeitiges Ableben unterdrückt, um dir einen ziemlich guten Deal zu verschaffen. Mit 15 Prozent Kommission, wenn ich mich recht erinnere.«

»Zwölfeinhalb.«

»Wie auch immer. Du bist im Geschäft, Junge. Du bist versorgt. Du hast eine Saison Verlängerung.«

»Bist du verrückt? Leonard, ich konnte noch nie fahren, auch nicht, als ich gut war, ich habe nicht die Beine für die langen Strecken. Wie kommst nur darauf, dass ich ausgerechnet jetzt fahren kann? Bist du … ach, Scheiße.«

»Keine Panik, mein Freund. Ich glaube an dich, weil tief in dir, Willie, Stil, Kraft und das Herz eines Löwen stecken. Außerdem hast du einen rechtsgültigen Vertrag, weil ich von dir eine Vollmacht habe. Du musst übermorgen in Paris sein.«

Will schloss die Augen und versuchte, das alles abzuschütteln. Natürlich, das war alles nur ein langer, böser Traum und nur auf die übermäßige Einnahme fermentierter Hopfengetränke zurückzuführen. Aber es gab noch ein Frage, die beantwortet werden musste. Will brachte sie langsam, sehr langsam über die Lippen.

»Ich schicke dir die Details per Fax – hol sie dir morgen früh in dem Büro in deiner Straße ab. Sonst noch was? Sonst leg' ich auf – das Gespräch geht auf meine Rechnung.«

»Warte, Leonard. Colgan. Was ist passiert?«

»So viel ich von Haven gehört und in den Agenturmeldungen gelesen habe, geht man davon aus, dass eine Gasleitung in seiner Wohnung hochgegangen ist – hat die ganze Ecke aus seinem Haus rausgerissen, auch einen Teil der Nachbarwohnungen. Ziemlich übel.«

»Ging es wenigstens schnell? War es für ihn schnell vorbei?«

»Glaub' schon. Sie haben ihn in einem Wandschrank gefunden.«

»Was?«

»Die Wucht der Explosion. Sie haben das, was von ihm übrig geblieben ist, in einem Schrank gefunden. Hat ihn quer durchs Zimmer geschleudert. Übel. Ich muss gehen. Details später. Ruf mich an, wenn das Fax da ist.«

»Leonard. Len. Bist du dir ganz sicher?«

»Meinst du seinetwegen oder deinetwegen?«

»Beides.«

»Bei ihm bin ich mir ganz sicher. Das größte Arschloch im Feld ist tot. So tot wie eine Makrele auf dem Sonntagsgeschirr meiner Mutter. Bei dir, Willie – ja, ich bin mir sicher. Du hast einen Vertrag. Du hast einen Job. Setz deinen Arsch in Bewegung und verdiene meine 15 Prozent.«

»Zwölfeinhalb.«

»Wie auch immer. Du hast heute noch eine Trainingsfahrt vor dir. Los geht's.«

William Edward Ross hängte den Hörer ein und schaute auf die Uhr. 16 Uhr. Es war noch genügend Zeit für ein kurzes Training, wenn er jetzt losfahren würde; vielleicht schnelle 65 Kilometer, wenn er nicht außerhalb von Roubaix zusammenbräche und am Straßenrand verendete. Er schaute raus. Es war nass. Nein. Feuchter Schnee. Es sah kalt aus. Und ungemütlich.

Er rannte ins Bad und verbrachte die nächsten fünfundvierzig Minuten damit, alles auszukotzen, was er seit seinem zehnten Lebensjahr gegessen hatte.

Jean-Pierre Colgan war nie religös gewesen, aber das versuchte er jetzt gutzumachen.

»Himmlischer Vater, vergib mir alle meine Ausschweifungen und Sünden der Eitelkeit und des regelmäßigen Geschlechtsverkehrs und dass ich mein Mobiltelefon in jener Kurve in die Speichen Calabresis gesteckt habe, als gerade die Motorräder nicht in Sicht waren…«

Dieser Tunnel war gar nicht übel – er war warm und angenehm und schien so etwas Ähnliches wie Wände zu haben, obwohl man nichts berühren konnte. Die erste unangenehme Passage durch diese enge Tür zur Unendlichkeit hatte hierhin geführt und es war nicht schlecht. Der Tunnel ging so etwas wie einem hellen Licht entgegen und als er dem Licht näher kam, begann Colgan eine Figur auszumachen, die zunächst nur eine Form war, jetzt jedoch Konturen gewann: groß, schmal – und mit den muskulösesten Beinen, die er je gesehen hatte.

Jean-Pierre Colgan war zu Hause und Fausto Coppi war da, um ihn zu begrüßen.

»Friede sei mit dir, mein Bruder.«

»Monsieur Coppi…«

»Fausto…«

»Es ist mir eine große, ja eine grandiose Ehre…sind Sie nicht tot?«

»Doch, mein Freund, genau wie du. Ich bin hier, um dir den Weg zu zeigen. Und um dir dafür zu danken, dass du im Peloton mein Andenken gewahrt hast. Du hast mir Ruhm gebracht, indem du selbst Ruhm erworben hast.«

Es dauerte einen Augenblick, bis Colgan das alles verarbeitet hatte. Jean-Pierre Colgan hatte die Linie überschritten. Er war auf die andere Seite getreten. Wie dieser grauenhafte amerikanische Fahrer mit den scheußlichen Socken am Ende des Feldes immer sagte: »Du hast eingeschlagen, Babe.«

Er holte tief Luft – seltsam, er spürte nicht viel mehr als Ruhe und Zufriedenheit – und widmete seine Aufmerksamkeit wieder seinem stattlichen Gegenüber.

»Sie waren mein Idol«, sagte Jean-Pierre Colgan leise.

»Ich weiß, mein Freund. Deine anderen Idole sind auch hier. Sie freuen sich darauf, dich kennen zu lernen.«

»Bartali? Garin? Anquetil?«

»Nun, Bartali lebt noch, erstaunlicherweise, bei seinem Lebenswandel, aber Anquetil ist hier, ja.«

»Wann kann ich ihn sehen?

»Bald, aber ... sei geduldig. Gib ihm Zeit.«

»Zeit ... warum ist er nicht hier, um mich in der Ruhmeshalle der Champions zu begrüßen?«

»Nun, Jean-Pierre«, Coppi hielt inne. »Um ehrlich zu sein, er hält dich für ein Weichei.«

In einem kleinen Haus in Avelgem, nahe der Grenze zwischen Belgien und Frankreich, unweit von Roubaix, zog William Edward Ross an einem nassen verschneiten Sonntag die rotgestreiften Socken an, für die er bekannt war, und bereitete sich auf eine zweistündige Fahrt durch die Hölle vor.

2
Willkommen in Sinnlos

Du bist zu spät. Vierundzwanzig Stunden zu spät.« Will Ross schaute von seinem Gepäck auf, das sich nun wie ein endloses Meer untereinander unverwandter Taschen um ihn herum ausbreitete. Hatte er das alles tatsächlich in den vergangenen eineinhalb Tagen kreuz und quer durch Frankreich geschleppt? Sein Rücken tat weh, seine Schultern waren wund gerieben, seine Stimmung war finster.

»Ja, ich bin zu spät. Ich habe einen Tag lang ganz Paris nach dir abgeklappert und nach einer Transportmöglichkeit gesucht.«

»Wir waren hier und haben auf dein Erscheinen gewartet, o großer Champion. Und jetzt bist du gekommen und siehst so aus, als wärst du bereit Rad zu fahren.«

»Du hast meinem Agenten die falsche Adresse gegeben, Carl. Und du hast ihm gesagt, dass mich jemand abholen würde.«

»Er hat sie sich nur falsch aufgeschrieben, Champ.«

»Leonard kennt Paris überhaupt nicht. Er kennt Senlis nicht. Er hätte nachgefragt, schon allein weil seine Provision davon abhängt. Irgendjemand – und ich gehe davon aus, dass du mit ihm gesprochen hast – hat ihm falsche Informationen gegeben. Und übrigens, hör bitte auf, mich ›Champ‹ zu nennen.«

»Mach dir deshalb keine Sorgen – es ist unwahrscheinlich, dass du hier jemals wieder so genannt wirst, oder? Pass auf, für die nächsten vier Stunden ist ein Mannschaftstraining angesagt, der Start ist jetzt. Du hast 15 Minuten, um dich fertig zu machen. Hinten steht ein Rad für dich bereit mit einem Mannschaftstrikot. Zieh dich um und mach dich auf den Weg. Du bist jetzt in einer Profi-Mannschaft, Ross, und dazu in einer, die bis letzte Woche ernsthaft vorhatte, die Tour de France zu gewinnen. Das Projekt hatte mir gefallen und ich möchte auch mit Müll wie dir in der Mannschaft daran festhalten. Kapiert?«

Ross schaute tief in Deeds' harte, rotgeränderte Augen.

»Kapiert, buana Carl.«

»Fick dich ins Knie, Ross. Wir haben keine Kleiderhaken mehr übrig. Stapel dein Zeug hier drüben – du lebst dieses Jahr aus deiner Sporttasche. Willkommen an Bord. Los geht's.«

Carl Deeds, Sportlicher Leiter und Team-Manager bei Haven-Pharma, drehte sich auf dem Absatz um und stampfte davon. An der Ecke vor dem Ausgang aus der Umkleidekabine schlug er seine Faust in einen Spiegel, der sofort zerbarst. Seine Hand war blutig. Pech. Hat der eine Wut im Bauch, dachte Ross.

Trotzdem konnte Will Deeds nicht wirklich böse sein. Schließlich hatte Deeds Jahr um Jahr mit mittelmäßigen Teams und mittelmäßigen Fahrern verbracht und jetzt, kurz vor seinem Durchbruch, dem Gewinn der Tour de France durch Jean-Pierre Colgan, waren alle seine Träume zerplatzt. Richard Bourgoin, sein neuer Mannschaftskapitän, war sicherlich ein Talent, aber der Champion, der Mann, der all seine Träume hätte verwirklichen können, war ersetzt worden; nicht durch einen anderen Champion sondern durch einen alternden mittelmäßigen Fahrer, der nicht einmal in der Blüte seines Könnens das Zeug zu einem Champion gehabt hatte.

Warum zum Teufel war er hier?

Es war nicht der richtige Zeitpunkt, um sich mit dieser Frage aufzuhalten. Darüber konnte er noch auf dem Fahrrad nachdenken. Er warf seine Klamotten neben einen zusammengerollten, schimmeligen alten Teppich, zog sich rasch um und streifte seine Socken über. Rotgestreift. Die Socken waren ein hässliches Markenzeichen, aber sie stets zu tragen war seine Art des Aberglaubens, den alle Fahrer in irgendeiner Form pflegten. Er hatte sie schon immer getragen. Um das Glück zu erzwingen, das sich in Europa nie eingestellt hatte. Er blickte auf sein Leben, das auf einem Haufen in der Ecke lag.

»Vielleicht wird es Zeit, sich neue Socken zu suchen.«

Zehn Minuten später trat Will aus der Hintertür der Umkleidekabine auf den großen Hof vor dem verfallenen Velodrom außerhalb von Senlis, einer kleinen Stadt 50 Kilometer nördlich von Paris. Er war allein. Der kalte Wind schlug ihm gegen die nur mit einem T-Shirt bedeckte Brust und er zog sich rasch das Wintertrikot über. Haven: schwarz, rot und gelb. Wenigstens passte es zu seinen Socken. Er streifte sich eine Windjacke über und schlüpfte in seine Handschuhe. Das wird nicht reichen, dachte er. Er war in die Hölle zurückgekehrt. Deeds war einer jener Sportlichen Leiter, die die Ansicht vertraten, Kälte mache hart. Will war einer jener Fahrer, die die Meinung vertraten, Wärme mache froh. An einem Tag wie diesem sollte er bei Hilda sitzen, um die Ecke von seiner Wohnung in Avelgem, und lauthals irgendein Sportereignis kommentieren, das zufällig gerade über den kleinen schwarz-weißen Bildschirm in der Ecke flimmerte.

Er schwang sein Bein über das Rad und merkte sofort, dass es ihm nicht passte. Ein unpassendes Rad würde in vier Stunden seine Weichteile zu Brei zerreiben. Es fehlte nicht viel, aber er musste unbedingt den Sattel verstellen, wenn er in den nächsten Tagen noch vorhatte, Fahrrad zu fahren.

Er rollte aus dem Hofgelände heraus auf die Gasse, die zur Landstraße führte. Vielleicht konnte er dort einen Inbus-Schlüssel bekommen, die Mannschaft würde unten an der Straße auf ihn warten. Seine 15 Minuten waren fast vorbei.

Er bog aus der Gasse auf die Straße, die am Velodrom entlangführte. Die Straße war leer.

Eine schlanke Brünette in einer leichten Patagonia-Daunenjacke stand an einem Laternenpfahl und schaute auf, als er auf sie zurollte und vor ihr anhielt.

»Ich hatte dich schon fast aufgegeben.«

»Hey, ich bin auf die Minute pünktlich.«

»Nun, ich enttäusche dich ungern, aber die Mannschaft ist vor einer Viertelstunde hier losgefahren. Deeds hat gesagt, du kannst sie einholen.«

»Ja, klar. Sag mir nur, wo hier der Bus abfährt, uh ... Frau ... ?«

»Crane. Cheryl Crane. Ich bin die Masseurin der Mannschaft. Und ...«

»Ein weiblicher Masseur – das ist etwas ...«

»Ungewöhnlich, ich weiß. Und ich würde es vorziehen, keine ...«

»... der üblichen Witze zu hören ...«

»Genau. Solltest du dich nicht auf den Weg machen? Du bist schon ... 17 Minuten hinterher.«

»Das bin ich gewohnt. Vor allem, wenn ich Anweisungen habe, 15 Minuten hinter den anderen zu starten. Ich brauch' 'nen Inbus.«

»Seh' ich aus wie ein Werkzeugladen?«

»Nein. Eher wie ein Heimwerkermarkt.«

»Charmant. Und: nein, ich habe keinen Inbus. Die Mechaniker fahren hinter der Mannschaft her. Wenn du jetzt losfährst, holst du sie noch ein – kurz bevor sie wieder hier sind.«

»Dein Glaube an mich ... Cheryl? ... wärmt mir das Herz. Aber ernsthaft. Wo ist hier die Werkstatt oder der Verhau, wo die Mechaniker ihre Werkzeuge aufbewahren?«

»Gleich hier drinnen – was brauchst du?«

»Ich muss meine Sitzposition einstellen ...«

»Okay.« Sie drehte sich um und ging in das Gebäude. Will rief ihr hinterher.

»Einen Inbus für die Sattelstütze – oder einen ganzen Satz, wenn es einen gibt ...«

Cheryl steckte ihren Kopf aus der Tür. Wut leuchtete aus ihrem Gesicht.

»Hör zu, du Krücke. Du hast hier nicht viele Freunde, also verscheiß' es dir nicht gleich von Anfang an mit mir. Ich weiß, was du brauchst. Ich hab' mein ganzes Leben mit Fahrrädern zu tun gehabt und bin bis letztes Jahr selbst Rennen gefahren. Ich kenne die Routine und ich kenne die Maschine. Ich weiß, welchen Schlüssel du brauchst – diesen hier zum Beispiel.«

Der schmale Metallstab glänzte in ihrer Hand. Will hob die Arme, um sein Gesicht zu schützen. Der Schlüssel traf ihn an der Schulter. Er hob ihn vom Rand des Gulliss auf, lockerte die Schraube, passte seine Sattelhöhe an und zog die Schraube wieder fest. Es fühlte sich fast richtig an. Nicht perfekt, aber gut genug, um ein neues Paar Hosen nicht durchzuscheuern und eine ganz neue Kultur von Entzündungen am Hintern zu züchten.

Er stieg vom Rad ab, überprüfte, ob der Sattel gerade stand, zog ihn noch einmal fest und warf Cheryl den Schlüssel wieder zu. Sie fing ihn mit einer Hand, ohne sich vom Fleck zu bewegen. Eindrucksvoll, dachte Will.

»Hast du noch einen Ersatzschlauch und ’ne Rahmenpumpe da drin?«, fragte Will. »Den Anschluss an die Materialwagen habe ich mittlerweile wohl verloren.«

»Seit genau 22 Minuten. Es wird spannend, zu sehen wann du ankommst. Sekunde, lass mich schauen, was hier so rumliegt.«

Sie verschwand wieder in dem Verhau und tauchte nur Momente später mit einem Schlauch, einer Pumpe, Klebeband und einem Stück Papier wieder auf.

Will klebte die Pumpe an sein Oberrohr, schlang sich den Schlauch über Kreuz um die Schultern und nahm das Blatt, das Cheryl ihm hinhielt. Es war ein Streckenplan. Ein langer Streckenplan. Ein verdammt langer Streckenplan.

»Pass auf«, sagte Cheryl, mit sanfter Stimme, »was Deeds heute mit dir gemacht hat, war fies. Auf der Karte steht eine Telefonnummer. Ich bin die meiste Zeit zu erreichen. Ruf mich an, wenn du Schwierigkeiten hast, ich schicke dir jemanden. Entweder komme ich selbst oder Tomas kommt raus.«

»Tomas – welcher Tomas?«

»Delgado. Er hat’s mir schon erzählt. Alte Kameraden, stimmt’s?«

Das war wenigstens etwas. Jetzt hatte er zumindest einen in der Mannschaft, mit dem er reden konnte. Während seiner gesamten Karriere war, wenn nicht er Delgado, Delgado ihm zu jedem Team im Profi-Zirkus gefolgt. Bei mindestens vier Mannschaften waren sie zusammen gewesen. Es hatte sich einfach so ergeben, das Geschäft hatte ihre Geschicke gelenkt, aber es hatte beiden das Leben erleichtert. Sie hatten eine Bindung aneinander aufgebaut, der weder Zeit und Entfernung noch das Ende einer mediokren Laufbahn etwas hatten anhaben können.

Hoffte Will jedenfalls.

»Wir sehen uns …«

Sie lächelte. »Wenn du zurückkommst, wirst du kaum die Kraft haben, noch irgendwas zu sehen.«

Sie hatte Recht.

Will schwang sein Bein über das weiße Colnago und stieß sich vom Randstein ab. Er kannte einen Großteil der 175-Kilometer-Runde aus seiner Amateurzeit vor…wie viel waren es, 12 Jahren? Er stopfte die Karte in eine Tasche seiner Jacke und fiel in einen schweren langsamen Tritt, um auf Fahrtgeschwindigkeit zu kommen. Ohne Gruppe und ohne Hinterrad, das ihn vor dem Wind schützen könnte, würde es ein langer Tag werden.

Er schaute über die Schulter und beobachtete Cheryl, wie sie in der Entfernung verschwand. Ein weiblicher Physiotherapeut mit einem frechen Mundwerk. Das würde zumindest das Leben interessant machen. Außerdem war sie hübsch anzuschauen. Dann dachte er an Deeds, die Mechaniker und die Mannschaft, die 20 bis 30 Minuten vor ihm mit knapp 40 Sachen über die Landstraße fegten.

Er trat ein wenig kräftiger in die Pedale.

Cheryl sah Will hinter der ersten Biegung verschwinden.

»Was für eine Posse … was zum Teufel haben sie sich dabei nur gedacht?«

Zu jedem Sport gehört eine Liebe, die an Besessenheit grenzt. Hingabe bis zum Fanatismus. Eine Konzentration, die alle Sinne in Anspruch nimmt. Ein Feuer, das tief und heiß und lange brennt. Du weißt um dein Talent, um deine Fähigkeiten, um den Preis, der 200 Meter weiter hinter der Linie auf dich wartet und du überwindest den Schmerz, die Hitze, den Mangel an Leidenschaft, die Langeweile und die Sinnlosigkeit und du überwindest Zeit und Raum und setzt dich vor die Meute – genau zu dem Zeitpunkt, zu dem du vor der Meute sein musst.

Faszinierend, diese Männer, die in ihre Maschinen verliebt sind und für sie so viel Schmerz erdulden. Männer, die Fahrräder lieben.

»Inspektor«.

Inspektor Luc Godot von der Pariser Polizei zog den Kragen seines zerlumpten und verwitterten Trenchcoats dicht um seinen Hals.

In der Wohnung wehte eine bitterkalte Brise, zumal sie keine nennenswerten Wände mehr hatte.

»Passen Sie auf, wo Sie hintreten, Inspektor. Teile des Bodens sind brüchig oder fehlen ganz. Außerdem ist dies ein noch nicht gesicherter Tatort.«

Godot schaute den jungen Spurensicherungsfachmann durch seine schweren, rot umrandeten Augen an. Jedes Jahr, dachte er. Sie werden jedes Jahr schlechter. Und jünger. Dieses Kind kann höchstens zehn sein und er ist der älteste von den Dreien. Wo war Claude? Claude sollte der Mann für einen Fall dieser Größenordnung sein und nicht irgendein blasierter, altkluger Junger Pionier.

Godot schlurfte durch die Trümmer, die einst die Wohnung von Jean-Pierre Colgan gewesen waren. Drei Techniker waren an einer Außenwand damit beschäftigt, sorgfältig eine Gasleitung zu untersuchen, die aus ihrer Verankerung gerissen und zu einem Knoten verdreht worden war. Rundherum waren Schmauchspuren an der Wand.

Godot zündete sich eine Zigarre an. Kubanisch. Sie half ihm beim Denken.

Der Techniker, der ihm schon beim Reinkommen einen Vortrag gehalten hatte, sprang auf und schrie Godot erregt an: »Hier wird nicht geraucht, Inspektor! Hier hat eine Gasexplosion stattgefunden und außerdem ist dies ein Tatort. Sie bringen uns alle in Gefahr und sie verfälschen die Beweise!«

Godot starrte einfach nur ins Leere. Er holte tief Luft und stieß einen schweren Seufzer aus. Wie lange noch bis zur Pensionierung? Er ignorierte das schmächtige Wiesel mit seinem weißen Labormantel und wandte sich der anderen Seite der Wohnung zu, wo vermutlich die Küche gewesen war. Durch die Rauchschwaden seiner Zigarre genoss er den wunderbaren Blick über Paris, ein Blick, der bis vor wenigen Tagen von roten Ziegelsteinen verstellt gewesen war. Ich liebe Paris im Frühling, dachte er. Schade, dass es noch Winter ist.

Die Techniker schnatterten auf der anderen Seite des Raumes die Gasleitung an. Godot hatte ihren ersten Bericht über die Explosion und den Tod von Jean-Pierre Colgan schon gelesen. Er war nicht schlüssig. Ihm jedenfalls nicht. Er überprüfte sanft den Boden, der wie eine harte Matratze leicht nachgab, und trat vorsichtig auf eine freigelegte Strebe neben der Wand von Colgans Küche. Vor zwei Tagen muss hier eine Arbeitsfläche gestanden haben, dachte er. Auf den Überresten des Bodens konnte er einen Umriss aus Holz- und Kachelresten erkennen.

Dann sah er auf. Godot griff nach einem Stück Gips von der Decke, das an einem Draht direkt über seinem Kopf baumelte. Der hölzerne Messergriff war bis auf die zwei letzten Zentimeter in der Decke versenkt. Er nahm ihn vorsichtig in die Hand und zog. Der Gips löste sich zusammen mit dem Messer. Godot wischte den Staub und die Brösel vom Ärmel seines Mantels, dann klopfte er mit dem Messer gegen einen freigelegten Wandhaken, um die Klinge freizulegen. Sie war verdreht und verbrannt, die Spitze war ausgefranst. Er sah sich um. Senkrecht nach oben ... dieses Buttermesser war senkrecht nach oben geflogen.

Godot drehte sich auf der wackeligen Stelle, an der er stand, langsam um. Der Weg, den die Zerstörung sich durch die Wohnung gebahnt hatte, ging direkt von ihm aus, von der Stelle, an der er stand.

Godot lächelte. Das war keine Gasexplosion.

Will hasste dieses Fahrrad. Er hasste es, da zu sein, wo er jetzt war, und er hasste es, das zu tun, was er gerade tat. Er würde jetzt gerne mit dem Schreiber ein Wörtchen wechseln, der sich in TOUR über die Poesie des Rennradfahrens ausgelassen hatte.

»Heb erst einmal deinen fetten Arsch vom Sofa hoch und setz ihn für sechs Stunden auf den Sattel. Dann reden wir weiter.«

Er hatte schon einen Plattfuß gehabt. Er hatte den Schlauch gewechselt und sich in einem Radgeschäft unterwegs Flickzeug und eine Trinkflasche geholt. Eine Notwendigkeit, die sich als Peinlichkeit entpuppt hatte.

Ein älterer weißhaariger Mann stand hinter der Theke, dessen Körper verriet, dass er den Sport in seiner Jugend kennen gelernt, die Beziehung jedoch Jahre vor dem Zusammentreffen mit Will beendet hatte.

»Ich sehe, Monsieur, dass Sie ein Haven-Trikot tragen. Die Mannschaft ist vor etwa 45 Minuten hier vorbeigekommen; Sie haben sie gerade verpasst.«

»Die werde ich noch oft genug sehen. Ich brauche, lassen Sie mich meinen Geldbeutel befragen, einen Schlauch, Flickzeug und ein paar Haven Power Bars.«

»Sie sollten sich besser auf ihre Ausfahrten vorbereiten.«

»Ich musste etwas überstürzt losfahren. Sie sagten, das Team sei seit 45 Minuten durch?«

»45 Minuten, vielleicht eine Stunde. Sie werden sie niemals einholen. Die haben richtig Gas gegeben.«

Er trug seinen Einkauf raus und lud ihn auf. Er würde die Fahrt beenden. Außerhalb der Karenzzeit, aber er würde ankommen.

»Tragen Sie das Trikot zu Ehren von Colgan?«, fragte der Ladenbesitzer.

»In gewissem Sinne trage ich es seinetwegen, ja. Ich habe nach seinem Tod die freie Stelle im Team angenommen.«

»Sie fahren bei Haven? Sie glauben, mir weismachen zu können, dass Sie ein Haven-Fahrer sind? 45 Minuten hinter der Mannschaft? In einem verwanzten Trikot von vor drei Jahren? Ohne Teamwagen alleine auf der Straße?« Plötzlich wurde sich der Ladenbesitzer des Blicks in Ross' Augen bewusst.

»Ja, mein Freund, *mais oui*, Sie ersetzen Colgan. Jetzt erinnere ich mich. Ich habe in *L'Equipe* von Ihnen gelesen. Ja, natürlich. *Bonne chance* – Sie müssen jetzt fliegen. Sie haben einen großen Rückstand wettzumachen. Aber das sollte Ihnen nicht schwer fallen, Sie sind ja ein Champion, *non*?«

Er schob Will an und beobachtete, wie er die Hauptstraße des Dorfes hinunterfuhr. Sobald Ross aus dem Blickfeld verschwunden war, rannte Jean Jablom in das Hinterzimmer seines Geschäfts und wählte eine Telefonnummer, die er stets in seinem Herzen trug. Innerhalb von fünf Minuten hatte er alle seine Wetten für die Saison geändert. Er hatte immer auf Haven gesetzt. Dank Haven hatte er eine Menge Geld verdient. Er glaubte an Treue.

Aber es gab keinen Grund, deshalb Dummheiten zu machen.

Will kämpfte, die Nase dicht über dem Lenker, gegen den Wind. Er hatte zu Beginn ein gutes Tempo aufgenommen und beibehalten, aber jetzt, da die Brise sich in einen satten Gegenwind verwandelte und das Terrain schwieriger wurde, musste er sich ganz darauf konzentrieren, überhaupt im Tritt zu bleiben. Wenige Kilometer zuvor hatte er auf die Karte geschaut und eine kleine Landwirtschaftsstraße ausgemacht. Es war eine Abkürzung, um auf die Straße zurück nach Senlis zu gelangen. Er könnte sie nehmen, etwa zwei Stunden gutmachen, vor der Mannschaft rauskommen, sie vorbeifahren lassen und dann locker ausrollen. So würde er vielleicht 15 bis 20 Minuten hinter ihnen am Velodrom ankommen. Deeds würde sich in die Hosen machen. Die ganze Mannschaft würde sich in die Hosen machen. So könnte er sich Respekt verschaffen, bis zur nächsten Ausfahrt, am nächsten Tag, wenn er nach zwanzig Kilometern abreißen lassen müsste. Vielleicht würden sie denken, er habe sich am Vortag verausgabt, also würden sie verständnisvoll sein. Vielleicht auch nicht. Und selbst wenn, dann nur so lange, bis sie herausbekämen, dass er es einfach nicht draufhatte und dass kein Training der Welt etwas daran ändern konnte.

Hatte er es jemals draufgehabt? Als Kind vielleicht, auf dem gusseiseren Rad mit den dicken Reifen, als er seine Mutter damit wahnsinnig gemacht hat, die alte Straße nach Hickory Corners, vier Meilen von zu Hause, herunterzubrettern, um blinde Ecken und um schnelle Kurven, auf dem kleinen Rad, das von einem kleinen Jungen gefahren wurde, der nicht mehr von Fahrrädern fernzuhalten war, seit er gelernt hatte, im Sattel zu bleiben. Sein Bruder hatte es ihm beigebracht. Auf einem großen Rad. Auf dem Rad seiner Schwester. Sein eigenes hatte er Will lieber nicht gegeben. Ein großer Hügel und ein großer Stubser. Es war das fantastischste Gefühl der Welt, der Wind, die Geschwindigkeit, die Angst. Unter dem Sturz hatten die Schutzbleche gelitten, nicht aber Wills Gefühle gegenüber Fahrrädern. Er konnte nicht genug bekommen. Wenn er Order bekam, von der Straße wegzubleiben, hoppelte er eben über Felder und durch Schlammlöcher. Ein Freund aus der Nachbarschaft hatte ihm mit dem Traktor seines Vaters sogar eine Schneise in das Feld gemäht.

Will begann an seinem Tacho zu zweifeln. Er ging an und aus und sah nicht so aus, als würde er funktionieren. Er sagte ihm, dass er vier Stunden gefahren war und er hätte schon längst am Wendepunkt sein müssen. Die Abkürzung hatte er bei seiner Träumerei um mindestens zwanzig Kilometer verpasst.

Allein im Wind, mit dem Kopf zwischen den Oberarmen, fand er plötzlich etwas, das ihn aufrichtete. Kein brennendes Verlangen, nur die Erinnerung an eine Ausgabe von *L'Equipe*, die er im Klassenzimmer eines Französischlehrers in der High School von Delton, Michigan gefunden hatte. Sein Vater war dort Hausmeister gewesen und hatte ihn mitgenommen, um Frösche zum Angeln aus einem Lichtschacht einzusammeln. Will war durch das Klassenzimmer gestromert, während er auf seinen Vater wartete, als er es entdeckte – das wildeste, furchteinflößendste Gesicht, das ihn je aus einer verwitterten, an eine Betonwand getackerten Zeitung angestarrt hatte. Er hatte nicht die geringste Vorstellung davon, was da stand, aber die Seite sprach ihn direkt an. Über Tausende von Meilen Entfernung und in einer unverständlichen Sprache berührte sie die Seele eines kleinen Jungen in Michigan. Irgendwo auf der Welt gab es jemanden, der über Räder und Rennen schrieb und über wilde Männer auf zwei Rädern, die genauso empfanden wie er, wenn er den Wind im Gesicht hatte.

Anquetil – das war das einzige Wort, das in der Überschrift in Großbuchstaben gedruckt war, also, dachte Will, muss das sein Name sein. Und dies war das Zimmer des Französischlehrers, also musste er Franzose sein. Und da stand irgendetwas über eine Tour. Tour. Tour de France. Er würde nachfragen. Tour de France. Das würde er sich einprägen, in seine Erinnerung einbrennen. Er würde herausbekommen, was das ist.

Es war nicht so einfach, Mitte der siebziger Jahre in West-Michigan Antworten auf seine Fragen zu bekommen. Die Gegend war nicht unbedingt als Wiege von Fahrrad-Champions bekannt. Hier gab es Landwirschaft, Football und die Kirche. Sport bedeutete: die Tigers und die Cubs und die Lions und die Bears. Basketball gab es in der High School. Hockey gab es in Kanada. Radfahren war etwas, das Kinder taten.

Aber in Detroit, zwei Autostunden entfernt, auf der anderen Seite des Staates, lag die Sache anders. In der Bibliothek war nachzulesen, dass es dort eine Radrennbahn gab. Eine Bahn, die sie »Velodrom« nannten. Und es gab Clubs. Clubs, die am Wochenende mit ihren Rädern Rennen fuhren. Und es gab Fahrradgeschäfte. Geschäfte, die andere Räder verkauften als die schweren Western Flyers mit ihren Ballonreifen und Gestängebremsen.

Ein Fahrrad hatte für Will immer Freiheit bedeutet. Jetzt bedeutete es mehr: Geschwindigkeit. Eine Geschwindigkeit, die ein Junge sonst erst mit sechzehn erfahren konnte, dem magischen Alter, in dem man in die Fahrschule gehen durfte. Und Gefahr. Geschwindigkeit. Und Gefahr. Und Anquetil, der ihn mit beunruhigenden Augen von der Seite her anstarrte. Es bedeutete, dass er endlich erfahren würde, was hinter diesen Augen verborgen lag.

Cheryl Crane ließ sich auf einen zerlumpten Sessel in einer Ecke der Werkstatt sinken. Eine Staubwolke, die sich über die Jahrzehnte angesammelt hatte, stieg um sie herum auf. Sie schloss die Augen und hielt für einen Augenblick die Luft an, bis der Staub sich verzogen hatte. Es roch wie im Keller ihrer Mutter. Sie öffnete die Augen und blickte auf eine Reihe niedriger Zeitfahrmaschinen, deren Lackierung und Titanteile auf Hochglanz poliert waren. Es waren tödliche Waffen. Sie vermisste sie. Sie vermisste die Geschwindigkeit und die Hatz, die Aufregung, das Gerangel und die Schinderei in der Meute. Die Herausforderung von innen und von außen.

Sie wollte wieder auf dem Rad sitzen, wieder Teil der Meute sein, anstatt ihr Leben damit zu verschwenden, für ein Team halbtalentierter Egozentriker und Maulhelden und Trottel die Krankenschwester zu spielen.

Und dann Ross. Weiß Gott, wohin der gehörte.

Will aß und trank, während die Kilometer an ihm vorbeizufliegen begannen. Der Gegenwind, der ihn auf der Auswärtsstrecke zermürbt hatte, schob ihn jetzt nach Hause. Es wurde leichter, den Schnitt zu halten, sogar ein wenig zu verbessern, und nachdem er einen Blick auf die Karte geworfen hatte, erhöhte er seinen Takt. Er stellte in Gedanken das Metronom, das er im Winter beim Training auf der Rolle immer benutzte. Er erhöhte im Kopf seine Schlagzahl und seine Beine pumpten zum Takt der mentalen Uhr.

Klick. Klick. Klick. Klick- Klickklickklickklickklickklickklick-klickklickklick.

Der erste Ausflug nach Detroit wäre beinahe ein Desaster geworden. Sie hatten nicht gewusst, wonach oder nach wem sie suchen sollten und die Abneigung seines Vaters gegen das Fahren in Großstädten hätte die Suche beinahe enden lassen, bevor sie richtig begonnen hatte. Schließlich waren sie zwei Stunden vor Beginn des Football-Spiels im Stadion der Tigers angekommen.

Trotzdem war es keine vergeudete Zeit. Will ging mit einer Hand voll Zehn-Cent-Stücke hinter die Tribüne, fand eine Telefonzelle und ein fast vollständiges Telefonbuch und begann zu telefonieren. Er rief das Velodrom an, die Fahrradclubs, die Radläden. Jeden, von dem er glaubte, er könne seine Fragen nach dem Wo, dem Wann und dem Wer beantworten. Wo war der beste Laden, wann war dieser geöffnet und mit wem konnte er über das Fahren, über Rennen und über diesen Anquetil reden.

Innerhalb von zwanzig Minuten hatte er eine Antwort. Two Wheels, in einer der Vorstädte. Geöffnet bis fünf Uhr heute abend. Frag nach Stewart Kenally. Nicht schlecht für einen Dreizehnjährigen. Jetzt mussten die Tigers nur noch kurzen Prozess mit den Orioles machen.

Es kam genau andersherum, aber das Spiel war vorbei und sie saßen um viertel vor vier im Auto. Papa wollte direkt auf den Highway, um dem Verkehr voraus zu sein, aber Will setzte sich durch. Schließlich war das Spiel das Rahmenprogramm der Reise gewesen. Nicht das Fahrradgeschäft.

Sie brauchten fast eine Stunde, um den Laden zu finden – aber als sich der Nachmittag dem Abend zuneigte, bogen sie um eine

Straßenecke und Will sah die verwitterten Laufräder, die über einem dunkelgrünen Schild hingen. Two Wheels. Er hätte sich vor Aufregung fast in die Hose gemacht.

Eine Angewohnheit, die er sich von seiner Großmutter abgeschaut hatte, nachahmend, öffnete Will die Wagentür und hüpfte aus dem gelben Ford-Kombi, noch bevor dieser zum Stehen kam.

»Verdammt noch 'mal ...«, tönte es vom Fahrersitz, aber Will rannte schon zum Geschäft. Schließlich schlossen sie um fünf und wer weiß? Vielleicht würden sie an einem Samstag ein paar Minuten eher dicht machen und einfach zum Essen nach Hause gehen. Er griff nach der Türklinke und drückte sie nach unten. Die Tür öffnete sich und er trat ein ins Wunderland.

William Edward Ross war zu Hause.

Jetzt hatte er nichts mehr zu essen. Seinen letzten Energieriegel hatte er vor einer Stunde zu sich genommen. Seine Beine fühlten sich an wie Blei. Er konnte sich nicht mehr konzentrieren und er konnte seinen Schnitt nicht mehr halten. Er hatte noch genügend Wasser und er trank fortwährend, aber er brauchte dringend etwas Festes zwischen den Zähnen. Sein Gehirn fühlte sich an, als wäre es in Baumwolle verpackt. Peng. Er war dabei zu platzen. Er rechnete sich aus, dass er noch etwa zwanzig Kilometer zu fahren hatte und er nahm sich einfach vor, weiterzufahren. Deeds würde innerlich ein Fass aufmachen, wenn er in Senlis in die Auffahrt zum Velodrom einbog. Was war das überhaupt für ein Ort? Ein altes Loch, das das Team für das Aufbautraining im Winter angemietet hatte, bevor alle ihren Saisonplan bekamen und die Mannschaft sich über den ganzen Kontinent verteilte, um wie Verrückte Rennen zu fahren und zu versuchen, von Arschlöchern wie Deeds, die nichts vom Rad fahren verstanden, außer einem Steine in den Weg zu legen und einen runterzumachen, einen Brocken Lob zu bekommen ... Aufhören damit. Benutze deine Kraft zum Fahren. Verschwende sie nicht darauf, zu meckern und zu jammern und zu stöhnen. Einfach den Kopf unten halten und den Wind unterlaufen – er hatte schon wieder gedreht, oder hatte der letzte Streckenteil ihn einfach wieder in Windrichtung gebracht? Einfach treten. Bald ist es vorbei. Nur an die warme Dusche denken und an Deeds. Du wirst dich mit Deeds auseinandersetzen müssen. Aber das kann man überleben, selbst wenn man die Ausfahrt nicht überlebt. Und, mein Gott, morgen muss ich das wieder durchstehen …

»Hast Du ihn gesehen?«

»Nicht in den letzten dreieinhalb Stunden, Tomas.« Cheryl Crane fuhr zusammen. Sie kannte diesen Ross-Typen überhaupt nicht, aber Tomas' Sorge begann auf sie abzufärben.

Tomas Delgado lief den Bürgersteig in Senlis auf und ab und fluchte. Irgendwo da draußen, auf einer 140-Kilometer-Runde, war sein Freund. Er war neu im Team und er hatte ihn noch nicht gesehen. Das Team war seit einer halben Stunde da und wie am Ende einer Fabrikschicht fuhren die Autos vor und die Fahrer kamen heraus, um sich in ihre Wohnungen rund um Senlis und in den nördlichen Vororten von Paris fahren zu lassen.

Er wollte auf Will warten. Aber jetzt war die ganze Mannschaft weg und Deeds schloss das Velodrom ab.

»Hey … was ist mit Will?«

»Wer?« Deeds schien aufrichtig verwirrt zu sein.

»Will. Will Ross. Der Neue. Er ist noch unterwegs.«

»Sein Problem.«

»Ich warte auf ihn.«

Deeds seufzte. »Fahr nach Hause, Tomas. Du und Crane. Ich bin der Sportliche Leiter. Es ist meine Aufgabe. Ich warte auf Ross. Hab' mich noch nicht daran gewöhnt, dass er bei uns ist. Hab' einfach nicht an ihn gedacht.«

»Er fährt alleine – es könnte eine Weile dauern.«

»Ich warte. Mach dir keine Gedanken. Geh nach Hause, mach dir was zum Abendessen und ruh dich aus. Wir sehen uns morgen.«

Cheryl Crane kletterte in den Kombi. Tomas Delgado zögerte beim Einsteigen.

»Fahr, Tomas. Fahr einfach. Ich bin hier. Ich warte. Egal wie lange es dauert.«

Delgado hielt einen Augenblick lang inne, dann stieg er in den Haven-Mannschaftswagen und zog die Tür hinter sich zu. Das Auto fuhr an und verschwand im Feierabendverkehr von Senlis. Carl Deeds schaute ihm hinterher, dann ging er zu seinem eigenen Auto, stieg ein und machte sich auf die lange Fahrt zu seiner Wohnung in Paris, wo eine Flasche Wein auf ihn wartete.

Er hatte das Ortsschild passiert. Er war in den Vororten von Senlis. Senlis. Sinnlos. Diese ganze gottverdammte Sache war sinnlos. Noch zehn Kilometer. Nach der nächsten Abzweigung würde er durch den Verkehr fahren müssen und er würde sich noch mehr konzentrieren müssen, damit er nicht auf einer Kühlerhaube landete.

Zehn. Nicht mehr weit. Wieviel – sechs Meilen? Bestimmte Amerikanismen hatte er trotz vieler Jahre in Belgien beibehalten. Er rechnete Kilometer in Meilen um. Er übersetzte Flämisch in Französisch und Französisch in Englisch, obwohl es auf diese Art ewig dauerte, bis er sein Essen bestellt hatte. Es war dumm und es war engstirnig, aber es war eben das Verfahren, das er während des ersten Jahres entwickelt hatte, um mit dem Alltag zurecht zu kommen. Jetzt war es einfach nur seine Art. Es war nicht schnell und es war nicht schön, aber es funktionierte für ihn. Noch acht. Noch sieben. Noch sechs.

Jetzt schossen Autos an ihm vorbei. Er hätte auf sie achten müssen, aber er konnte seinen Kopf nicht heben. Er sah seine Füße. Er sah seine Pedale. Sollten sie sich nicht schneller bewegen? Er überfuhr eine rote Ampel und er verfuhr sich in eine Einbahnstraße. Wohin? Welche Straße? Wenn er die verkehrte nahm, würde er wieder zurück fahren. Die Karte ergab keinen Sinn mehr. Aber hier, hier war die richtige Straße, denn da war das Geschäft, an dem er mit dem Taxi auf dem Weg zum Trainingszentrum vorbeigefahren war. Das Velodrom müsste gleich um die Ecke sein, in all seiner braunen, verfallenen Hässlichkeit. Was für eine Rattenfalle. Wie konnte irgendjemand an diesem Ort Fahrrad fahren, an diesem teuflischen Ort? Mein Gott, ich würde es nie tun, niemals, niemals.

Will hielt am Eingangstor. Er schaute auf den Tacho. Er zeigte nichts an. Wie viele Stunden im Sattel? Zu viele. Hatte er wirklich so viele Stunden seines Lebens verloren, und wofür? Er schwang sein Bein über den Sattel und betrat zum ersten Mal seit dem Fahrradladen festen Boden. Wo war dieser Laden gewesen? Wie lange war das her? Seine Beine zitterten. Er ging wie Opa Ross nach seinem Schlaganfall. Er zog das Rad hinter sich her wie ein Sheriff in einem Comic einen bewusstlosen Desperado hinter sich herschleift, und stolperte zur Tür. Deeds würde bei seinem Anblick erschrecken.

Vielleicht. Oder auch nicht. Die Vordertür war abgeschlossen.

Will kehrte um und zog das Rad am Vorderrad hinter sich her um die Ecke des Gebäudes, die Allee hinunter und in den Hof neben der Bahn. Die Umkleidekabinen waren auch abgeschlossen.

Zu diesem Zeitpunkt wäre er zusammengebrochen, wenn die in ihm aufsteigende Wut ihn nicht aufrecht gehalten hätte. Er lehnte sich gegen die Tür und begann mit den Fäusten dagegen zu trommeln, erst langsam, dann immer schneller und fester.

»Du Hurensohn!«

Peng!

Jetzt war er noch erschöpfter und die Tür hatte sich nicht geöffnet und offenbar hatte ihn auch niemand gehört.

Will schaute sich um und bemerkte, dass ein Fenster, etwa zwei Meter über ihm, offenstand. Er schob sein Rad an die Wand, kletterte rauf bis er auf dem Sattel stand und schaute hinein. Innen war es verdammt weit bis zum Boden, aber wenn er nur raufkäme, rauf, rauf und rein ... der rostige Fensterrahmen biss sich in seinen Hintern und fing an, durch die Kunstfaser in seine Haut zu schneiden. Trotzdem zog er sich weiter hinein, solange, bis ihm auf der anderen Seite die Schwerkraft zu Hilfe kam.

Ross versuchte den Sturz mit den Füßen zu bremsen, aber er konnte sich im Fallen nicht rechtzeitig an der Fassung des Fensters einhaken. Seine ausgestreckten Arme schlugen zunächst auf eine Holzkiste auf und rutschten dann über die Fliesen. Er versuchte abzurollen, aber es war zu spät und außerdem war er ohnehin zu müde.

Sein Kopf drehte sich zur Seite und sein Schlüsselbein schlug auf den Boden. Will schrie, als der Schmerz seine gesamte rechte Körperhälfte durchzog. Er lag auf dem schmutzigen Fußboden und rang nach Luft. Er glaubte nicht, dass etwas gebrochen war, aber es würde garantiert einen bösen Bluterguss geben.

Er setzte sich auf. Dies war irgendein Trockenraum. Er glaubte sich erinnern zu können, dass er direkt neben der Umkleidekabine lag. Er stand auf und versuchte, seinen linken Arm auszustrecken – autsch – lieber noch nicht. Er streifte seine Fahrradschuhe ab – das Letzte, was er jetzt gebrauchen konnte, war, auf einem Kachelboden herumzuschlittern – und watschelte zur Außentür, öffnete den Riegel und holte sein Rad herein. Es war ihr verdammtes Rad und er hätte es einfach stehen lassen sollen. Sollte sich doch Deeds mit dem Diebstahl rumärgern. Aber für Will war es immer derartig schwer gewesen, an Fahrräder und Fahrradausrüstung zu kommen, dass er sie nur mit Respekt behandeln konnte.

Er schob das Rad in eine Ecke und schloss die Tür wieder ab. Das Gebäude war jetzt so still wie eine Zeitungsredaktion eine Stunde nachdem die letzte Ausgabe in Druck gegeben wurde. Er konnte ein gelegentliches Quietschen vernehmen, das erstickte Gurgeln eines Heißwasserbereiters über ihm. Er war alleine. Tödlich einsam. War er gerade in das falsche Gebäude eingebrochen? Nein. Da waren seine Sachen, in die Ecke gestapelt. Es lag ein Zettel darauf.

Er hob ihn auf und las, was er von dem Hühnergekritzel entziffern konnte: »Willkommen zu Hause. Morgen früh 8 Uhr. Mannschaftsbesprechung hier. Deeds.«

Er brauchte dringend eine Dusche. Ohne Dusche würde er vermutlich morgen oder in einer Woche Sitzpickel und Pilze bekommen. Er trat hinein und ließ das heiße Wasser über seinen Körper laufen. Er wusch sich nicht. Er stand einfach da, in seinen Klamotten und Socken.

Langsam, ganz langsam, zog er sich aus und wusch die verschmutzteren Teile seines Körpers. Will wusste nicht, wie lange er da stand. Er konnte an der Duschwand lehnend eingenickt sein. Er konnte bewusstlos gewesen sein. Er wusste nur, dass, als er wieder wach wurde, seine Finger angenehm zwetschgenhaft aussahen.

Er trat aus der Dusche und griff nach einem Handtuch. Es gab keines. Nur nasse, die die anderen benutzt hatten und die jenen leicht schimmeligen Geruch absonderten, den nur Sportler übertragen. Er nahm das am wenigsten nasse und am wenigsten ekelhafte Handtuch und trocknete sich so gut wie möglich ab. Er stolperte hinüber zu seinen Sachen und wühlte sie nach wenigstens einem Haven Power Bar durch. Er hatte immer einen in Reserve. Man weiß nie, wann der Hungerast zuschlägt.

Der ungeöffnete Riegel fiel ihm aus der Hand. Will war eingeschlafen, nackt, neben seiner Tasche, bevor der Riegel auch nur auf dem verschmierten Kachelboden aufgeschlagen war.

Sein letzter Gedanke, bevor er komplett weggetreten war, war eine Erinnerung. An das, in was er sich an jenem Tag verliebt hatte, als er in Detroit die Tür von Two Wheels kurz vor Ladenschluß geöffnet hatte. Es war eine Erinnerung, die ein Leben lang hielt. Sie hatte ihn hierher gebracht, an diesen Ort, zu diesem Job.

Es war der Geruch gewesen.

Nachdem er ihn in jenem Moment gerochen hatte, war er für immer verloren.

3
Haven im Sinn

Dies ist mein neuestes Gemälde. Es heißt ›Morgenröte – mit Kojoten‹.« Will drehte sich instinktiv auf die Seite und bedeckte seine Blöße. Er bedeckte sie zwar nur mit einem Haven Power Bar, aber immerhin bedeckte er sie.

»Ich sagte, ich nenne es ›Morgenröte …‹«

»Schon gut – hab' schon kapiert. Ich bin wach.«

»Bist du nicht. Wenn du wach wärst, würdest du sagen: ›Delgado – irgendeine Verwandtschaft mit Pedro?‹ und ich würde sagen: ›Entfernt … ‹.«

»Hallo, Tomas.«

»Hallo, Will. Sei mir nicht böse, aber du siehst absolut beschissen aus.«

»So fühle ich mich auch. Danke.«

Will stand auf, um sich zu strecken und wickelte sich das mittlerweile trockene, aber brettsteife Handtuch um. Tomas schüttelte in einer Mischung aus Mitleid und Abscheu den Kopf.

»Reiß dich zusammen. In weniger als einer Stunde ist eine Mannschaftssitzung und Deeds hat gekocht, als du gestern nicht da warst.«

»Daran hätte der Bastard denken sollen, als er gestern die Hintertür abgeschlossen hat.«

»Er hat gesagt, du wärst angekommen und alles sei in Ordnung.«

»Nichts war in Ordnung und jetzt bin ich völlig im Eimer. Gibt's hier ein Café oder so was? Ich brauch' dringend ein Frühstück.«

»Ein paar Häuser weiter. *Marie's*. Teuer, aber gut. Und es gibt eine ordentliche Portion.«

»Geld hab' ich. Eine ordentliche Portion hab' ich nötig.«

»Du hast etwa 45 Minuten ... und geh zu den Besprechungen. Deeds wird sich grün und blau ärgern, wenn er dich sieht.«

Ross lächelte. Nichts würde ihm besser tun als das. Tomas sagte ihm, er solle sich beeilen. Dann könnten sie vor dem Training noch gemeinsam sein Rad einstellen. Außerdem versprach er Ross, ihm Mannschaftskleidung zu besorgen – aus der aktuellen Kollektion.

Will dankte ihm und sprang unter die Dusche, um sich rasch abzuwaschen. Er trocknete sich mit einem frischen Handtuch ab, das Tomas ihm mitgebracht hatte und rieb sich mit Alkohol ab. Er wusste nicht, ob das wirklich etwas brachte, aber er konnte sich daran erinnern, dass Izzy ihm gesagt hatte, es härte die Haut ab und töte die kleinen Bestien, die Sitzprobleme verursachten. Er rasierte sich schnell und zog sich einen weiten Trainingsanzug sowie Badeschlappen an. Das würde reichen, bis Tomas ihm eine Ausrüstung besorgt hatte. Will warf einen Blick auf die Uhr. Sieben Minuten glatt. Kein Zweifel, er war noch immer der schnellste Stripper aus der achten Klasse. Wenigstens eine Begabung, die er nie verloren hatte.

Er trat aus der Hintertür und lief durch die Gasse zur Straße. Bislang war ihm der leise Charme noch nicht aufgefallen, der sogar von dieser kleinen Zufahrt zum Velodrom von Senlis ausging: verschnörkelte Zäune, Blumen, Kopfsteinpflaster, aus dem ein Hauch von Moos durchschimmerte, und ein Hinterhof, der tatsächlich dazu einlud, sich niederzulassen, die Schuhe auszuziehen ...

Das Café war nur zwei Häuser weiter und lag fast direkt an der Straße. Auf dem Bürgersteig standen die stereotypen französischen Stühle und Tische, die Ross schon immer fasziniert hatten. Warum sollte irgendjemand, und sei es an einem herrlichen Frühlingstag, in zwei Meter Entfernung von Autos mit schlecht eingestellten Vergasern sitzen wollen, die Stoßstange an Stoßstange da standen und nichts taten, als deine Lungen mit Abgasen zu verpesten?

Er liebte die Franzosen, aber er würde sie nie verstehen.

Marie's war klein, aber es gefiel ihm sofort. Auf einer Seite stand eine Theke mit einer riesigen Espresso-Maschine, eingerahmt von unzähligen Weinflaschen. Meine Art von Café, dachte Will; viel Wein plus viel Espresso machten aus ihm den wachsten Betrunkenen in ganz Europa.

Eine Frau, von der er annahm, sie müsse Marie sein, stand hinter der Theke und spülte Gläser. Merkwürdigerweise sah sie eher deutsch aus als französisch. Sie hatte angegraute blonde Haare, die zu einem strengen Dutt zusammengesteckt waren. Die Aufmachung ließ sie aussehen wie eine Mischung aus Dorothy Gale aus Oz und einem Jungmädel, Krachlederne auf einem prallen Gestell. Marie musste um die 240 Pfund wiegen, dachte er, und das bedeutete, dass sie das, was sie kochte, auch gerne aß. Perfekt.

Seine Art von Café.

»Monsieur ...?«

Das war das Schönste am Rad fahren, dachte Will, während er Kaffee, Obst, Müsli, Buttercroissant, Joghurt, vier Eier und eine Waffel bestellte. »Und bringen Sie bitte nicht alles auf einmal. Bringen Sie die Sachen gleich raus, wenn sie fertig werden. Ich esse alles hintereinander, ich habe es ein wenig eilig.«

Marie lächelte. Ein Fahrrad-Team nebenan war gut fürs Geschäft.

Als er zum Velodrom zurückging wünschte Will sich, er hätte noch ein bisschen mehr Zeit bis zum Training. Obwohl er erst 32 war, konnte er nicht mehr alles, was nicht niet- und nagelfest war, in sich reinstopfen, sich aufs Rad schwingen und bis zum Morgengrauen fahren. Er brauchte jetzt ein wenig Ruhe – wenigstens eine Stunde – oder eine Handvoll Magentabletten. Er begriff jetzt, warum es hieß, man solle eine Stunde nach dem Essen nicht schwimmen. Wenn er jetzt in eine Pfütze treten würde, würde er versinken wie ein Stein.

Will schaute auf die Uhr. Gut in der Zeit. Noch zehn Minuten bis zur Besprechung und er war bereit. Tomas hatte ihm frische Radklamotten auf die Tasche gelegt. Sogar Handschuhe, ein Helm und eine Sonnenbrille waren dabei. Alles passte zusammen und alles war mit den Logos von Haven und einem Haufen kleinerer Sponsoren versehen. Nicht schlecht. Große Mannschaften hatten ihre Vorzüge.

Ross zog sich um, während der Rest der Mannschaft nach und nach eintrudelte. Keiner beachtete ihn weiter. Das einzige Mal, dass jemand mit ihm sprach, war, als er fragte, wo sich die Werkstatt befände. Er wusste, dass diese Dinge ihre Zeit brauchten, insbesondere, wenn man der Ersatzmann für den Kapitän war. Es würde Ablehnung geben, bissige Bemerkungen ... und jede Menge nackter Wut auf ihn. Aber er war hier, zum Guten oder zum Schlechten und aus Gründen, die nur der liebe Gott kannte.

Er nahm seine Schuhe, seine Brille und seinen Helm und ging durch den teilweise tapezierten Tunnel auf die Geräusche und den Geruch zu, die ihm so vertraut waren. Das Geräusch von Laufrädern, die zentriert werden, von herunterfallenden Schraubenschlüsseln und die Gerüche von Lagerfett und Leder und Kettenöl. Vielleicht hätte er Mechaniker bleiben sollen. Nein. Er wollte fahren. Und auch die wunderbarste Sache der Welt kann zur Hölle auf Erden werden, wenn man sie zu lange tut oder zusammen mit den falschen Leuten.

Tomas schaute von seinem Montageständer auf, als Will durch die Schwingtüren trat.

»Du kommst gerade recht. Ich habe eben dein Rad auf die Rolle gestellt. Lass uns deine Sitzposition und deine Schuhplatten überprüfen.«

Tomas war ein Mechaniker alter Schule. Er tat viele Dinge nach Augenmaß. Sattelhöhe. Winkel der Schuhplatten. Effektiver Sitzrohrwinkel und Entfernung zum Lenker. Er scherte sich nicht um Computer oder Kaliber, nicht einmal um Maßbänder.

Will hatte gestern ganz gut auf seinem Rad gesessen, aber Tomas gab seiner Sitzposition einen letzten Schliff, den Will sofort spürte. Vielleicht war diese Maschine doch kein hoffnungsloser Fall. Er selbst vielleicht auch nicht. Moment. Eins nach dem anderen.

»Ich musste die Räder neu zentrieren. Bist du gestern über irgendetwas drübergefahren? Deine hintere Felge hatte einen riesen Schlag. Es wundert mich, dass du damit überhaupt angekommen bist. Ich musste das Schaltwerk gerade biegen und den Umwerfer neu einstellen. Der Lenker war auch verbogen. Es wundert mich, dass sie dir dieses Rad gegeben haben. Gestern früh war es schrottreif, aber heute wirst du damit ankommen.«

Will lächelte. Das war sein Freund Tomas, der Mann, der anfing über Räder zu sprechen, erst langsam, dann schneller und schneller bis er irgendwann Fakten in einem Tempo herunterrasselte, mit dem es schwer war Schritt zu halten, besonders wenn sein baskischer Akzent durchbrach.

Tomas war einer der echten Charaktere, die Will im europäischen Profi-Zirkus kennen gelernt hatte. Der Sport war reich an ihnen. Tomas, Colgan, sogar Deeds. Obwohl, wenn er es sich recht überlegte, jeder Sport ohne einen wie Deeds besser dran wäre.

Die Besprechung fand in einem der wenigen renovierten Räume des verfallenen Velodroms statt. Er hatte einen dunkelblauen Boden und blasse Betonwände, die mit Lackfarbe überzogen waren. Schwer zu malen, leicht zu reinigen, dachte Will und erinnerte sich an seine Zeit als Maler in einem Bezirkskrankenhaus, wo er immer die Nachtschichten übernommen hatte, um tagsüber trainieren zu können. Er strich mit der Hand über die kühle, sanfte Oberfläche. Er kannte vielleicht nicht die Hauptstadt von Süd-Dakota, aber mit Farbe kannte er sich aus. Und das hier war Lackfarbe. Und auch noch sauber aufgetragen.

Er merkte, dass er es nicht mehr länger hinauszögern konnte. Er drehte sich um und sah seiner neuen Mannschaft ins Gesicht.

Abgesehen von Deeds war Will als letzter in den Raum getreten. Als er sich umschaute, bemerkte er, dass ihm viele Gesichter aus seiner allgemeinen Kenntnis des Profi-Pelotons heraus bekannt waren. Gegen andere war er in den vergangenen vier oder fünf Jahren selbst gefahren. Einen oder zwei kannte er nur aus Artikeln in *L'Equipe*. Er kannte sie nicht persönlich, aber er kannte ihren Ruf. Richard Bourgoin, der neue Kapitän, war ein Hai: kraftvoll und ausdauernd in den Bergen; solide bis spektakulär bei den Sprints; aber ein Anker, ein totes Gewicht im Zeitfahren. Keiner glaubte wirklich, dass er das Zeug dazu hatte, die Tour zu gewinnen, vor allem ohne ein erstklassiges Team im Rücken. Bis zu Colgans Tod war Bourgoin ein fähiger Leutnant gewesen, jederzeit bereit, Kräfte im Team zu mobilisieren, Taktiken vorzugeben, das Tempo im Peloton zu bestimmen ... und wenn es nötig war, sich selbst heroisch zu opfern, um Jean-Pierre Colgan auf den obersten Podiumsplatz zu bringen. Jetzt hatte er diesen Ehrenplatz, wenn auch nur, weil der Leader tot war und es weder Zeit noch Gelegenheit gegeben hatte, einen gleichwertigen Ersatz zu finden.

Nur Will.

Nur ich, dachte Will. Bourgoin sollte dankbar sein. Er hat es nur mir zu verdanken, dass er seine Chance bekommt.

Dann war da Antonio Cacciavillani, der Sprinter. In den vergangenen fünf Jahren war er immer unter den besten drei in der Welt gewesen, bis ein böser Unfall im vergangenen Jahr ihn zwar nicht seinen Antritt gekostet hatte, aber seine Todesverachtung, wenn er sich zur Ziellinie durchschob und -biss.

Hans Merkel war der neue Leutnant der Mannschaft, weil Cacciavillani in den Bergen nicht die Beine hatte, um an den Besten dranzubleiben. Außerdem sind Sprinter meist krasse Einzelgänger und die Nummer Zwei muss sich ganz in den Dienst der Mannschaft stellen. Tony C. hätte das nie gekonnt, Merkel hingegen unterdrückte voll und ganz seine Begabung und seine Persönlichkeit, um Bourgoin über die Linie zu bringen.

Da waren Miguel Cardone, der Baske, und Masenti und Mooria, die italienischen Sechs-Tage-Meister, die so taten, als wären Straßenrennen eine Art Urlaub von der Bahn und eigentlich unter ihrer Würde; und John Cardinal, der amerikanische Mountain-Biker, der auf die Straße zurückgekehrt war, nachdem er seinen Vertrag bei einer italienischen Mountain-Bike-Mannschaft verloren hatte.

Und da war Cheryl. Sie schaute ihn mit wachen grauen Augen an, die seine ganze Aufmerksamkeit auf sich zogen und deren Blick ihn berührte. Er konnte den Bann nicht brechen, in den sie ihn unzweifelhaft geschlagen hatten. Er zog seinen imaginären Hut und wandte sich zur Tür, als Deeds eintrat.

»Ross – fünfzig Dollar Strafe, weil du gestern zu spät zum Training gekommen bist. Ich würde mehr veranschlagen, aber ich habe gehört, dass du durch außergewöhnliche Umstände verhindert warst und außerdem bist du dann ja doch noch gefahren.«

»Etwa zwei Tage hinter uns«, spottete Cacciavillani. Die Mannschaft lachte und auch Deeds konnte sich nicht halten.

»Du weißt, wie man Freunde gewinnt, was Ross? Okay. Die gleiche Strecke heute, aber ich will ein schärferes Tempo sehen. Ihr seit gestern ein wenig abgeschlafft und gegen Ende faul geworden. Ich möchte die gleichen Gruppen wie gestern sehen – die drei Formationen. Ross, du fährst mit der B-Formation. Henri, pass auf, dass er dranbleibt – er wird Probleme bekommen.«

Henri Bresson schaute von seiner *L'Equipe* auf, herüber zu Will und warf ihm ein Lächeln zu. »*Oui*.«

»Außerdem Ross«, sagte Deeds zum Abschluss, »möchte ich, dass du in eine Flasche pinkelst. Mannschaftsorder ... und ehrlich gesagt, mag ich es auch nicht besonders, wenn meine Fahrer vor dem Training Pillen einwerfen.«

»Es waren Magentabletten.«

»Pinkeln. Ich trau' dir nicht.«

»Verstanden.«

»Willkommen bei den Profis.«

Will lächelte. »Willkommen bei der Wehrmacht.«

»Fick dich ins Knie, Ross.«

Als alle auseinander strömten, ging Will über den Flur ins Zimmer des Mannschaftsarztes. Der war nicht da, aber einer seiner Assistenten, Luis irgendwas, sagte, er würde alles regeln. Will machte zwei Probefläschchen voll, nahm ein drittes und füllte auch dieses. Luis versiegelte und beschriftete die ersten beiden. Will nahm ein drittes Siegel und verschloss auch noch die dritte. Er datierte das Etikett, unterschrieb es und bat Luis, das Gleiche zu tun.

»Ich brauche nur zwei.«

»Schon in Ordnung. Ich brauche die dritte – nur zur Sicherheit.«

Luis kritzelte seine Unterschrift auf das Etikett. Er schien davon nicht sehr begeistert zu sein. Will trug die Flasche in die Umkleidekabine und tat so, als würde er sie in die Tasche stecken. Dann nahm er sie zusammen mit seinen Sachen mit vor die Tür. Als er heraustrat, bog die Mannschaft gerade auf die Straße ein. Cheryl stand am Eingang und beobachtete die Fahrer, wie sie hinter der Biegung verschwanden. Will gab Tomas seine Probe.

»Könntest du das an einem sicheren Platz für mich aufbewahren?«

»Klar, Kumpel«. Tomas steckte die Flasche in seine Manteltasche. Eine plötzliche Eingebung ließ ihn auffahren.

»Sie ist doch gut versiegelt, oder?«

»Sehr gut versiegelt. Danke, mein Freund. Ich habe den Kontrolleuren noch nie getraut.«

Cheryl wandte sich Will zu, als dieser sein Rad auf die Straße schob und sein Bein drüberschwang.

»Deeds hat gesagt, du wärst wieder zu spät. Diesmal musst du sie einholen.«

Ross blickte auf seine Handschuhe, an denen die letzten Jahre deutliche Spuren hinterlassen hatten. Er schaute Cheryl durch Augen an, an denen die letzten Jahre ebenfalls deutliche Spuren hinterlassen hatten.

»Kein Problem«, sagte er und machte sich auf die Jagd nach einem vielbeinigen Tier, das vermutlich schon wieder außerhalb seiner Reichweite war.

»Ich stimme völlig mit dir überein, Luc. Benedict auch. Das Problem ist nur, dass der Chefinspektor anderer Meinung ist – und der Kindergarten der Spurensicherung.«

Inspektor Godot stand mitten in den Überresten der Wohnung von Jean-Pierre Colgan auf dem letzten Fleck noch intakten Kachelbodens. Der übrige Boden war nur noch eine Berg- und Tallandschaft aus zerbrochenen Fliesen und hervorstehenden Trägern. Es war schwer, sich durch den Raum zu bewegen. Neben ihm stand Stephen La Sarge, ein Veteran mit mehr als zwanzig Dienstjahren auf dem Buckel. Er hörte La Sarge nur mit einem Ohr zu, während er das Chaos aus Trümmern, Metall- und Holzsplittern sowie Textilfetzen nach jenem entscheidenden Detail absuchte, das die Untersuchung in seine Richtung wenden würde.

Das war keine Gasexplosion.

Godot starrte auf eine Vase, in der eine einsame, verwelkte Blume stand. Die Explosion hatte sie nicht einmal gestreift. Unmittelbar darüber war ein Poster von Jean-Pierre Colgan, dem französischen Fahrrad-Champion, fast vollständig zerstört worden. An der Wand, die mit Splittern gespickt war, hing nur noch eine Ecke des Rahmens, ein Fetzen des Fotos und der Drahthänger. Er stieg über einen Stapel angekokelter Zeitungen auf dem Boden. Daneben stand die Verpackung eines Toasters. In Amerika hergestellt, aber auf das französische Stromnetz abgestimmt. Darauf lag eine Rechnung. Ein Geschenk?

Ein verbranntes und verbogenes Buttermesser und ein geschenkter Toaster.

Nachdem er monatelang im Büro nur Papier hin- und hergeschoben hatte, weil die Lieblinge des Chefs ihn bei allen neuen Fällen ausgestochen hatten, war er endlich wieder an einem Tatort und sein Geist war wieder wach und aktiv. Das Gefühl tat ihm gut.

»Die Jungs von der Spurensicherung halten an ihrer Theorie von der Gasexplosion fest, weil es ihr erster Gedanke war«, fuhr La Sarge fort. »Sie verteidigen sie seit zwei Tagen. Sie würden lieber falsch liegen, als einen Fehler einzugestehen.«

»Und was ist mit dem Chefinspektor?«, murmelte Godot.

»Ah ... der Chefinspektor. Der hat die doch eingestellt. Uns hat er nicht eingestellt. Man steht immer zu seinen eigenen Kindern.«

»Und es spielt auch keine Rolle, dass der Chefinspektor gerade in den Aufsichtsrat von Haven-Pharma berufen worden ist?«

»Ich sehe nicht, warum. Jean-Pierre Colgan ist nur ein winziger Teil des Haven-Konzerns.«

»War.«

La Sarge zuckte zusammen. »War.«

»Er war der französische Meister«, sagte Godot ruhig. Er trat kräftig auf, sodass einer Ratte, die zwischen den bloßliegenden Streben im Boden hervorschaute, die Beute aus dem Maul fiel.

»Ich bin kein Radsportfan«, murrte La Sarge. »Ich kenne die Champions eigentlich kaum. Ich seh' lieber Fußball.«

Godot fuhr damit fort, den Raum abzusuchen, hielt jedoch plötzlich inne. Irgendetwas in seinem Unterbewusstsein nagte an ihm. Was war das? Er musste es hervorholen. Er schritt vorsichtig über die bloßliegenden Streben zurück zu der Stelle, wo er die Ratte gesehen hatte. Er kniete nieder und holte aus dem Staub und Schmutz von sechzig Jahren, der sich an den Streben angesammelt hatte, den Draht und das Metall hervor, die die Ratte in ihrem Maul gehabt hatte, sowie einen weiteren Schatz.

»Stephen. Du kennst dich doch mit Sprengstoff aus. Was glaubst du, was das hier ist?«

Godot warf seinem Kollegen den Gegenstand zu.

La Sarge fing den verglühten und verbogenen Metallstreifen und drehte ihn in seiner Hand hin und her. »Kann ich nicht sicher sagen, bevor ich es mir nicht im Büro angeschaut habe«, sagte er, »aber es sieht aus wie irgendeine primitive elektrische Apparatur.«

»Apparatur?«

La Sarge holte tief Luft. »Ein Zünder. Wo hast du das gefunden?«

»Genau hier, auf dem Boden. Unser guter Freund Monsieur Le Rat hatte sie zusammen mit anderen Schätzen aufgesammelt.«

»Als da wären?«

»Stücke von Papier, Brotkrümel … und das hier.« Godot warf einen bleistiftdünnen Gegenstand zu La Sarge, der sich vorbeugte, um danach zu greifen. »Es scheinen die Überreste eines Fingers von Monsieur Colgan zu sein.«

Es gab keine Erklärung dafür, dass sich Will so gut fühlte, nicht nach dem gestrigen Tag, noch nicht einmal nach einem guten Essen und einem erholsamen Schlaf. Er hätte in der ersten Stunde platzen müssen, aber es lief wie geschmiert, es lief tatsächlich wie geschmiert. Er fühlte sich wie neugeboren. Gestern ein Traktor, heute ein Sportwagen. Tomas hatte ein Wunder vollbracht. Will fühlte sich gut und stark und gerade wütend genug über seine Behandlung durch Deeds, dass er die Kraft fand, auf das Tempo zu drücken. Und es hochzuhalten. Das Tempo war der Grund gewesen, warum er überhaupt mit Radrennen angefangen hatte. Das und der Geruch.

Two Wheels machte gerade zu. Es war zehn vor fünf und die Lichter in einem Hinterzimmer, das vermutlich die Werkstatt beherbergte, gingen aus. Will stand mit großen Augen in der Eingangstür. Das war kein Fahrradgeschäft. Es gab nur ein oder zwei Räder mit Ballonreifen. Die übrigen Maschinen auf dem Boden und an der Wand waren reine Gefahr: schmale Reifen, schlanke Rahmen, Rasierklingen auf Rädern. Er ging durch den Raum auf eine Reihe von Rädern zu, rot, schwarz, lila und grün, das faszinierendste Hellgrün der Welt.

Es wurde ihm bewusst, dass das, was er roch, ihn genauso unwiderstehlich anzog, wie das, was er sah. Es war Lagerfett, Gummi und Kettenöl, es war Schweiß und es war Wolle und es war exotisch.

Er dachte für einen Augenblick, dass es das sein musste, was seinen Bruder jeden Tag in die Ford-Werkstatt in der Stadt zog, obwohl sich Will dafür noch nie hatte begeistern können. Dort war es unsicher und erdrückend, hier war es sinnlich und er fühlte sich aufgehoben. Dort war die Welt der Höhlenmenschen mit sechs Daumen. Dies hier war die Welt mechanischer Chirurgen. Es machte süchtig und er war nach der ersten Prise ein Junkie.

Die Türglocke klingelte hinter ihm, als er und sein Vater nach innen traten. Ein weißhaariger Kopf schaute hinter einem Vorhang hervor, der zum hinteren Teil des Ladens führte.

»Wir schließen. Das war's für heute.«

»Wir wollten nur einen Blick auf die Räder werfen. Entschuldigen Sie. Komm, Will. Sie wollen zumachen. Lass uns fahren.«

Stewart Kenally wischte sich die Hände an seinem verschmierten Overall ab, während er Will beoachtete, der vor der Reihe der Rennräder stand. Er ging zu ihm herüber und schaute ihn genau an.

»Fährst du gerne? Schnell?«

Will erwachte aus seinen Träumereien, schaute auf und stotterte: »Äähhhm, jawohl, Sir.«

»Möchtest du schneller fahren als alle anderen?«

»Jawohl, Sir.«

»Fährst du auf einem fetten alten Rad?«

»Jawohl, Sir.«

»Du brauchst ein echtes Rad.«

»Jawohl. Sir.«

Wills Vater wurde klar, dass es um sein Scheckbuch ging.

»Wir sind hier nur zum Schauen. Das ist alles … nur schauen.«

Aber sogar Wills Vater hatte in den Augen seines Sohnes etwas entdeckt, das bis zu diesem Augenblick noch nicht dagewesen war. Sein Sohn war von etwas gefangen. Und das war stärker als alles andere und als alle anderen im Raum.

Als er nach der letzten Biegung auf eine lange Gerade eingebogen war, hätte Will schwören können, dass er das Team etwa 400 Meter vor sich gesehen hatte, wie sie in Richtung des ersten kuppierten Streckenabschnitts eingebogen waren. Wenn er sie einholen wollte, musste er es jetzt versuchen. Er nahm seine Kräfte zusammen und erhöhte das Tempo. Er trat jetzt einen großen Gang. Seit einer guten Stunde hatte er das Feld gejagt und sich, obwohl er alleine war, gut gefühlt. So sehr Rad fahren ein Mannschaftssport war, so sehr ging es darum, sich selbst zu überwinden und den Willen aufzubringen, das, was man in den Beinen hatte, auf die Straße zu bringen.

Will verlagerte sein Gewicht und fuhr vorsichtig in die Kurve, die zum ersten Anstieg führte. Jetzt konnte er die Mannschaft sehen und er griff zu seiner Trinkflasche, um ein wenig Energie zu tanken. Heute war ein guter Tag, alle Reserven waren gefüllt.

Er machte wieder Druck und merkte, wie er langsam an seine Grenzen stieß. Es war ihm so vorgekommen, als habe er noch massig zuzusetzen gehabt, aber selbst die Größten, Merckx, LeMond, Indurain, kamen irgendwann an eine Mauer, die sie nicht durchbrechen konnten – so, als täten sich Physiologie und Physik zusammen, um sie in die Realität zurückzuholen und die Gesetze der Physik auch für sie wieder gelten zu lassen. Wie ungerecht, wie unwirklich.

Will zog sein rechtes Bein an den oberen Druckpunkt der Pedalumdrehung und legte sich in eine scharfe Rechtskurve. Es hatte ihn schon immer verblüfft, dass er das konnte. Er musste in dieser Kurve eine Schräglage von 45 Grad oder mehr haben und er verlor trotzdem zu keinem Zeitpunkt die Kontrolle. Er segelte. Und jetzt musste er gleich die anderen erreichen. Noch über die nächste Kuppe, dann waren sie direkt vor ihm. Einer der neuen italienischen Wasserträger hatte Probleme mit seiner Kette und war zurückgefallen. Will nahm ihn mit und ohne ein Wort zu wechseln, bildeten sie eine Kolonne aus zwei Mann, bei der sie abwechselnd im Wind fuhren und das Tempo hoch hielten, um die Mannschaft einzuholen, ohne sich zu verausgaben.

Und die Lücke schloss sich.

Deeds war überrascht, als er Will nicht nur von hinten an die Gruppe heranfahren sah, sondern direkt an deren Spitze vorstoßen;

besser gesagt, er war schockiert. Er schaute Will lange und eindringlich an.

»Nicht einschlafen, Mädels, Windkante und etwas Tempo, wenn ich bitten darf!«

Das Feld zerfiel in zwei Gruppen von je acht Fahrern, die sich sofort in die Tiefe und in die Breite staffelten, um den Seitenwind zu brechen. Der führende Fahrer nahm dem zweiten den Wind, der gleich links neben und eine halbe Radlänge hinter ihm fuhr, der dritte fuhr ebenso im Schatten des zweiten und so weiter. Sie bildeten eine rollende Wand und konnten so das Tempo deutlich steigern, vor allem für Bourgoin, der als Mannschaftskapitän weniger oft und weniger lange im Wind fuhr als der Italiener, der Will geholfen hatte, die Lücke zum Feld zu schließen.

Die nächsten zehn Minuten lang war Haven eine rollende Barrikade, eine gut geölte Maschine. Und als das Team so im stillen Einvernehmen dahinflog, merkte Will, dass ihn langsam die Kraft verließ. Von Senlis bis hierher das Loch zuzufahren, war die leichtere Übung gewesen. Er hatte sich stark gefühlt und diese überraschende Stärke genossen. Jetzt, da er die Leichtigkeit des Fahrens im Pulk hätte genießen können, spürte er die ersten Anzeichen einer Schwere in den Beinen, als fülle jemand langsam Sand in seine Waden, in seine Schuhe und in seine Oberschenkel. Er schaltete runter, um das Tempo der Mannschaft halten zu können, überschaltete und musste wie ein Wahnsinniger kurbeln, um dranzubleiben. Der Umwerfer hatte zwei Gänge übersprungen. So etwas durfte, ja konnte nicht passieren. Und doch passierte es. Und er konnte nichts dagegen tun.

Will hatte Mist gebaut. Er hatte zu viel gewollt, war zu früh zu hart gefahren. Die Jagd, bei der er zu Anfang so stark gewesen war, hatte seine Kräfte aufgezehrt und zu viel von seinen Reserven verbraucht, an die er zu lange nicht gedacht hatte. Sein Beine fingen an mit ungeheurem Feuer zu brennen. Er musste sie dehnen – nur einen Moment anhalten und die Beine dehnen. Der kraftvolle Rhythmus, den er noch vor ein paar Augenblicken gehabt hatte, war weg. Seine Oberschenkel schrien vor Schmerz. Er würde in der nächsten Stunde abreißen lassen müssen. Er versuchte Kraft aus seinen Armen zu ziehen, aus seinen Lungen, aus seinem Oberkörper. Benutze deinen

Kopf, um da durchzukommen, das kann nicht ewig dauern. Und doch wusste er es. Er wusste es.

Er schaltete herunter und fuhr aus der Gruppe heraus. Er verließ seinen Platz. Er setzte sich aufrecht. Das große Experiment, die große Herausforderung war vorbei. Er hatte dem Feind ins Auge gesehen: seinem Alter, seiner Begabung, seinem Trainingszustand, seinem Selbstbewusstsein, seinem Selbstvertrauen. Er selbst war der Feind. Und der Feind hatte gewonnen.

Er hielt vor dem Fahrradgeschäft an, an dem er am Tag zuvor vorbeigekommen war. Der weißhaarige Besitzer hörte auf, das vorbeifahrende Team anzufeuern und starrte für einen langen Augenblick Will an, bevor er wieder in der Dunkelheit des Ladens verschwand.

Der Mannschaftswagen hielt neben ihm.

»Deeds hat gesagt, du sollst nach Senlis zurückfahren und deine Sachen packen. Du bist fertig.«

Ross starrte Philippe Graillot, einen unbedeutenden Team-Angestellten, fassungslos an. Wer zum Teufel bist du überhaupt, dachte er, mit welchem Recht redest du so mit mir – ich bin verdammt noch mal ein Fahrer. Ich sitze jeden Tag auf dem Rad. Egal welche Aufgabe, egal welches Wetter, ich bin da, du nicht. Du sitzt in einem verdammten Lederschalensitz und quasselst und frisst, denkst darüber nach, wie du den Weibern in der Kneipe weismachen kannst, dass du ein Fahrer bist, damit du sie abschleppen kannst, du Bastard. Wer bist du, dass du so mit mir redest, du kleiner Wurm?

Ross schaute durch das nichtssagende Gesicht hindurch, das ihm aus dem Fenster des geschundenen Peugeot entgegensah. Er zog kräftig die Nase hoch und spuckte einen fetten Batzen aus Rotz und Spucke direkt vor das Auto auf die Straße.

»Sag Deeds, dass ich nichts auszuräumen habe, du Wicht.«

»So kannst du nicht mit mir reden.« Philippe versuchte, bedrohlich zu klingen.

»Geh mir aus den Augen, oder der nächste landet dir im Gesicht. Wenn ich gefeuert bin, brauche ich ja wohl nicht mehr auf dich zu hören, oder?«

Schotter spritzte über Wills Schulter, als der Wagen mit qualmenden Reifen wieder auf die Straße fuhr, um die Mannschaft einzuholen. Will konnte sehen, wie der runde, kahle Kopf aufgeregt in das Funkgerät sprach. Deeds bekam die Nachricht übermittelt. Vielleicht hätte er auch für ihn noch ein paar passende Worte einstreuen sollen. Aber das war nicht nötig. Deeds kannte seine Einstellung, genau wie Will wusste, was Deeds von ihm hielt. Keine Geheimnisse auf beiden Seiten.

Seine Chance war vorbei. Die Würfel waren gefallen. Und trotzdem nahm ihm die Entlassung von Haven ein ungeheures Gewicht von den Schultern. Er konnte seine Sachen gepackt haben und verschwunden sein, bevor Deeds und die Mannschaft zurück waren.

Er schoss noch eine Auster in Richtung des Ladens, bereute aber schnell seine Wut. Der Besitzer nahm das Rad fahren ernst. Will nahm es nicht mehr ernst. Während er aufstieg, um zurück nach Senlis zu fahren, wusste er nicht mehr, wer Recht hatte und wer nicht.

Weniger als eine Stunde später bog er in die Zufahrt zur verfallenen Rennbahn ein. Abreißen zu lassen war immer hart, aber nach Hause zu kommen, nachdem man aufgegeben hatte, schien immer leicht – als wäre die Straße zur Hölle abschüssig, ohne Rollwiderstand und mit starkem Rückenwind.

Er stieg von seinem Colnago ab und für einen Augenblick überlegte er, das Rad auf die Straße zu feuern. Aber dann hörte er Kenally sagen, dass man nie das Rad verantwortlich machen dürfe, selbst wenn es kaputtgegangen sei. Die Schuld liege immer beim Fahrer, beim Mechaniker, beim Peloton oder bei den Kräften der Natur.

Es war eine gute Ausfahrt gewesen, auch wenn sie nur zwei Tage gedauert hatte. Eine gute Ausfahrt. Er kniete sich auf den Randstein, hielt mit seiner linken Hand das Rad am Vorbau fest und betrachtete die Winkel des Rahmens. Die Linien waren scharf und wahr und obwohl es eine neue Lackierung vertragen konnte, konnte man die Schönheit erkennen, die der Konstrukteur angestrebt hatte. Das war kein Spielzeug. Das war kein Gebrauchsrad. Das war kein Angeberrad. Das war fast eine Kriegswaffe – eine Maschine, die die Seele dessen, der im Sattel saß, zutiefst berührte, sein Herz gefangen nahm.

Und für einen Augenblick fühlte sich Will ihrer nicht würdig.

Er stand auf und ging, das Rad im Schlepptau, in das Gebäude. Er sah Tomas in der Werkstatt und drückte ihm die Maschine in die Hand. Sie gehörte jetzt ihm. Es gab nichts zu sagen. Tomas wusste es, aus Instinkt oder weil Deeds bereits frohlockend über Funk die Nachricht verkündet hatte.

Es gab nichts mehr zu tun, außer sich auszuziehen, sich zu duschen und die Hufe zu schwingen.

Will ging in die Umkleidekabine und streifte sein Trikot über den Kopf. Er hatte es nicht einmal geschafft, sich eine Radfahrerbräune zuzulegen: dunkle Arme, blasse Brust, blasse Hände mit kleinen Kreisen auf den Rücken, ein dunkelroter Nacken. Alles war noch weiß wie ein Fischbauch.

Er warf das Trikot in eine Ecke und nahm sich ein Handtuch. Hier drinnen, wo er vor der Kälte geschützt war, begann er zu schwitzen. Er rieb sein Gesicht kräftig mit einem rauhen Handtuch ab. Es fühlte sich fast wie Sandpapier an, aber auch sehr sinnlich.

Was für ein Tag.

Deeds hatte ihn rausgeschmissen und Will hatte versucht, zu gehen. Ein Assistent hatte ihm jedoch gesagt, er solle warten, bis das Team zurückkommt. Will sah nicht ein, warum er hätte bleiben sollen, also hatte er geduscht, gepackt, seine Sachen am Ausgang gestapelt, um auf ein Taxi zum *Gare du Nord* in Paris zu warten.

Der Assistent hatte die Taschen zurück in die Kabine gebracht. Will hatte sie wieder hinaus auf die Straße getragen. Das Taxi kam. Will und der Fahrer hatten die Taschen eingeladen, der Assistent hatte sie wieder ausgeladen, den Fahrer bezahlt und Will mitgeteilt, er habe Order, bis zum Nachmittag zu bleiben, damit man die Sache klären könne.

Will rieb sich die Augen, um den aufsteigenden Frust zu vertreiben. Was war das jetzt schon wieder für ein Spiel? Ein finaler Kopfschuss bevor man ihn gedemütigt auf die Straße jagte? Eine letzte Erniedrigung? Will war zu müde, um sich darüber aufzuregen. Er ging in das Büro des Trainers, legte seine Füße auf den Tisch und nickte sofort ein.

Tomas weckte ihn aufgeregt.

»Das musst du dir anschauen.«

Will rieb sich die Augen, stand auf und folgte Tomas schlaftrunken den Korridor hinab. Er hasste es, sich so zu fühlen, noch nicht wach, und nicht genau zu wissen, wo er war. Als er hinter Tomas stehenblieb und sah, was dieser ihm zeigen wollte, war er jedoch mit einem Schlag hellwach.

Es war Deeds, am Telefon, der sich augenscheinlich nicht gerade amüsierte. Seine Gesichtsfarbe wechselte zwischen Hellrot, Lila und schließlich Weiß. Wer immer am anderen Ende der Leitung war, nahm Deeds nicht ab, was dieser zu verkaufen versuchte. Er beschwatzte, flötete, redete sich in Rage, bettelte, flehte. Nichts zeigte irgendeine Wirkung. Ein Herr war dabei, seinen Knecht in die Schranken zu weisen. Eine wunderbare Vorstellung. Will hätte gern gewusst, an wen er die Dankeschön-Karte schicken sollte.

Jetzt hörte Deeds nur noch zu. Was immer er gesagt hatte, war auf taube Ohren gestoßen. Er hörte noch eine Weile still zu, dann legte er langsam den Hörer auf. Er vergrub sein Gesicht in seinen Händen. Deeds sah im Neonlicht eindeutig grün aus.

Er schaute auf und sah Will und Tomas. Es schien, als hätte ihn alle Kraft verlassen.

Er winkte sie heran.

»Will. Komm rein und schließ die Tür.«

Will trat ein und machte leise die Tür zu. Er setzte sich in den harten Stuhl gegenüber Deeds anstatt in den gepolsterten Sessel in die Ecke. Man kann nie wissen, wann man schnell aufstehen muss.

»Wir beide haben unsere Differenzen«, sagte Deeds, »und du musst meinen Standpunkt verstehen – ich möchte gewinnen. Und wir wissen beide, dass du kein Ersatz für Colgan bist.«

»Wenn das alles ist«, sagte Will und begann aufzustehen, »dann kann ich ja ...«

»Nein, Will, das ist nicht alles. Es tut mir Leid, was ich dir zu sagen habe.« Deeds holte tief Luft. Dies hier war schwer für ihn. »Es tut mir Leid, wie ich mich benommen habe. Gestern Abend die Tür abzuschließen. Dich hinterherfahren zu lassen. Die Dopingprobe heute Morgen. Ich wollte dich loswerden, egal wie.«

Deeds hielt inne. Er suchte nach Worten. Will suchte nur eine Mitfahrgelegenheit zum Bahnhof.

»Tatsache ist, dass du Teil dieser Mannschaft bist. Ob es mir passt oder nicht« – Deeds sah die Überraschung in Wills Gesichtsausdruck – »und egal, ob es dir passt oder nicht.«

»Du versuchst mir zu sagen, dass …«

»Ich sage dir, dass wir verheiratet sind, Ross. Von jetzt an, bis zum Ende der Saison. Du kannst nicht gehen, wir haben die Option auf dich gekauft. Und ich kann dich nicht rausschmeißen – weil der Konzern sagt, dass er dich behalten will. Ich weiß nicht, welcher Plan dahinter steckt, aber auf jeden Fall gehörst du dazu. Und ich. Wir haben keine Wahl – und ab jetzt werde ich versuchen, das Beste daraus zu machen.« Er machte eine lange Pause, bevor er zum schwersten Teil seiner Ansprache kam: »Willst du das auch versuchen?«

Will dachte nach. Das hatte er nicht erwartet. Das war auch nicht das, was er wollte. Er wusste, er war so lange rechtlich an Haven gebunden, bis sie ihn freigaben. Welches Interesse hatten sie an ihm?

Der heutige Tag hatte es ihm gezeigt. Deeds. Seine Mannschaftskameraden. Alle. Er war ein Verlierer. Aber ein Verlierer mit Vertrag. Und jetzt wurde er in die Ecke gedrängt. Er hasste es, mit dem Rücken zur Wand zu stehen. Er hasste es, nein gesagt zu bekommen. Er hasste es, ins Gesicht gesagt zu bekommen, du kannst es nicht, du bist nicht gut genug, du bist nicht das, du bist nicht dies, auch wenn es stimmte. Vielleicht hatte der Vertrag ja auch sein Gutes, indem er ihn dazu zwang, noch eine Saison lang zu tun, was getan werden musste, noch eine Fahrt, noch eine Reise über den Asphalt. Vielleicht war es ein Segen, seine letzte Chance, es sich zu beweisen und es Deeds zu zeigen.

Und vielleicht war es alles auch nur egoistischer Mist.

Will seufzte, beinahe schmerzerfüllt. Er dachte an die Saison, die vor ihm lag. Die endlosen Fahrten über die Landstraßen Frankreichs, Italiens und Belgiens, durch Regen und Kälte und Schnee und tobende Fans und einem Ziel entgegen, das sie meist schon abbauten, bis er dort ankam.

Er hörte in seinen Körper hinein, befragte ihn nach den Gefühlen und der Zukunft. Er genoss die Tatsache, dass, zumindest zu diesem Zeitpunkt der Saison, ihm noch nicht die Knie wehtaten, die Hände taub waren und die Lungen stachen. Vielleicht, dachte er. Nur noch einmal. Nur um es ihnen zu zeigen und vielleicht auch sich selbst. Es war sein Ego, das sprach. Aber sein Ego hatte ihn hierher gebracht. Und vielleicht würde er noch einmal darauf hören.

Nur noch eine Saison.

Er schaute Deeds direkt ins Gesicht.

»Ich bin dabei«, war alles, was er herausbrachte, bevor er aufstand, sich umdrehte und ohne zurückzuschauen aus dem Zimmer verschwand. Deeds konnte lange Zeit mit niemandem mehr reden.

Jetzt half ihm derselbe Assistent, der schon vorher für die Dick-und-Doof-Nummer mit dem Ein- und Ausladen verantwortlich gewesen war, seine Sachen zusammenzusuchen und sie in einem Mannschaftswagen in eine der Wohnungen in der Gegend zwischen Senlis und Paris zu verfrachten, die das Team angemietet hatte. Tomas schob das Colnago auf die Straße und schraubte es auf das Dach des weißen Peugeot. Er wandte sich Will zu, der gerade die Radkleidung vom Vormittag in den Kofferraum warf.

»Wir sind jetzt seit langem Freunde, nicht wahr?« Tomas wirkte etwas unsicher.

»Natürlich«, erwiderte Will. »Und was kommt jetzt?«

»Denk immer eines, versprichst du mir das? Ich bin nur ein Bote.«

Tomas griff in seine Tasche und holte ein Stück Papier hervor. Er schob es Will zu, als wäre es ein Messer.

Jetzt machte Will sich Sorgen. Er nahm den Zettel und öffnete ihn vorsichtig. Tomas' Unsicherheit begann sich auf ihn zu übertragen. Er las die Notiz.

»Ich warte auf dich. Morgen. In Deeds' Büro. – Kim.«

Erstaunlich. Es war wie ein Messerstich gewesen. Und er hatte ihn ins Herz getroffen.

4
Der Ritt an der Wand

Die Wohnung war nicht die schlechteste, in der Will je gelebt hatte. Ein Loch in Milwaukee war schlimmer gewesen. Aber diese hier war nahe dran. Sie lag in einer vergessenen Straße in einem alten Industriebezirk nördlich von Paris, westlich des Flughafens Charles de Gaulle, 20 Kilometer südlich von Senlis, ein Zimmer im ersten Stock mit einem Bett, einer Badwanne, einer Toilette, einer Kochplatte, einem Tisch, einem Stuhl und einem Telefon. Aber wenigstens war das Klo kein Loch auf dem Gang im Zwischengeschoss. Solche Toiletten hatte Will in Pariser Wohnhäusern gesehen und sich nicht vorzustellen gewagt, wie es hinter den Türen aussehen mochte. Und zum Glück gab es mit den Duschen im Velodrom keinen Grund, sich hier häufig aufzuhalten, wo man auf einem wackeligen Holzgestell über dem Abfluss balancieren musste. Von solchen Wannen mussten Kinder ihre Angst bekommen, mit dem Badewasser weggespült zu werden.

Gewöhnlich schlief er in einem neuen Haus und in einem neuen Bett schlecht, aber heute war er in weniger als einer Stunde nach dem Einzug weggetreten. Er war kurz ausgegangen, um ein Pasta-Abendessen zu sich zu nehmen und hatte sich dann sofort auf die papierdünne Matratze sinken lassen. Licht aus.

Eine Galerie von Gesichtern durchzog seine Träume, Deeds und Cheryl, Bourgoin und Cacciavillani, aber vor allem Kim und ihre Freunde, die geheimnisvollen Männer, die ihr so viel Aufmerksamkeit gewidmet, ihn auf Partys zur Seite geschubst hatten, und deren Anzüge er im Schrank gefunden hatte, nachdem er bei GelSchweiz rausgeflogen und ein paar Tage zu früh von der Lombardei-Rundfahrt zurückgekommen war. *Quelle surprise! Quelle horreur!* Der sprichwörtliche Tropfen, der das Fass hatte überlaufen lassen.

Er wachte um sechs Uhr auf, der Uhrzeit, die er sich antrainiert hatte, außer wenn er am Abend zuvor fermentierte Getränke inhaliert hatte. An diesem Abend hatte er das nicht getan, also klingelte der biologische Wecker pünktlich.

Ein schnelles Bad, eine Abreibung mit Alkohol, ein schnell zusammengebruzzeltes Frühstück aus Eiern und Nudeln und rein in die Arbeitskleidung. Heute würde er als erster am Start stehen.

Er warf sich seinen Seesack auf den Rücken, nahm sein Rad über die Schulter und trug beides auf die Straße. Das würde an sich schon ein gutes Training sein: ein langer Gang, zwei Stockwerke Treppen, morgens und abends, mit 30 Kilo auf den Schultern. Wie machten dicke Menschen das nur? Es musste ihre Knie umbringen.

Es waren etwa 20 Kilometer zu dem verrottenden Velodrom in Senlis. Die konnte er in null Komma nichts wegstrampeln und würde wach und gut aufgewärmt ankommen.

Als er durch den Berufsverkehr im Norden der Stadt fuhr, schweiften seine Gedanken zurück zu den Träumen der letzten Nacht und dann noch weiter, über die Entfernung und über die Jahre hin zu einem Tag in Toulouse, wo er bei einem Kriterium im Publikum eine amerikanische Studentin entdeckt hatte und gespürt hatte, wie ihn auf der Stelle der Blitz traf. War es »Der Pate« gewesen, wo es hieß: »Er wurde vom Blitz getroffen«? Genau, Michael Corleone, vom Blitz getroffen. Das war es, was ihm passiert war, als er zum ersten Mal Kim Grady in der Menge entdeckt hatte, mit erdbeerblondem Haar, durch das die Sonne schien. Er hatte das Rennen gewonnen und sich dabei fast umgebracht. Aber er musste gewinnen. Er musste sich auf dem Podium zeigen. Er musste ins Ziel kommen, bevor sie anfing, sich zu langweilen und in irgendein Café ging.

Sie war nicht gegangen.

Es war ihr sogar aufgefallen, wie er sie bei jeder Runde angesehen hatte. Also hatte sie sich zum Podium durchgekämpft, hatte zugesehen, wie er ein Bouquet leicht angewelkter Rosen, 500 Francs und eine Flasche Rotwein entgegennahm, und sich an einen günstigen Platz gestellt, so dass die, die um sie herumstanden, wie ein Vorhang am Premierenabend aufgingen, und seinen Blick auf sie alleine freigaben, wie sie unwiderstehlich und umwerfend da stand.

Sie hatte ihm all dies schon am selben Abend in einem Café erzählt, wohin er sie von seinem Preisgeld zum Essen eingeladen hatte. Sie sagte ihm wie selbstverständlich, dass er keine Wahl gehabt habe. Sie hatte entschieden, dass sie ihn wollte. Sie hatte ihn beim Rennen beobachtet, seine Aufmerksamkeit auf sich gelenkt und sein Schicksal in ihre Hand genommen.

»Was – das Schicksal, dein Essen von meinem Geld zu bezahlen?«

»Genau«, erwiderte sie.

Das ist fantasisch, dachte er: eine *femme fatale*, die auf mich steht. Das Leben kann so schön sein.

Sein erstes Gefühl auf dem Podium war gewesen, dass dies ein Geschenk Gottes sei. Als sich die Menge teilte, kam er sich vor wie Moses, der das erste Mal auf Israel schaut. Wie Milch und Honig.

Warum ist das nur so schiefgegangen?

Will bog um die Ecke zum Trainingszentrum. Die Autos der führenden Fahrer standen schon da. Bourgoin. Merkel. Sogar Cacciavilani war früh da. Es war bedeutungslos, dass er mit dem Rad gekommen war, aber es gab ihm irgendwie ein gutes Gefühl.

»Hallo, Überlebender.«

Will fuhr zu Cheryl an den Straßenrand.

»Überlebender?«

»Ich habe gehört, dass Deeds sich mit seinen Bedenken nicht recht durchsetzen konnte.«

»Ja, es muss eine gute Show gewesen sein.« Plötzlich verlor er sich in ihrem Gesicht, in der Form, der Farbe und in der Zartheit. Sie schaute ihn missbilligend an und er rüttelte sich wach.

»Bild dir bloß nichts ein, du Idiot.«

»Hey, Hey ... tut mir Leid. Ich war für einen Augenblick bewusstlos, aber jetzt bin ich wieder da. Gehirn ausgeschaltet. Ich nehme an, du musst ganz schön was einstecken, weil du bist, wer du bist – was du bist – eine ...« Er rang nach einem Wort, das ihn nicht wie einen vollständigen Trottel aussehen lassen würde.

»Ich glaube, du meinst: eine Frau«, sagte sie und musste dabei über seine Verlegenheit lachen. »Du hast Recht. Ich bin ein Profi. Ich kenne meinen Job und ich mache ihn gut. Aber andererseits ist es in Europa schon schwer genug, eine Frau zu sein, ohne dass man in einem Männerberuf arbeitet.«

Sie schaute sich rasch um, um zu sehen ob jemand zuhörte, wie sie ihren Gefühlen freien Lauf ließ und ihre Verletzlichkeit preisgab. Warum erzählte sie das diesem Typen, war er nicht genau so ein Pisser wie alle anderen? Nur weil er Amerikaner war? Cardinal war auch Amerikaner und ihm würde sie ums Verrecken nichts erzählen. Dieser Kerl, verdammt, das musste der Kater von letzter Nacht sein. Schlafmangel machte aus ihr einen emotionalen Idioten, der bereit war, mit jedem über alles zu reden.

»Die Frauen der Fahrer betrachten mich wie eine Art Nadelkissen und die Typen behandeln mich, als wäre das Erste, was ich im Sinn hätte, nachdem ich sie den ganzen Tag über französische Landstraßen gejagt habe, sie besinnungslos zu vögeln. Keine Chance. Ich habe zu lange zu hart um diesen Job gekämpft.«

Will hörte sich diese Rede genau an, die er in den verschiedensten Variationen schon so oft gehört hatte, seit er in Europa als Amateur angefangen hatte. Sogar er selbst hatte sie schon gehalten. Es ging dabei um den Zusammenprall zwischen dem amerikanischen und dem europäischen Ego. Auf der anderen Seite hatte ihn noch fast niemand besinnungslos vögeln wollen.

»Ich verstehe, was du meinst«, sagte er. »So, du verstehst mich. Hast du schon einmal an meiner Stelle gestanden? Ich glaube kaum.«

Die Tür, die sich so einfach vor Will geöffnet hatte, war auf einmal wieder verschlossen. Sie starrte ihn für einen endlosen Augenblick stumm an.

»Versuche heute nicht, vorne mitzufahren. Sie werden versuchen, dich kaputtzufahren, oder einfach nur warten, bis du platzt. Bleib ruhig im Feld bis du wieder deine Form gefunden hast. Konzentrier dich darauf, genau in der Mitte zu bleiben. Wenn du zu weit hinten fährst, hast du verloren, weil die Neuprofis wegplatzen und du mit ihnen hinten rausfällst. Bleib in der Mitte.«

»Ich weiß. Ich war einmal ein Profi, erinnerst du dich?«

»Nur eine Erinnerung. Du hast dich bislang nicht wie einer benommen.«

»Danke. Ich verspreche, dass ich mich bessern werde. Für Gott, Haven und das Vaterland.«

»Du kannst mich mal.«

Er hielt inne und schaute sie an. In ihren Augen brannte ein Feuer, das ihm bei der ganzen Kabbelei bislang nicht aufgefallen war.

»Es tut mir Leid. Danke für den Rat.«

»Vergiss es.«

Will hörte, wie sich der Eingang zum Velodrom hinter ihm öffnete. Das war alles, was er hörte. Und doch zuckte er unfreiwillig zusammen. Er spürte, wie sich um ihn herum eine Mauer aufbaute, ein Schutz gegen jede Verletzung von außen. Als ob das möglich wäre. Als Kim Grady Ross vor Will trat, brach die Mauer mit einem Schlag in sich zusammen. Sie wusste was sie sagen musste. Sie wusste, wie sie schauen musste. Sie wusste nicht nur, wo die Löcher im Panzer waren, sondern auch, wie rostig er geworden war.

»Guten Morgen, Will. Und Sie müssen Sharon sein?«

»Cheryl«, erwiderte die Betreuerin zugeknöpft.

Will war beeindruckt. Wie viel waren es – fünf Sekunden? – und schon hatte Kim Cheryl provoziert, war durch die Linien gebrochen und hatte eine kleine Granate platziert.

Kim ignorierte Cheryl und wandte sich wieder Will zu.

»Du hast die Sitzung verpasst. Deeds ist schon wieder sauer. Aber keine Angst, Will. Du bist sicher. Komm nur so schnell wie möglich wieder in Form. Machst du das? Die Mannschaft braucht dich und deine Fähigkeit, sich für den Mannschaftskapitän bedingungslos zu opfern.«

»Na so was«, sagte er sarkastisch, »solch sanfte Worte sind noch selten an mich gerichtet worden. Ich möchte nicht unhöflich sein, Kim, aber … warum sollte dich das interessieren? Ich zahle keine Alimente, keine Unterstützung. Es gibt keine Verbindung zwischen uns. Warum sollte es dich interessieren, dass ich gut fahre?«

»Nimm es nicht persönlich, Willie. Du interessierst mich nicht, aber es interessiert mich wie du fährst. Die Mannschaft interessiert mich. Weißt du, sie gehört mir. Was du tust, wirkt sich darauf aus, wie viel ich verdiene, und wie viel ich verdiene, wirkt sich darauf aus, wie du den Rest deines Lebens verbringst: bequem, in irgendeiner

Position in diesem Geschäft, oder draußen, auf deinem Hintern, als Fahrrad-Penner. Du hast einmal gesagt, dass jeder irgendwann zu dem Menschen wird, den er am meisten hasst. Du stehst jetzt an der Schwelle. Ärgere mich nicht, Will. Sonst bist du ganz schnell so ein Penner. Verpfusch es nicht.«

Sie hatte während ihres Monologs nach vorne gegriffen und hielt jetzt sein Kinn in ihrer Hand. Will erstarrte, als er spürte, wie ihr Griff fester wurde, wegschnappte und seinen Kopf zur Seite fallen ließ.

»Streng dich heute an, Will. Die Mannschaft – und dein Arbeitgeber – erwarten das von dir.«

Kim drehte sich auf dem Absatz um und lief davon. Der Geruch von Lagerfeld hing in der Luft. Cheryl schaute ihr nach, wie sie zu ihrem silbernen Mercedes ging, im Fond Platz nahm und hinter einer Wolke aus Abgas und Straßenstaub verschwand.

»Gott, was für eine Ziege. Eine Freundin von dir?«

»Gewissermaßen. Meine Ex-Frau. Die Art von Frau, die einen Mann zum Trinken bringt.«

»So schön ist sie doch auch wieder nicht.«

»Es geht nicht um ihr Aussehen.«

»Ach so.«

»Ich habe drei Jahre lang mit dieser Frau zusammengelebt. Es war so, als würde man auf Nitroglyzerin-Flaschen laufen. Man wusste nie, wann eine hochgehen würde und ob dabei nicht der ganze Laden in die Luft fliegt.«

»Hört sich nach Spaß an.«

»Oh ja. Sie ist auch die einzige Frau, die ich kenne, deren Periode drei Wochen im Monat dauert.«

»Und du bist noch nicht einmal verbittert. Also, erst eine leidenschaftliche Ehe und jetzt lebst du in einem Loch in Belgien ...«

»Das ist kein Loch.«

»... und arbeitest für eine Fahrradmannschaft, die dich als Anhängsel auf ihre Lohnliste gesetzt hat. Toll, Ross«, sagte sie mit einem starken Sarkasmus, »manche Leute wissen wirklich, wie man lebt. Deiner sprühenden Schlagfertigkeit zufolge gehe ich davon aus, dass du nicht wusstest, dass ihr ein großer Anteil an der Mannschaft gehört und dass sie die Mannschaft für Martin Bergalis managt.«

Will schüttelte den Kopf.

»Das dachte ich mir«, sagte Cheryl, »man sieht nicht oft eine so gute Imitation eines Basset, der gerade von einem Auto überfahren wurde.«

Will lächelte, dann fing er laut an zu lachen. Vielleicht hatten Cheryl und er gerade einen gemeinsamen Feind gefunden und der Groll der ersten Begegnungen zwischen ihnen konnte jetzt begraben werden, um den Weg für zumindest eine freundschaftliche Beziehung frei zu machen. Er konnte einen zweiten Freund neben Tomas gut gebrauchen. Es gab noch so viel zu sagen, noch so viel, was er loswerden musste. Er war an einem Punkt angelangt, an dem er mit jemand anderem als Leo reden musste, seinem Saufkumpanen in Avelgem, der nicht ein Wort Englisch verstand, wenn er nicht bis obenhin voll war.

Will wollte Cheryl gerade noch etwas sagen, als sich hinter ihm das leise Surren von Naben und Ketten und Kränzen und Krachen von Umwerfern erhob.

Die Mannschaft begann ihr Vormittagstraining durch die Landschaft im Norden von Paris. Sie würden den Verkehr blockieren, sie würden Fußgänger fast überfahren, sie würden wie ein Panzer über die Straße rollen. In Amerika würde man sie erschießen, aber hier waren sie Haven. Und sie regierten die Straße.

Cheryl schaute ihn an.

»Bleib in der Mitte. Suche deine Form.«

Er lächelte. Tausend Sprüche fielen ihm ein, aber er wusste, dass, wenn er auch nur einen losließe, sie ihm wahrscheinlich mit einer Metallstange die Knie brechen würde. Er hatte sein Leben in einer Welt der Sprüche verbracht, aber jetzt, auf einmal, wollte er damit nichts mehr zu tun haben.

Also ließ er es bleiben. Zum ersten Mal in seinem Leben ließ er es bleiben. Er schaute sie einfach nur an und sagte »Danke«.

Er stieß sich ab und schloss sich der Mannschaft an, reihte sich sanft in der Mitte des Feldes ein.

Heute lief es besser für Will, er begann seinen Rhythmus und seine Konzentration zu finden. Er hielt gut mit, übernahm Führungsarbeit, wenn er dran war, bekam wieder ein Gefühl für die Gruppe und war immer bereit, wenn Deeds wollte, dass er vorne wegsprang, um auszureißen oder um Ausreißer zu jagen. Es tat gut. Er wusste, dass es nicht immer so sein würde. Es würde Tage geben, an denen er nicht im Sattel sitzen konnte, an denen er in seiner Einsiedlerwohnung aufwachen und eine Viertelstunde brauchen würde, bis er seine Knie geradebiegen und aufstehen konnte, ohne dass ihm vor Schmerz Tränen in die Augen schossen oder er sich im Türrahmen anlehnen musste, Tage, an denen nichts und niemand ihn dazu würde bringen können, mit irgendjemandem mitzuhalten oder auch nur hinterherzufahren.

Aber heute fühlte er sich gut.

Heute gehörte er aufs Fahrrad.

Godot langweilte sich.

Er hatte seinen Bericht über den Fall Colgan vor Wochen eingereicht, zusammen mit den Untersuchungsergebnissen der Gerichtsmediziner und den Aufzeichnungen von La Sarge zu dem Draht und dem Metallstück, die sie zwischen den bloßgelegten Streben gefunden hatten. La Sarge war gut gewesen: »Die Teile, die am Tatort gesichtet und aufgefunden wurden, gehören mit einer 85-prozentigen Wahrscheinlichkeit zu einem elektronischen Sprengstoffzünder, vermutlich für Plastiksprengstoff.«

Die Tageszeitungen vergaßen das Attentat auf Colgan schon langsam. Die Berichte über die laufende Untersuchung waren auf den hinteren Seiten vergraben, versteckt in einem Wald von Kleinanzeigen. Sie schrieben noch immer, es sei eine Gasexplosion gewesen.

Von wegen Gasexplosion.

Also wartete Godot. Er wartete darauf, vom Chef der Mordkommission zu hören. Er wartete darauf, vom Leiter der Untersuchungskommission für den Fall Colgan zu hören. Er wartete darauf, vom Chefinspektor der Pariser Polizei zu hören, oder von irgendeinem der vielen Bürokraten und Politiker, von deren Urteil er abhängig war.

Ich habe keine Lösung für den Fall, dachte er. Das stört mich auch gar nicht. Ich will im Augenblick nicht einmal unbedingt den Mörder finden. Ich will nur, dass irgendwer zugibt, dass es ein Mord war. Das wäre an sich schon ein Triumph.

Sein Telefon klingelte. Godot nahm hastig den Hörer ab.

»Luc.«

»Stephen. Gibt's was Neues? Hast du was gehört?«

»Ja. Aber ...« Die lange Pause ließ Godot nichts Gutes ahnen. »Sie kaufen es nicht. Der Sekretär des Chefinspektors hat mir gesagt, dass dem Chef ein 15-prozentiges Risiko zu hoch ist, um einen Mordverdacht zu äußern. Vor allem, wenn es um einen der großen Rennställe Frankreichs geht, der von einem der größten Konzerne Frankreichs gesponsort wird.«

»Ein Konzern, zu dessen Vorstand er selbst gehört«, fügte Godot hinzu.

»Mmhh. Stimmt. Er sitzt drin.«

»Also hab' ich verloren?«

»Ja, Luc. Tut mir Leid. Sie bleiben bei der Gasexplosion. Das ist einfach und sauber. Und Colgans Familie verhandelt bereits mit Gaz de France über eine Abfindung von mehreren Millionen.«

»Schön, dass sie gewartet haben. Verlangen sie auch Geld für seinen Finger? Sie standen ihm ja offenbar sehr nahe.«

»Du hast recht, da wurde keine Liebe verschwendet. Aber der Finger ist außer Reichweite.«

»Zerstörtes Beweismittel?«

»Nein«, erwiderte La Sarge prompt. »Er liegt auf dem Schreibtisch des Chefinspektors, in Kunstharz gegossen. Ich glaube, er möchte ihn als Briefbeschwerer benutzen.«

Godot legte wortlos den Hörer auf. Er war von der Abteilung in die Ecke gedrängt worden. Er mochte es nicht, mit dem Rücken zur Wand zu stehen, egal um was es ging. Es gab zwei Auswege.

Zuerst rief er einen Reporter an, der sich seit zwanzig Jahren mit Mordfällen beschäftigt hatte. Können wir uns treffen? Ich habe etwas, das dich interessieren könnte.

Und zweitens, er würde es einfach selbst in die Hand nehmen. Die Verdächtigen treffen, sie befragen, sie ausquetschen. Ohne Autorisierung.

Und er würde mit dem Mann anfangen, der Colgan ersetzt hatte.

Während der Januar verstrich, hatte Will immer mehr gute Tage. Er hatte sogar einen richtigen Schub von Energie und Enthusiasmus, als die Mannschaft sich zu formieren begann und auf die Bedürfnisse von Bourgoin und den anderen wichtigen Fahrern blind zu reagieren lernte.

Will arbeitete hart an seinen Beinen und trainierte außerdem, wenn er nach Hause kam, in seiner kleinen Wohnung seinen Oberkörper, indem er Gewichte hob und Liegestütze machte. Er dachte an Stewart Kenally, der immer gepredigt hatte, die Kraft müsse sich aus dem ganzen Körper entfalten, nicht nur aus den Beinen, sondern auch aus den Armen, der Brust, aus dem Rumpf und dem Herzen und dem Geist und der Seele.

Und an manchen Tagen war sie da, die Kraft.

Aber dann wurde er wieder an die Erkenntnis erinnert, die er vor Jahren gewonnen hatte, als er plötzlich merkte, klar und deutlich, dass er nie ein Champion sein würde. Er konnte fahren, er konnte manchmal sogar fliegen, aber er konnte nicht schnell genug fahren und nicht weit genug fliegen, um ein Champion zu sein. Champions konnten es immer. Und es hatte bei ihnen immer diese gewisse Leichtigkeit. Auch sie hatten ihre schlechten Tage und ihre Durchhänger, aber im Vergleich zu Will spielten sie in der ersten Liga, während er bestenfalls Kreisklasse war. Es gibt eine unsichtbare Mauer, die dich immer an deinem Platz hält. Wenn du sie nicht in Angriff nimmst und es nicht schaffst, sie zu durchbrechen, bleibst du immer im zweiten oder im dritten oder im vierten Glied.

Domestike.

An den Tagen, an denen die Kraft nicht da war, spukte das Wort unentwegt in seinem Kopf herum. Es waren Tage, an denen es schien, als habe sich die Kraft die man braucht, um die Kurbeln schnell und ausdauernd um sich selbst zu drehen, Urlaub genommen oder als sei sie einfach nicht aus dem Bett gekommen.

Er fuhr immer mit. Er gab nie auf. Aber er fiel dann nach drei Vierteln der Strecke aus dem Feld heraus. Manchmal ging es ganz langsam, als triebe man bei ruhiger See von einem Schiff weg. An anderen Tagen wurde er einfach weggesprengt: Eben noch mittendrin, konnte er im nächsten Augenblick gerade noch den letzten Mannschaftswagen sehen, wie er einen halben Kilometer vor ihm um die Kurve bog.

Es gab Tage, da schien es für ihn so sogar das Beste zu sein. Will kam dann zwischen zehn Minuten und einer Stunde nach den anderen im Trainingszentrum an und bis er geduscht hatte, war Cheryl mit den Mannschaftsführern fertig und bereit, sich den kleineren Lichtern zu widmen, die es nötig hatten. Mit 32 Jahren hatte Will es nötiger, als er zugeben wollte.

»Was war los?« würde sie fragen, während sie einen steinharten Muskel an seinem Rücken bearbeitete.

»Ich ... konnte ... einfach ... daaaaaaaas Tempo nicht mehr halten. Erst ging es gut – dann ging gar nichts mehr und ich konnte sie einfach nicht mehr einholen.«

»Das kann passieren, aber du darfst deine Konzentration nicht verlieren. Wenn du anfängst im Feld zu träumen, bekommst du echte Schwierigkeiten.«

»Da haben wir ja eine echte Expertin ... auuaaa.«

»Oh, entschuldige, ich vergaß, dass ja nur Männer Fahrrad fahren. Und nur Männer Rennen fahren. Und nur Männer mit 90 Stundenkilometer, den Hintern in der Luft und Jeannie Longo am Hinterrad, den Berg runterjagen. Natürlich. Hatte ich vergessen.«

»Entschuldige.«

»Das reicht nicht.« Sie grub sich fest in seine Schultern und traf einen Punkt tief im Inneren des Muskels. Will zuckte zusammen und Tränen stiegen ihm in die Augen. Er vergrub sein Gesicht in die Öffnung der Kopfstütze.

»Sag mir, wenn der Schmerz nachlässt.«

Will versuchte zwischen seinen Japsern einen Witz anzubringen: »Frag mich morgen wieder.«

Toll, dachte er. Jetzt hatte er sie nicht nur beleidigt, sondern begann außerdem, wie Beavis and Butthead zu klingen.

»Da haben wir ihn. Jetzt fängt er an, sich zu lockern.«

Er spürte, wie das Blut wieder in den Muskel strömte und wie der Schmerz, den der Griff verursacht hatte, aus der kleinen verhärteten Stelle wich.

Sie mochte ja sauer auf ihn sein, aber sie verstand auf jeden Fall ihr Handwerk. Mit diesen Händen konnte sie wahrscheinlich sein Genick brechen wie einen Zweig. Er musste lachen. Er sollte sich lieber gut mit ihr stellen.

»Tut mir Leid. Ich hatte kein Recht dazu, das zu sagen.«

»Angenommen. Tut mir Leid, dass ich es dir so heimgezahlt habe. Aber verdammt noch mal, ich hab' mir zehn Jahre lang im Sattel den Arsch aufgerissen. Von 13 bis 23. Und alles, was ich von euch, äh ... Elitefahrern ... zu hören bekomme, sind herablassende Bemerkungen. Ja. Ihr macht alles runter, was ich tue. Und das ist Scheiße. Ich könnte mit den meisten von euch im Training mithalten. Und weißt du was? Einige in der Mannschaft könnte ich schlagen. Ja, ich. Und du bist einer von ihnen.«

Sie drehte sich um und verließ den Massageraum. Will schaute ihr hinterher. Die Situation faszinierte ihn immer mehr. Da ist eine Frau, dachte er, eine Frau, die genau wusste, wer sie war und wo sie herkam und wo sie hinwollte.

Er beneidete sie.

Sie schaute ihn an, kein Lächeln, streng geschäftsmäßig. Will wachte aus seinen Gedanken auf und fand sich auf einer kalten Massagebank in einem heruntergekommen Trainingszentrum im Norden von Paris an einem frostigen Januartag wieder. Er bedeckte sich rasch mit seinem zerlumpten Trainingshandtuch.

»Wie ich schon gesagt habe, konzentriere dich. Du hast die Beine, benutze sie.«

In dieser Nacht träumte Ross von Stewart Kenally und dem Fahrradladen Two Wheels in Detroit, Michigan.

Stewart hatte seinen Vater bei dem ersten Besuch nicht dazu überreden können, ein Fahrrad zu kaufen. Er hatte fast so getan, als wolle er gar kein Rad verkaufen, aber er hatte Wills Vater davon überzeugt, in der nächsten Woche früher wiederzukommen, damit sie Zeit hatten, sich zu unterhalten und herauszubekommen, ob Will wirklich fahren wollte oder ob er nur ein glitzernd buntes Fahrrad haben wollte. Um die Verabredung zu besiegeln, hatte Stewart ihnen französische und italienische Fahrradmagazine mitgegeben.

Will hatte keine Ahnung, was in den Zeitschriften stand, aber er liebte die Bilder. Später klaute er das Englisch-Französisch-Wörterbuch seiner Schwester, um wenigstens ein paar Worte aufzuschnappen und ungefähr zu verstehen, worum es ging, aber er konnte einfach nicht herausbekommen, was dieses *Paris–Roubaix* sein sollte.

»Papa, schau dir das an: Sie fahren 200 Meilen im Regen und im Schlamm über Kopfsteinpflaster.«

Harold Ross schaute nicht einmal von der Kalamazoo Gazette, der lokalen Tageszeitung auf. »Kilometer. In Frankreich rechnet man in Kilometern. Ein Kilometer ist ungefähr eine dreiviertel Meile. Und sie tun so etwas einfach nur, weil die Franzosen halt so sind.«

Will wusste nicht, was sein Vater mit dieser letzten Bemerkung meinte, aber er war im Krieg dort gewesen, im großen Krieg, dem Zweiten Weltkrieg, also mußte er es wissen.

Die Fahrt zurück in Detroits Vorstadt, zweieinhalb Stunden an einem späten Samstagvormittag, gab Stewart die Antwort, die er brauchte. Wills Vater war die Woche über nach und nach weichgekocht worden, den Ausflug zu unternehmen und sein Scheckbuch einzustecken. Aber er hatte das vage Gefühl, dass er keine Ahnung hatte, was er da tat und was es ihn kosten würde. Als sie im Laden ankamen, nahm Kenally Wills Vater beiseite und schickte den Jungen los, um sich die Räder und die Ausrüstung anzuschauen. Die beiden Männer verschwanden für eine lange Zeit, um, wie Will glaubte, über Räder und Rennen zu sprechen und über die Preisschilder, die an alldem hingen.

»George – passt du für einen Moment auf den Laden auf?«, rief Stewart aus dem Büro heraus. »Ich muss eine Runde drehen.«

Kenally kam mit bestimmtem Schritt aus seinem Büro und gab Will ein Zeichen, ihm zu folgen, an der offenen Bürotür vorbei, wo Wills Vater mit blassem Gesicht saß und sich durch einen dicken Ordner mit Ausschnitten und Programmheften durcharbeitete, durch die Werkstatt mit ihren unzähligen Kisten und Schubladen, die alle Fahrradteile der Welt zu enthalten schienen, in ein Hinterzimmer, wo Stewart ein Maßband hervorholte und Will vermaß, als verkaufe er einen Anzug.

Er ging in ein anderes Zimmer und kam mit einem heruntergerittenen schwarzen Fahrrad und einem paar schwarzer Radhosen aus Wolle wieder.

»Hier – zieh die an.« Stewart hatte einen harten schottischen Akzent.

Will tat, was ihm gesagt wurde. »Welche Schuhgröße hast du?«

»Sechs, Sir.«

»Von so kleinen Füßen habe ich noch nie etwas gehört«, murmelte er. Trotzdem fing er an, die Kisten mit unsortierten Fahrradartikeln zu durchwühlen, die sich im Laufe der Jahre im Hinterzimmer des Geschäfts angesammelt hatten.

»Hier, das sind die kleinsten, die ich habe. Sie sind Größe 8. Wir werden einfach die Spitzen mit Zeitung ausstopfen.«

»Fahren wir jetzt Fahrrad?«, fragte Will mit einer Mischung aus Vorfreude und Angst.

»Nicht wir. Du. Und nicht hier, sondern dort.« Er zeigte auf ein Bild an der Wand. Will schaute auf ein Beton-Oval, das an beiden Enden erhöht war. Unter dem Bild stand groß »Winterbahn«.

Innerhalb von einer Viertelstunde waren sie an der Winterbahn, die auf einem unbenutzten Acker hinter einer Lagerhalle im Norden der Stadt versteckt lag. Ein paar junge Männer von der Universität Michigan kamen gerade heraus, sodass die Bahn leer war. Das half Will, der in ungewohnten Situationen nervös war. So konnte er seine Fehler ohne Zuschauer machen. Stewart setzte ihn auf das Rad und schob ihn auf den Beton. Die Schuhe passten nicht, aber das Rad war perfekt, abgesehen davon, dass er nicht aufhören konnte zu treten. Jedesmal wenn er es versuchte, schoben ihm die Pedale die Knie wieder an die Brust.

»Es hat eine starre Nabe«, rief Stewart, als Will an ihm vorbeifuhr, der offensichtlich mit der Kurbel zu kämpfen hatte. »Sie dreht sich immer weiter – du kannst es nicht rollen lassen. Versuche nicht dagegenzuhalten um zu bremsen.«

Will hatte es schon versucht und festgestellt, dass die Pedale es einfach nicht zuließen. Moment mal, wo waren hier die Bremsen? Es gab keine Handbremsen, keine Rücktrittbremsen, keine Möglichkeit, dieses Ding anzuhalten, wenn es erst einmal in Bewegung war. Man konnte nur treten, langsamer oder schneller oder einfach den Druck wegnehmen, um langsam zum Stehen zu kommen. Oder hinzufallen. Diese Möglichkeit gab es immer.

Will fuhr ein paar Mal an der roten Linie entlang um die schüsselförmige Bahn herum und begriff, dass er nur eines tun konnte: weiterfahren, je schneller, desto besser. Dann rief Stewart: »Fahr die Kurve rauf.«

Es war unmöglich, die Kurve hinaufzufahren. Das Gesetz der Schwerkraft sagte, dass es einfach unmöglich war. Trotzdem fuhr Will bei jeder Runde ein Stückchen weiter in die 33 Grad steile Wand. Als er oben angelangt war, rauschte er aus der Kurve heraus, zurück zur Bahn und trat dabei wie ein Wilder, wie ein Mann, wie ein besessener Junge. Es gab kein Halten, kein Abbremsen, die einzige Möglichkeit, Kontrolle über sich und das Rad zu behalten, war, einfach nach vorne zu schauen und sich in die Kurve zu legen, die die Bahn ihm vorgab und die ihn sanft, aber in einem Rausch der Geschwindigkeit in die Gegenrichtung trug.

Der Fahrtwind rauschte in seinen Ohren und trieb ihm Tränen in die Augen. Er rang nach Luft. Er wollte seine Beine anhalten, aber es ging nicht, des Rades wegen aber auch seiner selbst wegen.

Das ... das ... das war das reinste Vergnügen.

Er versuchte immer wieder, das Rad rollen zu lassen, aber es erinnerte ihn sofort daran, dass es das nicht zulassen würde, indem es ihm die Knie fast ins Gesicht schlug und das Hinterrad von der Bahn abhob. Er kurbelte langsamer und spürte, wie das Rad auch langsamer wurde, langsam genug, daß er ausgangs der vierten Kurve auf der Geraden an das Geländer fahren konnte und, indem er die Hand an der Stange entlangführte, zum Stehen kam. Dann wandte er sich dem Innenraum zu und fuhr zur Startlinie, wo ein anderer Junge auf einem Rad vor Mr. Kenally auf und ab fuhr. Stewart stellte ihn als Raymond, einen anderen Rennfahrer, vor. Ich, ein Rennfahrer? dachte Will. Cool. Aber Raymond sagte kein Wort. Er blickte Will nur an, ein Blick, der ihn erschauern und sich wünschen ließ, anderswo zu sein, wenn es sein musste in der Ford-Werkstatt. Hauptsache irgendwo anders.

»Raymond wird ein wenig mit dir fahren«, sagte Stewart. »Roll schon mal los.«

Will pedalierte langsam davon, ohne zu wissen, was er zu erwarten hatte oder wie er sich darauf einstellen sollte. Das erste Zeichen, das erste, was ihn ärgerte, war, dass Raymond an seinem Hinterrad fuhr, als würde er dort kleben. Will gefiel das Gefühl nicht, dass dieser Typ ihm im Nacken saß, also fuhr er schneller, aber Raymond blieb dran, verlor nicht für einen Augenblick seine Konzentration, klebte fest an Wills Hinterrad. Zwei Runden um die Bahn waren vorbei und Will konnte sich Raymonds Griff nicht entziehen. Also fuhr er in der nächsten Kurve bis ganz nach oben und stürzte sich wieder herab. Jetzt war Raymond etwa zwei Meter vor ihm. Raymond legte ein paar Kohlen nach und Will, der zwischen Wut und Euphorie schwankte, legte auch zu und saugte sich an Raymonds Hinterrad. Was der kann, kann ich auch, dachte Will und blieb etwa zehn Zentimeter hinter Raymond, genau wie dieser es vorher getan hatte. Will merkte, dass es plötzlich leichter ging. Er fuhr schneller, als er je gefahren war, strengte sich jedoch nur halb so sehr an wie vorher.

Als sie die Linie passierten, rief Stewart: »Schneller jetzt!« und Will spürte einen Schub bei Raymond. Ohne Vorwarnung war der Sog, der ihn hinter Raymond gehalten hatte, weg und Will hing mit einem Mal ein, zwei Meter hinterher. Er mochte diesen Kerl nicht und er würde ihn nicht abhauen lassen. Will bäumte sich noch einmal auf und fuhr an Raymonds Hinterrad heran, aber viel zu schnell; er versuchte auszuweichen, versuchte zu bremsen, gegen die Pedale zu halten, aber er hatte zu schnell beschleunigt und fuhr gegen das Hinterrad.

Das reichte aus. Will wurde nach vorne gedrückt, sein Vorderrad flatterte unkontrollierbar hin und her. Und dann hob es ihn Hals über

Kopf über den Lenker und er konnte nichts tun, während die harte, schwarze Oberfläche seine Schulter, seinen Kopf, sein Gesicht, sein Knie und alles andere, was sie von ihm und dem Fahrrad erwischen konnte, streifte. Seine Schulter schlug zuerst auf und er fühlte eine Explosion in seinem Genick und es war mehr als nur ein Gefühl, es war ein Geräusch wie die Nadel eines Plattenspielers, die über eine alte Schallplatte kratzte. Und dann stand er wieder.

Er hatte den Sturz abgerollt, hielt noch immer den Lenker seines Rades und stierte leer die Gerade hinab in Richtung der zweiten Kurve. Er sah, wie Raymond in die dritte Kurve bog.

Harold Ross war gerade an dem Holzgeländer angelangt, als er seinen Sohn stürzen sah. Er war aufgesprungen und fast über das Geländer gehüpft, als er sah, wie Will sich wieder aufrappelte. Er sah nach links, wo Raymond mit einem triumphierenden Lächeln um die dritte Kurve fuhr.

Als Vater hatte alles in ihm danach geschrien, über das Geländer zu springen und zu seinem Sohn zu laufen, aber er verharrte, halb auf dem Geländer hängend. Er schaute Will an und flüsterte: »Steh auf... steh auf... steh auf...«

Stewart Kenally hatte sich nicht gerührt. Er hatte den Unfall gesehen, die Rolle, hatte gesehen, wie Will mit Blut im Haar und dem Rad in der Hand aufgestanden war. Dies war nicht der Augenblick, um irgendetwas zu sagen. Dies war der Augenblick, um zu beobachten.

Will war schon wieder dabei, sein Rad anzuschieben und nebenher zu laufen. Er sprang, schwang sein Bein über den Sattel und wackelte in die Kurve, während er versuchte, seine Schuhe in die Körbchen zu zwängen. Durch Glück oder durch ein Wunder fiel sein rechter Fuß genau hinein und er spürte, wie sein Schuh in der Führung einrastete. Der linke Fuß schien nicht passen zu wollen, also ignorierte er ihn einfach. Er hatte keine Zeit zu verlieren, er verlor nur noch mehr an Boden.

Will spürte, wie sein Blut kochte und eine tiefsitzende Wut in ihm aufstieg, die er noch nie gefühlt hatte. Er warf sein ganzes Gewicht in die Pedale und schlug das Rad hin und her, um Geschwindigkeit aufzunehmen, während Raymond auf der anderen Seite geschmeidig über die Bahn pedalierte. Will trat noch fester und konzentrierte sich darauf, wie fest und wie schnell er die Pedale runterdrücken und hochziehen konnte, ohne mit dem Rad allzu sehr hin und her zu wackeln. Er bog um die dritte Kurve und sauste hindurch, ohne dabei seinen Rhythmus zu verlieren.

Raymond fuhr locker weiter. Der Abstand war groß genug und außerdem war dies ohnehin kein Rennen. Stewart hatte ihn nur gebeten, herzukommen und es wieder einmal einem Möchtegern zu zeigen. Er hatte seinen Job erledigt. Raymond richtete sich auf seinem Rad auf und nahm die Hände vom Lenker, um sich zu strecken. Er schaute nach vorne durch die Kurven zwei, drei und vier, um zu sehen, wo der Sturzpilot war, aber er konnte ihn nirgendwo entdecken. Hmm. Sein Vater musste ihn von der Bahn geholt haben. Dann schaute Raymond über die Schulter. Der Möchtegern war direkt hinter ihm, mit blutverschmiertem Gesicht und mit einem wilden Blick in den Augen.

Will raste von hinten an Raymond heran. Er hat nicht aufgepasst, dachte Will, nicht nachgedacht. Nun, hier bin ich, mein Freund, hier bin ich. Unterhalb von Raymond war kein Platz und Will wusste, dass er nach oben fahren musste, um sich neben Raymond zu schieben, und an ihm vorbeizufahren.

Aber ein Überraschungsangriff stand außer Frage, Raymond hatte ihn gesehen und er zog mit panikhafter Wucht sein Rad hin und her, um wieder das Tempo aufzunehmen, das er seit dem Sturz hatte schleifen lassen. Will beschleunigte ebenfalls und zog mit Raymond gleich. Beide Jungen rasten in wilder Hatz auf die Ziellinie zu. Diesmal nicht, dachte Will, diesmal nicht und er fing an zu schreien, fast zu heulen, während sich alles, was sich in ihm angestaut hatte, entlud – die Wut und die Enttäuschung und die Angst der ersten Runden, der Schmerz in der Schulter, die Peinlichkeit, mit einem Fahrrad – mit einem Fahrrad! – auf die Nase gefallen zu sein – und in einer tobenden Sturzflut aus ihm herausbrach, als er über die Ziellinie schoss.

Und mit einem Mal fiel alles von ihm ab.

Die Linie zu überqueren war wie das Öffnen eines Sicherheitsventils: Will spürte, wie die Kraft und die Geschwindigkeit und die pure Emotion ruhig und schnell abglitten. Er versuchte, es aufzuhalten und diesen Kraftschub festzuhalten, aber es hatte keinen Sinn. Mit jedem seiner schmerzhaften Atemzüge, mit jedem Anheben seiner Brust, mit jeder Pedalumdrehung fiel es von ihm ab und er wurde wieder zu dem Jungen, der erst vor 30 Minuten zum ersten Mal die Bahn betreten hatte. Erst vor 30 Minuten?

Als er in die nächste Kurve fuhr, war das, was ihm eben noch wie ein Rennen um Leben und Tod vorgekommen war, nur noch ein gemütlicher Landausflug mit Raymond. Die beiden fuhren still nebeneinander her, zwischen ihnen war nur das Keuchen ihrer Lungen zu hören. Schließlich schaute Raymond zu ihm herüber und sprach die ersten Worte, die Will ihn je sagen hörte: »Nicht schlecht.«

Die beiden drehten noch zwei Runden, um auszufahren und kamen dann vor Stewart zum Stehen.

»Was hältst du von ihm, Raymond?«

Raymond lächelte nur.

Stewart lächelte zurück. »Du hast Recht. Der ist in Ordnung.«

Stewart strich durch Wills Haar und betrachtete die Schnittwunde an seinem Kopf. »Das muss genäht werden und du wirst ein Haarnetz brauchen«, sagte er. »Wir müssen das Gehirn, das übrig ist, in deinem Kopf behalten – du wirst es brauchen.« Dann schaute er über den Rand der Bahn. Will folgte seinem Blick und sah seinen Vater, der mit rotem Kopf auf dem Geländer saß.

Stewart lächelte noch einmal und sprach, diesmal zu Wills Vater. »Es tut mir Leid ihnen das sagen zu müssen, aber ich denke, sie sollten sich darauf vorbereiten, so etwas öfter zu erleben – ich glaube, wir haben hier einen guten Fahrer gefunden.«

Wills Augen sprangen auf. Er hasste es, so aufzuwachen, plötzlich und ohne die geringste Chance, wieder einzuschlafen. Normalerweise passierte das nur, wenn er unter Druck stand, etwa in der Nacht vor einem Rennen. Aber jetzt wusste er nicht, warum, vielleicht einfach nur so. Morgen würden die Aufstellungen für die ersten Trainingsrennen der Saison bekanntgegeben, den Étoile de Bessèges, die Ruta del Sol und die Mittelmeer-Rundfahrt. Insgesamt 21 Fahrer würden teilnehmen, einer würde sich als Reserve bereithalten und einer würde einfach weiter trainieren. Das werde wohl ich sein, dachte Will, also warum soll ich mich aufregen?

Er drehte sich um und schaute auf die Uhr, die ihm seine Großmutter vor 25 Jahren geschenkt hatte. Sie hatte viel mitgemacht, aber sie tickte noch. Es war halb sechs. Er setzte sich auf die Bettkante, rieb sich die Augen, stand auf und ging ans Fenster, um die ersten grauen Streifen am Horizont eines Wintermorgens in Frankreich zu sehen.

Was war mit dem Jungen auf der Winterbahn nur passiert, wunderte er sich. Was war mit dem Jungen passiert, der mit seinem Kopf und seinem Herzen gefahren war, und nicht nur mit seinen Beinen?

Er rieb sich noch einmal die Augen. Er wusste es nicht. Aber zum ersten Mal seit vier Jahren interessierte ihn die Antwort.

5
Ein Stück meines Herzens

So fängt kein wirklich schlechter Tag an, dachte Will. Auch ein durchschnittlicher Tag fängt anders an. Dieser Tag begann mit einer besonderen Wachheit, leicht mit einem biorhythmischen Hoch zu verwechseln. An solchen Tagen weiß man rein aus dem Gefühl heraus, was hinter der nächsten Kurve kommt, nach der nächsten Umdrehung des Uhrzeigers, und man fühlt sich so dem Tag einfach ein bisschen besser gewachsen.

Will nutzte die halbe Stunde, die er zusätzlich zur Verfügung hatte, um ausgiebig Gymnastik zu machen, und er ließ sich mit seinen Vorbereitungen Zeit: baden, mit Alkohol abreiben, anziehen. Er betrachtete sich in dem milchigen Spiegel über dem Waschbecken in der Küche. Wenn er ihn im richtigen Winkel hielt, konnte er sich bis zu den Knien sehen. Vielleicht lag es ja gar nicht an dem milchigen Spiegel, dachte er. Vielleicht wurde er ja mit 32 selbst blass und ein wenig abgewetzt. Sein Bäuchlein, das er von seinem Vater geerbt hatte und das er in den sechs Monaten seiner Pensionierung erstmals kennen gelernt hatte, war jetzt wieder verschwunden; die Wochen auf dem Rad zeigten Wirkung, egal wie viel er tagsüber aß. Er schwor sich, nach seinem endgültigen Karriereende weiter Rad zu fahren. Man konnte nicht hoffen, mit durchtrainierten 22-jährigen mitzuhalten, wenn man 20 Pfund zuviel im Gepäck hatte.

Er fuhr durch den trüben Morgen zum Velodrom. Der Wind blies wie der Fahrtwind eines TGV, der durch die nordfranzösische Landschaft braust. Die Fahrt nach Senlis stellte sich als echtes Training heraus, er schien drei Pedalumdrehungen auf dem großen Blatt zu benötigen, um sich um eine vorwärts zu bewegen. Aber ein Training konnte nichts schaden. Heute war offiziell Ruhetag, ein Tag für Mannschaftsbesprechungen, zur Neueinteilung der Gruppen, ein Tag um die müden Muskeln auszulockern und um die Fahrräder in Ordnung zu bringen, ein wenig Gymnastik zu machen und um eine ausgiebige Mahlzeit zu sich zu nehmen.

Will wollte außerdem ein Training in dem kleinen, schlecht bestückten Kraftraum absolvieren, seinen Trizeps und seine Unterarme kräftigen und ein paar große Gewichte mit den Oberschenkeln drücken. Vielleicht würde er auch eine Runde mit dem Sandsack in den Ring steigen, um Aggressionen abzubauen. Irgendwie sah er immer Deeds' Gesicht auf dem Sack. Früher hatte er immer Kims Gesicht gesehen, aber je mehr die Bitterkeit wich, desto mehr verblasste auch das Bild unter dem Everlast-Logo. Jetzt war es Deeds und es tat gut. Wenn er noch Zeit hätte, würde er Cheryl bitten, seinen Rücken zu bearbeiten. Er hatte keine wirklichen Beschwerden, aber es würde ihm die Gelegenheit geben, sich mit ihr zu unterhalten.

Er schob sein geschundenes Colnago in die Werkstatt. Tomas war nirgends zu entdecken. Er spannte es in den Montageständer und drehte am Vorderrad. Er würde Tomas einfach fragen, was er tun konnte, damit das »Biest« auf der Straße und im Feld blieb. Es war sein vierundzwanzigstes »Biest«. Wahrscheinlich musste er so lange fahren, bis er sein fünfundzwanzigstes bekam, es dann an den Nagel hängen und Fotomontagen seiner fünfundzwanzig Räder verkaufen. Die würden weggehen wie warme Semmeln.

Er ging zurück auf den Gang und lief ein wenig schneller. Der Wind hatte ihn so viel Zeit gekostet, dass er Punkt 8 Uhr im Besprechungszimmer auftauchen würde, wenn Deeds gerade die Sitzung eröffnete. Gleich wie viel Mühe er sich gab, Pünktlichkeit war einfach nicht seine Stärke. Er fing an zu traben, kam zur Tür, griff nach der Klinke und schwang sich um die Ecke. Fünfzig oder sechzig Augen waren auf ihn gerichtet. Vielleicht auch nur neunundfünfzig, denn Will glaubte, dass ein Auge des Mannschaftsassistenten nicht echt war.

»Ich bin nicht zu spät. Sogar die Wanduhr sagt, dass ich pünktlich bin.«

Deeds schaute auf die Uhr über der Tafel. »Ich habe wohl zu früh angefangen. Setz dich.«

Während Will sich den freien Stuhl zwischen Tony C. und Ricardo Paluzzo, einem italienischen Neuprofi, suchte, fiel ihm auf, dass immer noch alle Augen auf ihn gerichtet waren. Einige sahen ihn mit Schrecken an, andere mit unverhohlener Wut.

Kein Zweifel. Will hatte in seiner unnachahmlichen Art etwas verpasst. Etwas Wichtiges.

Er schaute erstmals auf die Tafel und sah drei Namenslisten – die Aufstellungen für die ersten drei Rennen der Saison. Das erste, der Étoile des Bessèges war schon in drei Tagen. Eine siebenköpfige Truppe würde morgen abreisen und dort Quartier machen. Will überflog die Liste und fand wie erwartet seinen Namen nicht. Auch bei der Mittelmeer-Rundfahrt, einem fünftägigen Etappenrennen, war er nicht dabei. Es waren interessante Rennen, aber zu früh in der Saison, um bei den Tifosi, abgesehen von den allerfanatischsten, für große Aufregung zu sorgen.

Und dann war da noch eine dritte Liste, für die Ruta del Sol in Spanien, dem fünftägigen Auftakt der spanischen Saison. Dort würden, wegen des guten Wetters und der starken Besetzung, die großen Jungs spielen: Bourgoin, Cacciavillani, Merkel, vielleicht Cardinal, die Namen und die Gesichter, die für die Frühjahrsklassiker, die kleineren Rundfahrten im Frühsommer und für die großen Rundfahrten, den Giro, die Tour und die Vuelta, das Herz der Mannschaft bilden würden.

Die Aufstellung las sich, wie Ross es erwartet hatte: Richard, Tony C., Hans, John, ein baskischer Domestike, der sich durch seine Kraft und sein Temperament ausgezeichnet hatte, und dann, am Ende der Liste, ein Wort: Ross. Will fühlte sich, als hätte ihm ein Industrie-Staubsauger die Luft aus dem Körper gezogen. Deshalb diese Blicke. Seine Mannschaftskameraden waren entweder genauso geschockt wie er oder besinnungslos vor Wut. Er war der Neuling in der Mannschaft und obendrein ein äußerst mittelmäßiger und er hatte sie alle, wenn auch nur in ihrer Einbildung, aus der ersten Auswahl verdrängt, sie um ein sonniges warmes Rennen im Februar mit den Besten der Welt und mit der Aufmerksamkeit der internationalen Presse gebracht.

Will hob seine Hand.

»Da muss ein Fehler vorliegen, Chef.«

Deeds schaute erst auf die Tafel und dann zu Will, ohne dabei seine offenkundige Enttäuschung verbergen zu können. »Kein Fehler. Du bist dabei.«

»Aber ich bin noch nicht soweit.«

»Du bist am Saisonanfang nie soweit. Keiner ist zu diesem Zeitpunkt soweit.«

Paluzzo meldete sich von hinten. »Ich schon.«

»Nein. Die Ruta gehört Ross. So wird's gemacht und Schluss. Wer damit Probleme hat, dem werde ich nach der Sitzung genau dasselbe sagen.«

Cardinal meldete sich zu Wort. »Meine Ex-Frau würde das nie für mich tun.«

Der Raum bebte unter dem Gelächter. Cardinal wartete ab, bis es wieder ruhiger wurde und fuhr fort: »Aber vielleicht habe ich einfach nicht die richtige Ex-Frau.«

Will wurde rot, während die anderen murmelnd ihre Einigkeit bekräftigten.

Deeds räusperte sich: »Es war nicht ihre Entscheidung. Es war meine. Ich wollte es so, wegen der Trainingsplanung und wegen des Mannschaftsaufbaus. Ich will nicht nur einen oder zwei Kapitäne und ansonsten nur Dronen. Ihr müsst alle im Feld euer Bestes geben und, wenn es nötig ist, führen. Diese Aufstellung gibt euch die Gelegenheit dazu. Es war meine Idee.«

Jemand in der hinteren Reihe sang leise vor sich hin: »... with a little help from my friends.«

Der Rest der Sitzung lief nicht besonders gut und Will war froh, als es vorbei war. Er konnte die Pause vor dem Mittagessen und den Besprechungen der Staffeln für die einzelnen Rennen gut gebrauchen. Er brauchte eine Auszeit. Er brauchte einen Freund. Tomas war mit der Zeitfahrmaschine von Bourgoin beschäftigt; er hatte keine Zeit. Außerdem waren die anderen Mechaniker mit anderen Fahrern der Mannschaft befreundet und waren mit Wills unmöglicher Beförderung in die erste Staffel nicht einverstanden.

Aber Cheryl war da. Sie hatte gerade Bourgoin und Merkel verarztet und ihnen ihre Pülverchen und Salben verabreicht. Die Mannschaft stellte vieles zur Verfügung, aber die Fahrer brauchten vor dem Rennen darüber hinaus ihre besonderen kleinen Dinge, von denen sie aus Erfahrung und aus Aberglauben wussten, dass sie ihnen halfen.

»Hast du einen Moment?«

»Natürlich, was kann ich für dich tun?«

»Ich habe einen Knoten so groß wie Cleveland direkt neben den Halswirbeln. Könntest du mir den rausmassieren?«

»Selbstverständlich. Leg dich hin.«

Er machte sich auf der Bank lang, die nach Jahren der Benutzung schwer nach Schweiß, Massageöl und Salbe roch. Die Bank hatte wohl alle Rennen dieser Welt gesehen.

»Meinst du … Moment … diesen hier? Genau hier?«

Verdammt, war sie gut. Ihr Daumen bohrte sich in den Knoten und traf beim ersten Versuch genau den Punkt, der ihn lösen würde. Wills Kopf schnappte in die Kopfstütze.

»Ahhhuuuuuuuuahhhhgggh.« Er klang wie Homer Simpson, der sich gerade über einen Doughnut hermachte.

»Nein, nein. Ich glaube, die Mets werden gut spielen dieses Jahr, wenn ihre Fänger noch ein wenig besser werden«, erwiderte Cheryl sarkastisch und bohrte ihren Daumen nocht etwas tiefer.

Will quietschte, er quietschte richtiggehend und verfiel dann zusammen mit Cheryl in ein lautes Lachen.

»Ich habe die Kontrolle über dein Rückgrat übernommen. Ich kontrolliere die Längsmuskulatur und die Quermuskulatur … noch ein Drücken, noch ein Zucken … und sie werden tun, was ich ihnen befehle.«

Sie setzte sich neben den Tisch und grinste zufrieden. Will lachte und schnaufte schwer, als wäre das das Zweitbeste nach eruptivem Sex gewesen.

»Danke, das habe ich gebraucht.«

»Keine Ursache. Machst du dir Sorgen?«

»Worüber?«

»So wie du nach der Mannschaftssitzung hier reingekommen bist, würde ich sagen über die Mannschaftssitzung. Nachdem du für die erste Staffel mit Bourgoin, Tony C. und Merkel aufgestellt worden bist, nehme ich an, dass du Blut und Wasser geschwitzt hast. Und da du bei Haven ohnehin nicht unbedingt zu den Beliebtesten gehörst, gehe ich davon aus, dass du durchhängst, weil du keine Verbündeten mehr hast. Wie nahe bin ich dran?«

»Zehn von zehn.«

»Ich muss das auf der Straße austragen.« Schweigen. Sie wusste, dass er Angst hatte, tiefe Angst und das zu Recht, und sie war nicht sicher, was sie sagen konnte, um diese Angst zu brechen, die sich in seine Seele hineingefressen hatte.«

»Hör zu. Du denkst, dass du noch nicht bereit bist. Vielleicht stimmt das. Aber andererseits vielleicht auch nicht. Du hast bei jedem Training mitgehalten. Du bist hart gefahren. Du hast an dir gearbeitet. Du hast es schwer gehabt, seitdem du hier bist. Ziemlich schwer. Keiner hat erwartet, dass du aufgestellt wirst. Jetzt bist du dran. Mach einfach das Beste daraus. Wenn's klappt – wunderbar. Wenn nicht, wird die Mannschaft es merken, bevor zu viel Schaden entsteht. Dafür ist der Saisonanfang ohnehin da. Du fährst ja nicht die Tour de France, zum Teufel.«

»Das Problem ist, dass ich schon immer in jedes Rennen gegangen bin, als wäre es die Tour. Jedesmal wenn ich aufs Rad steige, geht es um Leben und Tod. Jedesmal wenn ich um eine Kurve fahre, denke ich ›Reiß aus, lass sie hinter dir, gewinn das Ding ... ‹.«

»Aber?«, fragte sie.

»Aber ich habe nicht das Herz dazu. Ich rutsche schon so lange ab in diesem Geschäft, dass ich keinen Halt mehr finde.«

»Du musst einen Weg finden.«

Er starrte zu Boden. Ja. Er musste einen Weg finden. Und er hatte eine knappe Woche Zeit dazu.

»Was für eine rührende häusliche Szene, Will. Spielst du sie irgendwann auch einmal für mich?«

Will und Cheryl drehten sich um. Die Frau in der Tür verkehrte mit einem Schlag die warme Atmosphäre des Raums vollständig ins Gegenteil.

»Hallo, Kim.«

»Entschuldige, dass ich störe, Sharon ...«

»Cheryl.«

»... aber ich muss mich für eine Minute mit meinem früheren Ehemann und jetzigem Angestellten unterhalten. Unter vier Augen. Es dauert nicht lange, Sharon.«

»Cheryl.«

»Dann kannst du sofort damit weitermachen, dir die Hosen vom Leib flirten zu lassen, in Ordnung?«

Kim nahm Cheryl am Ellbogen und brachte sie zur Tür, schob sie hinaus und schloss sie hinter ihr. Draußen gab Cheryl das international einschlägige Zeichen für grobe Verstimmtheit.

»Zum Teufel, Will. Was findest du bloß an ihr?«

»Einen Freund, Kim. Was willst du?«

»Ich wollte nur sehen, ob du dich über den spanischen Urlaub freust, den ich für dich geplant habe.«

»Du hast ihn geplant? Deeds hat gesagt, es sei seine Idee gewesen.«

»Da hat sein männliches Ego gesprochen, nehme ich an. Mr. Deeds ist in einer unangenehmen Situation.« Sie öffnete eine Schachtel aus Feingold, nahm eine lange schwarze Zigarette heraus, zündete sie sich trotz der Hunderten von *Defense de Fumer*-Schilder im Trainingszentrum an und blies Will den Rauch direkt ins Gesicht, dem, obwohl er schon lange in Europa war und gelernt hatte, mit Rauch zu leben, plötzlich schlecht wurde. »Er muss das, was von seiner Autorität übrig geblieben ist, vor meiner Mannschaft retten.«

Will drehte sich auf den Rücken und starrte an die Decke, hauptsächlich, um dem Rauch zu entkommen.

»Kim, wie zum Teufel bist du an diese Mannschaft gekommen? Ich meine – du hasst Fahrer. Du hasst die Typen, du hasst den Geruch, du hasst die Rennen, du hasst ...«

»Den Dreck.«

»Ja, den Dreck. Das Reisen. Die Tour. Paris-Roubaix. Die Klassiker. Du hasst alles an diesem Sport außer den Medien und den Partys. Tut mir Leid, aber warum zum Teufel managst du ein Team?«

»Um ein wenig Verstand in den Sport zu bringen. Amerikanisches Business und cleveres Marketing. Es gefiel Haven, was ich anzubieten hatte«, sagte sie und, nach einer Pause und einem Grinsen, »und sie machen das Beste daraus.«

Will drehte sich um und schaute sie an: »Und sich nach oben zu vögeln, hat dabei auch nicht geschadet, oder?«

»Oh, das ist billig, sogar für dich, Will. Früher warst du nicht so verbittert.«

Da, da war er, der Eröffnungszug in ihrer Argumentation. Wenn er sie auf irgendetwas festgenagelt hatte, verunsicherte sie ihn, indem sie ihm einredete, er würde »unfair« oder »defensiv« agieren. Er geriet dann völlig durcheinander, während er im Kopf seine Argumente noch einmal durchging. Wenn er damit fertig war, war alles zu spät und sein Ego lag zerknäult in der Ecke neben dem Katzenkorb. Machte ihm das immer noch etwas aus? Er setzte sich auf, schwang seine Beine über den Rand der Massagebank, schaute erst zu Boden und dann zu ihr. Zeit für einen direkten Schuss.

»Ich bin nicht verbittert. Harte Fakten. Weißt du, es ist mir egal, was du tun musstest, um dahin zu kommen, wo du jetzt bist, Kim. Jeder macht das auf seine Art. Aber erzähl mir bitte nicht, dass du es aus Liebe zum Sport tust, okay? Ich bin nicht sonderlich begeistert, dass du mich für die Mannschaft aufgestellt hast. Ich sollte mit der dritten Staffel bei einem kleinen Rennen fahren oder hierbleiben und Kilometer fressen. Ich gehöre nicht zur Ruta mit Bourgoin und den anderen großen Jungs.«

»Welch Bescheidenheit«, sagte sie sarkastisch, »und das nach all den guten Dingen, die ich Martin von dir erzählt habe.«

Das war das erste Mal, dass sie von ihm sprach. Welches Interesse konnte Bergalis, der Chef von Haven-Pharma, an ihm haben, außer dass er irgendein kleiner Angestellter war, den man im Vorbeigehen zur Kenntnis nahm?

»Und wie geht es dem Chef?«

Sie merkte plötzlich, dass sie, ohne es zu wollen, Will eine Angriffsfläche geboten hatte. Sie zog sich sofort zurück, ein wenig konsterniert, aber dennoch, eindeutig am längeren Hebel.

»Danke, es geht ihm gut und ich bin mir sicher, dass du bei der Ruta dein Bestes für Haven geben wirst. Er musste die Mannschaftsaufstellung abzeichnen und die Aufteilung gefiel ihm. Es ist wie in der C-Jugend, Will. Jeder darf mitspielen. Die mittlere Ebene der Mannschaft darf etwas gewinnen. Die Besten dürfen zusammenarbeiten. Die Neuprofis dürfen sich im Trikot des berühmten Haven-Teams zeigen. Siehst du, entgegen deiner Vorwürfe, und entgegen dem, was du von meinen Verdiensten hältst, habe ich eine solide Vorstellung vom Sport und vom Geschäft. Ich leite die schlagkräftigste Fahrradmannschaft seit, lass mich überlegen, 1986? La Vie Claire? Und jetzt noch einmal zu der kleinen Komödie, die du mit Sharon spielst ...«

»Cheryl.«

»Sharon gefällt mir besser. Es ruft ein bessere Reaktion hervor. Wie auch immer. Die Sache scheint dir das Gehirn weichzukochen. Vielleicht sollten wir sie freilassen, damit du dich auf deine Arbeit konzentrieren kannst.«

»Was?«

»Du hast mich verstanden. Vielleicht sollte ich sie rausschmeißen.«

»Wenn du sie rauswirfst, gehe ich auch.«

»Ach. Und was ist mit deinem Vertrag.«

»Wenn du Cheryl rauswirfst, sitze ich im nächsten Zug.«

»Wenn du im nächsten Zug sitzt, ist deine nächste Post eine Vorladung vor Gericht wegen Vertragsbruchs. Dein Leben wird mir gehören«, sie hob ihre Stimme, »alles, was in dem Loch in Avelgem steckt, in der dunklen Straße neben der Lagerhalle und ... ist das ein Puff nebenan?«

»Na und, dann gehört es dir halt«, sagte er ruhig und versuchte dabei, sein Entsetzen darüber zu verbergen, dass sie so viel über sein Leben nach ihrer Trennung wusste. »Die Abflüsse sind miserabel und die Verkabelung ist ein Brandherd. Es bleibt dabei«, er stand auf und schaute sie bestimmt an, »wenn sie geht, gehe ich auch. Nimm was du willst. Nimm alles. Es ist nicht viel. Ich kann auch deinen Freund Bergalis anrufen und ihm dasselbe sagen.«

»Ich habe nicht gewusst, dass dir die Sache so viel bedeutet. Dass sie dir so viel bedeutet.«

»Halte sie doch aus unseren Geschäften heraus. Die Tatsache, dass sie nicht Teil deiner oder meiner Rechnung ist, rechtfertigt nicht, dass man sie rausschmeißt, nur weil sie mit mir spricht. Du managst die beste Mannschaft seit La Vie Claire. Nun, sie gehört zu der stärksten Mannschaft seit La Vie Claire. Behalte sie, weil sie gut ist. Du brauchst sie mehr als du weißt. Denk daran.«

»Du solltest auch an etwas denken«, sagte Kim mit giftig kalter Stimme während sie ihren Pelzmantel aufhob. »Dein Arsch gehört mir. In Ordnung? Wenn du muckst, in der Mannschaft oder außerhalb der Mannschaft, quetsch' ich dich so platt, dass es die Straßenreinigung Wochen kosten wird, auch nur deine Augenbrauen von der Straße zu kratzen. Du gehörst dieser Mannschaft, ob es dir gefällt oder nicht.«

Sie grinste. Will lief ein Schauer den Rücken herunter. Das war offene Feindseligkeit.

»Und du wirst tun, was ich dir sage, ob es dir schmeckt oder nicht.«

Sie hängte sich den makellosen Rotfuchsmantel über die Schulter und wandte sich zur Tür. »Ich sehe dich nächste Woche in Spanien, Will.«

Der Gedanke ließ ihn erschauern. Er hatte in seinem Leben für viele Idioten gearbeitet, einige unglaublich schlechte Manager, aber das hier war neu. Sogar für ihn.

Er sagte es, kurz bevor sie aus dem Raum verschwand. Er wusste nicht, warum. Es kam einfach aus ihm heraus. So, als wisse sein Unterbewusstes, was zu tun sei, obwohl er es nicht wusste.

»Grüß Marty von mir.«

Es gab keine starke Reaktion; nur eine Pause, er konnte nur ein Innehalten in ihrer Bewegung feststellen, als sei ihr natürlicher Rhythmus für den Bruchteil einer Sekunde unterbrochen worden. Sie schaute sich nicht um, sie trat auf den Gang und ging davon, vielleicht ein bisschen mehr als wütend.

Es wurde still im Massageraum, während ihre Schritte im Gang verhallten. Will lehnte sich an die Bank und merkte, dass er zitterte und einen Knoten im Magen hatte, von der Auseinandersetzung, von den Drohungen, vom Gestank ihrer Zigarette und von dem Parfum in der Luft. Sie nahm immer zu viel von dem Zeug. Manchmal so viel, dass es wie Insektenspray roch.

Ihm wurde übel. Alles kam zusammen – der Geruch, der Rauch, die Aufregung. Er musste hier raus. Er spürte, wie es in ihm aufstieg und während er aus dem Raum auf den Gang trat, brach er in Schweiß aus und bekam Gänsehaut. Lieber rennen jetzt, sonst schaffe ich es nicht mehr zur Tür, dachte er. Deeds versuchte ihn festzuhalten und rief: »Wer zum Teufel hat hier drinnen geraucht?« Will riss sich los und taumelte wie ein Betrunkener zur Tür. Es war eine dieser alten feuersicheren Türen aus Holz und Glasfaser aus den 40er oder 50er Jahren und wenn er den Türgriff nicht erwischte, würde er die Hand einfach durch die Scheibe drücken und die Saison wäre für ihn gelaufen und er hätte mit diesen Leuten ein für allemal nichts mehr zu tun. Warum waren die Drahtzieher in solch einem großartigen Sport nur solche Idioten? Im letzten Augenblick drehte er sich um und drückte die Tür mit seinem Rücken auf – ein Reflex, den er sich schon in der Schulzeit angewöhnt hatte –, rollte auf den Bürgersteig und stolperte zum Bordstein. Er lehnte sich mit der Schulter an einen Laternenpfahl und übergab sich. Es war kein schöner Anblick. Es war kein schönes Geräusch. Rauch oder Stress oder Idioten konnte er je einzeln ertragen. Aber alles auf einmal ließ es in ihm aufsteigen. Auf eine besonders hässliche laute Art und Weise.

»Siehst du, mit was für Leuten ich arbeiten muss, Henri?«

Will schaute durch feuchte, rotumrandete Augen auf. Kim stand nur wenige Meter von ihm entfernt an der Tür ihres Mercedes. Aus dem Auspuff knatterten Abgase und Will wurde wieder schlecht. Neben ihr stand ein großer Mann, der kultiviert und sehr ernst wirkte.

»Du verschmutzt den Gehweg, Will. Dafür kommt Haven nicht auf.«

Sie zog sich ihren Mantel um den Hals und stieg ins Auto. Der junge Mann schaute Will mitleidig an, als sich dieser am Laternenpfahl hochzog.

In stockendem Englisch sagte er nur: »Ich hasse auch Rauch«, bevor er sich umdrehte und die silberne Autotür hinter sich zuzog. Der Motor heulte zweimal auf und nebelte Will mit einer schwarzen Abgaswolke ein. Dann rollte er davon und verschwand im Vormittagsverkehr von Senlis.

Will lehnte am Laternenpfahl, erschöpft, nassgeschwitzt und, so fühlte er sich jedenfalls, blass wie ein Gespenst. Er atmete schwer, um seinen Magen und seinen Kopf zu beruhigen.

»Toll«, sagte er und sprach dabei niemanden bestimmtes an, »einfach ganz toll«.

Bei den Nachmittagssitzungen schaute Deeds ihn skeptisch an, erwähnte aber mit keinem Wort den Vormittag, den Rauch oder die Auseinandersetzung mit Kim. Einige hatten etwas davon mitbekommen und Will fragte sich, wie viel sie mitbekommen hatten, aber es schien so, als seien alle zu ängstlich, um etwas zu sagen. Nur Tony C. sagte etwas.

»Kotze nie vor einer Frau, mein Freund«, sagte er zu Will, »vor allem nicht, nachdem du einen Kampf gewonnen hast. Sie denken dann, sie hätten gewonnen und dann kann man nicht mehr mit ihnen leben.« Er grinste und klopfte Will auf die Schulter.

Merkwürdig. Das erste Zeichen von Akzeptanz durch die Mannschaft als Ergebnis eines überraschenden und völlig verkorksten Vormittags. Sogar Deeds war ein wenig freundlicher als sonst zu ihm gewesen. Halt, nur nicht übertreiben. Deeds hatte nur gesagt, dass vorne noch ein Stuhl frei sei. Das war nicht freundlich. Das war rein organisatorisch und etwas pedantisch.

Die dritte Staffel sollte noch am selben Nachmittag zum Étoile des Bessèges abreisen, gab Deeds bekannt. Die zweite Staffel würde am Samstag zur Mittelmeerrundfahrt fahren. Die erste Staffel mit Will würde am Sonntag nach Spanien fahren, um in der Sonne zu trainieren. Endlich raus aus der nassen Pariser Kälte, dachte Will. Warum trainierten sie nur hier? Deeds ist einer der Typen, die finden, Leiden mache hart, dachte Will.

»Ruf deine Leute zusammen, Bourgoin, ich möchte mit euch reden, bevor ihr morgen verschwindet. Ich komme erst nächste Woche nach. Du übernimmst bis dahin die Verantwortung. Ich schicke dir Philippe als Assistenten mit. Lass ihn ruhig für dich springen.«

Deeds grinste schief. Alle im Raum drehten sich zu Philippe um, dem mondgesichtigen wieseligen Charakter, dem die Haare ausgingen und mit dem sich Will schon mehr als einmal angelegt hatte. Philippe lächelte verlegen in die Runde und zog sich dann in sein

Schneckenhaus zurück. Es schien, als hätten sich Deeds und das Wiesel wesentlich weniger lieb, als Will geglaubt hatte. Er fragte sich, was wohl zwischen ihnen sei. Es gab viel nachzudenken heute Abend. Vielleicht bei einem Bier.

Die Sitzung war um zwei zu Ende und die Mannschaft ging auseinander, um zu packen, zu trainieren, zu reden oder einfach nur, um für sich zu sein. Es war noch Zeit für eine zweistündige Ausfahrt, dachte Will, wenn er jetzt losfahren würde. Sie würde ihm helfen, nach diesem Vormittag wieder mit sich ins Reine zu kommen, den Gestank wegblasen und seine Beine in Form halten oder sie zumindest vor den zwei Reisetagen noch einmal durchbewegen.

Er ging in die Werkstatt und holte sein altes Colnago von einem Lagergestell herunter. Er war kein Riese und es hing fast außerhalb seiner Reichweite.

»Hey, was soll das«, rief Tomas von der anderen Seite des Raumes. »Ich habe den ganzen Morgen und eine Tretleiter dazu gebraucht, um es dahin zu bekommen.«

»Ich danke dir für deine Mühe«, sagte Will und verbeugte sich dramatisch, »aber ich brauche jetzt eine Fahrt an der frischen Luft und eine Dusche und ein Bier und eine Frau und eine Million Dollar ...«

»Träum weiter. Aber tu deinen Schrott wieder zurück.«

»Ja, es ist Schrott, aber es ist mein Schrott.«

»Fahr mit deinem neuen Rad. Ich habe es vermessen und fertiggemacht. Gib mir nur deine Pedale und du kannst losfahren.«

»Was?«

»Es ist Weihnachten, Will. Wenn du mit Bourgoin fährst, bekommst du die guten Sachen. Neues Trikot, neues Rad, neues Stirnband, neue Hosen – sogar neue Socken. Du trägst immer noch diese Dinger, stimmt's?«

»Glücksbringer. Hat immer geklappt, weißt du.«

Will stellte sich über das neue Colnago, weiß, unberührt, frisch aus dem Karton. Die beste Campagnolo-Gruppe, Ergo-Power Bremsschalthebel, alles drum und dran. Mannomann. Dafür, dachte er, würden Technik-Fanatiker in den Staaten sterben.

»Tolles Rad. Muss ich?«

»Musst du was?«

»Muss ich es nehmen? Ich meine, es gefällt mir, aber das gefällt mir auch. Es hat Ähnlichkeit mit mir. Ein bisschen abgenutzt, ein bisschen kaputt, ein bisschen aus der Mode.«

»Es hat eine Rahmenschaltung. Als nächstes fährst du wieder mit Pedalkörbchen und Riemen wie Sean Kelly.«

»Für mich ist ein Rennen kein Rennen, wenn ich nicht mindestens einmal den Schalthebel nicht treffe und meine Finger in die Speichen bekomme. Schönes Rad, aber ich behalte lieber das.«

»Das wird Deeds nicht gefallen. Ein sauberes Image ist ihm wichtig. Vor allem bei den weiblichen Fans von Bourgoin.«

»Dann nimm es als mein Ersatzrad mit. Ich bleibe bei dem Biest hier. Wir verstehen uns.«

»Ich hoffe, du weißt, dass ich die ganze Saison über damit beschäftigt sein werde, es mit Leim und Spucke zusammenzuflicken.«

»Deshalb bist du der Zauberer«, sagte Will über die Schulter.

Er schob das Colnago auf den Gang, zog sich rasch in der Kabine um und ging vor die Tür. Während er den letzten Klettverschluss seines Schuhs schloss, trat Cheryl von hinten leise an ihn heran. Sie war rot im Gesicht, so als wäre sie lange und schnell durch die Kälte gerannt.

»Ich habe gehört, dass du eine Unterhaltung mit der Drachenfrau hattest.«

Will grinste. »Wir scheinen uns wenigstens was sie betrifft zu verstehen. Ja, wir haben gesprochen.«

Er beließ es dabei. Sie schwiegen beide für einen langen Augenblick, so lange, dass Will an andere Dinge zu denken begann, wie zum Beispiel die Idiotie, an einem Tag alleine losfahren zu wollen, an dem ihm eine Stunde lang Wind mit 23 km/h ins Gesicht blasen würde, nur um sich dann geheimnisvoll mit ihm zu drehen und ihm dann auf dem Heimweg wieder entgegenzukommen. So war es schon immer. Und so würde es immer sein.

Er schwang sein Bein über den Sattel und klickte seinen rechten Fuß in die Pedale. Als er anfuhr, sagte Cheryl: »Danke.«

Will hielt inne. Er begriff, dass alles, was er jetzt sagen konnte, sie in Verlegenheit bringen würde.

»Einfach nur danke.«

Er schaute sie einen Augenblick an und fuhr dann los.

»Ich kann Leute nicht ab, die herumkommandieren«, sagte er, fädelte rasch in den Verkehr ein und ließ Cheryl alleine am Randstein stehen, während der Winterwind ihre Haare in alle Richtungen blies.

Die Ausfahrt war wundervoll, eine jener reinigenden Trainingsfahrten, bei denen er die ganze Zeit über eine gewisse wütende Energie verfügte. Die Wut war nicht zielgerichtet, sie stammte von wirklichen und eingebildeten Kränkungen durch wirkliche und eingebildete Feinde. Aber er merkte, dass sie sich direkt unter der Oberfläche angestaut hatte, und wenn er sie nicht auf der Straße loswürde, würde er sie zum garantiert falschen Zeitpunkt an irgendetwas oder irgendjemandem auslassen.

Wie er es geahnt hatte, schlug ihm auswärts die ganze Zeit der Wind ins Gesicht und drehte dann rätselhafterweise, um ihm auf der Heimfahrt wieder das Leben schwer zu machen. Mein Gott. Alles in seinem Leben schien in letzter Zeit so zu funktionieren – was er auch tat, der Wind kam immer von vorne. Nun ja. Jetzt wollen mir mal nicht selbstmitleidig werden. Das Selbstmitleid wich aus ihm, wie vorher die Wut aus ihm gewichen war, alles Teil der emotionalen Selbstreinigung, die seine einsamen Fahrten ausmachte. Er wusste vorher nicht, was sein Kopf tun würde, wenn er alleine lospedalierte. Er warf ihn von höchster Euphorie zu teuflischer Depression hin und her, dann zu wilden sexuellen Fantasien und wieder zurück zu den Streitigkeiten mit welcher Person auch immer, Kriege, die er immer und immer wieder in seinem Kopf austrug, bis er sich von ihnen wegreißen musste.

Es war eine seltsame Art zu fahren: die Stirn zerfurcht, der Mund voller Beschimpfungen und Bemerkungen und dem, was er für vernünftige Argumente hielt. Es musste einen unbeteiligten Beobachter erschrecken und er musste sich fragen, woher seelisch so instabile Personen wie er solche Räder bekamen und wer sie auf französische Straßen ließ, um Passanten das Fürchten zu lehren. Aber der Zauber funktionierte immer, denn bis er wieder in seiner Wohnung war,

war Wills Geist wach und klar und die Ereignisse des Tages in die richtige Perspektive gerückt. Er musste die Ruta fahren. Vielleicht konnte er Bourgoin helfen. Vielleicht. Vielleicht war seine Nominierung gar nicht so schlecht. Außerdem war Kim besessen davon, ihn nicht von der Mannschaft wegzulassen, also sollte er das Beste daraus machen. Sie bloßstellen, indem er ihr zeigte, dass er es noch in sich hatte – zumindest ein wenig davon.

Er trat in seine Wohnung, die ihm nach der kalten Fahrt vorkam wie ein Dampfbad. Einen Moment lang war er überwältigt von der angenehmen Wärme, aber dann merkte er, dass er sich jetzt nicht niederlassen durfte, sonst wäre es vorbei. Sie würden ihn Tage später finden, stinkend und immer noch bewusstlos, mit einem idiotischen Grinsen auf seinem Gesicht. Will ließ sich Badewasser ein – heiß, bitte lass es heute heiß sein –, zog sich aus und warf seine Kleidung in die Ecke. Er würde sie heute Abend noch auswaschen, damit er sie morgen einpacken konnte. Morgen, Spanien. Sonniges Spanien. Mit den großen Jungs. Ein Anflug von Glück überkam ihn. Vielleicht steckte ja doch noch etwas in seinen alten Knochen. Vielleicht noch ein paar Kilometer mehr, ein paar Sprints, ein paar Berge und ein paar … aaaahhh … das Wasser brannte auf seiner ausgekühlten Haut und die Wärme drang tief in seine Muskeln ein. Er hätte sich vorher ein wenig aufwärmen sollen; das tat ziemlich weh. Aber irgendwie schaffte er es, sich in das Bad sinken zu lassen.

Er drehte sich so, dass er aus seiner Wohnung schauen konnte. Die ersten Vorboten der Dämmerung waren über dem gegenüberliegenden Gebäude zu sehen. Die jungen Mädchen in dem Tanzstudio im zweiten Stock waren an der Stange, manche dehnten sich, andere zeigten durch das Fenster auf ihn und kicherten. Er hatte kein Licht angeschaltet, aber vielleicht konnten sie ihn trotzdem sehen. Er winkte. Sie winkten zurück. Sie konnten ihn sehen. Egal. Es machte ihm nichts aus. Er war jenseits von Scham. Jenseits von Bewusstsein.

Er wusste nicht, wie lange er geschlafen hatte. Aber jetzt war es völlig dunkel in der Wohnung und im Tanzstudio gegenüber. Das Wasser war kalt. Sehr kalt. Aber es war nicht das Wasser, das ihn geweckt hatte. Es war das Klopfen an der Tür. Es war stetig, mal schneller, mal langsamer, mal fester und mal sanfter. Aber verdammt beharrlich.

»Ja. Ja. *Une minute, une minute*«, rief er.

Er schleppte sich aus seinem Schlaf und aus der Wanne heraus. Die wohlige Wärme, die ihn in der Wohnung begrüßt hatte, war weg, es war kalt. Verdammt kalt. Oh, Mann. War die Heizung an?

Das Klopfen an der Tür wurde lauter.

»Einen Moment, verdammt noch mal, behalten Sie mal ihre Hosen an!« Hosen. Ja. Hosen und ein Pullover. Will streifte sie über seine Blöße und ging zur Tür. Er lehnte für einen Augenblick den Kopf dagegen, um die letzten Spinnweben zu vertreiben. Ein letztes hartes Klopfen ließ seinen Kopf vom Holz springen. Will drehte den Schlüssel um und riss die Tür auf.

»Ja! Ja. Hallo. Ja. Was kann ich für Sie tun?«

Ein kleines, runzeliges Männchen in einem grauen, zerknitterten Trenchcoat stand in der Tür. Sein Gesicht war so grau wie sein Mantel und alles an ihm roch nach altem Schweiß und alten Zigarren.

»Monsieur Ross? Wieeelieee-um Ross?«

Will rieb sich die Augen.

»Ummmm. *Oui. Et vous?*«

»Monsieur Ross, I am with the police.« Der zerknautschte kleine Mann griff in eine schier bodenlose Tasche und zog eine Brieftasche hervor, klappte sie auf und hielt Ross seinen Dienstausweis vor die Nase. Sein Englisch war langsam und betont. »I am with the Paris police. I am Inspector Godot.«

Will brach beinahe in lautes Lachen aus, aber er schaffte es, ganz ernsthaft zu sagen: »Kommen Sie rein. Ich habe Sie erwartet.«

Der Inspektor rollte mit den Augen. Er hatte das alles schon gehört, zu oft gehört.

»Ich bin nicht zum Scherzen hier, Monsieur. Ich bin hier, um einen Mord zu untersuchen.«

6
Ich liebe meinen Schatz, mein Schatz liebt mich

Die Nacht um Will herum wurde spät und kalt. Inspektor Luc Godot hatte sich in dem einzigen bequemen Sessel der Wohnung niedergelassen, sich das am fürchterlichsten stinkende Stück mit Dung getränkten Tauwerks angezündet, das man sich nur vorstellen kann und fast zwei Stunden damit verbracht, Informationen aus ihm herauszuquetschen – das Wer, Was, Wann, Warum und Wozu eines Lebens, das Will nicht sonderlich beachtet hatte, während er es lebte.

»Waren Sie beim Militär, Monsieur?«

»Ich dachte, es wäre eine Gasexplosion gewesen.«

»Jemals mit Sprengstoff etwas zu tun gehabt, Monsieur?«

»In den Zeitungen stand, es sei eine Gasexplosion gewesen.«

»Was war eine Gasexplosion?«

»Die Wohnung von Colgan. War es keine Gasexplosion?«

»Es war Sprengstoff, Monsieur.«

»Ich dachte, es wäre eine Gasexplosion gewesen. Das stand zumindest in den Zeitungen.«

»Nein. Haben Sie jemals mit Sprengstoff gearbeitet, Monsieur?«

»M-80. Ein paar Stangen Dynamit auf der Farm meines Onkels. Also war es keine Gasexplosion?«

»*Plastique*. Haben Sie jemals mit Plastique gearbeitet?«

»Plastique?«

»Plastique.«

»Plastique?«

»Plastiksprengstoff. Er sieht aus wie Knete und explodiert wie Dynamit.« Godot wischte sich den Schweiß von der Stirn. Er kam nicht gerade schnell voran.

»Kein Plastiksprengstoff. M-80. Knallfrösche mit Pfiff, aber das war's dann auch schon.«

»Wo waren Sie in der Woche vor dem Vorfall?«

»Dem Vorfall?«

»Oui, dem Vorfall.«

»Welchem Vorfall?«

»Dem Tod von Monsieur Colgan.«

»Natürlich. Entschuldigen Sie bitte. Ich habe so etwas noch nie gemacht. Ich habe es nur in ›Dragnet‹ gesehen.«

»Dragnet?«

»Dragnet.«

»Dragnet?«

»Ja. Das ist eine Krimiserie in Amerika. Wie Kojak. Nur mit Haaren und billigeren Anzügen.«

»Ah. Amerikanisches Fernsehen.«

Die Art, wie Godot das sagte, machte Will klar, dass es sich nicht lohnen würde, dieses Thema zu vertiefen. Er wusste, daß es Franzosen gab, die die Infizierung Frankreichs mit amerikanischen Kultureinflüssen durch Fernsehserien und Hamburger für abstoßend hielten. Godot war eindeutig einer von ihnen.

»Ich war die ganze Woche vor dem äh … Vorfall in Avelgem. Davor war ich drei Tage lang in Brüssel auf Arbeitssuche.«

»Was für eine Arbeit?«

»Irgendeine Arbeit. Gelegenheitsarbeit, um ein paar Kröten zu verdienen, um etwas zu tun zu haben.«

»Haben Sie Freunde in Brüssel? Kann ich ihre Namen haben?«

Will gab ihm die Namen von allen Leuten in Brüssel, die ihm einfielen. Sie würden Godot jedoch kaum weiterhelfen. Er hatte bei Angela und Ernhart auf der Couch geschlafen, aber die waren gerade in Indien auf einer Art parapsychologischem Selbsterfahrungs-Trip. Tia war nach New York gefahren. Und wo Rick gerade wohnte, war schwer festzustellen. Will gab dem Inspektor Leonards Telefonnummer in New York und dachte dabei, dass er diese Unterhaltung gerne mithören würde. Außerdem gab er ihm die Nummer von Hildas Kneipe in Avelgem, vermutlich sein bestes Alibi. Brauchte er tatsächlich ein Alibi? Und wenn er eines brauchte, war es nicht ein trauriges Zeugnis, dass das Beste, was er vorzuweisen hatte, der Wirt und Leo der Säufer aus einem Loch von einer Pinte in einer belgischen Kleinstadt waren? Stewart wäre nicht stolz auf das, was aus ihm geworden war. Und wenn er darüber nachdachte, war er es selbst auch nicht.

»Stehe ich unter Verdacht?«

»Unter Verdacht?«

»Ja, unter Verdacht. Sie sagen, dass es sich um einen Mord handelt, also: Stehe ich unter Verdacht?«

»Ich verdächtige jeden. Und niemanden.«

Godot war wieder todernst.

»Haben Sie Jean-Pierre Colgan jemals kennen gelernt?«

»Nicht offiziell. Wir wussten aber, wer der andere ist.«

»Wie ist das zu verstehen?«

»Wir sind bei den gleichen Rennen gefahren. Ich habe ihn erkannt, wenn ich ihn gesehen habe. Vielleicht hat er mich auch gekannt. Ich weiß es nicht.«

»Haben Sie jemals miteinander gesprochen?«

Will überlegte, wie oft sie sich im Peloton begegnet waren. Colgan war nach vorne gefahren, Will war zurückgefallen.

»Ich kann mich nur an ein- oder zweimal erinnern.«

Es trat eine lange Pause ein. Godot lehnte sich nach vorne.

»Und …?«

»Oh. Entschuldigen Sie. Mmmh, er hat mir einmal gesagt, dass ich auf dem Rad keine ganz so jämmerliche Figur abgeben würde, wenn ich andere Socken anhätte.«

»Socken?«

»Ich trage hässliche Socken – wenn ich Rad fahre – jedenfalls halten manche Leute sie für hässlich – gestreifte Socken.«

»Warum?«

»Ich weiß es nicht. Aberglauben. Ich hänge an ihnen. Meine Mutter hat sie mir geschenkt, kurz bevor sie gestorben ist. Tradition. Dummheit …«

»Gut. Also Ihre Mutter ist tot?«

»Nein.«

»Sie haben gesagt, dass Ihre Mutter tot ist.«

»Nein.«

Godot schaute auf seinen Notizblock.

»Sie haben gesagt, Ihre Mutter habe Ihnen die hässlichen Socken geschenkt, bevor sie gestorben ist.«

»Sie lebt.«

»Warum haben Sie dann gesagt, dass sie tot ist?«

»Weil sie sagt, dass sie tot sei.«

»Warum sagt sie, dass sie tot sei?«

»Weil ich in Europa Radrennen fahre, um meinen Lebensunterhalt zu bestreiten und dabei keinen Cent verdiene, anstatt zwei Meilen von zu Hause zu wohnen und an der gleichen Schule wie sie zu unterrichten und sie mit einem Haufen Enkel zu beglücken.«

»Also handelt es sich um einen Scherz.«

»Nicht für sie.«

»Sie wollte also, dass Sie Lehrer werden.«

»Eigentlich wollte sie, dass ich Pfarrer werde.«

Godot seufzte schwer.

»Sie sagten, dass sie wollte, dass Sie Lehrer werden.«

»Erst nachdem die Kirche ihr gesagt hatte, ich könne niemals Pfarrer werden.«

»Warum sollte die Kirche …?« Godot fing sich mit einem Mal, schüttelte sich, schaute erneut in sein schwarzes Notizbuch und versuchte, den Faden seiner Befragung wieder aufzunehmen.

»Colgan«, sagte er und verwies auf seine letzte relevante Frage, »Sie und Colgan. Es gab noch eine zweite Gelegenheit, bei der Sie miteinander gesprochen hatten. Was war das für eine Gelegenheit?«

»Ich denke, es war im vergangenen Jahr bei der Tour de France. Er hatte plattgefahren, äh, er hatte einen Reifenschaden, bei der Anfahrt zum Mont Ventoux und jagte das Feld. Ich war etwas zurückgefallen … (Etwas zurückgefallen? Mein Gott! Du Lügner! Du bist wie ein Knallfrosch explodiert!) … und er sagte mir einfach, ich solle ihm aus dem Weg gehen.«

»Erinnern Sie sich, was er genau gesagt hat?«

»Ja.«

»Und?«

»Und was?«

»Und was hat er gesagt?«

»Oh, mmmh, ›Scher dich von der Straße, du verdammter Amateur‹.« Will schaute auf Godots Notizblock, als wolle er kontrollieren, ob dieser auch alles genau mitschrieb.

»Sonst kein Kontakt?«, fragte Godot.

»Nein, nicht wirklich. Das waren meine zwei großen Momente im Schatten des Ruhms. Ansonsten war ich da und er war auch da. Aber im Grunde genommen waren wir in zwei verschiedenen Welten – verschiedene Mannschaften, verschiedene Nationalitäten, verschiedene Sprachen, verschiedene Arten zu fahren und ... nun, er war ein Champion und ich war ein Wasserträger.«

»Ein Wasserträger? Ah«, sagte Godot und winkte mit der Hand, damit Will nicht wieder anfing, Fragen-Ping-Pong zu spielen, »mit Wasserträger meinen sie Domestike.«

»Wenn es nichts mehr darunter gibt, dann war ich ein Domestike, ja.«

Weitere Aufzeichnungen im kleinen schwarzen Notizbuch. Die meisten Leute würden den Block mit der Einkaufsliste einer mageren Woche vollschreiben, aber Godot hatte jetzt schon seit einer Stunde darin geschrieben. Solide. Seine Handschrift konnte bestenfalls Molekülgröße haben. Und wie zum Teufel würde er das später lesen können?

»Inspektor, wenn Sie erlauben – warum sprechen Sie mit mir?«

»Sie haben vom vorzeitigen Ableben des Jean-Pierre Colgan profitiert, Monsieur. Ich habe eine Regel bei meinen Untersuchungen – *trouvez l'argent.*«

»Der Spur des Geldes folgen?«

»Oui. Vor zwei Monaten haben Sie in Brüssel Gelegenheitsarbeit gesucht, jetzt gehören Sie zu einem der besten Rennställe der Welt und bekommen jeden Monat einen schönen Scheck. Alles was dazu nötig war, war der Tod von Jean-Pierre Colgan. Sie haben profitiert. Andere vielleicht auch. Ich verfolge nur die Spur des Geldes.«

»Nun ja, ich habe profitiert, aber das konnte ich nicht vorhersehen. Ich meine – er war Colgan. Man ersetzt Colgan durch einen Champion. Ich sehe mich nicht als Champion.«

»Daran tun Sie gut, Monsieur. Vielleicht ist es weit hergeholt. Ja, es ist weit hergeholt. Aber Sie hatten Kontakte in der Mannschaft. Sie haben Arbeit gesucht. Sie können noch fahren. Und kurz bevor die Saison beginnt, stirbt der Champion und Sie sind plötzlich da. Weit hergeholt? Vielleicht, aber immerhin auch eine Möglichkeit.«

Er schlug sein Notizbuch zu und ließ es in einer der scheinbar zahllosen Falten seines zerknitterten Regenmantels verschwinden.

»Ich möchte, dass Sie erreichbar bleiben. Gehen Sie ihrer normalen Tätigkeit bei der Mannschaft nach, aber seien Sie darauf vorbereitet, hierherzukommen, wenn wir Sie brauchen.«

»Sie können mich über Haven erreichen, die wissen immer, wo ich stecke.«

Godot ging zum Ausgang und kratzte sich an der Stirn. Plötzlich wandte er sich noch einmal Will zu.

»Kennen Sie sich mit Toastern aus?«

»Toaster?«

»Toaster.«

»Toaster?«

»Oui!«, sagte er genervt, »Toaster!«

»Nicht wirklich. Man tut Brot hinein, holt Toast heraus oder so. Getoastete Teekuchen. Muffins. Aber nie ein Messer hineinstecken, wenn er angeschlossen ist …«

»Was?« Godot schaute auf, hörte auf, sich an der Stirn zu kratzen und zog seinen Notizblock wieder hervor. »Ich … es gibt da etwas, das ich nicht verstehe.«

Will war plötzlich auf der Hut.

»Mmmh, einfache Sicherheitsmaßnahme, nicht war? Gesunder Menschenverstand? Nie ein Messer in einen Toaster stecken, wenn er am Netz hängt, wenn man keine Dauerwelle haben will.«

Godot runzelte die Stirn. Er hatte geglaubt, er sei auf etwas gestoßen. Aber er hatte nur einen amerikanischen Clown, der zu viel redete. Er faltete seinen Notizblock wieder zusammen und ließ ihn erneut in seinem Mantel verschwinden. Seine Hand tauchte mit einer Visitenkarte wieder auf.

»Wenn Ihnen irgendetwas einfällt, was mit Jean-Pierre Colgan zu tun hat, rufen Sie mich an. Wenn Sie irgendetwas von Ihren Mannschaftskameraden hören. Einfach anrufen. Ich bin immer da.«

»Ist das Ihre Nummer zu Hause?«

»Das Polizeirevier ist mein Zuhause.«

»Wer holt ihre schmutzigen Socken ab?«

»Heh?«

»Ich meine, sieht Ihre Frau Sie jemals?«

»Sie hat Verständnis.«

»Ich bin mir sicher.«

Will nahm die Karte und begleitete Godot die drei Schritte bis zur Tür.

»Ich melde mich.«

Will schloss die Tür hinter Godot und lehnte sich dagegen, bis er das Geräusch eines schlecht eingestellten Motors aus der Seitenstraße vor seiner Wohnung hörte. Er ging zum Fenster und sah, wie ein heruntergekommener Peugeot in einer blauen Qualmwolke davonratterte.

Über diesen Abend würde er nachdenken müssen. Colgan ermordet. Godots Reaktionen. Er selbst unter Verdacht. Und Godot – die Stirn, der Mantel, das Auto, die Art, wie er sprach. Mein Gott, dachte Will – ich bin gerade von Columbo verhört worden.

Hollywood. Es war wirklich überall.

»Merci.«

Auf der anderen Seite von Paris klappte ein Mobiltelefon zu und verschwand in der Tasche eines Armani-Anzugs.

»Die Polizei ist gerade verschwunden. Man hat mir gesagt, dass wir uns die Unterhaltung mit Interesse anhören werden. Ich stehe in deiner Schuld, meine Liebe.«

»Du solltest mehr Vertrauen zu mir haben«, sagte Kim und zog den Kragen ihres Rotfuchs-Mantels fest um ihren Hals. Sie lehnte sich auf dem Ledersofa zurück und lächelte.

»Er hat keine Ahnung, in was er da verwickelt ist und warum. Ich habe alles auf Diskette. Briefe. Telefon-Protokolle. Kontakte. Bis er dahinter gekommen ist, sitzt er schon drei Jahre im Knast.«

»Im Knast?«

»Im Gefängnis.«

»Du siehst zu viele Filme. Amerikanische Filme.«

Kim wusste, dass er Recht hatte.

»Das habe ich auch aus Filmen gelernt«, sagte sie, machte es sich in der Ecke des Sofas bequem und öffnete ihren Mantel. Sie war nackt darunter. Es gefiel ihr, auf diesem Sofa Liebe zu machen, direkt vor der Fensterwand, die den Blick auf Paris freigab, besonders nachts. Es war wie eine riesige Bühne und sie stand im Mittelpunkt, im Paris des Geldes und der Macht, der Mode und ... nun, warum sollte man es leugnen ... des Sex.

»Er wird nicht dahinterkommen?«

»Wenn er dahinterkommt, wird er nicht wissen, was er tun soll. Niemand wird ihm glauben. Wenn er nicht dahinterkommt, geht er uns ohne Gegenwehr ins Netz und wir können ungehindert unsere Pläne verwirklichen. So oder so sitzt er in der Falle. Bevor irgendjemand mitbekommt, was los ist, wird die Tat vollbracht sein – und wir sind reich.« Sie hielt inne. »Noch reicher.«

Der Raum war einen langen Augenblick still. Kim hörte aus der großen Höhe und durch das dicke Glas nur die gedämpften Geräusche des Stadtverkehrs wie den Klang eines fernen, reißenden Stroms.

»Kann er noch fahren?«

Sie lachte, nahm seine Hand und zog ihn an sich.

»Nein, Liebling. Ich bin mir nicht sicher, ob er es jemals konnte. Er hat weder den Grips dazu, noch das Herz, noch ist er Manns genug.«

7
Wider die Macht

Godot war sehr beschäftigt gewesen.

Es schien so, als habe der unaufgeräumte Detektiv mit der gesamten Mannschaft gesprochen, von Tomas bis Cheryl, von Bourgoin bis zu dem Hund, der auf der Fensterbank neben dem Hintereingang des Velodroms schlief. Wo waren sie? Wo waren ihre Freunde? Und, die Frage, die Will am meisten interessierte: Warum hat die Teamleitung Jean-Pierre Colgan durch William Edward Ross ersetzt? Einen Champion durch einen bestenfalls mittelmäßigen Fahrer? Einen Franzosen durch einen Amerikaner? Einen Wolf durch einen Dackel?

Mannschaftskollegen, die Presse und Neugierige umzingelten Will, als er auf die Rundbahn von Senlis zuging. »Haben sie mit dir gesprochen?« »Was haben sie gefragt?« »Was hast du gesagt?« Die maschinenpistolenartigen Fragen klangen wie Anschuldigungen. Mit seinem Schulfranzösisch verstand er einmal sogar etwas wie: »Wann hat der Frosch das Croissant verspeist und wann hat er Tango getanzt?« Es war unmöglich, dem allen auszuweichen: dem Gerede, den Blicken und den Schlagzeilen, die er plötzlich bekam. Cacciavillani war in eine der schmierigeren Pariser Zeitungen vertieft, als Will durch die Tür trat. Die Schlagzeile traf ihn mitten ins Gesicht: Colgan ermordet! Haven in Aufruhr! Und da war ein Foto von Will, neben dem von Colgan, einem von Deeds und einem Typen, der als Martin Bergalis ausgewiesen wurde, dem obersten Drahtzieher bei Haven. Mein Gott, wann hatten sie bloß dieses Foto gemacht? Er sah aus wie ein Haufen Dreck! Und was war das … oh Mann, das war eine dieser Schlechtwetter-Ausfahrten gewesen! Da hing ja der Rotz an seiner Lippe! Warum haben sie keines der offiziellen Pressefotos genommen? Von allen anderen hatten sie doch diese Fotos benutzt.

Was stand da … was stand da bloß?

Er langte hinüber und riss Tony C. unbewusst die Zeitung vor der Nase weg. Erst bewegte sich Cacciavillani gar nicht, sondern saß mit ausgestreckten Armen einfach so da, die Augen noch auf den Artikel gerichtet, den er gerade gelesen hatte. Er ließ die Arme langsam sinken und warf Will ein schiefes Lächeln zu.

»Ich musste eine Etappe der Tour de France gewinnen, um mein Bild in die Zeitung zu bekommen«, sagte er, »du bekommst eines, nur weil du angeheuert worden bist.«

»Heh … mmh … oh, mein Gott, Tony, entschuldige …« Will wollte Cacciavillani die Zeitung zurückgeben, doch der winkte ab.

»Nein, nein. Schon gut, Will. Du brauchst sie dringender als ich. Ich war schon beim Kreuzworträtsel.«

Will schüttelte den Kopf und ging wie benebelt davon, in eine grobe Übersetzung vertieft. Es ging um Colgan und explodierende Toaster – Toaster? Nein, seine Übersetzung war falsch. Nein. Ja. »Grill? Grillen? Toasten? Deshalb die Toaster-Geschichte mit Godot gestern Abend. Und da – direkt gegenüber der Geschichte – die Anzeige eines Kaufhauses mit einem Sonderangebot für amerikanische Toaster. Sehr geschmackvoll.

Oh ja – Bergalis sagte, es sei eine furchtbare Tragödie. Deeds sagte, es sei ein persönlicher Verlust und eine Katastrophe für die Mannschaft. Kim gab zu, daß es ein großer Verlust für Frankreich sei und eine schreckliche Situation für die Mannschaft, zumal Colgan und Haven einer großartigen Saison entgegengesehen hatten. Will fiel auf, dass er nur ein Anhängsel an die Geschichte war, als der Fahrer, der Colgan ersetzen sollte. Kim sagte, Bourgoin sei nun der neue Mannschaftskapitän und mit der Hilfe von Merkel, Cacciavillani und dem Rest von Haven zum Ruhm auserkoren.

»Haven«, wurde Kim zitiert, »hat eine starke Reservebank.«

Die Franzosen würden sich beim Frühstückskaffee über diesen Begriff aus dem amerikanischen Football wundern. Will fand, dass es hätte schlimmer kommen können, während er die Zeitung zusammenrollte und sie sich unter den Arm klemmte. Es war ein beschissenes Bild von ihm, aber immerhin wurde er nicht als Colgans Mörder durch die Presse gezogen. Godots Fragen hatten ihn durcheinander gebracht. Dachten die wirklich, dass er es getan hatte? Nein. Wie könnte irgendjemand so etwas glauben?

Er bog um die Ecke und trat in den großen Raum, der für Mannschaftssitzungen verwendet wurde. Die Blicke, die er sah, die Blicke, die er spürte, waren die gleichen wie am ersten Tag, an dem er an einer Haven-Mannschaftssitzung teilgenommen hatte: kalt, leer, verachtend. Was auch immer er in den vergangenen Wochen aufgebaut hatte, war mit einer Schlagzeile verschwunden.

»Komm rein, Ross. Greif dir 'nen Stuhl.« Deeds zeigte auf einen in der ersten Reihe. Will hätte sich einen Platz weiter hinten gewünscht, aus dem Blickfeld der Mannschaft, wo er sich verstecken konnte – es sollte nicht sein. Tony C. kam nach ihm. Ihm wurde sofort auf einer Couch im hinteren Teil des Zimmers Platz gemacht.

»Schaut euch um, meine Herren. Heute teilen wir uns in Staffeln auf und verteilen uns über den Kontinent. Einige von euch werden sich bis zum Saisonende nicht mehr begegnen. Wir werden hier und dort und überall sein«, sagte Deeds sarkastisch, »und dem Banner von Haven zu höchsten Ehren verhelfen.« Die Mannschaft für den Étoile des Bessèges würde noch am selben Morgen abreisen.

Die B- und die A-Staffel, die für die Mittelmeerrundfahrt und die Ruta del Sol aufgestellt worden waren, würden am Sonntag fahren: die B-Staffel mit dem Bus, die A-Staffel, die großen Jungs, mit einem Linienflugzeug. Der Kern der Rede war ›Packt ein und macht euch bereit. Macht euch einen Namen oder rechnet mit einem schnellen Heimflug.‹ Deeds machte klar, daß er keine Geduld mit Leuten hatte, die keine Leistung brachten.

Will war nicht ganz sicher, hätte aber schwören können, dass vorn, wo er saß, alle Augen im Raum auf ihn gerichtet waren. Es war eine gute Frage. Würde er Leistung bringen können? Würde er mehr können, als Trainingsausfahrten zu überleben? Und, jenseits des bloßen Überlebens, Bourgoin, Merkel und Tony C. eine Hilfe sein? Er war sich nicht sicher. Alle anderen mit tödlicher Sicherheit auch nicht.

Um drei Uhr hatte die C-Staffel gepackt und war zum Étoile des Bessèges abgereist. Alle anderen waren im Kraftraum oder in der Werkstatt oder im Gespräch mit Deeds, um letzte Strategien auszutüfteln, oder auf der Straße, um ein paar Kilometer zu kurbeln. Die Schlagzeilen des Morgens verklangen nach und nach und Will kam sich langsam nicht mehr wie der Hauptverdächtige vor.

Er schob das »Biest«, sein geschundenes weißes Colnago, auf die Straße, um eine Stunde zu fahren und ein paar Tempointervalle zu machen. Er spulte sein Programm ab und pedalierte dann locker zum Velodrom zurück. Er gab einem der Mechaniker sein Rad und ging dann zurück in die Kabine.

Will wusste, dass, egal was er tat oder wie er es tat, es die ganze Saison über wütende Reaktionen auf ihn geben würde. Er hatte die Karre mit den Äpfeln umgestoßen. Colgans Tod hatte viele Pläne geändert, die wenigsten zum Besseren. Will war die tägliche Erinnerung an diese Wendung. Will sah eine Ausgabe der Zeitung auf seiner Sporttasche. Jemand hatte unter den fünf Bildern der Geschichte genau auf seines gespuckt.

Seine Konzentration auf die Zeitung wurde durch eine Stimme von hinten unterbrochen.

»Sehr realistisch, findest du nicht, fast 3-D?«

Er lächelte Cheryl an. »Hallo.«

»Nein, wirklich. Wenn man es genau betrachtet, wirkt es so, als solle die Spucke der Rotz sein, der aus deiner Nase läuft.«

»Hör zu, ich ...«

»Übrigens, wer sucht eigentlich die Pressefotos aus – deine Ex-Frau? Das ist ein Prachtstück.«

»Ist gut jetzt! Okay?«

Er schaute sich noch einmal sein Foto in der Zeitung an, das jetzt von der Spucke dunkel geworden war. Sie hatte Recht. Es war wirklich ein Prachtstück.

»Hast du mit Godot gesprochen?«, fragte er.

»Godot?«

»Godot. Der Polizist. Ein kleiner Kerl. Schläft in seinen Klamotten.«

»Oh, Columbo. Nein. Er hat nur mit den großen Fischen gesprochen. Einer seiner Gehilfen hat mit mir gesprochen. Ich hatte nicht viel zu sagen. Colgan hatte einen privaten Trainer. Ich habe ihn eigentlich nie gesehen. Was haben sie zu dir gesagt?«

»Sie haben gefragt, ob ich etwas über Colgan und Toaster-Bomben weiß.«

»Oh Mann – ist das nicht pervers? Mir hat einmal eine Kaffeemaschine ein Loch in die Arbeitsplatte in der Küche gebrannt, aber ein Toaster ist mir noch nie explodiert.«

»Mir auch nicht. Ob das ein Herstellungsfehler war? Wie auch immer – dieser Godot hat gesagt, ich hätte von Colgans Abgang einen Vorteil gehabt, und deshalb darf ich eine Weile auf dem heißen Stuhl Platz nehmen.«

»Tolle Sache. Peanuts als Lohn und den Arsch voller Sitzpickel.«

»In welch romantisches Licht du den Sport meiner Wahl rückst. Wann fährst du ab?«

»Zur Ruta?« Cheryl verzog das Gesicht. »Wir packen und fahren heute Abend. Ich hab' das große Los gezogen – ich darf im Materialwagen mit Philippe fahren, meinem liebsten Reisegefährten.«

»Eine heimliche Liebschaft?«

»Nun, ich bin mir sicher, dass ihr zwei zusammen eine tolle Fahrt hättet, nach dem, was du zu ihm gesagt hast, als Deeds dich rausgeworfen hat. Willst du tauschen? Ich fliege gerne mit Air France.«

»Nein danke, schon in Ordnung. Bei Philippe im Auto gibt es keine Erdnußtütchen.«

»Warum ich, das würde ich gerne einmal wissen; warum ich! Die Fahrt wird lang, die Pyrenäen werden die Hölle, Philippe wird nicht duschen und der einzige Ort, wo ich mich ausstrecken kann, ist hinten im Wagen auf den Taschen. Tu deine weichen Sachen nach oben, ja? Sei lieb.«

»Versprochen. Ich beneide dich nicht.«

»Ich beneide mich auch nicht sonderlich. Das ist der Glanz des Radsports. Scheiß Fahrten, scheiß Hotels, scheiß Essen. Glamour ohne Ende.«

»Warum machst du's dann?«

Cheryl schaute einen Moment lang auf den Boden, stieß einen Seufzer aus und sagte: »Weil ... weil ... ich nicht genug davon kriegen kann, nehme ich an. Ich liebe das Tempo und den Lärm und die

Leute und diese wenigen Augenblicke – diese ein, zwei Minuten eines Sechs-Stunden-Rennens, in denen alles passiert. Die übrige Zeit ist nur Vorspiel, bis dann einer seinen Zug macht. Parade, Attacke, Reposition, Finte, Konter, Ausbruch, Sprint, Block – das ist Zauber für mich.« Sie lachte. »Es ist besser als Sex. Und bei dir?«

»Ich weiß nicht. Ich kann mich an Sex kaum erinnern.«

Will und Cheryl begegneten sich am Samstagmorgen wieder, vor dem Hotel in Spanien. Sie war blass, zerknittert und offensichtlich miserabel gelaunt.

Die Mannschaft war am selben Morgen mit Air France gelandet. Ledersitze, viel Platz. Hervorragendes Essen. Alles, was dazugehört. Es gefiel ihm, mit den großen Jungs zu spielen. Sein letztes Rennen hatte an der Südküste von Sizilien stattgefunden und er hatte auf einem Viehtransportschiff dorthin übergesetzt.

Als der Mannschaftswagen am Hotel vorfuhr, kam die Staffel mit Bourgoin an der Spitze gerade von einem dreistündigen Training auf spanischen Landstraßen zurück und bog von der anderen Seite in die Auffahrt. Deeds hatte gesagt, dass sie frühzeitig abgereist waren, um sich zu akklimatisieren, aber es war klar, dass er sie von Paris und den ständigen Fragen nach dem Tod von Jean-Pierre Colgan wegholen wollte. Das Notwendigste hatten sie selbst mitgenommen. Jetzt war Philippe mit der restlichen Ausrüstung und mit Cheryl im Schlepptau angekommen.

»Hallo, Fremde«, zwitscherte Will.

»Hau bloß ab«, war alles, was sie antworten konnte, und ihre tiefe kehlige Stimme klang dabei so, als habe sie in den letzten Tagen ausschließlich von Kaffee und Whisky gelebt.

Bourgoin lief mit gesenktem Kopf und schnellem Schritt vorbei. Ein Mann mit einem wichtigen Auftrag. Es war das erste Mal, dass er eine Mannschaft führte. Deeds war noch bis zum nächsten Tag beim Étoile des Bessèges und fuhr anschließend direkt zur Mittelmeerrundfahrt.

»Philippe«, bellte Bourgoin, »bring das Zeug nach hinten. Delgado hat schon einen Raum vorbereitet, wo du alles aufstellen kannst. Crane – das Hotel hat Platz für dich frei gemacht, frag nach, wo du dich einrichten kannst. Und beeil dich – ein paar Jungs müssen dringend in Ordnung gebracht werden.«

Cheryl schaute zu Tony C., der damit beschäftigt war, zwei junge spanische Mädchen mit seiner Kraft und seinem Heldenmut zu beeindrucken. Sie waren höchstens 16.

»In Ordnung gebracht ist der richtige Ausdruck.«

Sie wandte sich Will zu.

»Den Müden wird keine Rast gegönnt, was?«

»Scheint so.«

Bourgoin wandte sich Will zu.

»Ross – du kümmerst dich um Philippe. Stell sicher, dass für die Begleit- und Materialwagen und für die Verpflegung beim Rennen gesorgt wird.«

»Sollte sich da nicht ein Betreuer drum kümmern?«

»Du hast nichts zu tun. Ich möchte, dass alle beschäftigt sind.«

Will schaute zu Tony C. herüber. Er ließ sich gerade mit jedem der Mädchen fotografieren. Wenn er den Arm um sie legte, ließ er seine baumelnden Finger leicht über ihre Brüste fahren.

»Scheint als wären alle beschäftigt, Richard, alle.«

Cheryl hatte ihre Sachen schon aus dem Wagen geholt und schleppte sie gerade die Stufen zum Hoteleingang hoch. Will ging zur Fahrerseite, um Philippe abzupassen, bevor er wegfuhr, aber Philippe warf Will nur einen verächtlichen Blick zu und ließ ihn in einer Wolke von Abgasen stehen.

»Philippe! Bäääh. Du kleiner Bastard.«

Will schaute nach, ob einer der Mechaniker sich um das »Biest« kümmerte, dann ging er gemächlich zum Hintereingang des Hotels. Dies war einer der großen Momente der Saison: der Frühlingsanfang, vor den Klassikern, vor der Kälte des Nordens und den Schmerzen des Südens, vor der ersten Fahrt im Warmen. Es war wie ein Wunder nach den Bedingungen in Senlis im Januar, auf die Deeds so großen Wert gelegt hatte.

Will ging auf die offene Laderampe zu, wo der Kombi geparkt war. Philippe stand am Eingang im Schatten und telefonierte. Er scharrte mit dem Fuß im Schotter, während Will näher kam. Als er Will sah, legte er abrupt auf, ohne das Gespräch zu beenden.

»Was?«

»Ich wollte nicht stören, aber – Bourgoin möchte sichergehen, dass du dich um die Begleitwagen und um die Verpflegungszonen kümmerst.«

»Schon erledigt.«

»Das hoffe ich, Bourgoin ist da ziemlich eigen.«

»Eigen?« Will fiel auf, dass Philippe stärker schwitzte als gewöhnlich.

»Eigen. Explosiv. Aufgeregt. Angespannt. Aus dem Ruder. Schau in den Spiegel, dann siehst du, was ich meine.«

Philippe kniff seine Augen zu Schlitzen zusammen. Will konnte nicht sagen, warum – aber es war plötzlich kalt geworden im Raum. Er wollte schnell wieder weg. Philippes Lachen war nicht sonderlich überzeugend.

»Wir sehen uns, Smiley. Und vergiss nicht. Ich will keinen leeren Beutel, wenn ich durch die Verpflegungszone geflogen komme.«

»Du fliegst nicht.«

Will hielt inne und drehte sich zu Philippe um.

»Vielleicht nicht, du Arschloch, aber ich habe große Füße und kann dich zertreten.«

Philippe grinste und zeigte dabei scharfe Zähne. Will verließ rückwärts den Raum. Er dachte daran, was ihm sein Vater gesagt hatte: Drehe nie einem tollwütigen Kaninchen den Rücken zu.

Will wusste, dass die Mannschaft die ersten drei Rennen der Saison brauchen würde, um zu so etwas wie einer Ordnung zu finden. Deeds würde zur A-Staffel zurückkehren, die Aufgaben würden verteilt werden, man würde sich an sie erinnern oder sie einfach übernehmen und mit ein paar Rennkilometern in den Beinen würden auch die Fahrer ein wenig ruhiger, mehr wie alte Rennpferde als wie Fohlen vor einem Gewitter.

Aber das erste Rennen würde interessant werden, in erster Linie, weil nichts so laufen würde wie vorgesehen.

Das Organisationskomitee, egal bei welchem Rennen, versuchte den Blitz mit einer Flasche einzufangen, ohne einen Korken dabei zu haben. Die Mannschaften, egal welche, reisten im Chaos an. Die Betreuung kam nur schleppend in Gang. Jeder vergaß etwas. Und die Fahrer waren manisch-depressiv. Die älteren Fahrer schrieben sich am ersten Tag ein und blickten auf eine endlose graue Strecke, dem Oktober entgegen, während die Neuprofis wie aufgescheucht herumrannten und alle verrückt machten. Sie wollten loslegen. Sie wollten sich beweisen. Sie wollten fliegen. Sie machten sich nie bewusst, dass 90 Prozent von ihnen in den nächsten Tagen aus dem Feld herausplatzen würden und den Rest des Jahres damit beschäftigt sein würden, ihren Eltern zu erklären, dass sie nur noch ein Rennen bräuchten, um ihre Form zu finden. Sie waren bei den Amateuren Provinzkönige gewesen, aber das hier war der Profizirkus, eine andere Welt, ein anderer Stil.

Will wischte sich den restlichen Schlaf aus den Augen, als er die Treppen zur Einschreibung für die ersten fünf Tage der Saison heraufstieg. Er konnte in der Nacht vor einem Rennen nie richtig schlafen und letzte Nacht war es noch schlimmer gewesen als sonst. Die kurzen Strecken Schlaf, die er gefunden hatte, waren voller wirrer Träume gewesen, von Stewart und Godot und von seinem Hund Hiram und von Fausto Coppi, die alle Kim, seiner Ex-Frau, dabei zusahen, wie sie mitten auf einer französischen Landstraße ein Loch grub.

»Was ist in dem Loch, Fausto?«

»Hier unterschreiben.«

»Wie?«

»Einfach hier unterschreiben.«

Fausto Coppi hob einen Arm und zeigte auf das Loch wie der Engel des Jüngsten Gerichts auf das Grab des armen ungläubigen Sünders: »Unterschreeeeeiiiiiben!«

Will wusste, dass er aufpassen sollte, wenn der größte Fahrer aller Zeiten versuchte, ihm etwas mitzuteilen, aber zum Teufel, was für Arme er hatte! Man hatte immer seine Beine bewundert, seine unglaublichen Oberschenkel, diese Hebel, diese Muskeln. Er konnte über Schotterstraßen die Alpen hinaufstampfen als wären es Teerstraßen in Iowa. Aber seine Arme, dachte Will, schau dir diese Arme an! Sie konnten einen Lenker durchbrechen wie einen Zweig. Wow. Er sah aus wie ein Vogel – aber er fuhr wie ein Tyrannosaurus Rex, alles verschlingend, was ihm in den Weg kam.

Er sah, wie Stewart auf das Loch starrte, das Kim grub. Godot kratzte sich aufgeregt die Stirn. Hiram weinte. Gott, was für ein großartiger Hund ... Moment – Hunde können gar nicht weinen. Und Hunde, die seit zehn Jahren tot sind, schon gar nicht. Was zum Teufel ging hier vor?

Und jemand anderes war auch noch da. Jean-Pierre Colgan. In einem weißen Gewand mit einem Gewirr aus Chrom und Drähten in der Hand. Das ist ein explodierter Toaster, dachte Will. Vielleicht muss man in der Ewigkeit das mit sich herumtragen, was einen umgebracht hat. Was machen nur die Leute, die von Bussen oder Lastern überfahren werden?

Colgan sah fürchterlich aus, müde, deprimiert, wütend. Er starrte Will an und streckte ihm die Teile des Toasters entgegen. Er stammelte und versuchte etwas zu sagen. Will lehnte sich nach vorne, um zu verstehen, was Colgan ihm sagte, langsam und immer wieder.

»Was, Jean-Pierre ... was ... verdammt nochmal, sprich deutlich!«

Als Antwort schrie Colgan: »Anquetil findet, ich sei ein Weichei!«

Damit explodierte Colgan und hinterließ einen Nebel wie aus einem Hollywood-Horrostreifen. Will drehte sich von der Explosion weg, die, merkwürdig, nicht zu hören war, gerade rechtzeitig, um zu sehen, wie Godot das Loch auffüllte, das Kim gegraben hatte, in dem er McDonald's Verpackungen, Coladosen und Teile hineinwarf, die von einem 1994er Chevrolet Lumina zu stammen schienen. In der Zwischenzeit bemerkte Will, wie sich in einiger Entfernung seine Englischlehrerin inmitten eines Waldes von Parkuhren auszog.

Oh Mann, dachte Will. Das ist zu verrückt. Keine Käsecräcker mehr vor dem Schlafengehen. Kein Wunder, dass er sich fühlte wie etwas, das man von seiner Schuhsohle abkratzt.

Will schrieb sich ein. Er stand in einem merkwürdigen Winkel, aber er schaffte es irgendwie, seinen Namen auf das Papier zu kritzeln. Er hasste den Vorgang. Er hatte aus ganz bestimmten Gründen an seiner Unterschrift gearbeitet und sie war ziemlich schwungvoll, aber er musste sitzen, um sie so hinzubekommen und nicht auf Pedalplatten herumwackeln und mit einer Hand das Papier festhalten, während er mit der anderen versuchte, seine Kunst zu zeigen. Will schaute sich das Ergebnis erst von einer Seite an, dann von der anderen. Sie war nicht schön, aber sie würde ausreichen.

Cheryl stand am Absatz der Treppe, als er herunterkam.

»Bist du bereit?«

»Mmmh … ja, ich glaube. Warum warst du nicht beim Mannschaftsfrühstück?«

»Ich hatte zu tun, außerdem sieht man mich da nicht so gern. Bourgoin ist wie ein alter Matrose – meine anders gearteten Gene bringen ihm Pech. Es ist einfacher, wegzubleiben und sich an der Straße etwas zu holen.«

Die Straße. Will drehte sich um, blickte über den Marktplatz und sah die orangenen Hütchen, die aus der Stadt heraus neun langen Monaten des Tretens entgegenführten. Er seufzte. Gott im Himmel, warum nahm er das wieder auf sich?

»Viel Glück.«

»Heh?«

»Viel Glück.« Cheryl lächelte. »Du hast hart gearbeitet, du hast viel gegeben, und jetzt geht's los. Vielleicht erscheint es dir jetzt wie die Hölle, aber wenn du erst da draußen bist, wird es schon gehen. Du bist stark, du bist locker, du bist bereit. Du warst einmal ein Champion. Sei wieder einer.«

Will lächelte.

»Danke.« Er ging zurück zum Mannschaftswagen, um sein Fahrrad zu holen und es einer neuen, scheinbar endlosen Saison entgegenzuschieben.

Tomas trat von hinten an Cheryl heran und wischte sich das letzte Öl mit einem Lappen von den Fingern.

»Ich habe gehört, was du gesagt hast. Es wird ihm gut tun.«

»Ich hoffe, er glaubt daran.«

»Ich glaube schon.«

»Ich wünschte, ich könnte es glauben.«

Der erste Renntag ist immer gleich. Die Fahrer stellen sich auf, erkennen alte Freunde und Feinde wieder und drängeln sich hinter der Startlinie zum Plaudern zusammen. Das geht während der ganzen Eröffnungszeremonie und während der Reden so, beim Startschuss und während der ersten 50 Kilometer. Es ist ein Probedurchgang, eine Gelegenheit, sich an die Regeln zu erinnern und an die Gesichter, die drei Monate im herbstlichen Kriteriumszirkus zu Hause vorübergehend aus dem Gedächtnis gelöscht haben.

Schon jetzt, weniger als eine Stunde nach dem Beginn einer neunmonatigen Saison, waren im Peloton die Schranken zwischen den Klassen wieder aufgestellt. Die großen Kanonen, die Champions der Tour, des Giro, der Vuelta und der Klassiker, fuhren im Pulk im vorderen Teil des Feldes. Die Clowns, die Bummler, das Kanonenfutter der Mannschaften fiel bereits zurück. Realistischerweise würde sich dort auch Will wiederfinden, wenn es richtig losging.

Tony C. schob sich unter die anderen Sprinter. Wenn jemand versuchen würde auszureißen, was vermutlich frühestens 90 Kilometer später passieren würde, wollte er nicht hinter irgendeinem Neuling eingeklemmt sein, der sein Rad nicht unter Kontrolle hatte und der ihn vor Schreck in den Graben schubsen würde, wenn er vorbeiflog. Merkel war neben Bourgoin. Rechts und eine halbe Radlänge zurück, auf Anweisungen wartend, so wie es im letzten Jahr Bourgoin für Colgan getan hatte.

Cardone und Cardinal waren mitten im Feld, plauderten, begrüßten alte Freunde, diskutierten das Pech von Haven und Wills Aufstieg. Nach allem, was Will mitbekam, redeten sie nicht gerade freundlich über ihn. Er war nie sonderlich beliebt gewesen im Peloton, aber er hatte auch nie viel Aufmerksamkeit erregt. Er gehörte zur gesichtslosen Masse, die mitfuhr, dem Leader half, wenn es nötig war, und dann still und leise in den Tiefen des Klassements verschwand, ohne jemals von den Medien bemerkt zu werden. Es gab nur wenige Plätze an der Spitze für die Anquetils. Und dazu gehörte ein Maß an Talent, das er nicht besaß.

Bei Kilometer 75, etwa nach der Hälfte der Strecke, fing das Feld an, auseinanderzubrechen. Einige der Neuprofis, die in der Nähe der Spitze fuhren, versuchten zu entkommen. Sie schossen die Straße entlang und hatten den Ruhm an deren Ende im Kopf, während Bourgoin und Cacciavillani und die anderen erfahrenen Champions einfach nur beobachteten. Unter den Ausreißern war kein erfahrener Fahrer, den man hätte fürchten müssen, keiner, den man nicht mit Leichtigkeit wieder einholen würde. Will spürte, wie das Tempo anzog und wie sich im großen Gang wie von selbst seine Schlagzahl erhöhte, so als wäre das Feld ein Tier, eine kollektive Einheit. Wie konnte man nur je in Erwägung ziehen, das hier aufzugeben? Den Wind, das Rauschen, dieses Gefühl. Das war sein Leben. Das war es, was Stewart ihm nach manchen der höllisch harten Trainingseinheiten versprochen hatte. Für 140 Kilometer war es wie Segeln.

Die erste Etappe bestand aus langen, flachen Geraden. Der Himmel der Sprinter. Das Peloton hatte zehn Kilometer vor dem Ziel alle Fahrer bis auf einen mit Leichtigkeit wieder eingeholt.

An der Fünf-Kilometer-Marke begann sich das Feld in die Länge zu ziehen. Es entstanden Einer-, Zweier- und Dreierreihen, am Ende des Feldes bildete sich ein Einerreihe mit einem dichten Pulk dahinter. Wortlos nahm jeder seine Position für den Sprint ein. Will sah den letzten Ausreißer vor sich, der verzweifelt versuchte, sich ins Ziel zu retten. Will wusste, dass er keine Chance hatte. Die Kraft des Feldes war zu übermächtig. Er war zu lange alleine gefahren. Er würde geschluckt werden.

Es war aber keine leichte Mahlzeit. Der einsame Fahrer hielt sich und versuchte, seinen Vorsprung über die letzten Kilometer zu halten. Mit einer plötzlichen Tempozündung griffen die Sprinter nach ihm, um ihn zu fassen, zu stellen und zu schlagen. Will reihte sich hinter Bourgoin im zweiten Hauptfeld ein, nahm dessen Tempo auf und versuchte, seinen Kapitän vor Blockierern zu schützen, vor Schurken und Störenfrieden, die von hinten kamen. Merkel saß direkt vor Bourgoins Vorderrad, um den Weg für die Nummer Eins freizumachen. Tony C. und die anderen Sprinter waren weit vorne daran beteiligt, den Neuprofi zu greifen. Unmittelbar vor der Ein-Kilometer-Markierung war er noch alleine an der Spitze. Direkt dahinter waren seine Anstrengungen des Nachmittags umsonst gewesen und er musste einsehen, wie sinnlos sein Kampf gegen das Ungeheuer gewesen war. Er richtete sich auf und ritt auf der Welle die Zielgerade herunter, die noch Augenblicke zuvor ihm, ihm alleine gehört hatte.

Die Welle brach an der 200-Meter-Markierung. Die ersten Sprinter verließen die Linie im vollen Bewusstsein dessen, dass die Besten der Welt an ihrem Hinterrad hingen und nach einer Öffnung suchten, um zur Ziellinie durchzubrechen. Hundertfünfzig, hundert, fünfzig Meter. Cacciavillani, der auf der linken Straßenseite fuhr, duckte sich, zog nach rechts, schnitt diagonal durch den Asphalt und brachte die anderen Fahrer aus dem Tritt. Noch zwanzig, noch zehn Meter. Jetzt stampften drei mit aller Kraft der Linie entgegen, rissen wie wahnsinnig ihre Räder hin und her und suchten verzweifelt nach einem letzten Quentchen Kraft, um die Bahn für ihre Geschosse frei zu halten. Kurz vor der Ziellinie hob ein Portugiese die Arme im Triumph, aber er freute sich eine Sekunde zu früh. Ein Russe drängte sich an ihm vorbei, Tony C. kam von der anderen Seite. Die Freude, gerade diese beiden besiegt zu haben, hatte dem Portugiesen soeben den dritten Platz eingebracht.

Merkel und Bourgoin hatten sich in ihrem Schlusssprint nach vorne geschoben, einige der unerfahreneren Sprinter auf dem falschen Fuß erwischt und somit im Gesamtklassement ein paar Plätze gutgemacht. Will hatte versucht dranzubleiben, hatte aber auf den letzten 200 Metern das Hinterrad von Bourgoin verloren. Er hatte hinten links einen Fahrer bemerkt und war ein wenig in die Richtung gezogen, um Gedanken an ein Überholmanöver gar nicht erst aufkommen zu lassen. Er fuhr hart und ließ nicht nach, bis er die Linie überquert hatte. Dann musste er hart bremsen, um nicht mit Leib, Seele und Rad mit der Menge zu verschmelzen, die sich unmittelbar hinter der Linie um die Helden des Pelotons gebildet hatte. Will hatte genügend Druck gehabt, um sich als 43. ins Ziel zu retten, 14 Sekunden hinter dem Führenden, aber das war nur der Stand nach dem ersten Tag. Er war zwei Sekunden vor Cardone und fünf Sekunden vor Cardinal. Das würde sich mit dem Terrain ändern und mit der unterschiedlichen Fähigkeit der Fahrer, heute 151 Kilometer rennmäßig zu fahren, morgen 174, und das immer wieder, Tag für Tag. Will fuhr an den Mannschaftswagen und gab Tomas das »Biest«.

»Kümmer dich gut darum, es ist heute gut gefahren.«

»Kümmer dich gut um dich selbst, du bist heute auch gut gefahren.«

Ja, dachte Will. Nicht schlecht. Gar nicht schlecht.

Fausto Coppi tauchte in dieser Nacht nicht wieder auf. Keiner tauchte auf. Nicht einmal die Lehrerin, die vor den Parkuhren strippte. Es gab keine schmelzenden Uhren oder explodierende Toaster oder geisterhafte Bilder von Leuten mit Tätowierungen auf der Stirn. Will träumte nicht in dieser Nacht. Auf der Etappe schlief er stets wie ein Toter. Er konnte nicht wach bleiben.

Die zweite Etappe war hügelig, aber nichts Besonderes. Es waren nicht die Alpen oder die Pyrenäen. Es war nicht der Mont Ventoux oder L'Alpe d'Huez. Anstiege, die zu lang und zu steil waren, als dass man sie hätte beschreiben oder kategorisieren können.

Er erinnerte sich an den Anstieg zum Mont Ventoux, jenem erloschenen Vulkan in der Provence, während seiner letzten Tour. Er war schon oft auf dem Fahrrad an einem Berg gestorben, aber noch nie so. Jede Pedalumdrehung war ein heißer Nadelstich hinter seinen Augenlidern. Seine Lungen konnten nicht genügend Luft aufnehmen. Er fing an, in seinem entwässerten Zustand zu halluzinieren und als er an der Gedenktafel für Tom Simpson vorbeifuhr – jenem englischen Fahrer, der 1967 an den Hängen des Mont Ventoux gestorben war –, wollte er sich nur noch zu ihm legen.

Aber heute, an der spanischen Südküste, würde er sich einfach die Berge hinauf fluchen. Hier würde er nicht sterben, nicht an diesen Hügeln. Nicht so früh.

Es war ein schöner Tag, eine leichte Brise schob ein paar helle Wolken vor sich her, während das Peloton langsam losrollte. Im Augenblick blies der Wind von hinten. Schön, dachte Will, das reicht, um den Schweiß auf dem Rücken zu trocknen und um ein bisschen zu schieben. Er hoffte nur, dass der Wind nicht in der letzten Stunde drehen und anziehen würde, dann, wenn er es am wenigsten gebrauchen konnte.

Die Hügel fingen beinahe sofort an, gleich hinter einer Linkskurve am Ortsausgang, an einer kleinen Taverne, wo zahnlose, unrasierte Arbeiter den Fahrern mit ihrem Morgen-Rotwein zuprosteten. Vor zwei Monaten hätte ich da sitzen können, dachte Will. Zwar mit Zähnen, aber ebenso angetrunken.

Das Gelände war zunächst angenehm, das Peloton stieg und fiel wie auf einer Meereswelle. Für die erfahrenen Profis und für Will bedeutete es keine große Anstrengung. Die Neuprofis waren schon ein wenig schlauer geworden und versteckten sich weiter hinten, auch der Ausreißerkönig von gestern, der von seinem Mannschaftskapitän fast hingerichtet worden war, weil er ohne ihn davongezogen war und die Anweisungen des Sportlichen Leiters nicht befolgt hatte, den Angriff abzublasen. Er sah heute früh recht demütig drein und auch ein wenig weiser.

Deeds war mit der B-Staffel bei der Mittelmeerrundfahrt, also hatte Bourgoin wieder das Kommando. Er suchte weiterhin nach seinem Führungsstil, suchte noch immer danach, was er über die gestrige Fahrt sagen sollte, aber es gab einfach nicht viel zu sagen. Alle hatten der Herausforderung standgehalten. Es war nichts Aufregendes geschehen. Die Betreuer hatten ihre Aufgaben erfüllt. Philippe hatte das Begleitfahrzeug der Mannschaft genau dort platziert, wo es sein sollte. Niemand hatte die Verpflegungszone verpasst. Alle hatten den Fahrplan eingehalten und waren innerhalb der Karenzzeit ins Ziel gekommen. Sogar Will, sehr zu Cardones Überraschung.

»Du bist vor mir angekommen.«

»Ja. Ich weiß.« Will lehnte sich nach vorne. »Es war nicht persönlich gemeint.«

Die zweite Etappe lief ungefähr so ab wie die erste. Nichts furchtbar Aufregendes; es war mehr ein Einrollen als ein Rennen, alle versuchten, ihre Kräfte für die hochdotierten Prämien zu schonen, mit denen man sich in Szene setzen konnte. Es wurde nicht einmal für die Fotografen auf den Motorrädern posiert. Die Neuprofis setzten zwar immer noch entschlossene Mienen auf, aber die führenden Fahrer blieben ruhig, versteckten sich im Feld, versuchten ihre Form zu finden. Es war ruhig, es war sonnig und die Wolken zogen vorbei. Beim Zielsprint würde der Wind von vorne kommen.

Bei Kilometer 85 wurde es plötzlich interessant.

Bourgoin hatte bei 55 Stundenkilometern auf einer Abfahrt einen Reifenschaden am Vorderrad und kämpfte darum, sein Rad unter Kontrolle zu bringen, das über den Fahrbahnrand in den Schotter schoss. Einen furchtbaren Augenblick lang war Will davon überzeugt, Richard würde sich das Bein an der Leitplanke abtrennen, aber der Mann war einfach zu gut, zu cool, um in Panik zu verfallen und die Kontrolle über das Rad zu verlieren. Bourgoin hielt an der Leitplanke an und sein Gesicht war verschmiert von dem Schweiß und dem Staub, der im Kampf mit den Mächten des Schicksals aufgewirbelt worden war.

Merkel winkte aufgeregt Will herbei.

»Wir wissen nicht, wie weit die Autos zurückhängen – wir brauchen dein Vorderrad.«

Das war's. Jetzt wurde zurückgezahlt. Will opferte die schwachen Chancen, die er gehabt haben mochte, um seinen Kapitän im Rennen zu halten und wieder auf die Straße zu bringen. Den Rest des Tages würde Will versuchen müssen aufzuholen, nur damit Bourgoin dieses Schicksal erspart blieb.

Innerhalb von Sekunden war das Rad vom »Biest« runter und an Bourgoins minzfarbenem Colnago montiert. Ohne zurückzuschauen stoben er und Merkel davon und ließen Will am Rand einer südspanischen Straße mit einem toten Rad in der Hand stehen.

Es geschah alles so schnell, dass der letzte des Pelotons, das bislang recht eng zusammengefahren war, gerade erst vorbeifuhr, als Bourgoin und Merkel schon am Ende der Abfahrt angelangt waren. Die Bummler der Witzgruppe rollten vorbei und winkten Will zu. Einer, ein alternder Franzose, mit dem sich Will jahrelang duelliert hatte, rief ihm zu: *»Eh! Chaussettes rouges! Bonne chance!«*

Sie fuhren schnell vorbei und kicherten und dann war es still auf der Straße. Dann begann der Tross der Mannschaftswagen vorbei zu rollen. Wenn sich das Peloton auffächerte, fuhren sie rasch an den

Bummlern vorbei direkt hinter die Spitzengruppe. Aber jetzt war es dazu noch zu eng.

Will konnte den ersten Haven-Wagen erkennen, vielleicht an fünfter oder sechster Stelle. Wo waren die nur mit ihren Gedanken? Sie hätten sich nach vorne durchdrängeln müssen.

Will stellte sich quer zur Straße, damit sein Trikot erkennbar war, und winkte mit dem toten Laufrad. Er wusste, dass dies nur ein kurzer Stopp war, in wenigen Sekunden würden die Mechaniker aus dem Wagen springen, das Rad austauschen und er wäre ohne großen Zeitverlust wieder auf der Straße. Es war ein einfaches Manöver, sogar so früh in der Saison, wo noch nichts zusammenlief.

Er winkte langsam. Der Mechaniker auf dem Beifahrersitz hatte ihn gesehen und Philippe gebeten, anzuhalten. Der Mechaniker rief »*Arretez!* Philippe!« als das Auto vorbeifuhr. Aber Philippe rührte sich nicht. Er starrte auf die Ladefläche des Wagens vor ihm.

Plötzlich merkte Will, dass auch er schrie: »Was zum Teufel… hey, hey…! Philippe! Du Hurensohn!«

Er rannte an der Leitplanke entlang die Straße hoch und versuchte, die Aufmerksamkeit des Fahrers auf sich zu ziehen. Er hatte die Aufmerksamkeit des Fahrers. Er konnte es genau sehen – Philippe schaute ihn durch den Rückspiegel an, sah, wie er den Berg herablief und dabei das stillgelegte Rad neben sich herschleifte und das tote Vorderrad in der Hand hielt. In seinen Radschuhen rutschte Will auf einem Stück Straßendreck aus, das ihn Hals über Kopf in den Schotter an der Leitplanke segeln ließ.

Will lag für eine Sekunde da, schnappte nach Luft und versuchte, seiner Wut Herr zu werden. Zwischen seinen Japsern murmelte er, »Du Hurensohn. Du Hurensohn …« Immer wieder. Es half nichts. Er fühlte sich dadurch nicht besser. Aber es war alles, was aus ihm herauskam.

Eine knappe Minute später saß er immer noch da, als Cheryl und Tomas mit dem Bus vorbeikamen.

»Mein Gott, Junge, was ist denn mit dir passiert?«

»Ich schwöre es dir, Cheryl, ich weiß es nicht. Ich gebe Bourgoin mein Laufrad und der Materialwagen ist direkt hinter mir und im nächsten Augenblick fährt der verdammte Hurensohn Philippe an mir vorbei, ohne mich auch nur anzuschauen, und ich jage ihn die Straße hinunter wie ein Dreizehnjähriger auf hohen Absätzen und fliege hier auf meinen Hintern … «

Tomas sah seinen alten Freund an. Dieser Typ schaffte es immer wieder, ihn zu belustigen oder zu erstaunen. » Es kann weitergehen.« Während der 15 Sekunden, in denen Will sich beklagt hatte, hatte Tomas den Bus angehalten, ein Laufrad vom Dachgestell genommen, es auf das »Biest« montiert, die Bremsen zugezogen und es ein paar Mal gedreht, um den Lauf zu überprüfen. Will war wieder unterwegs.

»Was?«

»Es ist Zeit, Fangen zu spielen, mein Freund. Verdien dir dein Geld.«

Will warf sein rechtes Bein über den Sattel und Tomas schob ihn an. Will blickte über die Schulter und rief, »Ich bin dir was schuldig.«

»Du bist mir noch von der Vuelta vor vier Jahren was schuldig.«

Es stimmte. Will war miserabel, wenn es um Rückzahlungen ging. Aber er wusste verdammt zu schätzen, was der spanische Magier für ihn tat.

Die letzten Lastwagen und Busse fuhren jetzt vorbei. In diesem Stadium des Rennens war alles so gedrängt, dass er durch den Straßenverkehr fahren musste, um wieder zum Peloton aufzuschließen. Das ist, wie in Paris durch den Feierabendverkehr zu fahren, dachte er, hart fahren, Abgase einatmen, hart fahren, Abgase einatmen…

Es würde einiges an Arbeit kosten; er hatte dank Philippe viel Zeit verloren und er würde heute die Spitze des Feldes nicht mehr erreichen. Konzentrier dich auf das Geräusch, sagte er sich, konzentrier dich auf den Takt. Klick. Klick. Klick. Schneller jetzt. Klick. Klick. Klick klick klick klick klick klickklickklickklickklick. Er fuhr einen guten Rhythmus. Er konnte es spüren. Je mehr sich die Zeit dehnte, umso mehr Kraft hatte er in den Beinen und die Kilometer flogen unter ihm nur so dahin. Darum ging es doch eigentlich beim Rennfahren, dachte er, nicht nur um den Sprint und den Sieg und um die Kämpfe an der Spitze, sondern um den Kampf am Ende des Feldes und um das Aufholen und darum, noch irgendwo das letzte Quentchen Kraft zu finden, mit dem du weiterfahren konntest, wenn alles verloren schien, und alles, worauf du realistischerweise noch hoffen konntest, die rote Laterne war, der letzte Platz im Rennen, der letzte Wagen des Zuges. Kopf unten, alleine im Wind, trieb Will sich voran, ohne auf die Autos zu achten, sie mit seinem sechsten Sinn und dem Blick aus den Augenwinkeln umfahrend, nur auf die Straße konzentriert, auf die Mittellinie, die er für sich alleine in Anspruch nahm, klick klick klick klick, ohne Vorstellung davon, wie lange er unterwegs war oder wie weit er gekommen war, an den Autos und Bussen vorbei, die mit Mannschaftslogos und Sponsorenlogos bepflastert waren, von Limonadenherstellern bis zu Rahmenbauern, von Fernsehsendern bis zu Nahrungsmittelmultis, und jetzt die Bummler, die letzten im Rennen, die Witzgruppe, von denen einer ihm irgendetwas zurief, das er nicht verstand, nur das Metronom im Ohr, Stewarts Metronom, klick klick klick klick, an den Mannschaftswagen vorbei, die jetzt Teil des Pelotons geworden waren, klick klick klick klick, jetzt wieder in das Peloton hinein, und sogar am Ende des Feldes klick klick, sich vielleicht noch einen Tag länger im Gesamtklassement haltend. Das Tempo noch einmal anziehend, Klickklickklickklick, nahm er weder die Fahrer noch die Autos wahr, an denen er vorbeifuhr, nahm das Wetter nicht wahr, den frischen Regen, der die Straße überzog, nahm nicht wahr, dass die Bummler langsamer wurden, klickklickklick, nahm nicht wahr, dass der erste Wagen von Haven zurückgefallen war und jetzt direkt vor ihm fuhr, klickklickklickklick, nahm nicht wahr, dass der Fahrer des Haven-Wagens gerade auf die Bremse getreten war, klickklickklick … nahm das Heck des Wagens nicht wahr.

Nahm es nicht wahr.

Der erste Haven-Wagen fädelte sich mit eingedrücktem Kofferraum und gesprungener Rückscheibe still wieder in den Verkehr ein. Es könnte ja sein, dass der Kapitän sie brauchte …

Kim legte den Hörer auf und schaute in das Hauptzimmer der Hotelsuite.

»Er ist raus.«

Martin Bergalis zeigte angesichts dieser Nachricht keine Regung. Die Mannschaft hatte einen Fahrer weniger. Den Clown mit den rot-weißen Socken. Noch einen weniger – vor allem jemanden wie Merkel – und die Mannschaft war kaputt. Die Champions würden sich neu formieren müssen und sich zusammenraufen, was ihren Egos schwer fallen würde ...

Martin Bergalis hatte keine Regung gezeigt, als er die Nachricht gehört hatte. Jetzt lächelte er.

»Perfekt.«

Godot war beschäftigt gewesen. Der Regen des Februarabends schlug gegen das uralte Fenster seines Büros, des gleichen Büros, das er vor zwanzig Jahren als Kommissar der Abteilung für Tötungsdelikte in Besitz genommen hatte. Eine einsame Lampe mit einem Kranenhals beleuchtete seinen Schreibtisch, auf dem sich Papiere und Notizen und Hinweise im Mordfall Jean-Pierre Colgan türmten.

Es gab keinen Computer. Godot fand, dass Computer einen Polizisten faul machten. Lieber machte er alles selbst, durchdachte alles selbst.

Diesen Fall hatte er durchdacht. Aufgrund der Beweise aus der Wohnung, der Informationen, die er bei Haven gesammelt hatte, und der Befragungen, die er durchgeführt hatte, lief die Ermittlung in eine eindeutige Richtung. Und diese Richtung war, wie in der Abendzeitung stand, gerade bei der Ruta del Sol ausgeschieden.

Godot kratzte sich an der Stirn, lehnte sich zurück und zündete sich eine Zigarre an. Nicht seine übliche Marke. Eine kubanische.

Sie half ihm beim Nachdenken.

8
Die Dinge werden klarer

Stewart hatte ihm gesagt, dass es solche Tage geben würde, Tage, an denen sich die Beine verweigern würden, an denen er den Kopf nicht frei bekäme und an denen er nur ums Überleben fahren würde.

An diesem Sonntag war ein Rennen in der Nähe von Flint, durch eine kleine Stadt namens Birch Run und Will wusste, dass er es einfach nicht draufhatte. Raymond und der Rest der Two-Wheels-Mannschaft waren schon weg und er kämpfte darum, von einer Gruppe älterer Fahrer wegzukommen, die so taten, als sei dies eine Radtouristik und kein Rennen. Sie sagten Will immer wieder, er solle sich bei ihnen hinten reinhängen und mit ihnen zusammen ins Ziel fahren und dort jedem, der noch wartete, weismachen, sie hätten sich wirklich ins Zeug gelegt. Will wollte nichts davon wissen – aber je mehr er sich anstrengte, desto weiter fiel er zurück, so als drehten sich die Kurbeln falsch herum. Die älteren Fahrer überholten ihn, als er sich den letzten Hügel hochkämpfte, einen langen schweren Anstieg zur letzten Abfahrt, die zurück an den Parkplatz am Supermarkt im Süden der Stadt führte.

Sein Beine brannten, sein Rücken stach und sein Mund war trocken und schmerzte. Das Wasser war ihm schon lange ausgegangen und er hatte nicht noch mehr Zeit verlieren wollen, indem er anhielt, um welches aufzunehmen. Vielleicht, dachte er, war das nicht so klug gewesen. Aber am schlimmsten war, dass sein Gesicht wehtat. Ich muss einen Sonnenbrand haben, dachte er, so wie es spannte. Es war so verbrannt, dass es sich nicht mehr wie sein Gesicht anfühlte, wenn er es berührte, sondern wie eine Maske.

Er konzentrierte sich auf die Straße. Und auf das Rad. Und auf die Kurbel. Eine Umdrehung. Und noch eine. Und noch eine. Und noch eine. Und bei jeder Umdrehung sah er die Socken. Rotgestreifte Socken. Es waren die Socken seiner Schwester. Als er und sein Vater um vier Uhr früh losgefahren waren, hatte er seine kurzen Socken – seine Rennsocken – nicht finden können. Deshalb hatte er ein Paar von ihr genommen. Und noch eine Umdrehung. Und noch eine. Und noch eine. Er konzentrierte sich auf die Socken. Noch einmal rum. Und nochmal.

Sein Gesicht brannte. Sein Mund war wund. Er wollte schreien. Noch eine Umdrehung. Und noch eine. Nein. Keine mehr. Er hasste das hier. Er konnte nicht mehr. Noch eine Umdrehung. Noch eine.

Und dann war Stewart da, der ihn stützte und ihm Wasser über das Gesicht und in den Mund goss, und es war so kühl und so erfrischend und so feucht auf den Lippen und ja, ja, ja.

Er war Letzter geworden. Noch weit hinter den alten Fahrern, die sich nicht angestrengt hatten. Aber die ganze Mannschaft hatte auf ihn gewartet. Und die ganze Mannschaft hatte ihm zugejubelt.

»Dorothy … Dorothy … hörst du mich, ich bin's, Tante Em. Aufwachen, Liebling.«

»Was zum Teu … was ist los?« Er sah Cheryl durch Augen, die sich wie gerade in der Waschmaschine geschleudert anfühlten.

»Was ist passiert?«

»Wie waren der Löwe und der Blechmann?«

Will lachte und zuckte dabei zusammen. Sein Schädel dröhnte wie eine Atombombe in einer Suppendose.

»Der Blechmann ist ein Weichei.« Er schloss die Augen und strengte sich dann an, sie wieder weit aufzuschlagen, in der Hoffnung, sie so weit aufzubekommen, dass sie offenblieben.

»Schön, dass du wieder hier bist, Tiger. Ich hatte gedacht, wir würden dich für eine Weile verlieren.«

»Mich nicht. Ich habe einen Schädel aus massivem Michigan-Walnussholz.«

»Nicht mehr ganz so massiv. Es sieht so aus, als wären ein paar Risse drin.« Will tastete sein Gesicht ab. Es fühlte sich an wie eine Profilkarte des unteren Mississippi-Tals.

»Eieieiei. Was ist passiert?«

»Ein Peugeot ist passiert. Du bist dahergeschossen, Kopf unten, Augen auf der Straße, und Philippe hat direkt vor dir eine Vollbremsung gemacht. Du bist über den Kofferraum in das Rückfenster geflogen und hast einen wunderschönen Abdruck von deinem Gesicht hinterlassen. Daraufhin ist Philippe, der behauptet, er habe nichts davon bemerkt, einfach weggefahren. Wir waren etwa drei Wagen hintendran und haben dich aufgesammelt.«

»Was ist mit dem Rad?«

»Ich habe gewusst, dass du danach fragst! Ein echter Rennfahrer fragt immer danach. Weißt du das? Ich sollte als Wahrsagerin ins Showgeschäft wechseln. Ich sag' dir, das ist eine Begabung.« Sie sah, dass er auf eine Antwort wartete. »Nun, es ist nicht schrottreif, braucht aber ein neues Vorderrad, eine neue Gabel und einen neuen Vorbau. Davon abgesehen kannst du wieder mit deiner Antiquität fahren, wenn du wieder auf den Beinen bist. Das heißt, wenn Deeds dich überhaupt lässt. Er hat mitbekommen, dass du immer noch auf diesem Ding fährst, das vor drei Jahren aussortiert wurde, und er will dich beim nächsten Rennen auf neuem Material sehen.«

Immerhin etwas. Das »Biest« war am Leben. Um Deeds und um weitere Rennen würde er sich kümmern, wenn er mit seinen Augen irgendetwas anderes fixieren konnte als die 15 Conga-Trommeln, die im Raum und in seinen Ohren herumschwirrten. Es dauerte eine ganze Weile, bis er seine Gedanken wieder beisammen hatte und wieder reden konnte.

»Die Etappe. Wie haben wir abgeschnitten?«

»Du meinst die Rundfahrt.«

»Heh?«

»Es ist Sonntagnachmittag. Es ist vorbei. Wir sind fertig. Wir fahren heim. Du schwebst seit etwa 72 Stunden zwischen Schlaf und Bewusstlosigkeit.« Will wollte sich vor Verzweiflung die Stirn reiben, aber der Schmerz und die Stiche und irgendeine medizinische Paste hielten ihn davon ab.

»Also, wie haben wir abgeschnitten?«

»Bourgoin ist drangeblieben – du wärst stolz auf ihn gewesen. Bei der vorletzten Etappe ist er mit einer Ausreißergruppe angekommen und ist Vierter im Gesamtklassement geworden. Cardinal und Cardone haben nichts gerissen, sie haben nur teilgenommen. Haben es als Trainingsfahrt betrachtet. Tony C. hat einen Sprint gewonnen, aber sich bei der letzten Etappe hängenlassen. Merkel hat sich eine Sehne gezerrt und ist ausgestiegen. Nein, wirklich, Bourgoin hat sogar ohne Merkel das Ding durchgezogen. Hätte ich ihm nicht zugetraut. Hat fast alle überrascht. Er nimmt dieses Mannschaftskapitän-Ding echt ernst.«

Natürlich nahm er es ernst, dachte Will. Bourgoin war jahrelang gut gewesen, aber nie herausragend, immer im Schatten von Colgan oder irgendjemand anderem mit einem dicken Gehalt und einem noch dickeren Ego. Jetzt hatte Bourgoin die Chance bekommen, auf die nächste Ebene aufzusteigen, die Ebene der Großen, und niemand konnte ihn davon abhalten, selbst wenn er alles alleine machen musste.

Will lächelte. Er mochte diese Charakterzüge bei einem Fahrer, bei einem Leader. Für so jemanden konnte man arbeiten, hart arbeiten.

»Wann kann ich hier raus?«

»Jetzt, wo du wach bist, ich weiß nicht. Sie wollten dich morgen nach Paris überführen ..., aber vielleicht kannst du einfach gehen. Ich weiß nicht.«

»Nicht gehen – Erste Klasse, die ganze Reise.« Kim stand in der Tür. »Verdammt«, erschrak Cheryl, »klopfen Sie nie an?«

»Ich dachte nicht, dass ich bei meinem Ex-Mann anklopfen muss, Sharon. Aber vielleicht sollte ich das ab jetzt tun.«

Cheryl hielt ihre Rage zurück, hauptsächlich, weil sie auf ihr Gehalt angewiesen war, wie Will glaubte. Aber eines Tages würde die Bombe platzen und Will wollte dann nicht in der Nähe sein.

»Ich muß gehen«, sagte Cheryl. »Ich habe zu tun. Ich bin verabredet.«

»Nein, nein, nein«, zwitscherte Kim. »Bleiben Sie nur. Wir brauchen nur einen Moment. Wir wollten nur schauen, ob Will wieder bei Bewusstsein ist, bevor wir zurück nach Paris fahren. Und da ist er ja.« Sie hob sein Kinn mit den Fingern hoch und studierte sein

Gesicht mit tiefem Blick, wie ein Juwelier, der mit einer schlechten Brille einen Ring begutachtet. »Kaum beschädigt.«

Der Schmerz, den das Heben des Kopfes verursacht hatte, trieb Will die Tränen in die Augen.

»Du fehlst mir auch, Liebling«, sagte sie lächelnd. »Auf dem Gang warten ein paar Freunde von mir, die dich sehen möchten. Hast du einen Augenblick Zeit?«

Sie ließ sein Kinn los und Wills Gesicht fiel nach vorne. Auch das tat weh. Kim ging zur Tür und winkte in den Flur. Dann ließ sie die Tür aufschwingen und drei Männer erschienen: ein verschrumpelter alter Mann in einem Rollstuhl mit dem schönsten Anzug, den Will je gesehen hatte; ein schmaler junger Mann in einem Haven-Sakko, der Will irgendwie bekannt vorkam; und der Mann von dem Foto – Martin Bergalis, in italienischem Anzug, perfekt manikürt, geschmückt, mit allem Drum und Dran.

Martin sprach leise, aber, so schien es, mit großem Nachdruck.

»Ich bin sehr glücklich, Sie wach zu sehen – und am Leben, Mr. Ross. Sie hatten einen schlimmen Unfall.«

»Ich danke Ihnen. Meine Genesung verdanke ich Haven-Pharma.«

Niemand im Raum lachte. Cheryl hatte sich in eine Ecke verdrückt, als wolle sie sich aus der Schusslinie heraushalten. Kim und der schmale junge Mann hatten das Gleiche getan. Martin und der Mann im Rollstuhl beherrschten die Bühne.

»Das ist mein Vater, Mr. Ross, Stefano Bergalis. Er ist Gründer von Haven-Pharma – der Mann, der aus schlichter Radsportbegeisterung ein Imperium aufgebaut hat. Ist es nicht interessant, wie man mit Rad fahren ein Vermögen machen kann, ohne es selbst zu tun?«

Der alte Mann in dem perfekten Anzug wandte sich auf diese Frage hin Martin zu. Er hob ein Gerät, das aussah wie ein Elektrorasierer, an seine Kehle und fing an mit einer schleppenden, schwachen Stimme zu sprechen, die von Rauschen und Klicken und Knacken und Knistern unterbrochen wurde.

»Mein Sonn verwechselt alles … Monsieur Rozzzz. Das Rad fahren 'at die Firma grozz gemacht …« Er nahm die Apparatur vom Hals, offensichtlich von der Anstrengung erschöpft. Er winkte über seine Schulter und der junge Mann trat rasch aus der Dunkelheit hervor, um die Gedanken seines Vaters zu vollenden.

»Wir sind nicht vorgestellt worden, Mr. Ross. Ich bin Henri Bergalis. Ich bin führ den Bereich Sporternährung in der Firma zuständig.«

»Entschuldigen Sie, haben wir uns schon irgendwo getroffen?«

»Ja, Mr. Ross. Es ging Ihnen, äh, schlecht ...« Er winkte ab, offensichtlich peinlich berührt.

Will erinnerte sich. Das Velodrom. Der silberne Mercedes. Dies war der Mann, der sich mit ihm wegen des Zigarettenrauchs solidarisiert hatte, als er am Laternenpfahl hing. Will lächelte. Er hatte irgendwie das Gefühl, bei Haven wenigstens einen Verbündeten zu haben.

»Mein Vater glaubt, dass Haven ohne das Rad fahren nichts wäre, Mr. Ross. Als junger Mann liebte er es, Rennen zu fahren. Er kannte viele der frühen Größen dieses Sports – Octave Lapize, nachdem er aufgehört hatte, Ottavio Bottechia in seiner großen Zeit ...« Der alte Mann nickte glücklich bei diesen Erinnerungen. »Henri Desgrange, Coppi, Bartali, Kübler, Anquetil, Poulidor, Merckx und viele andere, bis hin zu Jean-Pierre Colgan.«

Bei der Erwähnung des letzten Namens merkte Will, wie der alte Mann seine Augen schloss und vor Wut und Trauer schnaubte, als wolle er sagen: »Was für eine Verschwendung; was für eine Verschwendung ...«

»Rad fahren war sein Leben, Mr. Ross – aber durch Liebe zu einem Sport ist man noch lange nicht gut darin.«

»Wem sagen Sie das.«

Will sah Stefano Bergalis an. Der Mann erwiderte seinen Blick. Für einen Augenblick herrschte zwischen den beiden ein tiefes Verständnis. Wo Will jetzt war, war Stefano Bergalis lange vor ihm gewesen, unter den Helden, den Typen und den Gaunern des Radsports – und Bergalis hatte ein Weg gefunden, dabei zu bleiben.

»Er hat Chemie studiert«, fuhr Henri fort, »weil er nach einem Weg gesucht hat, die Fahrer stärker zu machen.«

Stefano hob das elektrische Gerät an seinen Hals. »Und ... um einen Weg zu finden ... eine Mannschaft zu finanzieren.«

»Ja, Papa. Um eine Mannschaft zu finanzieren. Obwohl es sehr teuer geworden ist, als Hauptsponsor eine Mannschaft zu halten, möchte mein Vater unter allen Umständen der Radsportwelt verbunden bleiben. Sie hat ihn nie losgelassen – wahrscheinlich lässt sie niemanden los, wenn er einmal dazugehört hat.«

Der alte Mann nickte.

»So entstand Haven-Pharma. Um Fahrer zu unterstützen und um den Traum meines Vaters zu verwirklichen. Der Traum hat überlebt.«

Will lächelte und dachte an den multinationalen Konzern, zu dem Haven geworden war.

»Recht gut überlebt.«

Martin Bergalis trat vor.

»Das ist ja alles sehr nett«, sagte er, »aber es ist Zeit ...«

Er hielt plötzlich inne. Will schaute zu Martin, der wie eine Statue dastand, und folgte seinem Blick nach rechts. Stefano Bergalis hielt seine Hand hoch. Sie zitterte, er konnte sie nicht lange so halten, aber sie war in die Luft gestreckt und forderte Aufmerksamkeit.

Henri schaute erst zu seinem Vater und dann zu Will.

»Mein Vater findet, Sie sollten sich ausruhen – aber vielleicht in Paris. Er war sehr davon beeindruckt, wie Sie letzte Woche gefahren sind. Und er hofft, dass Sie sich in einer angenehmen Umgebung noch weiter verbessern.«

»Ich danke Ihnen, Sir.« Will nickte dem alten Herrn zu. Er nickte zurück.

»Sie müssen sich jetzt erholen. Ich werde alles arrangieren und mich mit Ihnen in Verbindung setzen.« »Danke.«

Will schaute den alten Mann an. Unter all den Leuten im Raum waren sie diejenigen, die sich verstanden. Sie verstanden die Schönheit des Lebens auf zwei Rädern, das Bedürfnis, es zu leben und zu spüren und zu hören und zu sehen, auch wenn man nicht unmittelbar dazugehörte. Das war es, was Will verloren hatte. Das war es, was Stefano Bergalis noch immer besaß, sogar im Rollstuhl. Das war es, was Will wiederzubekommen begann, langsam, ganz langsam. Der alte Mann lächelte und nickte. Er wusste es. Henri schob ihn am Bett vorbei und in den Gang.

Kim und Martin standen auf der einen Seite des Raums. Cheryl stand auf der anderen. Will war in seinem Bett gefangen. Er hatte versucht, es sich bequemer zu machen und sich in eine würdevollere

Position zu bringen und hatte mit dem Elektromotor des Bettes gespielt. Jetzt waren seine Arme und Beine in die Luft gestreckt. Er sah aus wie das Vorgebirge der italienischen Alpen.

Martin wartete einen langen Augenblick, bevor er anhob. Mit dem Abgang des alten Mannes war das Sagen im Raum schnell wieder ihm zugefallen. Es war ihm bewusst und er wollte sichergehen, dass es auch allen anderen im Raum bewusst wurde.

»Mein Vater glaubt an das Rad fahren. Und an Radfahrer. Er hat sein ganzes Leben unter ihnen verbracht. Deshalb hat Haven-Pharma immer ein Team gesponsort – entweder Amateure oder Profis. Deshalb sponsort Haven bis heute ein Radteam – in einer Welt, die sich für das Rad fahren nicht mehr interessiert und es nicht mehr versteht. Das amerikanische Fernsehen weiß das. Football und Baseball und Basketball sind interessant – der Besitz eines Balles oder eines Feldes oder eines Tors – Action mit haufenweise geplanten Unterbrechungen, die man den Sponsoren verkaufen kann.«

Will unterbrach. »Aber es ist doch das Spiel, das zählt ... zumindest für die Spieler. Und für die Fans.«

Martin Bergalis lächelte Will an wie ein naives unwissendes Kind.

»Nichts davon zählt, Mr. Ross. Ihr Training. Ihr Pedalieren. Ihr Sieg. Was zählt, ist meine Fähigkeit, mit Hilfe Ihrer Leistung Produkte zu verkaufen. Nur darum geht es, Mr. Ross. Und so wie die Welt sich verändert, weiß ich nicht, ob Sie noch etwas verkaufen können. Jedenfalls nicht auf einem Fahrrad.«

Bergalis wandte sich Kim zu und flüsterte ihr etwas ins Ohr. Sie nickte. Dann zog er sie an sich. Sie schloss die Arme um seinen Hals, küsste ihn zart und drückte ihren Kopf an seine Schulter. Er fuhr mit seinen Händen rhythmisch an ihrem Rücken auf und ab bis er zu ihrem Hintern gelangte, beide Pobacken in die Hand nahm und sie sanft drückte. Cheryl und Will lehnten sich unfreiwillig zur Seite, um einen besseren Blick zu bekommen. Was für eine Show! Bergalis wandte sich langsam den beiden zu und grinste. Cheryl und Will richteten sich langsam wieder auf und hofften, dass niemand ihren Voyeurismus bemerkt hatte.

Bergalis sagte nur »Het Volk«, zeigte mit dem Finger auf Will, löste sich aus Kims Umklammerung und schritt bedeutsam aus dem

Raum. Kim sah ihm nach, lächelte und wandte dann Will ihr selbstgefälliges, zufriedenes und leicht gerötetes Gesicht zu.

»Die Ärzte sagen, dass du mindestens zwei Wochen lang keine Rennen fahren darfst. Wir werden dich für diese Zeit in Paris behalten. Du wirst morgen mit dem Firmenjet fliegen. Du hast noch etwas mehr als zwei Wochen Zeit, dich auf Het Volk, den ersten Frühjahrsklassiker vorzubereiten. Du wirst bei allen Klassikern in der A-Staffel fahren.«

Will schloss die Augen. Das bedeutete Paris–Roubaix.

»Ja, alle. Die Mannschaft schätzt deinen Kampfgeist. Du bist dabei, Will, ich setze Vertrauen in dich.«

Sie ging zu ihm, als wolle sie ihn auf die Stirn küssen. Aber sie fand keine Stelle, die nicht genäht und bandagiert war oder mit irgendeiner Paste überzogen. Kim sah zu Cheryl und grinste. Sie beugte sich vor, küsste Will auf den Mund und steckte ihre Zunge kurz hinein. »Irgendwie fehlt mir das«, sagte sie mit einem bösartigen Lächeln. »Wir sehen uns in Paris, Süßer. Und wir auch, Sharon.« Sie nahm ihre italienische Lederjacke und fegte aus der Tür.

Will war erstarrt. Er war geschockt. Cheryl sagte nur: »Auf Wiedersehen, Kim-ber-ley«, und betonte dabei jede Silbe des Namens. Sie konnten hören, wie Kim im Gang innehielt, bevor der Klang ihrer Stöckelschuhe langsam verhallte.

Am Ende des Ganges blieb Kim an einem Trinkwasserbrunnen stehen, nahm einen Mund voll und spuckte dann angeekelt in den Ausguss. War das grässlich. Er hatte seit Tagen keine Zähne geputzt.

Cheryl brach das lange schockierte Schweigen nach Kims Abgang.

»Na, na. Das war ja ein interessantes kleines Psycho-Drama.«

Will schüttelte sich aus seinem Koma. »En … entschuldige. Was meinst du damit?«

»Ach, komm schon. Hast du das nicht gesehen?«

»Nein, was?«

»Martin hat gekocht, solange sein Vater im Raum war. Wie ein Tiger im Käfig, der seinen Dompteur beäugt.«

»Das ist mir nicht aufgefallen. Ich habe den Alten beobachtet.«

»Nun, sobald der Alte weg war, wollte Martin unbedingt demonstrieren, dass er die Macht hat. Die Footballrede und die ganze Geschichte mit deiner Ex, bevor er gegangen ist.« »Ich dachte ...«

»Bitte ... es war doch eine Aufführung für dich. Eine Inszenierung. Ich kontrolliere dein Leben. Ich könnte den Radsport in die Tonne schmeißen, eine Footballmannschaft kaufen und Millionen verdienen. Ich kontrolliere deine Frau ...«

»Sie ist nicht meine Frau.«

»Für ihn ist sie es ... oder war es.« Cheryl klopfte auf Wills Schädel. »Hallo! Ist da jemand zu Hause?«

Der Schmerz fuhr ihm bis in die Zehen.

»Oh, Entschuldigung. Aber jetzt mal ehrlich – du musst das doch gesehen haben. Und dann diese Szene mit Kim.«

»Vielleicht wollte sie die vier Monate wiedergutmachen, die sie mich vor unserer Trennung nicht mehr küssen wollte.«

Cheryl schüttelte den Kopf.

»Du bist verrückt. Er ist eine Schlange, Mann. Und sie ist eine Schlange. Sie sind alle Schlangen, außer dem Bruder vielleicht. Bei ihm bin ich mir nicht sicher.«

»Er fährt Rad. Wenigstens fährt er Rad. Das ist doch schon was.«

Die überlange Limousine fuhr die Flughafen-Auffahrt hoch zu einem der beiden Industriellen-Jets, auf denen das Haven-Logo prangte.

Stefano Bergalis hatte keinen Ton von sich gegeben, seit der Wagen vom Krankenhaus abgefahren war. Er sprach so wenig wie möglich. Seit seinem Schlaganfall und seit seinem Kehlkopfkrebs war jedes Wort eine Anstrengung. Aber jetzt musste er etwas sagen.

»Warum? Warum er? Warum hat Martin Rozzzzz angeheuert?«

Henri Bergalis warf seinem Vater einen liebevollen Blick zu. Er liebte diesen verhärteten Mann, der so viel aufgebaut hatte und so viel durchgemacht hatte, aber seit den Operationen und seit dem Schlaganfall hatten die Härte und die Bitterkeit und die Enttäuschung in ihm die Oberhand bekommen.

»Martin hat ihn nicht angestellt, Papa. Kim hat ihn angestellt. Sie leitet die Mannschaft.«

»Kim issst eine Prostituierte. Martin hat die Macht.«

Stefano Bergalis schüttelte den Kopf. »Warum? Ein Fahrer, der sein Herz verloren hat.«

Henri Bergalis legte eine Hand auf das zerbrechliche Knie seines Vaters. Was begriff sein Vater, das er nicht begriff? Es gab noch so viel zu lernen, über die Welt und das Geschäft, aber er würde sein Leben lang nicht so viel von Menschen verstehen wie sein Vater.

»Vielleicht, Vater, konnte Martin einfach keinen Fahrer finden, der Colgan gleichwertig ersetzt.«

Plötzlich explodierte Stefano Bergalis in einem Anfall von Husten, Spucken und Keuchen. Henri hielt die Schultern seines Vaters, um ihn zu beruhigen, und stellte dabei fest, dass sein Vater zum ersten Mal seit Jahren lachte.

Der alte Mann rang um Luft. Er hob das Sprechgerät an seine Kehle und knarzte: »Colgan … war ein Weichei. Hahahahah!«

Er holte einen tiefen angestrengten Zug Luft.

»Anquetil hat es mir verraten.«

In Paris bekam Inspektor Godot die Vergeblichkeit des Bemühens, das Gesetz auf die Reichen anzuwenden, zu spüren. Er hatte im Fall Jean-Pierre Colgan kurz vor einer Verhaftung gestanden, aber der Chefinspektor hatte ihm befohlen zu warten. Es sei noch genügend Zeit, hatte der Chefinspektor gesagt, Haven hatte um Entlastung gebeten und außerdem würde der Verdächtige nirgends hingehen. Und dann müsse man ja an die Rennen denken.

Vielleicht stimmt das, hatte Godot gedacht. Aber man musste auch an Mord denken. Und trotz der Befehle von oben war es vielleicht an der Zeit, ein wenig zu drücken und zu sehen, welche Maus am lautesten quietschte.

9
J'accuse

Das Velodrom von Senlis war kein Trainingszentrum mehr; es hatte seine Identität als verfallende und vergessene Ecke der französischen Radsportgeschichte wiedererlangt. Aber das Haven-Pharma-Team hatte noch immer Zugang, Will hatte noch immer den Schlüssel und er beschloss, das Beste daraus zu machen. Es war immerhin der einzige Ort, an dem er duschen konnte, an dem er so lange heiß duschen konnte bis er genug hatte. Außerdem war das Velodrom ein guter Ausgangspunkt für seine Rehabilitationsausfahrten und wer konnte schon der Bewunderung Hunderter von Schulmädchen aus dem abgerissenen Internat gegenüber widerstehen, für die man der Inbegriff eines Athleten war?

Will wickelte sich seinen Ersatzschlauch kreuzweise um die Schultern und schwang sich auf das »Biest«, sein ausgebranntes, weißes, altes Colnago. Er zog die wärmende Kopfmaske so gut es ging über seine Ohren und über das Kinn. Das Kopfteil war nach Jahren des Trainings in Michigan abgetragen und abgewetzt. Er hatte es aus einem Karton mit verschiedensten Klamotten hervorgekramt, den seine Mutter ihm in der vergangenen Woche geschickt hatte. Bevor er sein Antlitz in das Rückfenster des Mannschaftswagens gepflanzt hatte, hatte diesem das Fahren bei kaltem Wetter nichts ausgemacht, nicht einmal bei unter null Grad. Aber jetzt ließ der geringste kalte Luftzug das Gewirr von Nähten in seinem Gesicht stechen und schmerzen. Heute würde es noch schlimmer als gewöhnlich werden. Es war bitterkalt. Es hing sogar eine Vorahnung von Schnee in der Luft. Aber Will wusste, dass er weiterfahren musste, egal was sein Gesicht oder das Wetter oder seine Beine oder der Wind dazu sagten.

Er steckte tief im Morast und die Karten lagen auf dem Tisch. Seine »Scheiß drauf«-Einstellung wich nach und nach dem Lockruf der Diamantrahmen-Geometrie und dem Klang singender Reifen. Und außerdem verlangte sein Vertrag danach. Alles in ihm und um ihn herum schrie danach, dass er wieder fahren musste, hart fahren und bei den Eintagesklassikern gute Ergebnisse erzielen. Das war es, was Haven wollte. Und zum ersten Mal seit Jahren war es auch das, was er wollte.

Aber wollte Haven wirklich, dass er sich anstrengte? Es war verflixt, dachte er. Er wurde unterstützt und gepäppelt und er bekam gesagt, er solle rausgehen und sich stellen, hart fahren; aber unter der Oberfläche waren die Ermunterungen nicht ehrlich, so wie die letzten Tage seiner Ehe mit Kim. Nichts wurde offen ausgesprochen. Alles schien normal, Teil des Lebens, die ruhigen Momente einer lang anhaltenden Beziehung. Aber es war der Ton ihrer Stimme, der ihm sagte, dass etwas nicht stimmte. Es gab Zeiten, da sagte sie: »Ich liebe dich«, und er spürte, dass er ihr nicht glaubte, wenn sie über ihre Gefühle sprach und wenn sie sagte, was sie tat und wohin sie ging. Bis er begriffen hatte, was los war, war alles zu spät. Da stritt er schon mit ihren Liebhabern um Platz in seinem Schrank.

Genau den gleichen Tonfall hörte er jetzt wieder bei ihr.

Der Wind drehte sich und biss ihm in das Gesicht. Es gab eine Million Gründe, heute nicht zu fahren. Er konnte vom Rad absteigen, ein Taxi in seine Wohnung nehmen und den ganzen Tag in einem Café sitzen, zwischen Wein und Espresso abwechseln und sich so ein distanziertes Verhältnis zur Welt um sich herum verschaffen; er konnte den ganzen Tag duschen oder sich in den Mannschafts-Whirlpool setzen; oder er konnte einfach irgendwo hingehen, sich in einem Sessel verstecken und lesen. Es gab eine neue *L'Equipe*, eine neue TOUR und einen Thriller, der auf seinem Sessel lag. Es gab genug, womit er sich bis morgen früh beschäftigen konnte, um dann rauszuschauen, ob das Wetter besser war und ob er es vielleicht nochmal versuchen wollte.

Er schaute zu dem Internat hinüber. Durch ein Fenster im zweiten Stock sah er ein halbes Dutzend zwölf Jahre alter Mädchen, die ihn genau beobachteten. Jetzt, da er schaute, fingen sie an, wie verrückt zu winken. Ein weiteres Mädchen kam mit einer Diät-Cola dazu. Er streckte die Arme über seinen Kopf und spielte mit seinen sehnigen Muskeln, während er gleichzeitig seinen Bauch herausstreckte. Die Pose erinnerte ihn an seinen Vater, wie er seine Fettrollen über die Hose hängen ließ, um die Nachbarskinder zum Lachen zu bringen. Der Effekt war in jeder Sprache der gleiche. Die Mädchen zeigten auf ihn und lachten und winkten. Will grinste. Er wusste, dass er gefangen war. Er musste fahren. Seine Fans verlangten danach.

Will stieß sich ab und pedalierte geschmeidig auf die Straßenkreuzung und den Verkehr zu. Er würde die nächsten Minuten dazu nutzen, sich aufzuwärmen und zu strecken, und sein Trainingsprogramm beginnen, wenn er außerhalb der Stadt auf der Landstraße war. Er nahm eine andere Strecke als die, die er normalerweise mit der Mannschaft fuhr. Nach etwa einer halben Stunde bog er von der Hauptstraße ab auf eine Straße, die als Nebenstraße eingezeichnet war, die aber kaum mehr als einen Kuhpfad darstellte. Wenn es hier auch nur ein bisschen feucht wird, dachte Will, wird das Training zu einer Querfeldeinfahrt. Als Will auf dieses Stück kam, beschloss er, dass die Aufwärmphase vorbei war. Er schaltete auf das große Blatt und begann, gegen die Maschine und gegen den Wind und gegen sich selbst zu arbeiten. Sein Gesicht brannte wie ein Kohlenofen, der Überstunden macht, seine Beine waren steif und seine Laune war mies, aber das Tempo wuchs langsam und mit dem Tempo seine Lust, auf dem Fahrrad zu sitzen.

Es gab Tage, an denen er es liebte, an das Rad fahren zu denken, sich auf das Rad fahren vorzubereiten, es liebte, gefahren zu sein, aber das Fahren selbst hasste. Heute war einer seiner besten Tage. Er hatte seinen Widerwillen auf den ersten Kilometern überwunden und seine Beine gefunden und mit den Beinen seinen Schwung, der nach den Prüfungen auf der Ruta del Sol langsam wieder erwacht war.

Sogar das Brennen des Windes begann ihn zu beleben und zu stärken. Er trat kräftiger in die Pedale und stellte sein Pulsmessgerät ein. Je besser sein Trainingszustand wurde, desto schwerer war es, in seinen Trainingsbereich zu kommen, aber er nahm es als Herausforderung, er sprintete in eine Serie harter Intervalle hinein und versuchte herauszufinden, wo heute seine Grenze lag.

Der Wind brannte. Seine Augen tränten. Und die letzten Spinnweben, die seinen Kopf so lange verhangen hatten, verflogen. Will Ross hatte vor Jahren aufgegeben. Er hatte sein Verlangen zu fahren verloren, seinen Sinn für die Lust im Sattel, seinen Drang an die Spitze, seinen Hass auf jeden, der an ihm vorbeiwollte, den Todeshauch, wenn er aufgeben musste. Alles war ihm gleich geworden: ein Gefühl, ein Gemütszustand, ätzend, ermüdend, fad. Und dann gab es nichts mehr zu verlieren. Er stieg aufs Rad. Er fuhr. Jedes Rennen wie das davor und wie das nächste. Aber jetzt – jetzt spürte er das Rad unter sich, die Kraft in seinen Beinen, die Gefahr, die Wut und das Feuer und die Herausforderung, die in ihm aufstiegen. Vielleicht war es der Wettkampf gewesen, vielleicht war es die Mannschaft, vielleicht war er es selbst oder nur die Welt um ihn herum im Allgemeinen, aber er spürte es zum ersten Mal seit Jahren. Das Feuer in seinem Bauch.

Er hatte wiedergefunden, was er verloren hatte. Und er hatte vor, es nie wieder loszulassen.

Er griff mit seiner rechten Hand nach unten und schob den Gangschalthebel nach vorne, bis es Klick machte und er den zusätzlichen Zug in den Beinen spürte. Er stand auf und fing an, das Rad unter ihm hin und her zu drücken, hin und her und dabei das Tempo und seinen Pulsschlag ansteigen zu sehen.

Der Wind brannte an den Nähten in seinem Gesicht.

Und er fühlte sich lebendig.

Jean Jablom trat für einen Augenblick vor sein Fahrradgeschäft, um etwas Luft zu schnappen und um eine zu rauchen. In der Ferne konnte er einen Fahrer ausmachen, der über die sanften Hügel kam. Er war vielleicht noch zwei oder drei Kilometer entfernt. Wer fuhr nur an solch einem Tag? Es war verdammt zu kalt. Jablom zündete sich eine filterlose Gauloise an und schützte dazu das Streichholz mit der Hand vor dem Wind. Der Rauch brannte ihm auf der Zunge und im Rachen. Er sollte wirklich aufhören damit. Die Dinger waren überhaupt nicht gut für ihn. Er spuckte ein paar Tabakfäden aus, die sich auf seine Zunge verirrt hatten. Zigaretten liefen allem entgegen, wozu er sich in seinem Leben erzogen hatte. Aber was waren sie gut am Ende eines langen Tages, an dem er die Räder ungeschickter Mountainbiker repariert hatte, die ein teures Bike gekauft hatten, danke sehr, nur um damit direkt von einem Felsen runter in einen Haufen Schotter zu fahren, nochmals danke, woraufhin sie wieder viel Geld bezahlten, damit das Ding wieder in Gang kam.

Es ist schön, einen guten Ruf zu haben, aber es war frustrierend zu sehen, wie die Leute mit ihren Maschinen umgingen. Aber nun – er lebte schließlich davon. Nicht besonders gut, aber als er Rennen fuhr, verdiente man mit Rad fahren auch noch nicht viel. Er war gefahren, als die Fahrer noch mehr Krieger waren als Taktiker und Geschäftsleute. Er hatte neben Fausto Coppi sein Rad über Holperpfade den Berg hochgetragen. Er war neben und hinter Koblet und Bobet und Geminiani und Ockers und Bartali gefahren. Er wusste noch, was es hieß, in einer Welt zu fahren, in der nur das Überqueren der Ziellinie einen Helden aus dir machte. Aber das war vor amerikanischem Fernsehen und großen Sponsoren und dem ganzen Zeug.

Jetzt kam der Fahrer näher, viel schneller, als Jablom es für möglich gehalten hatte. Das war kein Tourist, das war ein Fahrer, der draußen sein musste, weil es ihm jemand befohlen hatte, oder weil er von sich aus dazu getrieben war. Dieser Drang, jeden Tag zu fahren, war ein Affe, der Jablom noch Jahre nach seinem Rücktritt im Nacken gesessen hatte.

Er zog ein letztes Mal an seiner Gauloise und schnippste sie in Richtung Straße. Der Wind drehte plötzlich, erwischte die Kippe und blies sie ihm wieder entgegen. Jablom duckte sich und bürstete die Asche von seiner Arbeitsweste. Eine schmutzige Angewohnheit. Ich muss damit aufhören.

Er konnte sehen, dass der Fahrer die Änderung der Windrichtung auch zu spüren bekam. Sein Tempo ließ nach und es sah so aus, als hätte er zu kämpfen. Es ist immer schlecht, dachte Jablom, auf dem Heimweg einen bitteren Wind im Gesicht zu haben. Jetzt kam er näher. Jablom konnte das Haven-Wintertrikot und die gelbe Brille und einen schwarzen Kopfschutz erkennen sowie eine dicke Rotzfahne, die aus der Nase des Fahrers lief und in seinen Mundwinkeln hing.

Der Mann ist am Ende, dachte Jablom. Er hatte Mitleid und winkte ihn in den Laden. Der Haven-Mann hielt dankbar an.

»Komm rein. Es ist warm im Laden und ich habe eine Flasche Wein.«

Jablom sah, dass das Gesicht des Fahrers von roten Striemen durchzogen war, hässlichen Schnitten mit gelegentlichen schwarzen Nähten. Das vom Wind brennende Gesicht mit den Schnittwunden und den blauen Lippen sah aus wie das des Frankenstein-Monsters, nachdem es ein Fahrrad gestohlen hatte.

»Merci.«

»Non. *Entrez s'il vous plait.*«

»Merci.«

Das war alles, was Will im Moment sagen konnte. Der Schwung, den er vorher gespürt hatte, hatte nicht ausgereicht. Die Zeit und die Natur hatten sich gegen ihn verschworen und ihn langsam zermürbt. Mit jeder Richtungsänderung, so schien es, hatte der Wind gedreht und kam ihm immer wieder entgegen, kalt wie Stahl und immer stärker werdend. Der steinalte Mann in seinem schmuddeligen Kittel, der ihn heranwinkte, kam ihm vor wie ein Engel, der geschickt worden war, ihn zu retten. Er hätte weiterfahren sollen. Es waren höchstens noch 45 Minuten bis zum Velodrom und einer unerschöpflichen Menge heißen Wassers. Aber es gab keinen Grund, unvernünftig zu werden – er hatte trainiert und es sich bewiesen.

Es war Zeit für ein Bier. Oder für einen Kaffee. Oder um einfach nur den Rotz aus dem Gesicht zu wischen.

Die Tür zum Laden ging auf und die Glocke läutete müde, als wäre sie genauso erschöpft wie Will. Die Wärme traf ihn wie ein Schlag, die Wärme und der Geruch. Beides überschwemmte ihn wie ein Welle. Die Wärme strich über sein Gesicht und er merkte, dass ihm der Rotz in Strömen aus der Nase lief, während ihm gleichzeitig der Geruch von Lagerfett, Öl, Stahl und Gummi das Gefühl gab, an einem sicheren Ort zu sein. In einem Fahrradgeschäft fühlte er sich immer sicher. Auf einem Fahrrad fühlte er sich immer sicher.

»Bitte«, sagte Jablom, »setz dich hin.«

Er zeigte auf eine abgewetzte Couch in einer Ecke des Ladens und bot ihm einen Öllappen für seine Nase an. Will nahm ihn dankbar an und putzte sie. Gott, er hatte gar nicht gemerkt, wie verstopft sie gewesen war. Ein voller Atemzug ließ ihn fast bewusstlos werden.

Will ließ sich in eine Ecke des Sofas sinken und schaute zu seinem Wohltäter auf.

»Merci. *Merci beaucoup.*«

»Ah.« Jablom zeigte auf Will. »Aha. Du bist der Haven-Fahrer – der mit dem Auto ... hast du den Wagen nicht gesehen?«

»Non. Ich habe den Wagen nicht gesehen.«

»Ahhh. Er war direkt vor dir.«

»Oui. Ich weiß.«

»Aber du hast ihn nicht gesehen.«

Will musste lachen. »Nein. Ich habe ihn nicht gesehen.«

»Ahh. Du hättest ihn sehen sollen. Du warst gut unterwegs.«

»Ja.«

»Schade, dass du ihn nicht gesehen hast. Du solltest besser aufpassen.«

»Oui.«

»Du hättest ihn sehen müssen.«

Will antwortete nicht und es wurde für einen Augenblick beklemmend still im Raum. Das einzige Geräusch kam von einer Heizung im hinteren Teil des Geschäfts.

Plötzlich klatschte der alte Mann in die Hände, als hätte er eine Eingebung gehabt. Er griff unter den Ladentisch, fand nicht, wonach er suchte, dann sprang er bäuchlings auf den Tresentisch und wühlte, mit dem Hintern in der Luft, dem Kopf und den Armen unter der Theke und den Beinen nach hinten ausgestreckt, nach seiner Eingebung. Er fand sie und stieß ein »Aha« aus. Er drehte seine Arme fast unnatürlich nach hinten und hielt zwei Flaschen hoch, eine mit Whisky und eine mit Rotwein. Will hörte ein gedämpftes »Deine Wahl!« und erwiderte: *»Le vin rouge.«*

Er war sich nicht sicher, ob er es passend ausgedrückt hatte, aber er hatte sich verständlich gemacht.

Der alte Mann wurstelte sich hoch und sprang von der Theke. Er zog den Korken mit den Zähnen, spuckte ihn durch den Raum und reichte Will die Flasche. Er schraubte den Deckel von der Whiskyflasche, prostete Will zu und nahm einen langen genüsslichen Zug.

Nun, warum nicht, dachte Will? Er nahm einen großen Schluck aus der Weinflasche und spürte, wie der Wein sich seinen Weg in den Magen brannte und wand und sich dann als warmer See kreisfömig ausbreitete. Die Franzosen sind wirklich nicht zu schlagen, dachte er.

»Ich bin Will Ross.«

»Oui. Ich weiß.« Er reichte ihm seine schmutzige, ölige Hand. »Jean Jablom.«

»Kennen wir uns?«

»Ich kenn' dich natürlich aus der Zeitung, deine Abenteuer in Spanien. Aber du hast hier schon einmal angehalten, an deinem ersten Tag bei Haven.« Der alte Mann setzte sich auf einen Holzschemel und begann, sich von seinem langen Tag zu entspannen.

»Ah ja, ich kann mich erinnern.«

»Ich habe dich seither im Auge behalten, in *L'Equipe* und durch Freunde, die noch dabei sind.«

»Noch dabei sind?«

»Oui. Einige sind Trainer. Andere fahren Begleitwagen bei französischen Rennen. Einer hat dabei geholfen, dich in Spanien vom Asphalt zu kratzen und dich in einen Krankenwagen zu verfrachten.«

»Du bist also früher gefahren?«

»Oui, ich bin gefahren, ich habe gewonnen. Nichts von Bedeutung, aber ich habe gewonnen. Ich habe die Frauen abbekommen. Ich hatte genug Geld zum Überleben, mit ein wenig Hilfe, aber ja, ich bin gefahren.«

»Bei welchen Mannschaften?«

»Oh, bei den Nationalmannschaften. Vielen Nationalmannschaften. Ich war zu alt für die Sponsorenmannschaften, als Geminiani sie vor vierzig Jahren eingeführt hat. Ich bin zu früh gefahren für das große Geld. Ich habe es aus Liebe zum Sport getan und aus Liebe zu Frankreich und«, er kicherte tief und ein wenig verschmitzt, »aus Liebe zu den Frauen. Es gab immer Frauen und viel Wein. Die Frauen haben uns immer geliebt, egal wie dreckig und verschwitzt wir waren. Das waren große Zeiten. Weißt du – weißt du«, sagte er und fuchtelte dabei mit den Armen, als wolle er eine Welt heraufbeschwören, die es nicht mehr gab, »wir waren die Könige von Frankreich, wenn wir fuhren. Sogar die schlechten Fahrer waren

Könige. Jeder kannte uns, jeder respektierte uns – einige haben uns sogar bewundert. Aber heute, pffft! Nicht einmal ein französischer Tour-de-France-Sieger ist mehr König von Frankreich. Coca Cola regiert Frankreich. Ahhh!« Er fuchtelte wieder mit den Armen und seine Vision verschwand vor Will. »Es gibt zu viele Sportarten, zu viele Leute, die nichts vom Rad fahren wissen und die sich nicht dafür interessieren. Schade. Zum Beispiel dein Freund Colgan ...«

»Er war nicht mein Freund«, murmelte Will, dem der Wein in den Kopf stieg und die Schaltungen im Hirn durcheinanderbrachte.

»Er ist wie ein Pfau herumstolziert und hat sich aufgeführt wie ein König – und er hat ein paar Rennen gewonnen, aber für Frankreich bedeutete er nichts. Er war leicht zu ignorieren. Die Kinder kannten ihn nicht einmal. Sie fahren nicht Fahrrad, sie fahren keine Rennen. Sie schauen zu. Fußball. Und amerikanisches Football, mit seinen merkwürdigen Hemden und den umgedrehten Kappen und den bedruckten Kaffeetassen auf MTV. Und CNN – es ist mir egal, was in Atlanta, Georgia passiert. Und Euro Disney!« Er setzte die Whiskyflasche an. »Was hat Disney in Frankreich zu suchen? Disney gehört nicht nach Frankreich. Disney gehört nach Hollywood.«

»Anaheim.«

»Was?«

»Ach nichts.«

Die Wärme und der Wein und die Erholung von der Fahrt hatten Will langsamer werden lassen. Er erwischte sich dabei, dass er während Jabloms Tirade über Disney auf den Boden starrte und versuchte, in den Flecken auf dem Holz ein Muster zu erkennen. Wenn er nicht bald fuhr, würde er nie vor Einbruch der Dunkelheit zurück zum Trainingszentrum kommen. Nicht bevor es draußen und in ihm drin richtig unangenehm wurde. Jetzt fing Jablom auch an zu starren. Der Whisky wirkte sich auf seine Konzentration aus.

»Niemand in Frankreich will heute noch Rennen fahren. Alle wollen nur anderen bei irgendetwas zuschauen. Fernsehen und einmal in der Woche einen Sport für Dicke betreiben und sich den Rest seines Lebens von den Verletzungen erholen, die man sich zugezogen hat, weil man nicht wusste, wie man den Sport richtig betreibt.« Er spuckte angeekelt in eine Ecke.

»Wochenend-Krieger«, murmelte Will

»Was?«

»Nichts.«

»Sogar die großen Firmen«, fuhr Jablom fort, »die Firmen, die ihr Vermögen mit dem Rad fahren gemacht haben, wie Peugeot oder Haven – ja, dein Haven, dein Haven …« Er schüttelte seinen Kopf und zeigte mit einem verknöcherten Finger in Wills Richtung. »Sie haben ihre Vermögen mit dem Rad fahren und den Radrennen gemacht und mit den Herzen und auf dem Rücken von Männern wie mir und dir. Aber sie gehen alle weg und lassen uns im Stich und«, er suchte nach dem passenden Begriff, »stehlen sich davon«.

Jabloms Kopf begann ein wenig zu nicken, so wie der eines Keramikhundes mit einer Spiralfeder im Rückfenster eines Autos.

»Stehlen sich davon – ja, stehlen sich davon.«

»Haven wird sich nicht davonstehlen. Sie stecken zu tief drin«, sagte Will. Er nahm noch einen tiefen Zug aus der Weinflasche. »Die gesamte Geschichte von Haven hängt mit Rad fahren zusammen. Der alte Mann liebt das Rad fahren. Seine Jungs lieben es.«

Jablom schnaubte wie ein Pferd. Er nahm einen Schluck aus der Whiskyflasche.

»Sie stehlen sich alle irgendwann davon, mein Freund. Haven ist da nicht anders. Es kostet zu viel und bringt zu wenig, weil die Leute nicht wie früher die Straßen säumen … und selbst wenn sie es tun, es zahlt ja keiner Eintritt, oder? Sie schauen einfach nur zu. Sie schauen einfach nur zu. Umsonst. Es ist einfacher, sie in ein Stadion zu kriegen. Ihre Hintern in Sitze zu drücken. Hundert Francs pro Sitz. Kauf meine Mützen. Meine Hemden. Meinen Plunder. Schau dir das Spiel an. Männer, die sich ineinander verkeilen. Schau, wie sie sich verletzen. Das ist die Zukunft. Jemand anderem zusehen. Schauen, wie sie sich wehtun. Keine Finesse. Keine Taktik. Einfach nur zusehen, wie sie sich ineinander verkeilen. Und dann die Mütze kaufen.«

Er spuckte wieder durch den Raum in die Ecke und nahm noch einen Schluck aus der Flasche, die bald leer war.

»Geh und kauf die Mütze.«

»Kauf zuerst das Ticket. Dann kauf die Mütze«, sagte Will. Er fing schon an, wie Jablom in der Luft herumzufuchteln.

»Wer immer Haven im Moment leitet ...« – Jablom nahm Will jetzt gar nicht mehr zur Kenntnis.

»Meine Frau«, Will verzog das Gesicht, »meine Ex-Frau ...«

»... bereitet den Tod von Haven vor. Nichts für ungut, mein Freund, aber Colgan durch dich zu ersetzen, war eine Botschaft an die Welt, dass dies die letzte Saison für Haven sein wird.«

»Dankeschön. Vielen Dank.«

»Nichts für ungut, mein Freund.«

Will zuckte mit den Achseln. Beleidigungen machten ihm schon lange nichts mehr aus. Außerdem hätte es ihn viel zu viel Kraft gekostet, sich aufzuraffen und sich zu verteidigen.

»Es tut mir leid, Rossss, aber ...« Jablom sah aus wie eine doppelte Windmühle, wie er mit beiden Armen herumruderte, um seinen Worten Nachdruck zu verschaffen, »du bist ein Opferlamm.«

»Excusez-moi?« Jablom schaute Will hart an.

»Ein Opferlamm. Du bist der Fahrer, den sie an Bord holen, viel zu schnell an Bord holen, zu schnell auf zu große Rennen schicken, wenn er noch gar nicht in Form ist, und dann ... pffft.« Er machte eine saloppe Handbewegung zur Seite. »Du und die Mannschaft, ihr seid Vergangenheit. Der Besitzer ist fein raus – ›Ich wollte nur die Tradition fortsetzen, aber das Geschäft geht schlecht ... es tut mir Leid um die Fahrer.‹ Und dann ist das Haven-Trikot verschwunden. 48 Jahre und wie viele Champions? Alle weg. Weg. Weg. Und dann versenkt er sein Geld im Sumpf von New Jerky.«

»New Jersey.«

»Die Sümpfe von New Jersey. Sümpfe und amerikanisches Football. Football und amerikanische Sümpfe. Nichts tun – zuschauen. Und fett werden. Ich hasse Amerikaner. Ich müsste ein Kellner sein, dann könnte ich den Amerikanern zeigen, wie sehr ich sie hasse.«

»Ich bin Amerikaner.«

»Aber ich mag dich.«

»Ich mag dich auch, Jean. Aber sei nicht mein Kellner, okay?«

»Weißt du was? Weißt du, dass ich alle meine Wetten auf Haven zurückgezogen habe, als ich dich am ersten Tag in meinem Laden gesehen habe? Ich habe immer auf Haven gewettet, aber deinetwegen habe ich alle meine Wetten geändert.«

»Ist schon in Ordnung. Macht mir nichts aus. Jeder, der bei Verstand ist, hätte das getan, so wie ich ausgesehen habe.«

»Ich überlege mir, sie wieder rückgängig zu machen.«

»Investiere in Sumpfland in New Jersey. Bessere Dividende.«

»Dividende?«

»Wenn du fünf Hektar Sumpf in New Jersey kaufst, kann ich dir versprechen, dass innerhalb eines Jahres sechs Mafiosi aus New York dort begraben sein werden.«

»Sechs?«

»Sechs.«

Er dachte einen Augenblick lang nach. »Das ist gut«, murmelte er, »das macht dreißig Mafiosi in einem Jahr auf meinem Grundstück.« Jean Jablom lächelte und fiel mit dem Gesicht zuerst auf den Teppich.

Will blieb einen Moment lang sitzen, zog sich dann langsam von der Couch hoch und zog an Jabloms reglosem Körper.

»Hey Mann, stirb jetzt nicht weg hier.«

Er richtete den alten Mann auf und wickelte seine Arme zu einem Spezial-Rettungsgriff für Betrunkene um ihn. Er zog und zerrte und verlor sein Gleichgewicht, aber er bewegte den Mann langsam, ganz langsam zur Couch. Mit letzter Anstrengung zog er Jablom hoch über den Rand und ließ ihn in einer merkwürdig entspannten Haltung auf das Sofa fallen. Will nahm eine zerlumpte Decke, die in der Ecke lag, und breitete sie über den schnarchenden Mann.

»Danke für den Wein. Und danke für die Wärme. Und danke für das Gespräch. Sogar für das Zeug über die Amerikaner.«

Will lächelte und ging in einer mehr oder weniger geraden Linie zurück zur Tür. Seine Sachen waren jetzt trocken, aber er wollte sie auf keinen Fall wieder anziehen. Er zählte sein Geld und beschloss, sich unterwegs ein Taxi zu nehmen, wenn er einem begegnete. Er brauchte das Rad fahren, um seinen Kopf wieder klar zu kriegen, aber er musste ja nicht unvernünftig werden.

Er zog sich den Kopfschutz und den Helm über. Er wusste nicht, ob sein Schädel einen härteren Aufprall als den auf seinem abgenutzten Kissen zu Hause überstehen würde. Bevor er seine Handschuhe anzog, ging er zur Ladentheke und griff sich einen Haven Power Bar als Abendessen für unterwegs. Er würde es irgendwie bei Jean wiedergutmachen. Dann stand er an der Tür und atmete ein letztes Mal die warme Luft ein. Er öffnete die Tür und spürte die kalte Abendluft, zwängte das »Biest« durch den Ausgang und ließ die Tür ins Schloss fallen.

Er wollte nicht mehr fahren.

Aber das Training war noch nicht vorbei. Er musste noch ein wenig arbeiten. Und noch einige Kilometer hinter sich bringen, bevor er schlafen durfte. Das war die andere Seite. Das war die Wirklichkeit. Am späten Abend an der Kurbel zu drehen, während die Welt um ihn herum schwankte.

Er hatte über eine Stunde gebraucht, um zurück zum Velodrom in Senlis zu fahren. Es war leicht gewesen: einfach der weißen Linie folgen, auch wenn es zwölf davon gab. Er war nur einmal von der Straße abgekommen, aber er fand seinen Weg nach Hause, ins Trainingszentrum und unter die Dusche.

Jetzt ließ der Rausch nach. Diesen Teil davon hasste er so sehr, dass er normalerweise seine Räusche so plante, dass er an einem Ort war, wo er sich einfach fallen lassen konnte, wenn diese Phase einsetzte. Das Glück hatte er jetzt nicht. Aber er konnte zumindest für eine Weile in der Dusche dösen und das Wasser über seine Stirn und in die Augen und über den Hinterkopf und in den Nacken laufen lassen. Die Stiche und Schnitte in seinem Gesicht konnten das überhaupt nicht gebrauchen und drängten sich in sein Bewusstsein, aber es fühlte sich am Rest seines Kopfes so gut an, dass er die Anweisungen seines Arztes ignorierte und das Wasser auf sein Gesicht prasseln ließ. Er versuchte, über den Nachmittag mit Jablom nachzudenken, aber er hatte noch zu viel Wein im System. Er konnte sich kaum auf die Kacheln vor ihm konzentrieren, geschweige denn auf irgendetwas, das gesagt worden war. Gewöhnlich war am nächsten Morgen alles wieder da, wenn er wieder nüchtern war, einen starken Kaffee getrunken hatte und ungefähr 45 Minuten eine Wand angestarrt hatte, aber man weiß ja nie. Vielleicht hatte er es endlich geschafft, die drei Gehirnzellen zu ertränken, die das letzte bisschen Verstand in seinem Körper ausmachten.

Das Wasser lief über ihn hinweg. Er lehnte seinen Kopf nach vorne an die kalten Kacheln der Dusche. Er schlief in der Wärme des Dampfes und des Wassers unter der rauschenden Dusche ein.

Einige Zeit war vergangen, als er wieder aufwachte. Er war desorientiert; unsicher, wo er war, wann er war, wer oder was er war. Will schüttelte den Kopf und trat aus dem Wasserstrom heraus. Es war in der Zwischenzeit kälter geworden. Er schaute sich um, erst langsam und dann panisch, auf der Suche nach irgendeinem Zeichen, das ihm seine Umwelt vertraut erscheinen ließ. Nichts. Wo zum Teufel … nein … wer zum Teufel … Er drehte sich zum Eingang des riesigen Duschraums und erblickte einen Mann mit einem verwaschenen grauen Trenchcoat und einem zerknautschten Hut, der eine Zigarre rauchte.

Will wurde rot. Er bedeckte seine Blöße und schloss die Augen bei dem Versuch, seinen Kopf klar zu bekommen. Sein Name. Sein Name war … »Inspektor Godot.«

»Entschuldigen Sie. Ich wollte Sie nicht erschrecken.«

»Tut mir leid. Manchmal wache ich nicht so gut auf.«

»Das kommt vor. Bitte.« Er wies Will zu einem Handtuch.

Will drehte die Dusche ab und ging zum Tisch neben der Tür. Er nahm sich ein Handtuch und wickelte es um seine Hüften, dann nahm er ein zweites, um sich damit abzutrocknen. Er beachtete Godot für einen Augenblick nicht und rieb sich mit dem rauhen Handtuch das Gesicht. Er tastete mit den Fingerspitzen vorsichtig um die Nähte und Schnitte herum und genoss das Gefühl des Tuchs auf der übrigen Haut. Solange er Godots Blick nicht ausgesetzt war, versuchte er aufzuwachen und sich zu sammeln.

Dann ließ er das Handtuch sinken und starrte den Polizisten an.

»So, Herr Inspektor. Es ist sehr estaunlich, Sie hier zu treffen.«

Godot hatte sein Gespräch mit Ross sorgfältig geplant. Seine Vorgesetzten hatten ihm nahegelegt, sich zurückzuhalten, Haven in Ruhe zu lassen. Die Verdächtigen könnten schließlich nicht verschwinden und die Firma brauche eine erfolgreiche Saison, ohne auch nur die Andeutung eines Skandals. Aber Godot wollte Action. Sein Vorbild – Columbo – konnte in ein oder zwei Stunden das Verbrechen des Jahrhunderts aufklären. Er konnte nicht einsehen, dass er zwei, drei oder sechs Monate warten sollte, bis der Mord an Colgan vergessen war und die Mörder von dannen gezogen. Er hatte alles, was er brauchte, um die Falle zuschnappen zu lassen in seinen Akten. Und genau das würde er tun, hier und jetzt.

»Sie sind gut gefahren bei dem Rennen in Spanien.«

Will grinste. Hinter seinen Augen schwebten die letzten Traubenstückchen vom Rotwein.

»Kann sein. Leider hatte ich eine Begegnung mit einem Kofferraum.«

»Ist die Mannschaft zufrieden mit Ihnen?«

»Ich weiß es nicht. Es scheint so.«

Will saß auf der Ecke der Massagebank und fing an, sich die Füße abzutrocknen. Godot ging zu ihm hinüber und lehnte sich lässig an die Bank.

»Fahren Sie weiterhin in der ersten Staffel?«

»Ich glaube, es ist so geplant, aber bei diesem Spiel kann man nie wissen.«

»Kann man nicht?«

»Eh, nein, man weiß nie.«

»Man weiß nie, wann man ausgebremst wird, nicht wahr?«

»Ehhh, nein.«

»Oder wann man selbst bremsen muss?«

»Kann sein. Man muss einfach die Augen offenhalten.«

»Also«, Godot zupfte sich an der Augenbraue, »es gibt da etwas, was ich nicht verstehe: Sie hatten keine nennenswerte Karriere im Radsport – stimmt das?«

»Nicht in den letzten Jahren.«

»Sie waren sogar schon zurückgetreten, ja?«

»Ja.«

»Ja?«

»Ja, ich war zurückgetreten, ja.«

»Also, Sie – ein zugegeben mittelmäßiger Fahrer – waren zurückgetreten.«

»Jetzt mal halblang mit diesem Mittelmäßigkeits-Gequatsche, okay?«

»Sie hatten aufgehört und irgendwie sind Sie plötzlich eine zentrale Figur in der größten Mannschaft Europas – sogar der Welt. Wie passiert so etwas? Darüber denke ich nach.«

»Liegen Sie nachts wach?«

»Wie bitte?«

»Bei dem ganzen Gegrübel. Ich könnte dabei nicht schlafen.« Godot war sprachlos. »Da gibt's nichts zu grübeln, Inspektor. Ich glaube, ich hatte einfach nur Glück.«

»Glück oder Vorsehung?«

»Glück. Sie haben mich angerufen. Verdammt, sie haben noch nicht einmal mich angerufen, sie haben meinen Agenten in New York angerufen. Ich hatte nichts damit zu tun. Ich habe nicht einmal die verdammten Verträge unterschrieben, das hat mein Agent gemacht.«

»Ihr Agent?«

»Ja. Leonard Romanowski, Agent der abgehalfterten Stars. Times Square, New York, USA. Er hat den Deal gemacht. Ich wusste nicht einmal etwas davon, bevor der Vertrag unterschrieben war und er mich angerufen hat.«

»Er hat Sie angerufen?«

»Ja, er hat mich angerufen.«

»Und Sie hatten keinen Kontakt zu Haven?«

»Keinen.«

»Nicht einmal zu ihrer Ex-Frau?«

»Was? Kim? Das letzte Mal, dass ich mit ihr geredet habe, war beim Rechtsanwalt, als sie den verdammten Hund gefordert hat.«

»Den Hund?«

»Ja, den Hund.«

»Welchen Hund?«

»Meinen Hund.«

»Welchen meinen Hund?«

»*Mon chien*. Wuff wuff. Er hat mir gehört und ich habe ihn in der Flut verloren.«

»Der Flut?«

»Mein Gott! Die Flut. Die Scheidung. Ich nenne es die Flut. Und das ist mindestens zweieinhalb Jahre her. Ich habe seitdem keinen Kontakt mehr mit meiner Frau gehabt.«

»Keinen?«

»Keinen.«

»Dann erklären Sie mir bitte das hier, Monsieur Ross.«

Godot zog eine große durchsichtige Plastiktüte aus irgendeiner Tasche tief in seinem Mantel. Darin waren Fotokopien von Briefen und Umschlägen. Will sah genau hin. Es waren Briefe an Kim – von ihm.

»Ja, Monsieur. Sie hatten eine recht erfolgreiche Ruta del Sol. Sie sind gut gefahren. Sie sind kraftvoll gefahren. Sie haben ihre Mannschaftskameraden unterstützt und wurden von ihnen unterstützt. Ich verfolge diesen Sport – dieses Rad fahren – seit vielen Jahren und ich glaube, dass sogar ein mittelmäßiger Fahrer ein gewisses Maß an Erfolg erzielen kann, wenn er die richtige Mannschaft hat, mit den richtigen Mannschaftskollegen und der richtigen Unterstützung. Das alles haben Sie jetzt gefunden.«

Will versuchte, durch das Plastik die Briefe zu lesen. Was darin stand und was Godot daraus zu schließen schien, ließ sein Blut gerinnen.

»Ich … ich …«

»Ja, Monsieur Ross, ich habe schon oft gesagt, dass ein mittelmäßiger Fahrer mit der richtigen Gelegenheit eine meisterhafte Saison fahren kann. Und alles, was Sie dazu brauchten, um diese Gelegenheit zu bekommen, waren ein paar Briefe an ihre Ex-Frau zur rechten Zeit und ein paar Gramm *Plastique*.«

Will fing an zu schnaufen. Er spürte, wie es ihm die Luft abschnürte. Es wurde schwer, zu atmen. Sein Gesicht glühte und er spürte jede seiner Narben und jeden Faden in jeder Narbe. Er konnte seine Augen nicht mehr auf die Briefe fixieren. Das Blut pulsierte in seinem Nacken und an seinen Schläfen. Er war kurz davor, bewusstlos zu werden oder einen Herzinfarkt oder Schlaganfall zu bekommen. Er konnte nicht sprechen, nicht denken, er spürte nur, dass jedes System seines Körpers kurz vor dem Zusammenbruch stand.

»Aber, aber, Monsieur Ross. Setzen Sie sich doch hin, bevor Sie umfallen, ziehen Sie sich etwas an und trinken Sie ein Glas Wasser. Dann können Sie mir alles erzählen. Alles über Toaster und Plastiksprengstoff und Jean-Pierre Colgan und über diese Briefe an Ihre Frau.«

Wills Augen flogen über die Briefe, über jedes Wort, jede Phrase und jeden Satz. Alles klang sehr geschäftsmäßig mit einem flehenden Unterton: Bitte gib mir eine Chance, bitte denk an mich, wenn ein Platz frei wird, ich trainiere, ich bin bereit, um der alten Zeiten willen, nur noch eine Chance, ich kann es noch, ich kann noch arbeiten und helfen und fahren und lass uns die Vergangenheit begraben, nur noch einen Sommer in der Sonne. In Liebe Will.

Das war sein Name. Das war sein Tonfall. Das war sogar sein Briefkopf. Aber es war nicht sein Brief. Er schaute auf und sah, wie Godot ihn anstarrte.

»Ziehen Sie sich an«, sagte der Inspektor scharf. »Wir haben viel zu reden.«

Will brachte die Briefe hinüber zu den Spinden und ließ sie auf einen Stuhl fallen. Er starrte sie an, während er sich anzog. Er wandte sich Godot zu.

»Ich habe diese Briefe nicht geschrieben.«

»Ziehen Sie sich einfach nur an. Wir gehen aufs Revier und ich nehme dort Ihre Aussage auf. Haben Sie einen Rechtsanwalt, Ross?«

»Nur Agenten, sonst niemanden.«

Will konnte nicht klar denken. Sein Kopf war leer und in Panik. Es musste irgendetwas geben, irgendetwas. Irgendein Wort, irgendeine Formulierung. Die Lettern. Aus welcher Schreibmaschine kamen die Briefe? Überprüfte das FBI nicht auch Schreibmaschinen?

»Ich habe diese Briefe nicht geschrieben und ich habe ganz sicher Colgan nicht umgebracht.«

»Sie hatten ein Motiv. Sie hatten die Gelegenheit. Und Sie haben von seinem Tod profitiert.«

Denk nach, verdammt nochmal, dachte Will. Er hat dich noch nicht in der Ecke, aber er will dich um jeden Preis da reindrängen.

»Was ist mit der Bombe? Ich habe doch keine Bombe gebaut.«

»Das finden wir schon noch raus. Ziehen Sie sich an.«

Will zog seine Hosen an und holte sein Hemd vom Haken. Es blieb hängen und er fing an, daran zu zerren. Es schien, als könne er es in der Aufregung nicht aus dem Spind herausbekommen. Als Will das Hemd endlich losbekam, riss es am Kragen. Er stand für einen Moment nur so da, schaute das Hemd an, schmiss es wütend in den Schrank zurück und drehte sich zu Godot um.

»Verdammt nochmal! Ich hab' das nicht getan! Sie bellen den falschen Baum an und ich werde reingelegt ...«

Bislang war Godot sehr mit sich zufrieden gewesen. Sein Fisch hatte den Köder geschluckt und hing an der Angel. Er hatte den Haken gut gesetzt. Bis morgen würde er den Fall im Sack haben und dann würde er zuhören, wie die Zeitungen seinen Namen herausposaunten, während seine Vorgesetzten zu erklären versuchen würden, warum sie die Untersuchung des Mordes von Jean Pierre Colgan aufgehalten hatten. Er würde ein Nationalheld sein, der den amerikanischen Gangster gefasst und den Fall abgeschlossen hatte. Vielleicht würden sich alle wundern, er nicht. Aber jetzt wand sich sein Verdächtigter und zerstörte die wundervolle Harmonie des Augenblicks. Er brauchte zu lange zum Anziehen. Er hielt Godots Parade auf. Er ließ ihn warten. Godot wartete nie. Man wartete auf Godot. Die Fassade schien für einen Augenblick zu bröckeln und Godot schrie, laut und langsam, während er versuchte, die Situation wieder unter Kontrolle zu bekommen: »ZIEHEN SIE SICH AN!«

Er richtete sich zu seiner vollen Körpergröße auf, zeigte auf Wills verstreute Kleidung und riss dabei die Augen weit auf, um seine Wirkung zu verstärken. Der Schrei unterbrach Wills gehetzten Monolog. Er hielt inne, wie eingefroren und starrte Godot an. Godot fühlte, wie der Stolz der Macht in ihm aufstieg. Er hatte wieder die Kontrolle.

Will bewegte sich nicht. Er starrte Godot konsterniert an. Was, was war das für eine Erinnerung. Er versuchte verzweifelt, den Rest Alkohol aus seinem Kopf zu vertreiben. Was? Was war das? Irgendjemand hatte etwas gesagt? Wo war das gewesen? Er starrte auf seine Füße, auf den Boden. Wo war diese Erinnerung und was war sie?

»Oh, mein Gott.«

Godot starrte. Diese Reaktion hatte er nicht erwartet. Eben noch ein schwitzender, hadernder, verwirrter, panischer Verdächtigter, wühlte Will plötzlich in seinen Sachen und riss die in Plastik verpackten Briefe an sich. Er riss das Plastik auf und wühlte die Briefe durch, einen nach dem anderen genau betrachtend.

»Das sind nur Kopien, Monsieur, Sie zerstören keine Beweise. Ich habe die Originale.«

»Ich bin mir sicher, Monsieur. Ich bin mir sicher«, sagte Will und lächelte. »Ich zähle sogar darauf.«

Durch den Nebel der Morgenausfahrt, eines langen trunkenen Nachmittages und eines Abends, an dem er des Mordes beschuldigt wurde, hatte Will Ross nach dem Baseball gegriffen und ihn gerade noch abgefangen, bevor er über die Balustrade in die billigen Plätze und für immer aus seiner Reichweite geflogen war.

Da. Und da. Und da schon wieder. Sein Gehirn funktionierte jetzt. Überprüfe sie. Überprüfe sie alle. Er betrachtete jeden Brief und jeden Umschlag. Und da. Schon wieder. Zwei Beweise, nicht nur einer. Jawohl. Wer immer du bist, du bist clever. Aber du bist auch unendlich dumm. So verdammt dumm.

Will lachte, tief, grimmig, ein Lachen, das Godot kalt erwischte. Sein Verdächtigter fiel auseinander. Es war Zeit, ihn einzubuchten.

»Nehmen Sie sich zusammen, Monsieur Ross. Ziehen Sie Ihre Jacke an und dann machen wir einen Ausflug ...«

Will lachte weiter. »Das glaub ich nicht, Inspektor. Wir sind verladen worden. Man hält uns für Idioten. Dummköpfe. Schwachköpfe.«

»Schwachköpfe?«

»I-di-o-ten. Ein Blick wird Ihnen zeigen, warum.«

»Wenn Sie mich auf Grund dieser Beweise anklagen, ist Ihre Karriere vorbei, Inspektor. Mein Arsch ist für Sie weniger wert als das Kleingeld hinter dem Sofakissen meiner Mutter. Und was am schlimmsten ist – der Bösewicht geht frei aus.«

Er starrte auf die Briefe und spürte, wie seine Stimmung anstieg.

»Oh Mann, danke für den Hinweis, Inspektor«« sagte Will euphorisch. »Ohne Sie wäre ich nie darauf gekommen.«

Godot stürzte zu Will hinüber und riss ihm die Briefe aus der Hand. Er starrte sie verständnislos an. Was konnte dieser Mann da sehen – oder versuchte er nur, Zeit zu kaufen?

»Schauen Sie genau hin, Professor. Jede Unterschrift. Sie sind alle identisch – exakt identisch Es ist überall ein und dieselbe Unterschrift. Sie ist kopiert worden. Schauen Sie den Namen an – es ist meiner. Es ist etwas, das ich geschrieben habe. Aber es ist meine Autogramm-Unterschrift! Wollen Sie darüber reden? Bei einem Bier?«

»Ich gebe Ihnen sogar eines aus.«

10
Die Rückkehr des Kojoten

Omloop Het Volk.

Das 198 Kilometer lange Rennen durch Belgien gilt nicht als offizieller Saisonstart. Der offizielle Start ist zwei Wochen später bei Mailand–San Remo. Aber hier sieht man schon die meisten Gesichter, die die neue Saison bestimmen werden.

Der Vorherrschaft der belgischen und holländischen Teams ungeachtet, mischten sich die großen Mannschaften langsam ein. Ihr Vorbereitungstraining hatte auf diesen Tag abgezielt, auf die erste echte Herausforderung. Hier fand man auch die konservativen Teamleiter, die daran glaubten, man müsse sich langsam an die Saison herantasten und sich behutsam für die großen Rennen aufbauen. Nicht wie Deeds, der dem Irrglauben anhing, man könne vom Anfang bis zum Ende gewinnen, und für den es Erschöpfung nicht gab.

Will Ross wusste es besser.

Er wusste auch, dass eine zu hohe Belastung am Anfang des Jahres häufig nicht nur ein schlechtes Rennen nach sich zog, sondern meistens eine ganze Serie von schlechten Rennen. Und wenn ein Fahrer nicht aus seinem Tief herausfand, konnte es eine ganze Saison zerstören und nicht selten eine ganze Karriere. In gewisser Weise war er dankbar für seinen Satz durch das Rückfenster des Mannschafts-Peugeots. Der Schmerzen und der Tatsache ungeachtet, dass er aussah wie Frankenstein, hatte ihm der Unfall die Gelegenheit gegeben, seinen langsamen Aufbau zum echten Saisonstart hin fortzusetzen. Er hatte zwar die miesen Bedingungen im Norden von Paris in Kauf nehmen müssen, dafür war es ihm erspart geblieben, sich bei Kirmesrennen wie der Trophée Laigueglia, Monte Carlo–Alassio, der Sizilianischen Woche, Haut Var und dem Giro dell'Etna aufzureiben.

Außerdem, dachte er, als er auf dem Marktplatz von Gent am Start des heutigen Rennens stand, hatte er so sein kleines Showdown mit Inspektor Godot gehabt. Die lebendige Version eines amerikanischen Fernsehinspektors hatte sich immerhin zurückgezogen, war ohne Will im Schlepptau in der Nacht verschwunden und hatte erstmals seine Fähigkeiten zur Schlussfolgerung ernsthaft in Frage gestellt. Die beiden hatten sich seit dieser ersten Begegnung mehrfach getroffen, aber es hatte Tage gedauert, bis Godot sein altes Selbstvertrauen wiedergewonnen hatte. Vielleicht hatte er endlich eine alte Folge von Columbo gefunden, in der Peter Falk dasselbe passiert war; in der er einer falschen Spur fast bis zum Ende gefolgt war, bevor er es gemerkt und sich besonnen und, kurz vor der Käsewerbung, den echten Mörder gestellt hatte.

Ja – das Leben verlief wieder in geordneten Bahnen. Godot war in Paris und kratzte sich an der Stirn. Deeds war ungeduldig und herrisch. Tomas war genervt, weil er die ganze Nacht kaputte Fahrräder reparierte, die gute Fahrer eigentlich nicht kaputtmachen sollten. Cheryl hatte Krämpfe in den Fingern. Bourgoin war mürrisch und davon überzeugt, dass er dabei war, seine ganze Saison in den ersten Wochen zu versauen. Merkel war euphorisch und von Deeds' Trainingsphilosophie begeistert. Cacciavillani war in seinem Element und baggerte 16-jährige Mädchen an. Und irgendwo im Hintergrund lauerte ein Killer, der Wills Unterschrift unter schmalzige Briefe setzte. Ein ganz normaler Tag im Peloton.

»Hey Rozzzz«, rief Cacciavillani, der einen schwarzhaarigen Teenager mit außergewöhnlich dunklen Augen und heller Haut im Arm hielt. »Deeds will mit dir reden.«

Will winkte und ging in Richtung des Mannschaftswagens. Cacciavillani streckte die Hand aus und fasste Will am Kinn. Er drehte das vernarbte Gesicht in seine Richtung und betrachtete es genau. Das Mädchen sah die roten Striemen, die sich durch Wills Gesicht zogen, und drehte sich weg. Tony C. grinste. »Ich weiß nicht«, sagte er, »irgendwie verleihen sie dir Charakter.«

»Nun, der Charakter hält mich die ganze Nacht wach«, erwiderte Will.

Er löste sich aus Tonys Griff, lächelte und setzte seinen Weg zum Mannschaftswagen fort.

Lasst uns loslegen, dachte Will. Lasst uns auf die Straße.

Will hasste die ersten Kilometer eines Rennens, wenn das Feld aus der Stadt rollte. Es war ein einziges Schubsen und Schieben um die Positionen und jeder versuchte, seinen Tretrhythmus zu finden. Bei Rennen wie Het Volk war es noch schlimmer. So früh in der Saison arbeitete das Feld noch nicht gut zusammen. Die großen Teams, die echten Profis, waren noch nicht in voller Stärke da und das Peloton wurde mit einheimischen Mannschaften und Nationalmannschaften aufgefüllt, die ihre Chance nutzen wollten, anzugeben, sich neben den großen Namen zu zeigen und sich in ihrer Radsport verrückten Heimatstadt selbst einen Namen zu machen. Um noch eins draufzusetzen, waren gewöhnlich auch noch die Bedingungen miserabel. Kälte. Wind. Schnee. Regen. Sonne. Immer da. Bei jedem Rennen. Bei einem nach dem anderen. Die Fahrer sahen mit ihren vielen Kleiderschichten aus wie Polyester-Würste mit Armen. Während des Rennens zogen sie dann eine Schicht nach der anderen aus, nur um später, wenn sich das Wetter wieder änderte, nach irgendetwas zu betteln, womit sie ihre angefrorenen Arme, Beine, Hälse und Genitalien schützen konnten.

Und die Straßen. Paris–Roubaix war am schlimmsten, aber Het Volk und die Flandern-Rundfahrt waren auch nicht von schlechten Eltern, mit langen, höllischen Abschnitten, die man *pavées* nannte und die aus Pflastersteinen oder belgischen Ziegeln bestanden. Es gab immer weniger solcher Abschnitte, weil Belgien, Holland und Nordfrankreich begannen, über die Tradition hinwegzusehen und einzusehen, dass gute Straßen und der Fortschritt der Zivilisation wichtiger sind als *pavées*, auf denen Rennleiter einmal im Jahr die Wirbelsäulen und die Maschinen von Radfahrern ruinieren können.

Die Rennsponsoren bedauerten diese Entwicklung ebenso sehr wie die Autowerkstätten der Gegend. Aber das war der Fortschritt. Das war die Zukunft.

Will konnte es kaum erwarten. *Pavées* ließen ihn Gänsehaut bekommen. Seine Hände schmerzen. Seine Zähne klappern. Seinen Hintern wehtun. Sie verdarben ihm die Laune. Sie ließen seine

Augen im Schädel herumrollen wie getrocknete Erbsen in einem Kürbis. Er konnte sich damit nicht anfreunden. Zumindest in Roubaix würden Fahrer auf der Straße sein, die nicht wussten, was sie taten, die unter keinen Bedingungen ihr Rad unter Kontrolle hatten. Wenn man jemanden vor sich hatte, der sein Rad unter Kontrolle hatte, konnte man selbst bei trügerischen Verhältnissen in etwa voraussagen, was passierte. Vielleicht fielen sie hin, aber sie wussten wenigstens, wie man fällt und wo man hinfallen muss, damit nicht das gesamte Peloton zu Boden geht. Man wusste einfach, was sie tun würden. Sicherlich nicht immer. Man konnte nie wissen, ob sich nicht irgendein Idiot vor die heransprintende Meute stellte, um ein Foto zu schießen und ein Knäuel von zwanzig Fahrrädern verursachte. Oder ob nicht auch die Besten auf einer rasenden Abfahrt die Kontrolle verloren, aber solche seltenen Situationen waren die Ausnahme. In der Regel war man sicher, wenn man jemanden vor sich hatte, der sein Fahrrad unter Kontrolle hatte. Solche Fahrer konnte man ausrechnen. Sie waren echte Profis. Sie … sie schoben das »Biest« wieder zurück auf den Lastwagen!

»Moment mal, meine Herren. Das ist mein Fahrrad. Das werde ich brauchen, außer Sie wollen, dass ich Eddy Merckx da drüben um eines seiner Ausstellungsstücke anpumpe.«

Deeds trat hinter dem Mannschaftswagen hervor.

»Heute nicht, Ross. Heute benutzt du das Mannschaftsmaterial.«

»Aber das ist Mannschaftsmaterial.«

»Ja, von vor vier Jahren. Heute kriegst du ein neues Rad. Das ist wie Weihnachten. Tu so, als wäre ich der Nikolaus.«

»Nein, tut mir Leid. Der Nikolaus ist für mich ein kleines Männchen mit einem Bauch, weißem Haar, das in alle Richtungen absteht und Boxer-Shorts mit der Aufschrift ›Rühr mich nicht an, bevor ich nicht eine Tasse Kaffee getrunken habe.‹ Ich kenne den Nikolaus. Ich bin sein Sohn. Du bist kein Nikolaus. Gib mir mein Rad.«

»Schließ es ab, Delgado, und schmeiß den Schlüssel weg, wenn es sein muss«, sagte Deeds zu Tomas. »Ross fährt heute nicht mit diesem Fahrrad.«

»Du weißt, dass das Pech bedeutet, Carl.«

»Ich hab' gar nicht gewusst, dass du abergläubisch bist, Ross.«

»Nicht Pech für mich, Carl, sondern Pech für dich. Es wird schwer sein, durch einen Mund voll blutiger Kaugummis taktische Anweisungen zu geben.«

Will trat vor und hob seine Faust. Deeds' Augen, die vorher strenge Schlitze gewesen waren, weiteten sich erschrocken.

»Hey! Halt dich zurück, Ross!«

Will lächelte und ließ seine Faust sinken. »Ich hab' gar nicht gewusst, dass ich so eine Wirkung auf dich habe, Carl.«

»Es sind diese verdammten Narben. Du siehst aus wie ein Schläger aus Chicago!«

»Hör zu, Carl«, Will schwankte zwischen Versöhnlichkeit und Flehen. »Ich hab' auf dem Rad trainiert. Das Rad ist auf mich eingestellt. Es passt mir genau. Wenn ich heute auf einem brandneuen Rad fahre, ohne es auszuprobieren, kann ich heute Abend nicht mehr aufrecht gehen. Außerdem kennst du mich doch, das Schlusslicht des Feldes – komm schon. Ich komm' doch gar nicht in die Live-Berichterstattung, wahrscheinlich nicht einmal in die Aufzeichnung. Also merkt eh niemand, dass ich ein Rad aus dem letzten Jahr fahre.«

»Aus dem letzten Jahrzehnt.«

»Im Süden hängen wir an der Tradition.«

»In was für einem Süden?«

»Südlich von Michigan.«

Deeds rieb sich die Stirn. Das konnte er nicht gebrauchen, nicht heute. Heute war der offizielle Saisonstart. Er hatte sich schon immer gegen die Tradition gestemmt und innerlich Het Volk als Saisonstart gesehen. Und jetzt würde seine Mannschaft das auch tun. Bislang waren sie nur gekurbelt. Jetzt ging es um die Wurst. Und ausgerechnet heute kam dieses Kanonenfutter daher und wollte mit einem vier Jahre alten Stück Scheiße fahren anstatt mit dem neuesten und besten Modell des Materialsponsors. Heute nicht.

»Heute nicht.«

»Schei ...«

»Nein. Keine Widerrede, Ross. Heute nicht. Wir können uns später mit dir und der Liebesgeschichte zwischen dir und deinem Fahrrad auseinandersetzen. Aber nicht heute. Heute fährst du das neue Mannschaftsmaterial. Heb deinen Arsch an Bord und segel mit dem Wind. In fünf Minuten ist Mannschaftssitzung. Und, Delgado, wenn dir dein Job lieb ist, dann hör nicht auf diesen Bastard. Er fährt mit dem Mannschaftsmaterial. Ich will dieses Rad heute nicht auf der Strecke sehen.«

»Si.«

»Si?«

»Si.«

»Schluß jetzt.« Deeds stampfte mit dem Fuß. »Fünf Minuten. Du hast was zu tun, Delgado. Und du musst dich einschreiben, Ross. Du fährst mit dem neuen Rad. Leg eine Kette um das andere Ding, Tomas. Und ihr« – es hatte sich eine Versammlung um die drei gebildet, »bleibt mir alle vom Hals!«

Deeds senkte die Schultern und schob sich seinen Weg durch die Fans, die den Wagen umringten. Tomas grinste Will an.

»Oh Mann, sowas habe ich seit zwei Jahren nicht mehr erlebt. Nicht, seitdem Bartoli Hendricks Kopf an den Lastwagen gedonnert hat. Hier, siehst du, ist immer noch eine Beule im Wagen.«

»Wie geht's dir? Wir haben uns noch gar nicht gesehen, seit ich hier bin.«

»Mir? Mir geht's gut«, sagte Tomas, »dieses wundervolle belgische Wetter hebt immer meine Stimmung. Ich weiß nicht, was die Leute an diesem Land finden. Warum sollte irgendjemand hier Rad fahren wollen?«

»Es härtet dich ab, die Kälte, die Nässe, der Schnee, die Straßen.«

»Warum lebst du hier?«

»Die Kälte, die Nässe, der Schnee, die Mieten. Was gibt's Neues in der Mannschaft?«

»Ich weiß nicht. Merkel ist die ganze Zeit verletzt und Bourgoin muss alles alleine machen, weil Tony C. sich nur um seinen eigenen Arsch kümmert und Cardone und Cardinal überhaupt nichts machen. Die Sizilianische Woche war das Chaos, ein totales Chaos. Deeds hat alle angeschrien und Bourgoin hat sich die Lunge aus dem Hals gefahren, nur um sich halbwegs respektabel zu klassieren. Das überrascht mich, weil man denken sollte, dass er sich bis zur Vuelta oder zum Giro oder der Tour zurückhält. Wenn er weiter so fährt und keine Hilfe bekommt, ist er bis zum 15. Juni erledigt.« Er schaute auf Wills Gesicht, das jetzt keine Fäden mehr aufwies, sondern nur rosarote Striemen, die sich durch einen Dreitagebart zogen. »Was macht dein Gesicht?«

»Ich werde wohl nicht zur Miss America gewählt.«

»Tragisch.«

»Ich habe schon immer gedacht, mein Aussehen würde meinem Zusammentreffen mit der Königin von Saba im Weg stehen. Da fällt mir ein, hast du Cheryl irgendwo gesehen?«

»Ja. Sie hat sogar nach dir gesucht.«

»Sie will sich wahrscheinlich an meinem Gesicht reiben.«

»Wohl kaum. Es sei denn, sie braucht eine topographische Karte der Pyrenäen.«

»Ich danke dir. Sehr charmant.«

»Da ist sie, Mann. Talk at'cha.«

Will wurde bewusst, dass der Spanier in den Jahren ihrer Freundschaft haufenweise Amerikanismen angenommen hatte. Schade eigentlich. Es wäre ihm lieber gewesen, wenn sich der kontinentale Stil auf ihn übertragen hätte, als andersherum. Na ja, vielleicht hatte er ja doch ein wenig davon abbekommen. Manchmal hörte er sich an wie Godot.

»Amerikaner. Ich hasse Amerikaner.«

Cheryl schaute ihn verwundert an. »Wie bitte?«

»Oh. Ehhh. Nichts. Nichts.«

»Für einen Augenblick hast du dich wie Peter Sellers angehört, der versucht, einen schlechten französischen Akzent nachzuahmen.«

»Es tut mir Leid. Wie geht's dir?«

»Scheinbar besser als dir. Wie geht's deinem Gesicht?«

»Es tut nur beim Fahren weh.«

»Na wunderbar. Vor allem bei den Straßen heute.« Sie war für einen Augenblick still, warf ihren Kopf zur Seite, um ihr braunes Haar aus den Augen zu bekommen und schaute ihm tief in die Augen. »Ich habe dich vermisst. Seit ich dich in diesem spanischen Krankenhaus verlassen habe, hatte ich niemanden mehr, mit dem ich reden kann.«

»Hast mich als Häufchen Elend verlassen.«

»Das ist wahr, aber da warst du ja selbst dran Schuld, oder? Bremsen sind zum Anhalten da, nicht Rückfenster.«

»Das stimmt.« Will grinste. Es wurde schon besser. Dann gefror sein Lächeln. Er versuchte, sich nichts anmerken zu lassen, aber es war schon zu spät. Philippe tauchte etwa drei Meter hinter Cheryl auf, direkt an ihrer rechten Schulter vorbei. Es schien, als studiere er die Rennbibel, den Streckenplan, aber die Neigung seines Kopfes und seiner Schultern verriet Will, dass seine Lauscher komplett auf Empfang waren. Wills Blick wanderte zurück zu Cheryl. Sie merkte, dass sein Lächeln nicht mehr sanft und freundlich war, sondern eher das Lächeln einer Leiche, die sich zu Tode gelacht hatte.

»Was zum Teufel ...«

Will legte eine Hand auf ihre Schulter. »Reagiere nicht«, sagte er, »lächle einfach nur. Lächle freundlich. Und lache. Mach schon.«

Sie tat es, mehr aus Schreck über diesen plötzlichen Stimmungswechsel, als aus irgendeinem anderen Grund.

»Pass auf«, sagte er, ohne seinen Gesichtsausdruck zu verändern. »Philippe steht direkt hinter dir. Schau dich nicht um! Es gehen Dinge vor, von denen du wissen solltest.«

»Du machst wohl ein bisschen zu viel aus dem Unfall, was?«

»Hör zu. Ich muss fahren. Lass uns heute Abend ein ruhiges Plätzchen zum Reden finden, dann klär ich dich auf.«

»Den Trick kannte schon meine Großmutter ...«

Will lachte idiotisch. Philippe grinste und wandte sich ab. Will schaute wieder zu Cheryl und hatte das unsicherste Lächeln der Welt auf den Lippen.

»Du musst mir vertrauen. Ich weiß noch nicht genau, was da läuft, aber wir müssen reden. Okay?«

»Eh, okay.«

Tomas kam angelaufen.

»Deeds fängt mit der Besprechung an. Lasst uns gehen.«

Will schaute Cheryl lange und prüfend an. Sein Blick zeigte ihr, dass es ihm mit allem, was er gesagt hatte, ernst war. Er bestach sie. Und er machte ihr Angst.

»Okay«, sagte sie. »Wir sehen uns heute Abend.«

»Danke.« Will drehte sich um und ging mit Tomas über den Betonparkplatz zu der kleinen Ansammlung rot-schwarz-blauer Haven-Trikots. Tomas grinste breit.

»Der Junge schießt ... der Junge trifft.«

Will schaute mit gespielter Verachtung über seine Schulter. »Weißt du – ich fühle mich verdammt schuldig dafür, wie du geworden bist.«

Ein Peloton hat ein Bewusstsein seiner Macht. Hundert oder zweihundert Fahrer, die sich, wenn alles rund läuft, mit vereinter Kraft durch eine Ortschaft, durch eine Stadt oder durch ein Feld bewegen. Ein Fahrer zieht den anderen, der den nächsten zieht und so weiter, bis die ganze Masse sich aus sich selbst heraus vorantreibt. Wenn du vorne rausfährst, um den Sieg und die Ehre einzuheimsen, kommst du meistens nur so weit, wie es das Peloton erlaubt. Die Leutnants im Feld ziehen das Tempo an und das Tier mit den 400 Beinen frisst dich wieder auf, die Bestie greift über Meter oder Kilometer, über Sekunden oder Minuten nach dir, hakt sich in dein Hinterrad und zieht dich langsam wieder nach hinten. Ein Ausreißversuch ist ein Akt der Verzweiflung, ein Versuch, die Meute zu spalten, dem Ungeheuer die Kraft zu rauben, alleine wegzufahren und ein paar andere mitzureißen, die dir helfen, so weit zu entkommen, dass du es über die Ziellinie schaffst, obwohl deine Kräfte schon längst wieder geschwunden sind, weil die Leutnants und Taktierer vielleicht geschlafen oder deine Kraft und deinen Willen unterschätzt haben.

Bei den Frühjahrsklassikern passiert das oft. Bei den Etappenrennen hast du weniger als 24 Stunden, bevor du wieder fahren musst, aber bei den Frühjahrsrennen hast du nur einen Tag, um zu explodieren und danach einen, zwei, drei oder sogar sieben Tage, um dich zu erholen, je nachdem, wie dein Rennplan aussieht.

Hier bei Het Volk, im ländlichen Belgien, auf des Teufels eigenen Straßen und an neun gemeinen, gepflasterten *monts*, ging es schon nach 30 der 198 Kilometer Distanz los. Vier junge belgische und holländische Fahrer segelten der Spitze des Feldes davon, um Ruhm, Schlagzeilen, einen Pokal für Mama, einen besseren Vertrag und mehr Respekt vom Sportlichen Leiter zu ergattern.

Bis gleich, Jungs, dachte Will. Das Feld wird euch zum Mittagessen verspeisen.

Er wischte sich mit dem Handschuh die Nase. Dies waren die Rotzrennen, das hatte er schon vor Jahren herausbekommen, diese feuchten, grauen, kalten, bedeckten Tage, die dich dazu zwangen, dich wie ein Kind beim Rodeln anzuziehen, so dass du kaum atmen konntest, während dein Gesicht allen Elementen ausgeliefert war, die der Frühling in Nordeuropa aufzubieten hatte. Innen wurden Gott weiß wie viele Kilowatt an Wärmeenergie erzeugt, aber das Gesicht traf frontal auf die bittere Kälte und die Nässe und den Regen und den Schnee.

Rotz in Strömen. Und du konntest nichts damit machen, als es an deinem Handschuh abzuwischen. Das Siegerfoto war immer das gleiche: Ein vom kalten Wind gezeichnetes Gesicht mit starrem Blick und mindestens einem Oberlippenbart, meistens grün, und diskret versteckte Handschuhe. Eine ekelhafte Realität der belgischen Rennen im März. Gott sei Dank tauchten die guten Fotografen, die mit internationalem Ruf und weltweiter Kundschaft, erst bei Mailand–San Remo in nennenswerter Anzahl auf. So bekam deine Mutter wenigstens nicht an einem müden Sportsonntag in den Staaten dein verschmiertes Gesicht in ihrer Lokalzeitung zu sehen.

Will wischte sich noch einmal die Nase und lachte. Er hätte sich krankmelden, eine Packung Taschentücher kaufen und sich zu Hause die Nase putzen können. Aber es war Saison und es war sein Geschäft, sein Sport. Der Sport hatte ihn so sehr ausgewählt wie er den Sport. Und jetzt waren sie aneinander gekettet. Will wischte sich noch einmal die Nase. Alle um ihn herum wischten sich die Nase, zur selben Zeit, mit der gleichen Hand, auf die gleiche Art und Weise.

Es waren erst fünfzig Kilometer, aber Will hatte schon genug. Er schaute rüber zu Bourgoin. Es war verrückt, aber verdammt, es war einen Versuch wert.

»Hey, Kumpel, was meinst du, sollen wir diese Würstchenbude hier aufmischen?«

»Heh?« Bourgoin sah furchtbar aus. Die Kälte hatte alle Farbe aus seinem Gesicht genommen. Sein Teint war grau und er hatte rote Ränder um die Augen. Wenn heute irgendwelche Fotografen da waren, hoffte Will, sie würden Schwarzweiß-Aufnahmen machen.

»Ich hab' die Nase voll von dieser Juckelei. Lass uns Gas geben. Wir müssen erst am Mittwoch wieder arbeiten. Schiller und van

Dryden sind gerade abgehauen. Wir könnten uns dranhängen, zusammen über den Kwaermont klettern, das Feld auseinanderreißen und dann losziehen.«

Hans Merkel, Bourgoins Leutnant, sein leitender Assistent und der zweite Kommandeur der Mannschaft, schob sich zwischen die beiden.

»Nein. Keine Attacke. Deeds würde das nicht gutheißen. Wir greifen später an. Ich habe meine Anweisungen.«

»Deeds sitzt in einem kleinen Auto, ganz da hinten und hat die Heizung voll aufgedreht. Komm, Richard, was meinst du?«

»Es ist zu früh zum Angreifen. Wir haben einen Marschplan«, sagte Merkel defensiv.

»Kann schon sein, Hans. Aber lass uns aus dieser Rattenbande verschwinden, bevor der ganze Rotz in der Gegend rumfliegt und uns die Kette verklebt.«

Hans ließ sich ein Stück zurückfallen und sprach aufgeregt in sein Mobiltelefon. Trotz des ganzen Lärms im Feld und obwohl der Knopf in Merkels Ohr winzig klein war, konnteWill die Anweisungen hören, die Deeds durch die Leitung bellte.

»Deeds sagt Nein. Wir sollen uns an den Plan halten.«

Will schaute hinüber zu Bourgoin. Er war aufgeregt. Er wusste genau wie Will, dass man im Feld zwar sicher war, aber auch gefangen. Der Samtbezug lullte einen ein, beschützte einen, hielt einen warm und hielt das Tempo hoch. Und dann plötzlich, ohne dass man es merkte, ging der Deckel zu und man war wieder hintendran, Zweiter, Dritter, Vierter, Zehnter, was auch immer. Keine dieser Platzierungen bedeuteten Bourgoin irgendetwas. Nur der Sieg zählte. Und er hatte noch lange nicht oft genug gewonnen. Bourgoin schaute Will Ross an, den amerikanischen Clown mit den rotweiß gestreiften Socken.

»Kannst du mir den Rücken freihalten?«

Will schaute ihn an, dann Merkel, dann wieder Bourgoin.

»Klar. Wenn du mit den beiden da vorne einig wirst, kann ich dich freihalten. Was meinst du? Lass uns vom Felsen springen und ausprobieren, ob wir weich landen.«

Bourgoin sagte eine Sekunde lang nichts, während er die Zeit und die Entfernung ausrechnete, die sie noch zurücklegen mussten, sowie die Kraft, die sie brauchen würden, um das Feld auf den Steigungen und langen Geraden ein für allemal hinter sich zu lassen. Wortlos drückte er auf einen Knopf an seiner Hüfte, griff wieder an seinen Lenker und schaltete hoch. Will lächelte und griff an sein Unterrohr, um ebenfalls zu schalten. Scheiße. Das war nicht das »Biest«. Will fummelte eine Weile an seinen Bremsschalthebeln und schaltete. Lieber Herrgott, lass mich nicht den Sprint versauen mit diesen Dingern. Die müssen mich sonst vom Laternenpfahl kratzen. Die Kette rastete schließlich auf dem richtigen Kranz ein. Will ging aus dem Sattel und schob sich durch die Menge, um Platz für Bourgoin zu machen und sich dem Griff des Pelotons zu entziehen.

Hinten im Feld schrie Merkel verzweifelt in sein Handy, hörte sich die wütende Antwort an, seufzte, schaltete und fuhr seinem Kapitän hinterher, um ihm Vernunft in sein Hirn zu trommeln.

Cacciavillani fing an, laut über diesen selbstmörderischen Ausreißversuch zu lachen. Cardinal und Cardone, die anderen beiden Haven-Fahrer, schauten den drei rot-schwarz-gelben Trikots hinterher, wie sie die Straße entlangschossen, um Schiller und Dryden einzufangen, und von einem Häuflein zweitrangiger Fahrer verfolgt wurden, die nicht wollten, dass Haven aus der Reihe tanzte, nicht einmal zu diesem frühen Zeitpunkt des Spiels.

»Deeds wird stinksauer sein.«

»Keine Sorge«, beruhigte Cardone seinen Mannschaftskollegen. »Wir werden sie wieder sehen. Es ist noch zu früh am Tag. Der Kwaermont ist nur der erste Berg. Die letzten sind die schlimmsten. Du siehst ja, es ist so früh, dass niemand reagiert – letztes Jahr hätten sie verrückt gespielt, wenn Colgan so angegriffen hätte. Es ist noch weit bis nach Hause ... und Bourgoin wird merken, dass es ihn teuer zu stehen kommt, die Regeln zu brechen.«

Das Peloton reagierte nicht auf den Angriff von Haven. Auf eine solche Dummheit, so früh am Tag, reagierte man einfach nicht.

Hinten in der Karawane hörten Tomas und Cheryl mit einem Ohr der Rennberichterstattung auf einem belgischen Radiosender zu und mit dem anderen Ohr dem Mannschaftsfunk, über den Deeds versuchte, Kontakt mit Bourgoin aufzunehmen.

Cheryl rieb sich die Augen und lehnte sich in ihrem Sitz zurück.

»Was zum Teufel …?« Sie schaute zu Tomas. »Und du lachst auch noch. Die bauen Mist und du lachst. Das ist viel zu früh. Die bringen sich um … Verdammt nochmal! Das ist Will, oder? Das war Wills Idee, nicht wahr?«

Jetzt lachte Tomas laut auf.

»Kennst du diesen Cartoon-Kojoten?«

»Was? Ja, natürlich. Kojoten-Karl. Warner Brothers. Hat nie den verdammten Roadrunner fangen können.«

»Genau, er hat ihn nie gekriegt. Er hat nie gewonnen. Aber er hat immer die verrücktesten Pläne geschmiedet, um ihn zu kriegen – hat sich immer von irgendwelchen Felsen gestürzt.«

»Aber er hat den Roadrunner nie gekriegt. Er hat nie gewonnen.«

»Nein – aber was hat mehr Spaß gemacht, dem Kojoten zuzusehen oder dem Roadrunner?«

Cheryl schaute weit die Straße runter, zum Ende des Feldes und weiter zur Spitze und noch weiter zu ihren Mannschaftskollegen, die auszureißen versuchten, viel zu früh, in einer viel zu kleinen Gruppe, mit viel zu vielen Kilometern vor ihnen und viel zu vielen Anstiegen und Pflastersteinen bis zur Ziellinie. Sie lächelte.

»Du hast immer dem Kojoten zugesehen.«

»Und ob. Kojoten-Karl lebt und atmet und fährt für uns.«

»Ich hoffe nur, dass Carl Deeds Comics mag.«

Bourgoin wurde mit den beiden Holländern einig. Gebt uns Windschatten. Helft uns durchzukommen. Als Belohnung gab es Fernsehsendezeit und einen Anteil am Preisgeld. Die fünf arbeiteten gut zusammen und brachten einen deutlichen Abstand zwischen sich und das Feld, dass immer noch sein somnambules Tempo fuhr. Ein paar Trittbrettfahrer von anderen Mannschaften hängten sich dran und nutzten die Fahrer an der Spitze aus. Sie wollten Haven nicht zum Sieg verhelfen, sie wollten den Kontakt halten, das Tempo drosseln und sicherstellen, dass ihre Mannschaft und ihre Sponsoren auf allen Fotos vertreten waren.

Es war verrückt, so früh am Tag auszureißen, vor den Anstiegen, gegen die Mannschaftsorder, gegen jede Radsportvernunft; und doch bereitete es Will ein höllisches Vergnügen. »Carl Deeds' Körper liegt schimmelnd in der Gruft...«, sang er aus vollem Hals.

Bourgoin fing an zu lachen, bis Merkel verächtlich auf die Straße spuckte: »Hör auf damit, du störst unsere Konzentration.«

»Mir kommen die Tränen.«

Mann oh Mann, war Merkel ein Sauertopf. Will wusste, dass der Typ Bourgoins Stimme der Vernunft sein sollte, sein Kontakt zu Deeds, für den er sich vor einen fahrenden Zug werfen würde, aber langsam wurde es lächerlich. Es war, als würde die eigene Mutter neben einem fahren.

»Hast du auch frische Unterwäsche an, Hans? Du solltest immer saubere Unterhosen tragen.«

»Was? Wovon redest du?«

Will lachte und zog das Tempo an. Heute fühlte er sich gut. Seine Beine und seine Lungen waren stark, Godot saß ihm nicht mehr im Nacken und es war ihm auch langsam egal, was Deeds oder Kim oder Martin oder die ganze Mannschaft dachte oder wollte. Irgendjemand wollte ihm den Mord an Colgan anhängen und hatte die ganze Zeit mit Will gespielt. Der Vertrag? Klar, das war Kim. Die A-Staffel? Vielleicht Deeds. Der Unfall? Zweifellos Philippe. Irgendwer von oben wollte, dass er im Dreck lag, von der Bildfläche verschwand und sein ganzes Gepäck zur Haltestelle Bastille trug. Aber nicht mit ihm. Er braucht keine Fäden am Rücken, um aufrecht zu stehen. Und außerdem: Jetzt wollte er auch gewinnen. Auch wenn es bedeutete, durch Bourgoin zu gewinnen. Er wollte zu gern sehen, was dann mit ihren düsteren Plänen passierte.

Die fünf zogen kurz vor dem Kwaermont und den Pflastersteinen noch einmal das Tempo an. Bei Het Volk gab es nicht viele *pavées*, aber immer noch genug, um den Fahrern das Leben zur Hölle zu machen... vor allem deshalb, weil sie fast alle auf den Anstiegen zu liegen schienen. Die Pflastersteine hatten die verschiedensten Größen und Formen, von schmalen, klingenartigen Scheiben, die einen Reifen, eine Hand oder einen Kopf durchschneiden konnten, bis hin zu großen Scheiben, die in verschiedenen Winkeln hervorragten und die Felgen in tausendundeine neue Form biegen konnten. Sogar auf den besten Abschnitten, wenn sie scheinbar plötzlich perfekt ausgerichtet waren und eine passable Straße bildeten, schüttelten sie das Rad durch und sandten Stöße durch die Hände und Arme und Schultern des Fahrers, bis unter die Schädeldecke und wieder die Wirbelsäule hinunter bis zu den Fußsohlen und von da wieder auf die Straße, wo sie für den nächsten Fahrer gespeichert wurden. Paris–Roubaix war am schlimmsten. Aber das hier war mit Sicherheit schlimm genug.

Nachdem sie einen Pflastersteinabschnitt durchquert hatten und wieder auf glatter Straße waren, schaute Will hinter sich. Bourgoin war an seinem Hinterrad und seine Blicke verrieten, dass er Pflastersteine genauso hasste wie Will. Der Holländer Schiller saß im Windschatten hinter Richard und Merkel redete immer noch wie wild auf sein Telefon ein. Er sah aus wie Dick Tracy mit Schnupfen. Van Dryden hatte gerade die Führung abgegeben und reihte sich wieder hinten ein. Merkel und Van Dryden konnten das Tempo von Will, Bourgoin und Schiller nicht mehr lange halten. Und wenn man das Tempo einer Gruppe nicht mehr halten konnte, war man rohes Fleisch für das Tier, dass sich weiter hinten langsam formierte.

»Was ist los, Hans, Alter, lass dich nicht hängen!«, schrie Will. Merkel schaute ihn mit einem angewiderten Gesichtsausdruck an. Ross hatte heute seine Position usurpiert. Er müsste Will anschnauzen, nicht umgekehrt.

»Ich bin hier, ich bin ja hier.«

»Nein, du bist nicht hier. Wir sind hier. Beweg deinen Hintern.«

Für die nächste Stunde fuhren die fünf schweigend zusammen, versuchten ihre Kraft und ihre Energie zu bündeln und konzentrierten sich auf das Tempo. Merkel stopfte alles Essbare in sich hinein, was er finden konnte, um seine Energiereserven zu füllen. Will und Bourgoin hingegen aßen langsam und gleichmäßig, um ihre Vorräte zu schonen, bis ein Versorgungswagen durch das Feld durchkam oder bis sie zu einer Verpflegungszone kamen. Am Kruisberg, bei Kilometer 89, holten sie die vier frühen Ausreißer ein und fuhren an ihnen vorbei wie ein Pick-up-Truck auf einer amerikanischen Landstraße an einem Pferd. Hier kommen die Profis, Jungs!

Aber auch im Paradies gab es Probleme. Van Dryden platzte, seine letzten Energiereserven verschwanden so schnell wie Wills letztes Gehalt. Er fiel im Nu hinter das Quartett zurück. Merkel ließ immer mehr nach. Will merkte, dass das Tempo deutlich sank, wenn der Leutnant seine Führungsarbeit leistete.

»Reiß dich zusammen, Hans.«

»Ja, ja, ich bin ja noch da. Es geht schon.«

Er klang, als wolle er sich selbst ebenso sehr überzeugen wie Will und Bourgoin. Nach dem nächsten Durchwechseln sank das Tempo wieder, als Merkel an der Mur de Grammont die Spitze übernahm. Bourgoin und Schiller waren noch stark, aber Merkel war fertig. Es war Zeit für eine Entscheidung. Irgendjemand musste hier sterben und Will entschied, dass es Hans sein würde. »Geh vorne raus, Hans, wir nehmen Richard in die Mitte und dann lass uns das Ding nach Hause fahren. Die Hälfte ist rum. Wie weit sind wir vorne?«

Merkel lächelte dankbar. Während er zur Seite fuhr und sich am Ende wieder einreihte, rief er: »Zwo-fünfundzwanzig«, dann hängte er sich an Bourgoins Hinterrad und kämpfte um sein Leben.

Zwei Minuten und fünfundzwanzig Sekunden. Das war nicht gut. Nach einem guten Angriff hatten sie wieder an Boden verloren und das Peloton hatte Tempo aufgenommen. 145 Sekunden konnte das Feld innerhalb von Minuten wegfressen. Aber es gab immer noch die Möglichkeit, dass sie auch nach der Hälfte des Rennens den Angriff von Haven nicht ernst nahmen. Vielleicht hatte jemand mitbekommen, dass Van Dryden geplatzt war und dass Merkel Probleme hatte oder dass die Gruppe nicht mehr rund lief. Aber vielleicht war die Meute einfach nur zuversichtlich, dass sie die verlorenen Kinder wieder einsammeln konnte, wann immer es ihr beliebte.

Bourgoin sagte leise: »Merkel ist weg.«

Will schaute sich um. Sie waren jetzt nur noch zu dritt, Hans fiel rasch zurück und zog andere ausgebrannte Ausreißer mit sich, als treibe sie eine Welle immer weiter weg vom Rettungsboot. Das Tempo, der Anstieg, das Kopfsteinpflaster hatten sie gebrochen. Merkel schaute auf und sprach dann wieder in sein Mobiltelefon.

»Was denkst du jetzt, Chef? Willst du das Ding alleine gewinnen oder willst du es mit dem Feld aufnehmen?«

Bourgoin schaute ihn an. Schiller nickte. Für ihn galt die Abmachung noch. Bourgoin drehte sich zu Will um und seufzte. Will nickte. Die drei verstanden sich vollkommen. Sie schalteten gleichzeitig einen Gang höher, nahmen Tempo auf und verschwanden hinter einer uneinsehbaren Kurve dem letzten, gemeinen Anstieg zum Molenberg entgegen und dann dem Ziel, nur 34 Kilometer dahinter.

Am Fuß des Molenberg begann das Peloton endlich auf die Ausreißversuche des Tages zu reagieren und fing an, sie wieder zu schlucken, wie ein Wal Plankton schluckt: die Belgier und Holländer, Van Dryden, die Neuprofis, Merkel, Will, Schiller ... aber nicht Bourgoin. Will kapierte erst im letzten Augenblick, was vor sich ging. Er hatte sich auf die Straße und auf das Tempo und auf die Ziellinie konzentriert. Auf den letzten fünf Kilometern, als seine Arme und seine Beine und sein Kopf explodierten, hatte er Bourgoin einen Schubs gegeben und ihn auf seinen Weg geschickt, dann hatte er sich zurückfallen lassen und versucht, so lange wie möglich so weit wie möglich vor dem Feld zu bleiben, war dabei Zickzack gefahren, hatte den Verkehr behindert und alles getan, was möglich war, um das Tier zu bremsen, ohne das Misstrauen der UCI-Kommissare zu wecken. Er konnte nicht viel tun, aber es war anscheinend genug, denn als das Feld in die lange Zielgerade am Wassersportzentrum von Gent geschossen kam, konnte Will für einen Augenblick über das Gedränge hinwegschauen und sehen, wie Richard mit erhobenen Armen, dicht gefolgt von einer Gruppe holländischer und belgischer Sprinter, die unsichtbare Mauer durchbrach. Es war eine nationale Tragödie, dass ein Franzose ihr Rennen gewann. Das gab es nicht. Das hatte es noch nie gegeben. Aber heute war es passiert. Und der Franzose freute sich wie ein Schneekönig.

Sein Sportlicher Leiter hingegen nicht.

Trotzdem posierte Deeds gemeinsam mit Bourgoin für die Fotos, in dem Wissen, dass sein Gesicht morgen die Titelseite von *L'Equipe* zieren würde, zusammen mit Geschichten und Kommentaren zu seiner dynamischen »Alles-oder-Nichts«-Renntaktik. Deeds winkte den Fotografen und den noch verbliebenen Zuschauern – in einem eisigen Regen, der sich in den zehn Minuten seit dem Finale entwickelt hatte – und marschierte dann zurück zur Mannschaft.

Will hatte gerade sein Rad bei Tomas abgegeben. Es war gut gefahren. Ein schönes Gerät. Nicht das »Biest«, aber dennoch ein schönes Fahrrad. Man konnte sich daran gewöhnen, besonders wenn es in die Berge ging. Mann, das war bestimmt eine Höllenmaschine auf einer schnellen Abfahrt. Und der 64. Platz – nicht schlecht. Vom ersten auf den 64. Platz zurückgefallen in – wie viel? – fünf Kilometern? So wie er sich auf dem Schlussstück gefühlt hatte, wäre er gar nicht mehr ins Ziel gekommen, wenn das Feld ihn nicht mitgezogen hätte. Mein Gott – hat das Spaß gemacht, dachte er. Und Bourgoin! Ein wilder Mann. Das war ein wilder Mann!

Eben hatte er noch lächelnd und gedankenverloren auf den Boden geschaut. Jetzt spürte er, wie sein Kopf gegen die Seitenwand des Lastwagens donnerte und er in den Himmel schaute, wo der Regen in unzähligen eiskalten Diamanten das Licht einfing.

Deeds hatte ihn bei den Haaren gepackt und seinen Unterarm in Wills Kehle gerammt. »Nie wieder wirst du meine Anweisungen ignorieren, du verdammter Hurensohn.«

Will war kurz davor, das Bewusstsein zu verlieren. Er hatte sich noch nicht von dem Rennen erholt und wurde jetzt fast erwürgt.

»Ahhrggg – aber ... wir ... haben ... gewonnen ...«

»Nicht auf meine Art, verdammte Scheiße!«

»Arg-arghh – warum ... hast ... du ... das nicht ... Merkel gesagt?«

»Weil ich nicht mit Merkel rede! Ich rede mit Bourgoin, du Arschloch – und der hat deinetwegen sein Telefon ausgeschaltet. Er hat Glück gehabt, dass er gewonnen hat. Sonst hätte ich ihm auch das Fell über die Ohren gezogen. Aber du ... du bist gestorben. Und wenn du noch einmal so ein Ding abziehst – dann stirbst du richtig.«

Deeds nahm seinen Arm von Wills Hals, so dass Will auf Händen und Knien in den Matsch sank. Während Deeds davonstampfte, versuchte Will Luft zu bekommen.

Der Regen prasselte nur so nieder. Will spürte, wie ihn Kälte umschlang. Er riss sich seinen durchnässten Kopfschutz herunter und japste in den Schlamm. Er starrte auf das Wasser, das sich um seine Hände herum ansammelte. Eigentlich hätte ihm durch den Kopf gehen müssen, wie er Deeds die Seele aus dem Leib prügeln würde. Niemand verdient es, so behandelt zu werden, vor allem nicht nach einem Sieg. Aber das war es nicht, was ihn beschäftigte. Was ihn beschäftigte, war das, was Deeds gesagt hatte.

Wenn Deeds nicht mit Merkel redete, wer dann? Und warum? Es gab verdammt viel, worüber er heute Abend mit Cheryl reden musste. Der belgische Regen überschwemmte ihn und er verlor sich in einer Mauer aus Wasser.

In Paris regnete es auch an diesem Abend und die Finsternis der Wolken ließ die Dämmerung früher als sonst über die Stadt hereinbrechen. Martin Bergalis starrte aus dem Fenster seines Büros zum Horizont, während die Lichter eines nach dem anderen angingen. Er starrte für eine lange Zeit, dann schaute er wieder auf das Fax, das er gerade bekommen hatte.

»Dein Freund ist heute gut gefahren.«

»Ja«, sagte Kim aus der Dunkelheit, die die Couch umgab.

»Du hattest gesagt, er könne nicht gut fahren.«

»Ich hatte nicht damit gerechnet. Er musste genügend Hindernisse überwinden. Aber keine Sorge. Das hält er nicht durch.«

Martin lächelte und streckte ihr seine linke Hand entgegen. Kim stand leise auf und ging auf ihn zu. Sie nahm sanft seine Hand. Sie schrie auf, als er ihre Finger zerquetschte. Martin drehte sich um und schlug ihr mit der ganzen Kraft seiner rechten Hand ins Gesicht.

Kim fiel zu Boden und schaute vor Schreck und Überraschung japsend zu dem Mann auf, der ihr Arbeitgeber war, ihr Liebhaber, ihre Eintrittskarte in eine Welt, von der sie sonst nur träumen konnte. Sein Gesicht brannte vor Wut. »Martin …«

»Schluss mit den Spielchen. Die Polizei hat die Briefe. Ruf unseren Freund an. Mach Schluss damit«, er schaute auf seinen Kalender, »… bis Milan. Du hast zwei Wochen. Zerschlage die Mannschaft.«

11
Auf nach Süden

Ghisallo liegt unmittelbar im Süden der Gabelung des Comer Sees, rund 50 Kilometer nördlich von Mailand. Am Ende eines gleichmäßig steilen Anstiegs kam man an eine kleine Ausbuchtung der Straße, einen kaum wahrnehmbaren Abzweig, einen Aussichtspunkt, an dem eine kleine Kirche, eine Statue und eine Büste auf einem Haufen von Granitsteinen stand. Will fuhr an den Straßenrand und drehte den Motor des Mietwagens ab.

»Ich muss schon zugeben, dass es wesentlich angenehmer ist, mit einem Fiat hierher zu kommen als mit dem Fahrrad.«

Cheryl stieß die Tür des gemieteten Kleinwagens auf und wand sich aus dem gefederten Ledersitz.

»Ich bin mir da nicht so sicher. Ich habe den ganzen Vormittag auf diesem Ding da gesessen und durch das Handschuhfach Abgase eingeatmet. Ich wäre lieber Rad gefahren.«

»Hätten wir ja getan, wenn ich morgen nicht fast 300 Kilometer fahren müsste, mit einer rasenden Abfahrt vom Poggio am Ende.«

»Ihr Typen jammert immer nur. Der Poggio macht Spaß.«

»Im dichten Verkehr den Berg runterstürzen, wo du nach einer falschen Bewegung oder einer zu weit gefahrenen Kurve Grafitti an der Steinwand am Rand bist? Wenn man darunter Spaß versteht, hast du vermutlich Recht.« Cheryl schaute sich um.

»Was ist das hier eigentlich? Meine Mutter wäre mit Sicherheit stolz, dass ich an einem anderen Tag als Ostersonntag in der Kirche bin, aber ernsthaft – was machen wir hier?«

»Das ist nicht irgendeine Kirche – das ist die Kirche der Radfahrer. Komm her, schau dir das an.«

Er zog sie zu der Bronze-Büste auf dem Granit-Haufen. Eine habichtartige Visage starrte sie an.

»Fausto Coppi. Ein großer italienischer Fahrer. Der Beste. Ein erstaunlicher Mann. Er konnte unglaubliche Mengen an Kraft mobilisieren.«

»Ich habe von ihm gehört.«

»Aber du bist nicht besonders beeindruckt.«

»Es tut mir Leid. Statuen sind nicht mein Fall.«

Will wandte sich mit gespieltem Ekel ab.

»Hey«, sagte Cheryl und schaute von hinten an ihm vorbei. »Tut mir Leid. Das ist ein schöner Ort und das sind schöne Statuen, aber ich weiß nicht so recht – Kirchen und Berufsradfahrer passen irgendwie nicht zusammen, oder?«

»Diese Kirche schon. Komm mit.« Er nahm ihre Hand und zog sie über den Schotter zur Kirche. Er zog an der schweren Holztür und hoffte, dass sie nicht verschlossen war. Sie öffnete sich leicht und gab die Dunkelheit und Ruhe im Inneren frei.

»Komm jetzt.«

Sie traten in die kühle Dunkelheit und tauchten, aus anerzogenem Reflex, eine Hand in das Weihwasserbecken, das sie nicht einmal sehen konnten. Als sich ihre Augen an die Dunkelheit gewöhnt hatten, konnte Cheryl einige Farbtupfer erkennen und dann, nach und nach, ein Meer von Fahrradtrikots und Pokalen und Rädern.

»Mein Gott.«

Will lachte. »Ganz genau.«

Cheryl lief langsam durch den Raum. Es war wie ein Museum, eine Sammlung von Fahrrad-Andenken, für die ein kalifornischer Sammler ein Vermögen bezahlen würde. Sie starrte durch das trübe Licht auf die Namen – Bottechia, Coppi, Merckx, Bartali, Hinault – die gesamte Geschichte des italienischen und europäischen Radsports war hier versammelt, von unbekannten italienischen Profis, die ihre Viertelstunde Ruhm vor langer Zeit genossen hatten, bis hin zu jungen Männern vom Kontinent, deren Gesichter im europäischen Fernsehen gerade von Fahrrädern bis zum Streichkäse alles verkauften, was es zu kaufen gab.

»Das ... das ist wundervoll«, war alles, was sie sagen konnte.

»Eindrucksvoll, nicht? Die Madonna ist die Schutzheilige der Radfahrer und die Madonna del Ghisallo ist ihre Wallfahrtskirche. Meister opfern hier ihre Trikots oder ihre Pokale, manchmal sogar ihre Räder, stiften sie der Kirche und der Nachwelt als Ausstellungsstücke – oder als Steuerabschreibung – oder nur als Dank dafür, dass sie es über die Ziellinie geschafft haben. Die Heilige Mutter ist unsere Beschützerin.«

»Sie liebt es vermutlich, was ihre Kinder für einen Ton am Leib haben.«

»Sie versteht uns. Sie fährt mit uns. Sie weiß, was dazu gehört.«

»Ein Herz aus Gold und ein Hintern aus Blei.«

»Genau.« Will schaute zum Altar und murmelte in seinen Bart: »Und Heilige Mutter, bitte, gib mir morgen Beine …«

Will nahm die Haarnadelkurve auf der Abfahrt zum Mittagessen in Bellagio ein klein wenig zu schnell. Der Fiat heulte gequält und Cheryl wurde an Wills Schulter geworfen.

»Yeeooh, hey, das ist kein Rennrad und wir haben Gegenverkehr. Lass es ruhig angehen und uns bis zum Wochenende überleben. Am Samstag kommt meine Lieblingssendung, wenn die vorbei ist, dann kannst du mich umbringen, einverstanden?«

»Entschuldige. Die Bremsen von diesem Ding sind nicht gerade die Besten.«

»Das sind ja gute Nachrichten. Dafür scheint das Gaspedal ganz gut zu funktionieren. Lass es ein bisschen in Ruhe.«

Vielleicht bin ich doch nicht Mario Andretti, dachte Will. Stephen Roche konnte aus dem Peloton aussteigen und eine zweite Karriere als Rallyefahrer starten … aber der Unterschied zwischen Roche und Ross war größer als nur ein paar Konsonanten. Will fand auf den Abfahrten nie so gut seine Linie wie Roche oder Kelly oder Indurain oder LeMond. Das waren Raketen. Hintern in der Luft, Kopf weit über das Vorderrad gebeugt, die Hände nie an den Bremsen, 100 Stundenkilometer auf schmalen Reifen. Ha. Das war alles andere als einfach. Jedenfalls für Will.

Er nahm den Fuß vom Gas.

»Danke. Mein restliches Leben ist dir sehr verbunden.«

»Was meinst du, worin dein restliches Leben besteht?«

»So wie es aussieht, werde ich dich entweder jeden Tag im Krankenhaus besuchen oder einmal im Monat im Gefängnis. Hast du etwas von deinem zerknautschten kleinen Freund gehört?«

»Der französischen Antwort auf Columbo? Nein. Inspektor Godot hat mich seit letzter Woche nicht mehr angerufen. Vor Het Volk wollte er sein Baby so schnell wie möglich ins Bett bringen, auch wenn es bedeutet hätte, mir einen Freifahrtschein zur Guillotine zu verpassen. Aber mittlerweile nimmt er sich Zeit und versucht seinen Chef davon zu überzeugen, dass es sich um eine Verschwörung handelt.

»Und wer sind die Verschwörer?«

»Haven-Pharma. Martin, Kim, Deeds, Merkel, Bourgoin, Gott weiß, wer noch.«

»Alle außer dir.«

»Moment mal.« Während des Sprechens war er wieder schneller geworden, er musste den Fiat erneut durch eine enge Kurve reißen und schabte dabei beinahe den Lack der Tür an einem Baum ab. »Da bin ich mir nicht sicher. Man weiß nie, auf welche Gedanken er kommt, während er versucht, seinen kleinen wasserdichten Fall zu bauen. Er hatte schon einmal einen wasserdichten Fall und man hat ja gesehen, was damit passiert ist.«

»Also du ...«

»Ich rühr' mich so lange nicht, bis was passiert. Bis Columbo den Abspann herannahen sieht und nach dem Detektivruhm greift.«

»Während er sich die ganze Zeit an der Stirn kratzt.«

»Selbstverständlich. Er kratzt sich an der Stirn und versucht, seine Bosse im Polizeipräsidium zu überzeugen, die alle – Augenblick ...« Das Auto rutschte wieder um eine Kurve. »Er versucht seine Bosse, die alle Haven-Aktien besitzen oder mit Bergalis im Club zu Mittag essen oder Ähnliches, davon zu überzeugen, dass es wirklich richtig sei, vor Herrn Martins Haustür einen mit Mord und Skandalen gefüllten Sack auszuschütten, auch wenn das heißt, dass ihre Investitionen den Bach runtergehen.«

»Also rührt sich niemand.«

»Alle bewegen sich – sehr vorsichtig.«

»Was hat Godot vor? Verdammt … pass doch auf!«

»Das liegt nicht an mir, das liegt am Auto.«

»Ja, ja, schieb doch alles auf etwas anderes.«

»Nein, wirklich, die Bremsen von dieser Karre taugen überhaupt nichts.«

»Die Italiener mögen Bremsen sowieso nicht besonders.«

»Wenn ich nicht bald ein wenig Bremsdruck bekomme, musst du bald deine Tür aufmachen und deinen Fuß gegen den Asphalt stemmen, Kleine.« Er pumpte wie verrückt auf dem Bremspedal herum. »Komm schon, du Schrottkarre, komm schon.« Will merkte, wie seine Handflächen feucht wurden und sich am Lenkrad so festkrampften, dass sie sich fast durch das Lenkerband aus falschem Leder drückten. Vor der nächsten Kurve schaltete er runter, hörte, wie der Motor in einem schrillen Ton pfiff, trat mit aller Kraft auf das Bremspedal, schrammte am äußersten Rand durch die Biegung, davon überzeugt, dass sein Ellenbogen über dem Abgrund gehangen hatte. In Bellagio wurde die Straße endlich flacher, der Motor fing sich und sie kamen langsam zum rettenden Halt. Einen Augenblick lang sagte keiner von beiden etwas. Dann schlug Cheryl ihm ein, zwei, dreimal auf die Schulter.

»Verdammt nochmal! Du hättest uns umbringen können!«

Will kauerte sich feixend in seinen Sitz. »Hey, hey, hey! Was hast du gesagt? Du kommst gerade aus der Kirche.«

Sie schlug ihn noch einmal.

Er legte den ersten Gang ein und rollte über die Straße vor die Trattoria. Will drehte sich zu Cheryl um und grinste.

»Übrigens: Die Bremsen funktionieren wieder.«

Sie starrte ihn wütend und schweigend an.

»Hör zu. Godot hat mir ins Gesicht gesagt, ich solle mich gefälligst aus der Polizeiarbeit heraushalten. Er tut, was er schon die ganze Zeit hätte tun sollen – er überprüft per Computer alle, die mit dem Team etwas zu tun haben, um zu sehen, was an möglichen Motiven herauskommt und wer sich mit Plastiksprengstoff auskennen könnte. Da Jean-Pierre so viele ›Freunde‹ hatte, sind die Möglichkeiten endlos. Da irgendjemand sich die Mühe gemacht hat, Briefe zu fälschen und mich in Verdacht zu bringen, glaubt er, dass die gesamte Mannschaft unter Beschuss ist, von innen oder von außen. Wegen Merkel und der Telefongeschichte bei Het Volk glaubt er, es komme von innen. Seine Bosse glauben, es kommt von außen. Sie können Bergalis keinen Schmutz abbekommen lassen, nicht wenn sie am Dienstag zum Tennis mit ihm verabredet sind. Jedenfalls geht er alle Möglichkeiten durch und hofft, auf etwas zu stoßen.«

Er warf ihr ein kurzes dümmliches Grinsen zu.

»Das interessiert mich momentan nicht besonders. Das kannst du mir alles beim Mittagessen erzählen. Du hast uns fast umgebracht!«

Will öffnete die Tür und stieg vor der Trattoria aus dem Auto. Er steckte noch einmal den Kopf in den Fiat.

»Ich wollte dich nur ablenken. Ich glaube, du solltest morgens weniger Kaffee trinken.«

Ihre Faust schoss aus dem Wagen und traf ihn neben der Nase.

Tomas Delgado und die anderen Mechaniker arbeiteten hinter dem Mailänder Hotel auf einem umzäunten Gelände an den Rädern für die Fahrt des nächsten Tages von Mailand zur Küstenstadt San Remo. Dies war eines der Rennen, die Delgado besonders liebte, ein Eintagesklassiker, brutal lang, auf hervorragenden Straßen mit einem Paukenschlag zum Schluss: der rasenden Abfahrt vom Poggio. Es hatte dort grandiose Finale gegeben: Kelly, der den Poggio so runterschoss, dass seine Ellbogen in den Kurven die Begrenzungswände um Millimeter streiften, auf der Ziellinie einen konsternierten Argentin abfing und den Sieg einfuhr. Bugno. Fignon. Vanderaerden. Der Unfall an der Cipressa – 1989? Nein, '88. Das gab es in keinem anderen Sport, dachte er. In keinem anderen Sport gibt es Männer, die tief in ihr Inneres greifen, um die Todesangst zur Seite zu schieben und das letzte Gramm ihrer Selbst hervorzuholen – das Gramm, das sie über die Grenze zum Ruhm tragen konnte.

Delgado grinste. Wir werden ja fast poetisch hier!

Er begutachtete zum achten Mal Bourgoins Startrad, prüfend, schauend, spähend, nach irgendetwas suchend, das nicht ganz richtig lag, das überdreht war oder einfach nicht stimmte. Er nahm kein Maß. Er benutzte keine Computer. Er spürte es einfach. Er konnte ein Rad anfassen oder einen Fahrer sehen und er wusste einfach, was stimmte und was nicht, wo etwas hinzugefügt und wo etwas weggenommen werden musste.

Bourgoins Rad wanderte zurück auf den Ständer. Er nahm Wills neues Colnago herunter und schob es zu seinem Montageständer. Er schaute das Rad einen langen Augenblick lang an, dann schaute er zurück in die Ecke, wo Wills altes Rad, das »Biest«, stand und wartete.

»Sei nicht traurig«, rief er, »du bekommst deine Chance. Entweder das oder du bekommst eine kostenlose Fahrt nach San Remo. Ist doch gar nicht so übel für ein Rad deines Alters.«

Er lachte. Tomas hatte sich dabei erwischt, dass er genauso schlimm wurde wie Will. Er hatte dem Rad eine Persönlichkeit gegeben und er wollte es nicht verletzen.

Will und Cheryl waren am späten Nachmittag von ihrem Ausflug zurückgekehrt und hatten bei Tomas vorbeigeschaut, um sich nach den Rädern zu erkundigen und den neuesten Mannschaftsklatsch aufzuschnappen. Nichts Neues, hatte er gesagt, den Rädern geht's gut und mir auch. Er hatte Will beobachtet, wie er an dem Rad, mit dem er morgen fahren würde, vorbei zu seinem alten Rad ging, es begutachtete, es streichelte und mit sanfter Stimme zu ihm sprach. Tomas verstand ihn. Er verstand, dass sein guter, wenn auch zuweilen etwas verrückter Freund sich mit dieser Maschine identifizierte, die nur durch Draht und Spucke und Siegelwachs zusammengehalten wurde, weil er so ähnlich konstruiert war. Tomas wandte sich dem nagelneuen, frischen weißen Colnago zu, dass direkt aus der Versandkiste kam. Will musste diese Maschine auch lieben. Sie hatte alles – einen erstklassigen Rahmen mit einer erstklassigen Geometrie, Ritzel, Schaltung, Laufräder, Reifen – alles vom Feinsten. Sie hatte ihn sauber durch die Schlacht von Het Volk gebracht und hatte sich bei Tirreno–Adriatico acht Tage lang hervorragend geschlagen, obwohl Will dort eher in seiner alten Form angetreten war als in seiner neuen. Aber das war ohnehin kein echter Test gewesen, dachte Tomas, Deeds hatte das Rennen als Training für Mailand–San Remo, den offiziellen Saisonstart, betrachtet und den Fahrern erlaubt, mitzurollen, sich zu strecken und sich keine Sorgen um das Klassement zu machen. Am letzten Tag war der größte Teil der Mannschaft wegen tatsächlicher oder vermeintlicher Verletzungen gar nicht mehr an den Start gegangen: Wunden, Zerrungen, Kopfschmerzen, Gehirnschmerzen, Zehenschmerzen, Poschmerzen oder simple Motivationsprobleme.

Deshalb war er nie selbst gefahren. Motivationsprobleme. Jedes Mal, wenn er als Kind in einer Meute gefahren war, hatte er sich zurückfallen lassen und sich die Räder angesehen. Er hörte hin. Er schaute. Er wusste, wer eine gute Maschine hatte und wer mit einer Gurke fuhr. Nicht, dass er ungern fuhr, aber er liebte es viel mehr, die Räder zu spüren und zu kennen und zu reparieren. Es hatte mit seinem eigenen Rad angefangen, einem rostigen Bock, den jemand abgestoßen hatte und den sein Vater seinem zweiten Sohn vom städtischen Schrottplatz mitgebracht hatte. Innerhalb einer Woche hatte Tomas es auseinander genommen, hatte es bis auf das letzte Kugellager gereinigt und gefettet, hatte es wieder zusammengebaut und es zum Laufen gebracht. Innerhalb eines Monats war es lackiert und wiederhergestellt und brummte nur so, und Tomas hatte es gegen ein anderes getauscht, das er wieder gegen ein anderes tauschte und wieder gegen ein anderes, bis der Bäckersohn die wunderschönen abgelegten Räder der reichen Kinder fuhr und erstklassige Rennmaschinen der örtlichen Champions reparierte. Es war kein Hobby. Es war kein Talent. Es war eine Berufung; der Drang, ein Oberrohr anzufassen und mit einem Blick zu erkennen, dass etwas schief war, etwas nicht in Ordnung, etwas daneben.

So wie bei diesem Rad.

Tomas fuhr mit der Hand am Rahmen entlang, einmal, zweimal, dreimal. Was war da nur? Er drehte das Vorderrad. Sauber. Er drehte das Hinterrad. Sauber. Er trat zurück und betrachtete Zentimeter für Zentimeter den gesamten Rahmen. Wo, was, warum? Er fand keine Antwort. Das Rad sprach nicht. Er öffnete die Klemme des Montageständers, hob das Rad heraus und stellte es ab. Da. Er fand den Balancepunkt unter dem Oberrohr und hob das Rad mit einem Finger an. Das Gleichgewicht stimmte nicht. Es waren höchstens ein paar Gramm, aber es stimmte nicht. Das Rad war zu schwer. Er stellte es hin und ließ seinen Blick von oben darüber wandern. Nichts. Er griff unter den Titansattel, um das Rad wieder aufzuhängen und spürte, wie seine Fingerspitzen in etwas Weiches und Kaltes griffen.

Er zog sie schnell angeekelt wieder zurück und hob das Rad am Oberrohr wieder in den Montageständer. Dann klemmte er den Montageständer zu, öffnete den hinteren Schnellspanner und nahm das Hinterrad heraus. Er zog einen Schraubendreher aus seiner Schürze und lugte zwischen die Titanstreben unter dem Sattel. Zwischen ihnen, unter dem Sattel, klebte ein Stück Kinderknete, etwa fünf Millimeter dick. Er stocherte mit dem Schraubendreher darin herum, schälte mit der Spitze etwas davon ab und rieb die Knetmasse zwischen seinen Fingern zu einem Bällchen, das er in die Ecke zu seinen Sachen warf. Dann schaute er noch einmal unter den Sattel und sah in der Mitte der Knetmasse ein kleines Dreieck aus schwarzem Plastik oder Metall. Er zog sein Messer aus der Schürze und fing an, die Knete von diesem Mittelstück zu entfernen. Was immer es war, es hing ziemlich fest. Er drehte das Messer zur Seite und fuhr damit an dem Dreieck entlang.

Und dann kam die Presse. Kameras und Blitzlichter. Überall Blitzlichter. Das war alles, was Tomas Delgado sehen konnte: Blitzlichter, die so schnell hintereinander expoldierten, dass es fast unwirklich erschien, außerirdisch und viel zu laut für den Innenhof eines italienischen Hotels zu dieser Uhrzeit. Wer war hier so prominent, dass so viel geblitzt wurde?

Die Blitze blendeten ihn.

Mitten in seinem Traum, in den tiefsten Tiefen seines Schlafs, spürte Will die Veränderung des Luftdrucks, die Wucht der Explosion, das Zittern des Fensters. Er trieb für einen Augenblick an die Oberfläche, dann rutschte er wieder in die Tiefe, während Cacciavillani im Bett neben ihm leise schnarchte.

Es schien, als sei es direkt danach, es konnten aber auch zwei, zehn Minuten oder eine Stunde später sein, als Will vom Klopfen an seiner Tür aufwachte. Jemand rief laut und beharrlich seinen Namen.

»Will, mach auf, Mann! Will!«

Es war Cheryl.

Ross rollte sich aus dem Bett und versuchte seine Augen auf irgendetwas zu fixieren. Er wurstelte sich in seine Trainingshose und seine Badeschlappen und verlor dabei beinahe das Gleichgewicht. Er zog gerade sein T-Shirt über, als er die Tür öffnete.

»Wehe, es ist nicht dringe …«

Er hielt mitten im Satz inne. Cheryls Gesicht war rot und geschwollen und ihre Augen waren unterlaufen. Sie schien am Rande eines Schocks zu sein. Will war plötzlich hellwach.

»Mein Gott, Kleine, ist alles in Ordnung? Komm rein …«

»Nein, du musst rauskommen. Du musst rauskommen.« Sie zog ihn am Arm und weiter den Gang hinunter zur Treppe, zur Eingangshalle, zur Straße und in Richtung der Hölle hinter dem Hotel.

»Was ist los? Verdammt nochmal, was ist passiert, Cheryl? Sag es mir einfach, okay?«

»Tomas. Tomas …« Sie brach wieder in Tränen aus, ihr Gesicht wurde wieder knallrot.

»Was ist mit ihm?«, sagte Will leise, mit Angst vor der Antwort in der Stimme.

Sie antwortete nicht; sie sah ihn einfach nur durch tränengefüllte Augen an.

Jetzt fing er an zu rennen, die Treppe hinunter, durch die kleine Eingangshalle, durch den Bedienstetenbereich hinter der Rezeption und zur Hintertür. Er hob im Laufen seine Hand, um die Tür aufzustoßen, aber die war verschlossen und so rammte er seine Schulter durch das Glas. Er befreite sich und fummelte an dem versilberten Schloss, bis die Tür sich öffnete und das Glas und das Rahmenholz zu Boden regneten. Er rannte durch die Dunkelheit über den Hof und kickte dabei Holzstücke sowie Stücke von Fahrradrohren und Zaunteile aus dem Weg. Er lief auf das Licht zu, auf das Polizeilicht und die Lichter der Krankenwagen und auf das Hotelflutlicht und auf die Lichter des abgegrenzten Mechanikerbereichs, die jetzt in der Luft baumelten und den Hof aus verrückten unwirklichen Winkeln ausstrahlten.

Die letzte Zaunreihe, die sich oben wie eine aufgerissene Milchtüte bog, stoppte ihn endlich. Er knotete seine Finger um den Draht und versuchte seinen Atem zu beruhigen, der sich überschlug, während er durch den Zaun auf die Verwüstung vor ihm blickte. Überall Räder. Überall Rohre. Überall Blut. Giuseppe, einer der Assistenz-Mechaniker, saß in Mullbinden gewickelt an der Seite und war blutüberströmt. Er hatte einen Schock. Seine Augen waren aufgerissen. Sein Mund war offen. Er starrte blind vor sich hin. Sah nichts, hörte nichts. Blut lief aus seinen Ohren. Jemand brachte ihn zum Krankenwagen. Will drehte seinen Kopf zurück zur Mitte der Grube, zu der Stelle, an der er Tomas zuletzt gesehen hatte. Der weiße Montageständer war in drei Stücke gerissen, Fuß, Rohr, Kopf. Rundherum nur Blut. Und … und … er bekam keine Luft. Und … Köperteile. Stücke von Menschen. Eines der Teile trug eine blaue Schürze. Und die blaue Schürze trug einen Namen. Und der Name. Und der Name. Und der Name. Will starrte auf die Schürze und auf das, was sie enthielt, und sein Atem kam in kurzen erschütterten Stößen durch seine knirschenden Zähne. So etwas hatte er noch nie gesehen – so hatte er noch nie einen Freund gesehen – seinen Freund, seinen besten Freund …

»Komm jetzt Will. Will!« Deeds schrie ihn an, um seine Aufmerksamkeit zu bekommen. »Will! Komm jetzt, Will! Will! Du kannst nichts mehr für ihn tun. Komm mit mir, Will. Komm jetzt.« Will kämpfte für einen Augenblick mit sich und hielt sich am Zaun fest, um noch einen Blick auf den Haufen zerrissenen Fleisches zu werfen, der sein Freund Tomas Delgado gewesen war. »Lass uns aus dem Weg gehen, damit die ihre Arbeit tun können. Komm jetzt, Will, komm.«

Der leitende Polizist winkte die Leute beiseite, auch Deeds und Will. Er nahm Will am Ärmel seines Hemdes, zog ihn von der Szene weg und schob ihn endlich wieder in Richtung Hotel. Will wehrte sich nicht. Er stritt nicht. Er rang nicht. Er wusste nicht mehr, wer er war oder was oder warum. Deeds brachte ihn in eine Ecke des Hofs und zwang ihn, sich an einen Baum gelehnt auf den Boden zu setzen.

»Beruhig dich, Will. Beruhig dich.« Deeds sagte das zu sich selbst mindestens genauso, wie er es zu Will sagte. »Tief einatmen, nicht so schnell, locker. Locker.«

»Was … was?«

»Keiner weiß etwas Genaues, Will«. Deeds sprach leise und ruhig. Die beiden hatten ihre Differenzen, aber das war keine Sache zum Streiten; in dieser Lage hieß es Zusammenrücken. Der Chef der Polizia da drüben glaubt, dass es ein Attentat war, aber er hat keine Ahnung, er rät nur. Aber – Tomas hat es gar nicht mitbekommen. Er hat gar nicht gemerkt, was passiert ist. Es ging alles viel zu schnell, Will.«

Deeds lehnte sich erschöpft zurück. Er atmete ebenfalls schwer. Er stand am Rande eines Schocks, wenn er nicht schon einen hatte. Andere Mannschaftsmitglieder, die jetzt mitbekommen hatten, was passiert war, kamen einer nach dem anderen aus dem Hotel, sahen die Verwüstung und wandten sich fragend an Deeds. Er wusste keine Antworten – außer einer: Nein. Wir fahren heute nicht Mailand–San Remo. Heute hätte niemand das Herz zum Fahren. Also wurde nicht gefahren. Außerdem gab es keine Räder zum Fahren.

Er schaute zu den Lichtern, die den zerfetzten Sturmzaun umgaben. Der letzte Krankenwagen fuhr ab. Ein schwarzer geschlossener Wagen fuhr vor und löste ihn ab. Auf der Seite stand in offiziell aussehenden Lettern »Magistrato Inquirente« geschrieben. Der Fleischwagen. Der Untersuchungsrichter. Quincy. Es würde eine lange Nacht werden. Und ein langer Tag. Und eine lange Zeit, bis sich irgendwer bei Haven wieder in seiner Haut wohl fühlen würde.

Die Polizei war um vier Uhr morgens damit fertig, das Gelände abzusichern, und der Untersuchungsrichter hatte seine schreckliche Arbeit beendet, die Teile zu finden, zu beschriften und zu verpacken, die einst das irdische Gefäß von Tomas Delgado ausgemacht hatten.

Deeds hatte das Ganze von unter dem Baum im Hof beobachtet, umringt von Merkel, Bourgoin, Philippe, Cardone, Cheryl und Paluzzo. Cardinal war zurück auf sein Zimmer gegangen. Cacciavillani hatte die ganze Zeit tief geschlafen.

Der Sportliche Leiter wandte sich an seine Mannschaft: »Lasst uns, so weit wie möglich, noch ein bißchen Schlaf bekommen. Morgen ist frei, wie ihr euch vorstellen könnt. Ruhe und Erholung. Um Mittag halten wir eine Sitzung ab, um zu sammeln, was wir wissen und … wie es weitergeht.«

Cardone sprach vor. »Wie wird es denn weitergehen, Carl?«

»Ich weiß es nicht. Ich muss Paris anrufen. Ich muss mit Ross sprechen. Kim Ross. Sie wird sich mit Bergalis absprechen müssen. Ich weiß nicht. Warten wir ab, was die tun wollen. Die werden es schon wissen.«

Deeds schaute durch die Dunkelheit in die Runde. Die Quecksilberdampf-Lampen des Hotels verliehen ihren Gesichtern eine gespenstische Blässe. Und ein Gesicht schien zu fehlen.

»Wo ist Ross?«

Der Platz neben dem Baum, an dem Ross gesessen hatte, war leer. Er war nirgendwo auf dem Hof. Er stand nicht am Zaun. Cheryl schaute dahin, wo der Fiat geparkt war. Das Auto war weg.

»Oh, Scheiße.« Sie seufzte.

Pater Alfredo Dini von der Kirche Madonna Del Ghisallo bekam den Anruf um 5.30 Uhr. Ein Mann aus dem Dorf war an der Kapelle vorbeigefahren und hatte einen Einbrecher gesehen und wollte wissen, ob er die Polizei anrufen soll. Nein, beobachten Sie ihn einfach nur. Ich bin gleich da. Das war schon einmal passiert. Jemand hatte sich betrunken und sich mit seiner Frau gestritten und brauchte in den schlimmen Stunden vor Sonnenaufgang den Beistand des Herrn. Er konnte das regeln, er brauchte keine Polizei. Pater Dini zog sich an und fuhr zum Schrein der Jungfrau. Schon von der Straße konnte er Heulen an der Kirchentür hören. Es war furchtbar, wie der Schrei eines waidwunden Tiers. Jemand war gestorben, dachte Pater Dini. Er hatte diese Klänge schon viel zu oft gehört. Er ging zum Vordereingang der Kirche und langsam auf die Gestalt zu, die an der Tür kauerte.

In den ersten Streifen des Morgenlichts sah das Gesicht, das Pater Dini anschaute, beängstigend aus. Es war rot und aufgequollen, mit schrecklichen roten Striemen auf den Wangen, der Stirn und der Nase. Ein Krimineller. Ein Krimineller, der die Schätze des Schreins rauben wollte.

»Por favore, Padre. Bitte, Vater, haben sie Mitleid.«

Pater Dini sah sich den Mann in der Haven-Jacke, der an der Tür zum Schrein kniete, genau an. Irgendetwas in seinem Gesicht kam ihm bekannt vor. Es war etwas, von dem er wusste. Die Narbe. Haven. Das war Il Cicatrice. Das Narbengesicht. Der Fahrer, der in Spanien durch die Rückscheibe eines Autos geflogen war. Er war durch den Unfall berühmt geworden – und furchteinflößend.

Der Priester griff in seine Tasche, schob die kleine Dose mit Reizgas beiseite und holte seine Schlüssel hervor. Er öffnete die Kirchentür und hielt sie Will auf.

»Grazie, Padre, Grazie.«

Der Priester winkte ihn herein und schloss die Tür hinter dem vernarbten Fahrer ab. Er glaubte zu wissen, wer der Mann war, aber es gab keinen Grund, ein Risiko einzugehen. Nur eine der Devotionalien zu verlieren, würde das Ende seiner Amtszeit bedeuten. Es war besser, ihn hereinzulassen, zu Gott, und ihn wieder herauszulassen, wenn es Zeit war, das Tagesgeschäft mit dem Retten von Seelen und dem Verkauf von Souvenirs zu beginnen.

Die Kirche wurde durch ein einsames Licht hinter einer geschlossenen Blende beleuchtet. Will konnte nur die Trikots, die Räder und die Museumssammlung erkennen, die den Schrein ausmachten. Er saß weit hinten und spürte, wie die Stille um ihn herum wuchs, bis sie einen eigenen Klang annahm. Plötzlich merkte er, dass er wieder weinte, wie die Enttäuschungen, Ängste, die Trauer und das Grauen in einer Flut der Gefühle in ihm aufstiegen. Er beugte sich nach vorne und ließ es einfach geschehen.

Fausto Coppi ließ seine Hand über das grüne Oberrohr seines Bianchi gleiten, dann schaute er zu seinen Trikots auf – er hatte sie freundlich, aber ohne große Begeisterung der Kirche gestiftet.

»Warum hast du es denn dann getan?«, fragte Anquetil.

»Die Kirche. Die Mannschaft. Sie haben gesagt, es sei gut für die Mannschaft. Ich habe es getan. Es war meine Entscheidung. Aber dieses Rad, dieses Rad hätte ich behalten sollen.«

»Du wärst trotzdem tot und das Rad wäre wahrscheinlich trotzdem hier.«

»Das ist richtig. Aber ich hätte es noch länger betrachten können. Hätte damit fahren können. Hätte es berühren können.«

»Ah«, Anquetil winkte mit gespielter Abscheu ab. »Du liebst es zu sehr. Du hast nie begriffen, Fausto, dass es nur ein Sport ist wie jeder andere Sport. Er hat deine Begabung aufgefressen, deine besten Jahre und dann hat dich die Malaria dahingerafft. Einsam und tot. Sportidol oder gebrechliche Großmutter – wir gehen alle alleine.«

»War dein Tod etwa besser?«

»Magenkrebs. Vielleicht genetisch, vielleicht wegen der Lebensführung. Ich bin auch zu früh gestorben – aber ich habe einen Haufen Spaß gehabt. Das Fahrrad hat mir Spaß bereitet, hat mir das Geld dazu eingebracht, den Spaß zu bezahlen. Aber das hat schließlich auch ins Grab geführt. Aber ich bereue nichts. Und ich habe ein paar großartige Erinnerungen.«

»An Rennen?«

»An Rennen. Daran, Poulidor immer wieder zu schlagen. An Champagner und ausgezeichnete Mahlzeiten und an schöne Frauen und an Janine.« Er lächelte. »Janine.«

In der Ecke raschelte Papier und Jean-Pierre Colgan glitt vorbei, noch immer mit seinen Drähten und seinem Chrom in der Hand, mit den Überresten seines wunderschönen, hochexplosiven amerikanischen Toasters. Jacques Anquetil warf ihm einen verächtlichen Blick zu und löste sich in einer Tour-de-France-gelben Rauchwolke auf.

Colgan wandte sich Coppi zu.

»Warum hasst er mich nur?«

»So ist er. Und er wird dir sagen, warum, wenn er dazu bereit ist, keine Sekunde früher. Damit musst du leben. Du hast die ganze Ewigkeit Zeit dazu, es herauszufinden.«

Als Tomas Delgado durch die Kirchenwand kam, drehten sich beide um. Er glitt durch ein Bottecchia-Trikot und kam neben dem Altar zum Stehen. Er hielt einen Sattel und eine Sattelstütze in einer Hand und ein Messer in der anderen.

»Sei willkommen, mein Freund«, hob Coppi an, »in Frieden und in guter Absicht«.

»Wo bin ich, und – Verzeihung«, sagte er und schaute zu Jean-Pierre Colgan hinüber. »Was machst du denn hier?«

»Du bist zu uns gestoßen, mein Freund Tomas«, sagte Coppi. Colgan grinste nur höhnisch. Er und Delgado hatten sich noch nie sonderlich gut verstanden. Er war noch immer davon überzeugt, dass er sich bei der letzten Tour wundgesessen hatte und aufgeben musste, weil Delgado seinen Sattel falsch eingestellt hatte.

»Dann bin ich wohl tot, nehme ich an«, sagte Tomas, »auf der anderen Seite.«

»Das ist wahr«, erwiderte Coppi. »Du hattest dasselbe Problem wie unser Freund hier«, er zeigte auf Colgan, »mit Sprengstoff rumhantiert.«

Tomas nahm das Messer in die andere Hand und rieb sich die Augen. Seine Wahrnehmung war ganz durcheinander, wie in einem Traum. Vielleicht war das ja alles nur ein Traum und er war neben seinem Montageständer hinter dem Hotel in Mailand eingeschlafen. Als er sich umsah, wurde ihm bewusst, dass er noch nie hier gewesen war, so viel er auch von dieser Kirche gehört hatte ... aber woher wusste er denn dann, wie es hier aussah und roch und wie sich der Raum anfühlte?

»Nein«, sagte Coppi, » es ist kein Traum. Du bist hier. Du wirst bei uns sein. Wenn es ein Traum sein sollte, Tomas, ist es jedenfalls nicht deiner. Er gehört deinem Freund dahinten, der auf dem Stuhl eingeschlafen ist und die Kirchenbank vollsabbert.«

Tomas drehte sich um und konnte in der Finsternis eine Gestalt erkennen, die auf einem Stuhl nahe des Hintereingangs in sich zusammengesunken war. Als er hinüberlief, erkannte er Will Ross, zusammengesunken und gebrochen, und noch toter aussehend, als er selbst sich momentan fühlte.

Tomas Delgado schaute auf das lebendige, atmende Gesicht seines Freundes herab. Er dachte einen Moment lang nach und hob dann beide Hände.

»Nimm dich in Acht, mein Freund, es war dein Rad. Was immer es war, es war auf deinem Rad. Und wenn du es findest, so wie ich, dann lass die Finger davon. Stocher nicht drin rum, kratze nicht daran.«

Colgan mischte sich von vorne ein.

»Ja, spiel um Himmels Willen nicht an dem Zeug rum.«

Tomas drehte sich wieder zu Ross um. »Nimm dich in Acht, mein Freund. Das war für dich gedacht. Für dich.«

Tomas drehte sich um und ging wieder zu Coppi und Colgan.

Coppi lächelte. »Komm, mein Sohn, lass uns zusammen gehen. Ich muss dir viel erklären.« Er legte seinen Arm um Delgados Schulter und sie gingen zusammen durch die Rückwand der Kirche. Colgan stand einen Augenblick da und blickte auf die Welt, die er vor einer Ewigkeit verlassen hatte, wie es schien. Er holte tief Luft, aber er spürte nichts. Das hasste er am meisten, dass er kühle, frische Luft nicht mehr spüren oder schmecken konnte.

Dieser Ort war ganz schön gewöhnungsbedürftig.

Colgan wandte sich der Wand zu, durch die Coppi und Tomas Delgado gerade verschwunden waren und ging rasch auf sie zu.

»Delgado, nimm dich vor Anquetil in Acht. Er ist ein Bastard …« Seine Stimme verblasste, während sein Körper durch die Kirchenwand aus Stein und Mörtel glitt.

Will Ross schlief ruhig auf seinem Stuhl, umgeben von der Stille und dem Frieden und der Sicherheit der Madonna.

So fand ihn Cheryl.

Deeds hatte in den letzten anderthalb Stunden beständig getrunken, um seine Nerven zu beruhigen und den Mut aufzubringen, in Paris anzurufen. Man musste sie informieren. Sie mussten Bescheid wissen. Er kippte die zweite Hälfte seines vierten Glases billigen Cognacs hinunter und schüttelte sich, als er das Brennen in seiner Kehle spürte. Er stand wankend auf und ging auf die Rezeption zu und auf das Telefon, das ihn seit einer Stunde stumm anstarrte. Man musste sie informieren. Sie mussten Bescheid wissen. Deeds hob den Hörer ab und bat die Vermittlung um eine Leitung nach Paris.

Aber Paris war schon informiert. Paris wusste schon Bescheid.

12
Am Boden zerstört

Martin Bergalis war nicht eben glücklich.

Da saß er, 43 Jahre alt, kurz davor, Haven Pharma International zu kontrollieren sowie die Leben und Schicksale Tausender Angestellter weltweit zu bestimmen – und er hatte Angst davor, seinem Vater gegenüberzutreten; Angst davor, zu sagen, was er ihm gleich sagen musste.

Es war ein einfaches Konzept, aber Martins Zukunft hing von seinem Gelingen ab. So viele andere Firmen hatten es geschafft, so viele andere Konzernmanager hatten es durchgesetzt ... warum nicht er? Warum nicht Martin Bergalis?

Es gab nur einen Grund: Stefano Bergalis.

Martin drehte sich mit seinem ledernen Chefsessel und schaute aus einem der Fenster der Haven-Zentrale. Er konnte von seinem Aussichtspunkt aus ganz Paris überblicken oder, wenn er die Brennweite veränderte, die Blasen in der blaugrünen Glasscheibe, die um die Jahrhundertwende entstanden war.

Das Büro war traditionell eingerichtet, elegant. Das Chateau war als Sitz für die Landaristokratie in der Zeit Ludwigs XIV. entstanden. Es war der zweite Punkt auf Martin Bergalis' Liste. Nachdem er die erste Hürde genommen hatte, würde es leicht werden, auch die zweite zu überwinden – dieses elegante, opulente, verschnörkelte, verfallende Chateau gegen ein repräsentatives Bürogebäude in der Innenstadt einzutauschen. Er wollte die Annehmlichkeiten der Macht. Er wollte die Insignien der Macht. Aber zuerst brauchte er die Macht selbst.

Das Gespräch mit seinem Vater an diesem Vormittag würde darüber entscheiden, wann er die Macht bekam – heute, morgen oder vielleicht niemals. Mit seinem Vater zu verhandeln war so, als verhandele man mit dem Leibhaftigen.

Er überflog die Schlagzeilen der Zeitungen, die sich in der vergangenen Woche auf seinem Schreibtisch angesammelt hatten, und musste grinsen. Die Fotos zeigten die Zerstörung in dem Mailänder Hotel. Sie zeigten die Zerrüttung in den Gesichtern der Mitglieder der Fahrradmannschaft. Sie zeigten Kim, von den Untersuchungen etwas mitgenommen und zerzaust, aber noch immer hübsch, wie sie Fragen beantwortete, das Team beruhigte, Entscheidungen über die Zukunft traf. Perfekt.

Das falsche Ziel, aber ein noch besseres Resultat.

Sein Freund hatte eine Gehaltserhöhung verdient.

Godot starrte auf seinen Bildschirm. Er hasste Computer. Er kam sich faul dabei vor, mit ihnen zu arbeiten, sie für sich rechnen zu lassen. Aber seine Sekretärin Isabelle hatte ihm gesagt, dass Computer Dinge herausfinden konnten, die er nicht herausfinden konnte, Verbindungen herstellen, auf die er von alleine nicht kam. Deshalb hatte sie ihn für den Archiv-Computer eingetragen und ihm eine Genehmigung für eine Grundlagenrecherche verschafft. Jetzt reiste er in einer Art altem Renault über die Daten-Autobahn, aber er war zumindest unterwegs. Immerhin etwas.

Das Problem war, dass er zwar auf den blauen Bildschirm starrte und den Informationen zusah, wie sie ihn anblinzelten, Namen, Gesichter, eine Akte nach der anderen, aber eine Person von Haven nicht finden konnte. Keine Steuerunterlagen, kein Angestelltenvertrag, keine Militärakte, keine Vorstrafe, keine Fingerabdrücke, keine Hinweise, nichts.

Eine Person existierte einfach nicht. Nicht in Paris. Nicht in Frankreich, nicht auf der ganzen Welt.

Wenn also diese Person gar nicht existierte, fragte sich Godot, wie konnte sie dann so viel Platz auf dem Planeten in Anspruch nehmen?

Will hörte, wie wieder ein Flugzeug von Charles de Gaulle abhob. Es flog tief. So konnte er sich einen Moment lang nicht beim Nachdenken zuhören und er war dankbar dafür. Dann zog das Geräusch über den Zaun und verhallte.

Ein Schatten fiel auf das Fenster seiner Wohnung, auf die Wand des Tanzstudios gegenüber und verschwand mit einem Brüllen in der Ferne. Augenblicke später rauschte ein Schnellzug vom Gare du Nord hinter dem Wohnhaus vorbei; das Gellen seiner Pfeife und der Druck seines Fahrtwindes erschütterten das ganze Gebäude bis auf das Fundament. Auch das verhallte.

Er sollte sich aufs Rad setzen, dachte er. Er sollte sich das alles von der Seele strampeln, seine Gefühle sich neu sortieren lassen. Er starrte aus dem Fenster und dachte einen Moment lang darüber nach. Dann lehnte er sich zurück und trank das letzte Drittel dieser unsäglich billigen Rotweinflasche aus.

Während der Wein in seiner Kehle brannte, musste Will nur daran denken, dass viele Amerikaner überrascht wären. Sogar die Franzosen konnten miesen Wein machen.

»Du musst den Tatsachen ins Auge sehen, Vater. Die Mannschaft ist dezimiert.«

Der alte Mann streckte seine Hand aus und winkte ab. Henri Bergalis griff in eine Tasche, die an der Seite des Rollstuhls befestigt war, und holte einen elektrischen Stimmverstärker hervor. Henri reichte ihn Stefano, der ihn sich an die Kehle hielt und sich räusperte. »Wir hatten frühe Erfolge. Etappensiege bei der Ruta del Sol. Het Volk.« Er ließ seinen Arm sinken, deutlich erschöpft von der Anstrengung. Martin lächelte. Das konnte viel leichter werden, als er gehofft hatte.

»Das ist wahr, aber auch du musst zugeben, Vater – dass das keine wichtigen Rennen sind. Das sind nur Aufwärmrunden für die Saison. Kaum echter Wettbewerb. Sogar die Champions halten sich zurück.«

»Ein Shh-amp-ion hält sich nie zurück.«

»Früher vielleicht, Vater, aber nicht heute. Die Saison ist zu lang. Es gibt nur wenige Rennen, die internationale Aufmerksamkeit für

Fahrer und Sponsoren auf sich ziehen. Manche Fahrer konzentrieren sich ganz auf die Tour, andere auf den Giro, die Tour und die Weltmeisterschaft. Andere auf die Klassiker, Paris–Roubaix, Mailand–San Remo. Niemand legt sich mehr ganz ins Zeug, nicht überall.«

»Sean Kelly schon.«

»Er hat aufgehört, Vater.«

»Bourgoin, Casch-ivy-oniee – sogar Ross in Belgien.«

»Vielleicht vor dem Unfall – dem Zwischenfall, Vater. Aber jetzt nicht mehr. Es wird Zeit und Geld kosten, das Team wieder aufzubauen – im Grunde genommen müssen wir von vorne anfangen. Bourgoin braucht einen harten Leutnant. Merkel war die ganze Saison über verletzt. Cacciavillani kann ohne Hilfe aus der Mannschaft nicht positioniert werden. Alle haben an Willen eingebüßt, an Durchsetzungsvermögen. Und Ross hat Kim zufolge sein Herz verloren. Er sitzt betrunken in seiner Firmenwohnung.«

»Welche Firmenwohnung?«

Martin öffnete seinen Schreibtisch und ging eine Liste aus seiner Mannschaftsmappe durch. »Ich glaube, im alten Navarre-Gebäude. Im Norden der Stadt, an der Eisenbahn – in der Nähe der N17? Es liegt unmittelbar westlich von Charles de Gaulle. Lagerhäuser, industrielle Gegend ... Arbeiterunterkünfte im Prinzip.«

»Hzzzzz. Das wollte ich immer abreißen lassen. Vielleicht sollte ich das jetzt tun und seinen Arsch auf die Straße setzen.«

»Dann lass uns das tun, Vater, lass uns das tun. Es ist ohnehin an der Zeit, dass sich Haven-Pharma verändert, nicht wahr, Vater? Zeit, Altes hinter sich zu lassen und ...« – der alte Mann warf seinem Sohn einen scharfen Blick zu – »... und das Neue willkommen zu heißen: neues Marketing, neue Diversifikation, neue Prioritäten.«

»Was für neue Prioritäten?«

Das war die Gelegenheit, auf die Martin gewartet hatte, die Öffnung, die er gesucht hatte.

»Vater«, sagte er, lief um den Schreibtisch und ging neben dem Rollstuhl auf die Knie, um seinem alten Herrn in die Augen schauen zu können, »Sport und Sportmedizin waren schon immer der Schlüssel zum Wachstum von Haven. Zu deiner Zeit war das Rad fahren dafür der richtige Sport. Heute sind es alle Sportarten.« Er gestikulierte mit den Händen, um seinem Vater ein Universum von Möglichkeiten zu suggerieren. »Europäischer Fußball. American Football. Amerikanischer Basketball. Eishockey. Die Olympischen Spiele. Mannschaftsübernahmen, Franchising, Marketing. Wir können das Image kontrollieren, wir kontrollieren das Sponsoring, wir kontrollieren die Verwendung der Produkte, wir kontrollieren alles vom Verkauf der Franchising-Produkte bis hin zum Ticketverkauf, den Parkgebühren, den Stadion-Konzessionen, den Logo-Lizenzen, den Medienkontakten und den Senderechten. Es gehört alles uns, ein Meer an Einkünften – gespeist von Einnahmeströmen, deren Anzahl mit dem Erfolg unserer Investitionen und Übernahmen stetig wächst.«

»Und was soll das alles kosten?«

»Ehrlich gesagt, das Ende des Radteams. Wir ziehen die 55 Millionen Rücklagen dafür ab und investieren sie als Einstieg in die amerikanischen Profiligen – vor allem Football. Von da an wächst die Investition – bis wir ein Team kaufen können. Und sobald sich das Team trägt und aufblüht, sinkt sie wieder.«

»Und der Radsport?«

»Wir unterstützen ihn weiterhin als Produktsponsor – wir stellen die Energiegetränke zur Verfügung, die Zusatzernährung, die nötigen Vitamine. Aber nicht nur für ein Team – für alle Teams. Überall Haven-Logos. Unsere Präsenz wird höher, die Kosten sinken.«

»Sinken auf wie viel?«

»Vielleicht drei Millionen Francs – hauptsächlich an Produktlieferungen statt an Geldzuwendungen.«

Stefano atmete tief ein. Was hier gesagt wurde, machte betriebswirtschaftlich Sinn. Aber es brach ihm das Herz und alles, woran er hing – die ganze Bedeutung seiner Firma.

»Können wir nicht das eine tun, ohne das andere zu lassen?«

»Wir brauchen das Geld irgendwo her. Wie du schon immer gesagt hast, Vater, man findet das Geld nicht in seinen Schuhen.«

Stefano Bergalis war lange Zeit still. Henri wollte unbedingt etwas sagen, aber er wusste, dass es der Respekt vor der Stellung seines Vaters gebot, zu schweigen. Außerdem wüsste Martin dann zu gut, wo er stand und wie er innerhalb der Firma blockiert werden konnte.

»Aus deinen Plänen spricht Weisheit, Martin. Wir werden sehen – nach Roubaix.«

Das Summen hörte auf. Der alte Mann hatte seinen Stimmverstärker abgeschaltet, ihn am Kabel durch die Luft geschwungen und wie ein Sheriff in einem amerikanischen Western wieder in die Tasche am Rollstuhl schlüpfen lassen. Er grinste. Er hatte seit seinem Schlaganfall nicht mehr viel vom Leben gehabt. Umso mehr genoss er die kleinen Spiele, die ihm noch vergönnt waren.

»Also bis Roubaix«, sagte Martin, der seine Aufregung kaum verbergen konnte. »Ich rufe bei der Mannschaft an.«

»Wozu?«, fragte Henri Bergalis. »Um ihnen die schlechte Nachricht zu übermittteln? Packt bis Roubaix eure Taschen, die Mannschaft ist am Ende? Ich denke, wir sollten es der Mannschaft verschweigen. Sie sollen durch ihr Können leben – oder sterben. Keine Tricks – kein Damoklesschwert in ihrem Nacken. Sie bringen ihre Leistung mit dem, was sie in sich haben. Sie erholen sich aus eigener Kraft. Keine Drohungen aus dem großen verglasten Büro.«

»Es wird eine Herausforderung für sie sein«, sagte Martin grinsend. »Na gut, keine Drohungen.«

»Keine Drohungen«. Henri schaute seinem Bruder tief in die Augen. Du zerstörst diese Firma und du zerbrichst diesen Mann, dachte er, du wirfst alles, woran wir glauben, über Bord. Aber der Sprint war eingeläutet, das Gerangel um die Positionen hatte begonnen. Und, dachte Henri, die Ziellinie in Roubaix war noch ein paar Wochen weit weg.

Ungeachtet des gerade geschlossenen Abkommens hatte Henri Bergalis fest vor, mit den Fahrern zu reden, denen er vertraute und die er gut kannte.

Ungeachtet des gerade geschlossenen Abkommens hatte Martin Bergalis fest vor, mit den Fahrern zu reden, denen er vertraute und die er gut kannte.

Ungeachtet dessen, was er eben gehörte hatte, lächelte Stefano Bergalis. Es würde ein interessantes Spiel werden. Die Mannschaft als Einsatz und die Firma als Jackpot.

Es war weit hergeholt. Kam das Hämmern in seinem Schädel von innen oder von außen? Innen oder außen? Weiß nicht. Egal. Will glitt wieder in den Schlaf und Tomas war wieder da. Er saß auf der Fensterbank. Will sagte immer wieder: »Ich vermisse dich, Kumpel, ich vermisse dich«, während Tomas, ständig frustriert, weil er Will von nichts überzeugen konnte, sagte: »Fahr. Du musst fahren. Du kannst nur gewinnen, wenn du fährst. Setz dich wieder aufs Rad, Will – hör auf mich, Will.«

Peng! Will saß aufrecht im Bett, hellwach, etwas desorientiert, etwas verkatert, aber wach. Oh Gott. Ihr Heiligen, beschützt mich vor den Traubenstückchen, die sich in meinem Hirn festsetzen. Die Tür wurde fast zu Klump geschlagen. Oh Gott, dachte er, es ist schon wieder Godot. Das Hämmern hörte auf. Eine Stimme von draußen rief: »Monsieur Ross – wir kommen jetzt rein.«

Mmmmmpfff. Das war ein Überfall. Das hatte er noch nicht erlebt. Er saß da in staunendem Schweigen, während jemand mit einem Schlüssel im Schloss herumfuhrwerkte, den Bolzen verschob und die Tür öffnete. Es war der größte Mann, den er je in Frankreich gesehen hatte, ein Muskelberg von mindestens einem Meter neunzig. Mein Gott, das ist der Killer. Der Killer, der Tomas erwischt hat, ist da, um mich zu holen. Er starrte den Koloss benommen an.

»Bringen wir's hinter uns … ich kann ja weitersaufen, wenn ich tot bin.«

Die gigantische Ausgabe eines menschlichen Wesens schaute ihn verwirrt an, schüttelte den Kopf und ging zurück zur Tür, die er gerade geöffnet hatte. Will warf die leere Weinflasche nach ihm, traf völlig daneben und zerschmetterte die Röhre des Schwarzweiß-Fernsehers, den seine Mutter ihm geschenkt hatte.

Ein schmaler junger Mann trat ein. Den kenne ich doch, dachte Will. Wer war das bloß?

Der junge Mann schob eine Scherbe der Bildröhre mit dem Fuß beiseite. »Zielen Sie immer so schlecht, Mr. Ross?«

»Nein. Normalerweise ziele ich noch viel schlechter.«

Henri Bergalis trat vor.

»Mr. Ross. Ich bin mir nicht sicher, ob ich mit Ihnen reden kann. Sie sind betrunken.«

»Ich bin nicht betrunken. Ich bin stocknüchtern. Schlecht gelaunt und nicht richtig wach. Geben Sie mir zehn Minuten, dann kann ich wieder betrunken sein.«

»Ich muss mich mit jemandem unterhalten, der mich versteht. Sind Sie dieser Mann?«

»Ich weiß es nicht. Mit wem habe ich das Vergnügen?«

»Ich bin Henri Bergalis, Mr. Ross. Vielleicht erinnern Sie sich an mich ...«

»Ja, im Krankenhaus und auf der Straße vor dem Velodrom. Also, was gibt's?«

»Fahren Sie gerne Rennen?«

»Nicht besonders. Nicht mehr.«

»Seit wann?«

Ja, dachte Will, seit wann eigentlich? Tomas? Nein, schon länger. Het Volk war ein Ausrutscher gewesen. Ein Rausch. Ein Koffein-Rausch. Er war einen Tag lang elektrisiert gewesen und genau an diesem Tag war das Rennen. Davor. Training? Vergnügungsfahrten rund um Senlis? Das waren Ausflüge, kein Rennfahren. Letztes Jahr? Gelschweiz? Das war Arbeit gewesen. Plackerei. Stechkarte rein und malochen. Barker-Hartmann im Jahr davor war ein Witz auf Englisch gewesen, ausgenommen Webster, der fuhr, als habe er nicht gemerkt, dass der Rest der Mannschaft aus Wracks bestand.

Will schaute auf den Boden, ignorierte den Mann vor ihm, erinnerte sich, katalogisierte sein Leben. Die Teams verschwammen, die Gesichter verwirrten seinen Kopf, ein unkenntliches Menschengewirr. Wann hatte er zuletzt wirklich das Wettkampffieber verspürt? Vielleicht noch nie. Raymond hatte es gehabt. Raymond war daran gestorben. Aber er – vielleicht war er ja nur so ein Amerikaner, der nur mitmachte, weil er dann bunte Trikots tragen durfte und im Mittelpunkt stand. Mein Gott. Er fühlte sich wie ein Gymnasiast, der sich nicht entscheiden konnte, ob er im nächsten Jahr in der Football-Mannschaft spielen sollte oder nicht. Seit wann? Schon immer.

»Dies war ein Fehler.« Henri Bergalis drehte sich um und ging zur Wohnungstür.

»Scheint so. Grüßen Sie Ihren Bruder und seine Freundin, wenn Sie sie sehen.«

Henri Bergalis drehte sich um, fuhr Will mit zwei Schritten an den Kragen und drückte ihn in den Polstersessel.

»Interessiert Sie gar nichts mehr? Haben Sie keine Ahnung, was hier eigentlich läuft?« Er schüttelte Will heftig. Will griff sich Bergalis' Daumen und drehte ihn fest um. Bergalis schrie auf und ließ los. Will entwickelte eine Wut, wie er sie schon seit Jahren nicht mehr verspürt hatte – wegen Tomas und Raymond und Kim und Haven und Deeds und Hans und Philippe und der Ruta und einem ganzen Universum von Gefühlen, die er noch nicht sortiert hatte.

»Hören Sie zu, Henry – ich habe endgültig die Nase voll von Leuten, die mich rumschubsen, wie es ihnen gerade einfällt! Verstehen Sie mich! Ich mache bei Het Volk die Steinschleuder für den Sieger und Deeds stranguliert mich fast dafür. Ich rolle bei der Ruta das gesamte Peloton auf und Philippe entschließt sich, mitten auf der Straße zu parken; meine Ex-Frau droht mir die Kündigung an; und meine Freunde ... Godot will mich auf Grund von ein paar gefälschten Briefen verhaften und irgendjemand entscheidet, dass der beste Mechaniker auf dem Kontinent mit Feuerwerk spielen soll!« Sein Gesicht war jetzt hellrot, seine Stimme überschlug sich, seine Gefühle waren völlig außer Kontrolle.

»Fassen Sie mich ja nie wieder an, sonst kann Ihnen auch der komplette Pillenvorrat von Haven nicht mehr helfen! Weder die, noch irgendeiner Ihrer Manager-Freunde!«

Henri Bergalis trat zurück. Er hatte Ross während der gesamten Tirade schweigend angestarrt. Als Will innehielt, um Luft zu holen, ließ Henri die Bombe platzen.

»Es war Ihr Fahrrad«, sagte er ruhig.

»Was? Welches Fahrrad? Welches Fahrrad?« Will schöpfte langsam wieder Atem, sein Blutdruck beruhigte sich.

Henri Bergalis gab Ross einen Augenblick, um sich zu beruhigen, um ihn auf den Todesstoß vorzubereiten. Wenn du jetzt keinen Fehler machst, dachte er, hast du einen treuen Soldaten für deine Sache.

»Delgado war nicht das Ziel. Sie waren das Ziel. Er hat nur zufällig den Zünder gefunden.«

Will war wie vor den Kopf gestoßen, in Schock versetzt, sein Blick wanderte mit einem Mal an Bergalis vorbei, zum Fenster, zur Straße, zur Tanzakademie, nach Paris und nach Italien und zu einem Sturmzaun im Hinterhof eines Mailänder Hotels und zu einem Schrein in den Bergen und einem Traum an dem Schrein.

»Treiben Sie keine ... treiben Sie keine Spielchen mit mir ...«, murmelte Will abwesend. »Treiben Sie keine Spielchen mit mir. Sind Sie sicher, dass es mein Rad war?«

Bergalis nickte. »Ja. Ich habe den Abschlussbericht gelesen. Es war Ihr Rad.«

Dann war es also kein Traum gewesen. Es war kein Traum. Tomas und Coppi und Colgan und Anquetil, wie sie über den Altar der Madonna von Ghisallo wanderten. War es dann auch kein Traum, dass Tomas mich angefleht hat, zu fahren? War es kein Traum? Er vergrub seine Stirn und Augen in seinen Händen und starrte Bergalis voller Rage und Verwirrung an.

»Verflucht sollt Ihr sein. Sie und Ihr Bruder. Ihr alle.«

Henri wollte lächeln, aber er brachte kein Gefühl zustande. Es war an der Zeit, Wills Willen in seine Richtung zu beugen, so sanft wie möglich.

»Mein Bruder möchte die Mannschaft aufgeben.«

»Ich weiß.«

»Sie wissen es? Woher?«

»Ihr Typen seit schon erstaunlich. Ihr sitzt da und spielt am Grünen Tisch eure kleinen Konzern-Shuffleboard-Spielchen und es kommt euch nicht in den Sinn, dass die Leute, deren Leben ihr versaut, sich selbst einen Reim darauf machen.«

»Welchen Reim haben Sie sich also darauf gemacht?«

»Ich? Gar keinen. Ich bin in solchen Dingen ein wahrer Trottel. Aber ein echter Fan hat mir etwas gesteckt.« Er dachte an den betrunkenen Abend mit Jean Jablom. »Ein großer loyaler Haven-Fan. Er hat alles durchschaut und mir sogar in dem ganzen Spiel eine zentrale Rolle zugewiesen. Habe ich eine zentrale Rolle?«

»Da jemand versucht, Sie umzubringen, gehe ich davon aus.«

»Ihr Bruder?«

Das war die Frage, dachte Henri. Die Frage, die das Haus Haven zu Fall bringen konnte und die Ruine in seine Hand spielen. Jetzt war Vorsicht geboten.

»Nein.«

»Nein? Wer sonst? Kim? Deeds? Luis, der Medizinische Assistent? Die Air-France-Flugbegleiterin, die mir so viele Getränkegutscheine umsonst gegeben hat? Wie wär's mit ihr? Mann oh Mann.«

»Nun, vielleicht. Vielleicht. Ich kann das nicht von meinem Bruder glauben, aber vielleicht. Wer immer es auch ist, wir müssen uns schnell bewegen. Und vorsichtig.«

»Sie und Godot. Schnell – damit wir Fehler machen. Vorsichtig – damit noch mehr Leute im Abseits landen, so wie Tomas. Toll. Macht ihr nur. Ich hau' ab.«

Will ging zu der Ausbuchtung in der Wand, die einen Schrank darstellen sollte, und zog die Nylon-Taschen heraus, die sein Leben enthielten. Er warf achtlos alles hinein, was ihm gehörte. Mit etwas Glück würde er in zehn Minuten auf der Straße sein. In zwanzig Minuten am Gare du Nord. Und innerhalb einer Stunde in einem Zug nach Brüssel. Ade Paris. Ade Haven. Ade all dies.

»Ist Ihnen alles egal?«

»Ja. Ehrlich gesagt, ja.« Er drehte sich um und hielt sein Gesicht direkt vor das von Bergalis. »Es ist mir egal. Es ist mir nicht egal, dass mein Freund tot ist. Aber Sie und Ihre Familie und Ihre Firma sind mir egal. Und die Tatsache, dass die Pariser Polizei es zulässt, dass Menschen zerfetzt werden, nur damit der Präsident der Handelskammer nicht belästigt wird. Ja, das ist mir egal, Henry, das ist mir egal.«

»Henri.«

»Henry. Sie erinnern mich an diese Comic-Figur mit der Glatze und dem gespaltenen Kinn, die überall gepunktete Linien sieht. Den habe ich auch nie gemocht.«

Die beiden schauten sich für einen langen Augenblick in die Augen. Dann musste Henri Bergalis grinsen.

»Wie fühlt es sich an, wieder lebendig zu sein?«

»Es ist einfacher, stockbesoffen zu sein.«

»Das ist wahr. Aber stockbesoffen können Sie mir nicht helfen. Und Ihren Freunden auch nicht. Und Sie können den Mörder von Tomas nicht in die Bastille bringen.«

»Selbst wenn es Ihr Bruder ist?«

»Selbst wenn es mein Bruder ist.«

Will merkte, dass er schwer atmete. Er merkte, dass er wütend war und frustriert und böse und bereit, den Vorbau eines brandneuen Bianchi zu verbiegen. Er merkte, dass er sich lebendig fühlte. Und benutzt. Und das machte ihn rasend.

Er schaute Bergalis an. Er lächelte, ein Lächeln, das Bergalis einen Schritt zurücktreten ließ. Nein, dachte Will, ich würde keinen Schritt tun, um diesem Typen ins Ohr zu pissen, wenn sein Hirn brennen würde. Aber Tomas hat gesagt, ich soll fahren. Und dieser Kamerad hat eine Fahrt angeboten. Eine Chance. Eine Möglichkeit, diese Knöpfe mit ihrem eigenen Spiel zu schlagen.

Er hatte die Nase voll davon, benutzt zu werden.

Und das würde er die Benutzer jetzt wissen lassen.

Godot lehnte sich an die Tür seines Büros. Er starrte auf das Durcheinander auf seinem Schreibtisch, auf den Computer, der auf einem Stapel von Akten und Fotos und Beweislisten fast umkippte. Der Computerausdruck, der erste, den er je angefertigt hatte, fiel ihm aus der Hand auf den Boden. Er schnappte ihn und schmiss ihn mit voller Wucht in die Ecke. Sein Ärger hatte eine eindeutige Ursache. Seine Vorgesetzten, sein Chef, seine Kollegen wollten in den Haven-Morden einfach nicht erkennen, was er zu erkennen begann. Zwei Tote. Ein Angestellter ohne Vergangenheit. Eindeutige Versuche, die Schuld auf jemanden abzuladen. Aber nein. Bloß nichts unternehmen. Wir werden mit Martin Bergalis darüber reden. Wir sind es ihm schuldig, ihn über den Stand der Ermittlungen zu informieren.

Es sei denn, dachte Godot, Bergalis steckte hinter all dem und zog die Fäden wie ein Meister des Puppenspiels. Was aber, dachte Godot, wenn die Puppen von den Fäden wussten? Wie würden sie sich verhalten?

Es würde ein interessantes Puppenspiel werden.

Henri Bergalis stand mitten in der Wohnung. Die Nachmittagssonne schien über den Boden und erwärmte ihn weit über die Außentemperatur. Er schaute zu, wie Will schweigend seine Arbeitskleidung anlegte und das alte Colnago herausholte. Während Will den Reifendruck überprüfte, fiel Henri auf, dass der Rahmen zerkratzt und zerbeult war. Ein Überbleibsel der Bombenexplosion von Mailand, dachte er.

»Sie sollten ein neues Fahrrad bekommen.«

Will fuhr herum und zeigte mit dem Finger auf Henri. Er pumpte zweimal damit, bevor er in einem gedrückten, leisen Ton sagte: »Nein. Das ist mein Rad. Das ist das Rad, mit dem ich von jetzt an fahre.«

Bergalis hielt beide Hände hoch. »Ist ja gut. Entschuldigung.«

»Ich danke Ihnen. Ich danke Ihnen dafür, dass sie das tun«, sagte Henri.

Will drehte sich um und starrte den jungen Geschäftsmann an, der in der Mitte der Überreste seines Lebens stand.

»Ich tue das nicht«, sagte er absichtlich langsam, um eine größere Wirkung zu erzielen, »für Sie.«

13
Ein Wochenende auf dem Land

Will war viel zu früh zum Rennen gekommen. Es waren noch vier Stunden bis zum Startschuss und der feierlichen Prozession um den Platz und außer ihm waren nur die Arbeiter da, die das Podium für die Einschreibeprozedur zusammennagelten. Davon abgesehen war es ein stiller Morgen, sogar die Vögel erledigten ihre Geschäfte anderswo. Er setzte sich auf die Treppen des alten Rathauses St. Niklaas und beobachtete eine bunte Mischung aus verlorenen Blättern und Papieren, die in der auffrischenden Brise über den Platz tanzten.

Das wird die Belgier verrückt machen, dachte er. Sie waren schließlich ein fanatisch reinliches Volk. Sie würden stundenlang darüber diskutieren, warum die Papiere auf den Boden geworfen wurden und warum die Blätter im vergangenen Jahr nicht zusammengehakt worden waren. Will grinste. Ein Land zum Liebhaben.

Er schaute durch zusammengekniffene Augen zum Himmel. Die Klarheit des kommenden Tages ließ ihn auf den Granitstufen innerlich vor Freude tanzen. Es würde eine weitere glorreiche Fahrt durch den belgischen Frühling werden, ein Tag am Rande der Bitterkeit, unter einem blauen Himmel, der die Augen schmerzen ließ, wenn man zu ihm aufschaute. Andererseits schmerzten Wills Augen ohnehin. Er fühlte sich, als habe er Golfbälle in den Augenhöhlen. Die vergangenen Tage waren eine Mischung aus langen Trainingsfahrten, bösen Träumen und aufgeregten Anrufen von Deeds gewesen.

»Bist du fit? Bist du fit? Kannst du fahren? Ich stelle dich nicht auf, wenn du nicht in Form bist. Hast du die Mailand-Geschichte hinter dir gelassen? Kannst du fahren?«

Ja, Carl. Ich kann fahren. Ich kann auch gehen und sprechen und scheißen und Fingernägel kauen.

Deshalb konnte er ja auch nicht schlafen. Alles in ihm war seit Mailand in Aufruhr gewesen, seit dem »Zwischenfall«. Erst hatte es die Form einer Depression angenommen, der schlimmste Fall der Welt seit Churchills »black dog«. Es wurde ihm bewusst, dass sein Leben verfahren war, und er nicht mehr viel hatte, wofür es sich zu leben und zu arbeiten lohnte.

Dann hatte er langsam die Kraft gefunden, wieder zu fahren, wenn auch nur aus Hass auf Haven und deren Manager-Spielchen, die ihn mit dem Tod von Tomas Delgado hinter einem Mailänder Hotel an diesen Punkt gebracht hatten.

Das Gesicht von Tomas spukte durch sein Träume. Genauso wie das von Jean-Pierre Colgan, das verletzt aussah, weil ihm niemand im Äther zwischen Wills Träumen und der Wirklichkeit den Respekt zollte, von dem er glaubte, er gebühre ihm. Tomas hing seinerseits viel mit Fausto Coppi herum. Es schien, als seien sie gute Freunde, die eine hohe Meinung voneinander hatten. Und Anquetil war auch immer dabei, sagte nicht viel, ließ jedoch stets seine Gegenwart spüren, fand immer Zeit, vor die Kamera von Wills Geist zu treten, ein Furcht erregendes Gesicht zu machen und zu sagen: »Diese Visage war es, die dich in diese verteufelte Situation gebracht hat!« Dann trat er ab und lachte obszön.

Ja, dieses Gesicht hatte ihn zum Radsport gebracht. Allerdings hatte Will im Laufe der Zeit seine Idole mehrmals gewechselt, immer mehr hin zu den impulsiven Fahrern, zu denen, die in eine Brunst nackter menschlicher Anstrengung explodierten, statt zu den anderen, die wie Anquetil kaltblütig den Rennverlauf, die Taktik und das Tempo kontrollierten. Beide Sorten Fahrer erreichten ihre Ziele, kamen auf das Podium; Anquetil sicherlich öfter als viele andere. Aber es machte viel mehr Spaß, menschlichen Kanonenkugeln zuzusehen.

Machte es Spaß, Will Ross zuzusehen? Er wusste es nicht. Im Peloton verloren, immer darum kämpfend, wenigstens irgendeine Position zu halten, konnte man ihn meistens ohnehin kaum sehen. Stewart Kenally hatte einmal gesagt, dass die Leute bei einem Zug nur die Lokomotive und den letzten Wagen sehen. Will hatte schon lange eingesehen, dass er nur ein Viehwaggon war. Tschugga-tschugga-tschugga-tschugga. Ein rostiger Viehwaggon.

So sehr er diese Landschaft liebte, die rollenden Hügel und das endlose Grün, die Wälder und Dörfer und Städte mit ihrer Kleinstadtatmosphäre, so genau wusste er, dass es die Hölle auf Rädern werden würde und dass er diesen Rost zu spüren bekommen würde. Fast 300 Kilometer. Acht Stunden im Sattel. Sechzehn Anstiege, die meisten mit Kopfsteinpflaster, alle mit teuflischen Kurven. Zurück zum Kwaremont, der Muur, dem Bosberg und dem Patersberg, den ein Bauer eigens gebaut hatte, damit sein Hügel Teil der Ronde van Vlaanderen, der Flandernrundfahrt, wurde.

Verdammter Bastard.

Jedenfalls hatte der Patersberg den Koppenberg ersetzt. An dessen zweiundzwanzigprozentiger Steigung kam man sich vor, als würde man senkrecht in die Luft fahren. Man bekam auf dem Kopfsteinpflaster einfach keine Haftung. Rechts und links waren nur zweieinhalb Meter Platz und man konnte im Gedränge nicht manövrieren. Im Durcheinander von Rädern und Autos war die Gefahr immer groß, überfahren zu werden. Nachdem Skibby am Koppenberg ausgerutscht war und seine Beine fast zerquetscht wurden, weil das Auto des Renndirektors hinter ihm über sein Fahrrad gefahren war, hatte man das verdammte Ding endlich dichtgemacht. Ein Wunder. Das ganze Land war ein Wunder. Es war so herrlich zum Rad fahren, aber so höllisch, um Rennen zu fahren. Hier war der Radsport lebendig.

Will schaute auf seine billige Sportuhr, die er an Renntagen trug. Die grün-lila Anzeige sagte ihm, dass er noch drei Stunden Zeit bis zum Rennen hatte. Aber schon jetzt fing der Platz von St. Niklaas an, lebendig zu werden. Die Arbeiter waren fertig. Die ersten Mannschaften fingen an, ihre Stationen aufzubauen. Die ersten Fans fingen an, sich ihre Plätze zu sichern. Die Stimmung auf dem Platz, die vorher noch ruhig und bedächtig war, bekam erste Züge von Feierlichkeit und Leben.

Der Renntag war angebrochen.

Will starrte auf die rechteckigen Steine und Ziegel, die sich über den Platz erstreckten. Sie hatten in etwa die gleiche Form, wie der Rennverlauf, ein 276 Kilometer langes Rechteck von St. Niklaas aus zum Ziel in Meerbeke. Es würde vermutlich ein einsamer Zieleinlauf werden. Es hatte zwar einige große Sprintfinale hier gegeben, manche, die nur mit Reifenbreite gewonnen wurden, aber die gepflasterten Anstiege rissen das Feld meistens derart auseinander, dass, wer immer zuerst auf die Zielgerade einbog, nur noch geschmeidig bis zum Zielstrich kurbeln und einen guten Eindruck machen musste.

Wills Augen fuhren an den Umrissen der Ziegel entlang. Da, etwa nach der Hälfte, der erste Berg. Dann hier und dort. Als viertes der Kwaremont. Zehn Prozent. Nur ein Vorgeschmack, auf das, was folgte. Der Patersberg, doppelt so steil. Noch 106 Kilometer. Der Molenberg. Schlechte Nachrichten. Auf Kurs bleiben. Berendries. Halb so wild. Die Muur. Gott, wie ich die hasse. Und als seine Augen sich dem Ziel näherten, der Bosberg. Ein Hammer. Danach konnte man sehen, wie sie sich spalteten und ins Wanken gerieten und ins Ziel krochen. Großartige Athleten. Er kicherte. Er würde gerne einmal sehen, wie einer dieser hormonell gesegneten Football-Spieler das probierte!

In seinem Unterbewusstsein hörte er, wie jemand nach ihm rief. Will schaute auf und suchte den Platz ab. Niemand. Dann hörte er es wieder. Er schaute zurück auf den Platz und sah Cheryl direkt gegenüber, deren schwarz-rot-gelbe Haven-Jacke im bunten Hintergrund versank. Sie winkte. Er winkte zurück. Sie winkte ihn zu sich hinüber. Er winkte ab. Sie schüttelte den Kopf und machte sich auf den langen Weg quer über den Platz zu Will.

Sie brauchte lange dafür und war eindeutig sauer, als sie ankam.

»Warum muss ich die ganze Arbeit machen?«

»Weil du die Wasserträgerin bist und ich – ich bin der Star«, sagte er sarkastisch.

»Da hast du wohl Recht. Bis auf den Teil mit dem Star. Da bin ich mir nicht so sicher.«

»Ich schon. Ich bin keiner. Wie geht's dir? Wie geht's den unteren Chargen?«

»Deeds ist verkatert. Bourgoin ist deprimiert, überzeugt davon, dass er nicht gewinnen kann. Merkel ist furchtbar aufgeregt und rennt auf und ab wie eine Katze, die Hustensaft getrunken hat. Cacciavillani schläft, wie immer. Paluzzo, der Neuprofi, ist so aufgeregt, dass er in der ersten Staffel mitfahren darf, dass ich ihn in den vergangenen zwei Tagen ständig von der Decke runterziehen musste. Und Cardone und Cardinal spielen verletzt – sie wollen nächste Woche Gent–Wevelgem fahren, aber nicht heute.«

»Das glaube ich nicht. Sie wollen nur vermeiden, sich hier für Paris–Roubaix zu empfehlen.«

»Ach komm. Das ist wahrscheinlich das Rennen neben der Tour, das am meisten Aufmerksamkeit der internationalen Medien auf sich zieht. Warum sollten sie da kneifen?«

»Ich sag' dir was. Ich gebe dir einen Sack voll Franc-Stücke. Dann gehst du in einen Waschsalon, füllst einen Trockner mit Schlamm und Steinen und Wasser, stellst ihn auf Höchsttemperatur, setzt dich rein und lässt ihn fünf Stunden laufen. Danach kannst du mir dann erklären, warum sie lieber Gent–Wevelgem fahren als Paris–Roubaix.«

»Und das Rampenlicht interessiert sie nicht?«

»Schon. Aber die Prämie ist die gleiche. Viele der Großen weigern sich auch, da mitzufahren. Hinault hat es einmal gewonnen, dann ist er nie wieder angetreten. Er meinte, das sei ein Querfeldeinrennen, kein Straßenrennen.«

»Nun, sie haben jedenfalls Pech gehabt. Deeds hat ihnen gesagt, dass sie heute antreten müssen. Das heißt, sie fahren heute und am Sonntag.«

»Ein Sonntag in der Hölle.«

»Wie blumig.«

»Danke dir.«

Sie saßen lange Zeit schweigend da, Cheryl starrte auf den Platz, Will dachte an die Strecke und betrachtete das Kopfsteinpflaster. Die auffrischende Morgenbrise hatte sich wieder gelegt, aber Will wusste, dass sie sich genau dann zurückmelden würde, wenn man es am wenigsten gebrauchen konnte oder am wenigsten erwartete.

Cheryl schaute sich vorsichtig rechts und links über die Schulter, bevor sie fragte: »Hast du noch irgendwas von Bruder Henri gehört?«

»Vorgestern Abend. Er hat nur angerufen, um zu sagen: ›Denk, daran, was alles mitfährt‹. Yeah. Meine Eier fahren mit. Und ich muss sagen, meine Eier sind mir tausendmal wichtiger als sein kleines Fahrrad-Team.«

»Und was ist mit deinem Lebensunterhalt?«

»Jobs kann man finden. Eier sind schwer zu ersetzen, wenn man sie einmal verloren hat.«

»Entsetzlich schwer. Und es gibt nie Sonderangebote.«

Will warf ihr einen Blick aus den Augenwinkeln zu. Und lächelte. Er hatte seit Italien nicht mehr gelächelt, von Herzen gelächelt. Es war ein gutes Gefühl.

»Godot hat auch angerufen. Er hat mich erwischt, als ich gerade aus der Tür wollte.«

»Was wollte Columbo?«

»Er hat gesagt, dass er mich braucht, sobald ich wieder in Paris bin.«

»Sonst nichts?«

»Nein. Nur, dass ich auf mich aufpassen soll.«

»Sehr schön – Pass auf dich auf und auf deine Sattelstütze und deine kleinen amerikanischen Haushaltsgeräte. Schade, dass er dir nicht gesagt hat, wonach du suchen sollst.«

»Oder nach wem?«

Cheryl schaute auf ihre Uhr. Noch etwas mehr als zwei Stunden bis zum Rennen.

»Ich muss mich beeilen. Wir haben heute ein paar Leute zu wenig. Luis ist krank. Philippe ist nicht aufgetaucht. Und ich bin das Mädchen für alles. Lustig, was? Man hat immer zu tun, trifft viele Leute, muss viele Nerven beruhigen.«

»Ich hab's kapiert.«

»Fahr gut heute«. Sie beugte sich zu ihm und gab ihm einen Kuss auf die Wange. Dann sprang sie auf und schritt ohne zurückzuschauen über den Platz zu dem Areal, das Haven zugewiesen war. Will beobachtete, wie sie immer kleiner wurde. Er hob langsam die Hand und rieb sich sanft das Gesicht.

»Was zum Teufel war das jetzt?«

Es war Teil der Zeremonie bei La Ronde, auf die Offiziellenplattform zu rollen und sich auf dem Rad sitzend bei den Kommissären einzuschreiben. Es war eine kleine Show, ein wenig sportlicher Glamour und ein kleiner Balanceakt. Obwohl er als Erster am Platz gewesen war, war Will einer der Letzten beim Einschreiben. Er hatte sorgfältig jede Schraube am »Biest« überprüft, so wie Tomas es getan hätte, auf etwaige Unstimmigkeiten und Ungenauigkeiten sorgfältig achtend. Er fand keine. Er radelte in voller Montur zum Podium auf dem Platz St.Niklaas, rollte auf die Rampe und kam direkt neben der Liste zum Stehen. Er hatte den rechten Fuß aus der Pedale genommen, um nicht zu riskieren, die Balance zu verlieren und mit dem Rad umzukippen. Das war ihm in Belgien schon einmal passiert, nach seinem letzten Kriteriumssieg... nun ja, nach seinem letzten Sieg überhaupt. An der Pedale hatte sich zäher Schmutz festgesetzt und das verdammte Ding wollte einfach nicht aufgehen. Nachdem er vor der Menge und einigen ausgewählten Fotografen zum Stehen gekommen war, kämpfte er mit seinem Fuß, würgte ihn hin und her und fiel zur Freude aller Anwesenden auf die Schnauze.

Nicht noch einmal. Nicht, wenn die ganze Welt zusah. Er griff nach vorne und kritzelte seine Kurzunterschrift auf das Blatt, eine von drei Unterschriften, die er für verschiedene Anlässe entwickelt hatte. Er überflog die Namensliste und bemerkte, dass die Saison jetzt richtig begonnen hatte; mehr und mehr große Namen waren zu lesen.

Es war am Anfang nicht leicht gewesen und es würde immer schwerer werden.

Will rollte vom Podest herunter zum Kreis der Haven-Fahrer. Cacciavillani grinste über beide Ohren eine dunkelhaarige Frau im Publikum an. Deeds hatte Paluzzo am Wickel und bläute ihm die Taktik ein. Bourgoin starrte über den Platz auf die Strecke und versuchte sich für die Anstrengungen des Tages aufzubauen. Und Cardone und Cardinal waren in ihrer eigenen kleinen Welt, meckerten über die Ungerechtigkeit ihres Lebens, über die Ungerechtigkeit, dass sie Paris–Roubaix fahren mussten. Will fiel auf, dass Merkel nirgends zu sehen war.

»Hey, Richard. Wie geht's Kumpel?«

»Bonjour, Will. *Comment ça va?«*

»Bien merci.« Will schaute über den Platz, der ersten Kehre entgegen, die sie für die nächsten acht Stunden auf das belgische Land bringen würde. »Bist du dafür bereit?«

»Oui et non. Ich bin immer bereit – und nie. Ich kann den Start kaum erwarten und hasse ihn gleichzeitig. Ich liebe es, auf der Straße zu sein und kann gleichzeitig die Ziellinie kaum erwarten. Ich finde das Gerangel und Geschiebe und den Kampf im Feld aufregend und will nichts lieber, als es hinter mir zu lassen. Vielleicht für immer.«

Will nickte. »Kenn' ich, hab' ich alles hinter mir. Die gleichen verdammten Gefühle.«

»Et toi? Bist du bereit?«

Will atmete tief ein und trat einen Stein auf dem Platz St. Niklaas los. War er bereit? Er hatte trainiert. Er hatte die Wut seine Gefühle bestimmen lassen und hatte dadurch Kräfte freisetzen können. Er war am Laden von Jablom vorbeigefahren, um sich aufbauen zu lassen. Es war alles da – aber es war eine Leere in seinem Herzen. Er hatte das schon einmal verspürt und damals war er fast ein Jahr lang auf kein Fahrrad gestiegen.

»Ja, Richard, ich bin bereit«, sagte er, vielleicht lügend, vielleicht auch nicht. Er war sich nicht sicher.

»Hey, Ross!« Deeds rief ihn aus drei Metern Entfernung.

»Was ist?«, rief Will zurück.

»Warum schreist du so?«

»Weiß nicht. Habe ich so aufgeschnappt«.

Deeds schüttelte den Kopf. Das Management hatte schon wieder darauf bestanden, dass Ross in der ersten Aufstellung mitfuhr. Er war sich immer noch nicht sicher, vor allem nach Mailand, aber sie zahlten die Gehälter und er war ein Angestellter. Er schaute sich still in der Runde um.

»Wo ist Merkel?«

Will drehte sich um, schaute in die Runde und tat besorgt. »Keine Ahnung. Ich bin heute nicht dran, auf ihn aufzupassen.«

»Dann such ihn.«

»Ich bereite mich geistig auf den bevorstehenden Tag vor. Kannst du nicht einen deiner Packesel losschicken? Was ist denn mit denen da drüben?«, sagte er und zeigte auf Cardinal und Cardone.

»Man muss sich nicht gegenseitig darauf vorbereiten, Anordnungen zu befolgen. Anordnungen befolgen – hörst du? Also hast du Zeit. Ich habe ihn zuletzt bei den Mannschaftsbussen gesehen.«

Will stampfte schmollend von dannen, um Hans zu suchen. Warum ich?, dachte er. Herrgott auf einem Colnago, ich habe was zu tun. Ich muss in mich gehen und mir überlegen, was ich heute tun soll.

Will wackelte über den Platz, seine Pedalplatten klackerten auf dem Kopfsteinpflaster. Er zog sie aus und schlich auf seinen rotweißen Socken zu den Bussen. Wenn sie Löcher bekamen, würde es ihm beim Fahren die Fußsohlen zerreißen, aber jetzt hatte er zumindest ein wenig Halt. Er legte schnell die Entfernung zu den Mannschaftsbussen zurück, die an der Seite des Platzes geparkt waren. Kein Merkel. Er streckte sich, um über die Köpfe hinwegzusehen, konnte aber immer noch keinen Merkel in der wachsenden Menge ausmachen. Die beiden Mannschaftskombis, die heute wegen der engen Straßen nicht mitfahren würden, standen etwas abseits. Will ging zu ihnen hinüber. Wenn er dort nicht war, dann war er nirgends. Vielleicht war er ohnehin nur eine Fata Morgana gewesen und existierte nur in der Fantasie.

Leider war es nicht so. Als Will um den Führungswagen bog, erblickte er Hans, der in ein Mobiltelefon flüsterte. Will trat von hinten an ihn heran und wartete mit leichtem Unbehagen, auf eine Gesprächspause, damit er ihn antippen konnte, um ihm mitzuteilen, dass das Taxi auf ihn wartete. Dabei versuchte er erfolglos nicht den Eindruck zu erwecken, als wolle er lauschen.

Will schaute unter sich. Er blickte in den Himmel. Er schaute auf die Werbeaufschriften des anderen Wagens. Er lauschte der wachsenden Menge belgischer Radsport-Fans, die er aus seiner Position zwischen den Autos hören, aber nicht sehen konnte. Er gab sich Mühe. Es war schwer, Merkel nicht zuzuhören, aber er gab sich Mühe. Dann hörte er seinen Namen.

»Nein. Ross ist kein Problem. Ich habe Ross unter Kontrolle.«

Jetzt hörte Ross aufmerksam zu, genügend Abstand haltend, um Merkels Alarmsystem nicht auszulösen und gleichzeitig seinen Kopf in verschiedene Richtungen reckend, um den Faden des Gesprächs nicht zu verlieren.

»Ich kann Bourgoin neutralisieren ... (unverständlich) ... das Feld spaltet sich nach dem Patersberg und ich kann ihn in der ersten Verfolgergruppe zurückhalten ... (murmeln) ... Nein. Er hat keine Chance, die Ausreißer einzuholen, wenn ich ihm dabei nicht helfe. Sag ihnen, sie brauchen sich keine Sorgen zu machen. Ich muss weg, die Verbindung wird schlecht. Ja. Ja.«

Will griff über Merkels Schulter und schaltete das Telefon aus. Das Gerät piepste und die Anzeige wurde dunkel. Merkel drehte sich erschrocken um, doch Will kam ihm zuvor und drückte ihm den linken Ellbogen an die Kehle und seinen Kopf, den er eingeklemmt hatte, mit einem Knall an das Auto. Merkel versuchte verzweifelt mit den Füßen Halt zu finden, aber die Schuhplatten aus Plastik rutschten auf dem Pflasterstein weg.

»Wie viel Hans? Wie viel kostest du? Francs? D-Mark? Silberstücke, du Hurensohn, wie viel?« Er schlug den Kopf noch einmal an den Wagen. »Wie viel?«

Merkel japste und versuchte, seinen Kopf aus Wills Griff zu befreien. »Hör zu, du billige Nutte«, Will spuckte die Worte in Merkels Gesicht. »Heute interessiert es mich nicht, was du für einen Deal hast, es interessiert mich nicht, was du versprochen hast, wie viel du dafür bekommst oder wer deine Hintermänner sind, du fährst heute. Kapiert? Du fährst. Und zwar hart. Und du bringst Richard in die Führungsgruppe, wenn er das will. Wenn er das will – nicht früher, nicht später. Du fährst dieses Rennen so, als wolltest du gewinnen. Hast du mich verstanden?«

Er drückte Merkels Kopf noch einmal an das Auto, um das Gesagte zu unterstreichen.

»Ich hab' mir schon seit Het Volk meine Gedanken über dich gemacht, seit der Aktion mit deinem verdammten Handy. Ich war einer dieser naiven Deppen, die geglaubt haben, kein Fahrer würde sich verkaufen. Und dass kein Fahrer sich dopt oder Absprachen mit anderen Mannschaften trifft oder absichtlich bremst. Jetzt habe ich in diesen Abgrund geschaut, mein Freund und ich hab' nicht vor, nochmal nachzuschauen. Oder meiner Mannschaft schaden zu lassen, weil irgendjemand – hörst du mir zu? Hörst du mir zu?«

Merkel starrte ihn mit verängstigten, aufgerissenen Augen an und seine Lippen wurden so blau wie ein Yachtclub-Blazer.

»Ja, verdammt, Hans, du siehst deinem schlimmsten Alptraum in die Augen. Ich bin der Engel des Todes auf zwei Rädern. Und ich werde mit meinem Rad in deinem Hintern stecken, um sicherzugehen, dass du nicht umfällst.« Er schlug Merkels Kopf gegen den Wagen. Und wenn – wenn du auch nur daran denkst, deine Spielchen mit deinen Handy-Freunden zu spielen, dann wirst du mit mir verhandeln müssen – und mit Deeds und mit der UCI –, denn dann werde ich singen wie eine Nachtigall und dafür sorgen, dass sie dir mit langen Spikes feste auf die Füße treten. Und wenn sie mit dir fertig sind ... «, er grinste, » ... werde ich dir die Scheiße aus dem Leib prügeln. Kapiert?«

Will schaute Merkel hart in die Augen.

»Kapiert?«

Merkel nickte einfach nur. Will zog seinen Ellenbogen weg und Merkel sank zu Boden. Das Mobiltelefon schlug neben ihm auf. Will schaute es einen Moment lang an und trampelte dann mit seinen Strümpfen drauf, einmal, zweimal, und nochmal, für Mailand und nochmal für Tomas und nochmal für Colgan und nochmal für die Ruta del Sol und nochmal, bis das Gehäuse nur noch aus Plastikscherben bestand, an denen die Batterien baumelten. Will hob den Klumpen auf, schüttelte ihn vor Merkels Gesicht und warf ihn dann durch ein offenes Fenster in den Wagen des Tordant-Computer-Teams.

»Hoppla. Tut mir Leid wegen deines Telefons.«

Merkel schaute ihn an, sein Gesicht vor Wut angelaufen.

Will lachte. »Während du damit beschäftigt bist, dir Leid zu tun, denk an eines, mein Freund: Egal, was sie dir zahlen, du kannst es verdoppeln und es ist nicht einmal die Hälfte der Hölle wert, in die ich dich schicken werde.« Will schnappte Merkel am Kragen seines Trikots. Merkel wand sich und versuchte, sich zu wehren, aber Wills Adrenalinstoß gab ihm die Kraft, Merkel auf die Beine zu zerren. »Komm jetzt, Adolf, wir müssen ein Rennen fahren.« Er schob Merkel vorwärts, um den Wagen herum. Als sie an der Windschutzscheibe vorbeikamen, sah Will sein Spiegelbild. Sein Gesicht war hellrot angelaufen, das Narbengewirr von seinem Unfall bei der Ruta stand in scharfem Relief hervor. Will grinste – das Grinsen eines Totenkopfs.

Il Cicatrice, das Narbengesicht, war wieder da … aber seine Füße taten verdammt weh.

Das Peloton drehte seine traditionelle Paraderunde um den St. Niklaas-Platz und rollte dann gemächlich aus der Stadt. Aber schon nach zehn Kilometern wurde das Tempo dramatisch verschärft. Nach den Stadtstraßen und breiteren Landstraßen führte die Strecke bald auf asphaltierte Feldwege, kaum breiter als Fahrradwege. Mannschaften und einzelne Fahrer drückten und schoben einander zur Seite, versuchten wegzufahren, um sich in eine Position zu bringen, von der aus sie das Rennen gestalten oder zumindest kontrollieren konnten.

Ruhig, schnell, ruhig, schnell, auf den ersten hundert Kilometern rangelten die Fahrer um Plätze im Feld, die momentan noch unbedeutend waren, die aber entscheidend werden konnten, wenn es auf den kommenden sechzehn Anstiegen zur Sache ging. Bourgoin, Merkel, Cacciavillani, Ross und Paluzzo waren zusammengeblieben, waren an die Spitze vorgedrungen und wieder in der Meute verschwunden, nur um sich dann wieder nach vorne zu arbeiten. Paluzzo war vorweggefahren wie ein Fohlen ohne Zügel; dann, vom Tempo an der Spitze erschreckt, war er zu seinen Mannschaftskollegen zurückgekehrt.

Merkel reagierte im Feld überhaupt nicht auf Will, sondern spielte seine Rolle als treuer Helfer Bourgoins. Was brauchst du? Pass auf dies und jenes auf. Zieh das Tempo an. Achte auf die flämischen Fahrer – das ist ihr Terrain –, die greifen als Erste an. Alles gute Ratschläge, aber Will musste daran denken, dass Vidkun Quisling seinen Norwegern auch gute Ratschläge erteilt hatte.

La Ronde näherte sich der Halbzeit, die Berge und Stiche kamen immer näher. Die Mannschaften suchten auf den schmalen Straßen weiterhin ihren Weg nach vorne, um zu vermeiden, am Kwaremont oder Patersberg in einem Massensturz stecken zu bleiben. Haven hatte seinen Zug perfekt getimt. Am ersten Kopfsteinpflasterabschnitt waren sie an fünfter Stelle. Will spürte, wie das »Biest« unter ihm zitterte und mit der Straße kämpfte. Er vergaß einen Augenblick lang Merkel und konzetrierte sich auf sein Vorderrad, versuchte die Linie zu halten, sich auf die Straße zu konzentrieren und auf keinen Fall einen anderen Fahrer zu berühren. Bloß nicht anecken. Der Fahrer direkt hinter Paluzzo, zwei Fahrer hinter Will, war nicht annähernd so vorsichtig. Er hatte zur Seite geschaut und die Spalte zwischen den Pflastersteinen übersehen, die nach seinem Vorderrad griff, es festhielt und ihn über den Lenker schleuderte, direkt auf seinen Mannschaftskollegen. Die beiden gingen zu Boden wie Boxer nach dem K.o.-Schlag, klirrten auf die *pavées* und verteilen ihre Körper und ihr Material über die ganze Breite der Straße. Das Tempo war hoch gewesen und es gab kein Halten für die nächsten zwanzig Fahrer und für die nächsten sechzig gab es kein Durchkommen. Zwanzig Fahrer, darunter die größten Namen des belgischen Radsports, hatten jetzt freie Fahrt.

Bourgoin schaute sich um und sah das Massaker hinter sich. Er schaltete hoch, zog das Tempo an und schloss sich der langen Flucht der Fahrer vor ihm an. Merkel schaute auch zurück, fast sehnsüchtig. Wäre er nur ein paar Plätze weiter hinten gewesen, gerade so weit, um verwickelt zu werden. Das hätte seine beiden Probleme gelöst.

Will schaltete auch und fuhr außen an Merkel vorbei, um die Fluchtgruppe einzuholen, die sich bereits auf dem glatt geteerten Weg in die Länge zu ziehen begann.

»Traurig, dass du den Spaß verpasst hast, was, Hans?«

Merkel zeigte Ross sein wütendes, verbittertes Gesicht.

»Aber Hans, du solltest nicht böse sein. Sieh es doch so: Ich rette deine Karriere, deine Ehre, deine Selbstachtung. Du solltest mir dankbar sein.«

»Leck mich am Arsch.«

»Ich glaub kaum. Lass uns fahren.«

Deeds steckte in einem Mannschaftswagen hinter dem Massensturz und war vom Geschehen abgeschnitten. Die Größe der Straßen einerseits und des Pelotons andererseits bedeuteten, dass er einen Großteil des Rennens von seiner Mannschaft abgeschnitten sein würde. Das machte ihn rasend.

»Wo sind die nur? Verdammt, wo sind sie? Sind sie gestürzt oder waren sie vorne dran? Wo sind sie?«

Cheryl lehnte ihren Kopf an die Kopfstütze und schloss die Augen. Gott im Himmel, wie sie Tomas an solchen Tagen vermisste. Jetzt wäre ihr sogar der griesgrämige, stinkende Philippe lieber als ein Deeds, der alle fünf Minuten explodierte. Oder? Nein, es war zwar knapp, aber Deeds würde immer noch gewinnen. Die Ohren kann man schließen, aber die Nase – für längere Zeit – nicht.

Die ersten vier Anstiege über den Kwaremont hatten der Führungsgruppe nichts anhaben können. Der Tag war noch jung, sie waren noch einigermaßen frisch und die Steigungen waren nicht überwältigend. Auf der Anfahrt zum Patersberg konnte Will jedoch spüren, wie sich die Fahrer auf neue Manöver vorbereiteten. Bloß nicht zurückfallen, bloß die Spitze nicht aus den Augen verlieren. Bourgoin hatte die gleichen Gedanken.

»Lasst uns vorfahren.«

Will nickte und schaute Merkel an. Hans fummelte mit seinen Gängen und sah aus, als wolle er sich zurückfallen lassen und die zwanzigprozentige Steigung von hinten in Angriff nehmen. Will knurrte ihn an: »Tritt rein, Mann. Wir haben noch ein langes Stück vor uns, bevor wir dich abwerfen und am Straßenrand liegen lassen.« Merkel schaute Will einen Augenblick lang wütend an, dann ging er aus dem Sattel, setzte sich vor Bourgoin und führte ihn an die Spitze der Gruppe und in den Patersberg.

Es war zwei Jahre her, dass Will den Patersberg gefahren war. Der Hundesohn war seither nicht leichter geworden. Es war ein kurzer Anstieg, aber er war steil und eng und gepflastert und man hatte schon 170 Kilometer in den Beinen. Viele Fahrer strichen am Patersberg die Fahnen und trugen ihre Räder nach oben. Es war keine Schande, aber es verbesserte nicht gerade die Aussichten, aufs Podium zu kommen.

Bourgoin wollte sich diese Aussicht erhalten. Paluzzo wollte dasselbe. Cacciavillani wollte es. Will und Merkel kümmerte das nicht. Sie wollten einfach nur den Tag überleben.

Das hier, wusste Will, war die personifizierte Gemeinheit. Der Anstieg fuhr ihm in die Beine, in die Lungen, in die Füße, die noch immer von dem Mobiltelefon schmerzten, in die Arme und den Kopf und zog und riss an allem Lebendigen in seinem Leib. Noch eine Kurbelumdrehung. Noch eine. Noch einmal und du bist an der Kuppe. Noch eine und dann kommt der Asphalt. Noch eine. Noch eine und ich krieg' 'nen Schlaganfall, dachte er.

Und dann waren sie oben. Will schaute auf und kämpfte, um das Tempo wieder aufzunehmen und sich mit Bourgoin und den anderen neu zu formieren. Als er hochfuhr, hatte Merkel nach ihm geschaut. Er hatte gehofft, dass sie Will im Anstieg abhängen würden. Will konnte seine Gedanken lesen.

»Tut mir Leid, dass ich deinen Ballon platzen lasse, Arschgesicht«, zischte er Merkel zu.

Sieben Kilometer weiter hatten sie den Hotond überwunden, einen sanften, achtprozentigen Anstieg mit dem ebensten Kopfsteinpflaster, auf dem Will je gefahren war. Leider war das die Ausnahme unter den *pavées* und nicht die Regel.

Jetzt kam das Herzstück des Rennens, der Valkenberg, der Kerkgate, der Leberg, kurze Elfprozenter. Kein Spaß, aber auch nichts Furcht erregendes. Als nächstes kam der Molenberg und auf den letzten 50 Kilometern dann der Berendries, die Muur und der Bosberg. Was für ein Alptraum, dachte Will.

Haven ließ nach. Zwölf Fahrer fuhren weg und rissen ein Loch von 20 bis 25 Sekunden. Bourgoin befahl Cacciavillani und Paluzzo, die Lücke zu schließen. Darauf hatten die Italiener den ganzen Tag gewartet. Paluzzo übernahm die Führung und schnellte vorneweg, Cacciavillani hängte sich hintenrein und segelte im Windschatten des Neuprofis in die Spitzengruppe.

Jetzt waren Bourgoin, Merkel und Ross alleine. Ein Auto hupte sie an die Seite und ein neutraler Materialwagen, der von einem Kommissär auf einem Motorrad gerufen worden war, fuhr vorbei. Merkel versuchte, sich an dem Auto festzuhalten und sich ziehen zu lassen, um disqualifiziert zu werden, aber Will tippte kurz seine Bremse an, so dass er in die Lücke zwischen Hans und dem Auto rutschte. Statt des Autos erwischte Merkel Wills Schulter. Als das Auto wegfuhr, gab Merkel Ross einen kräftigen Schubs. Will eierte an den Straßenrand, verhakte sich mit dem Rad, wackelte ein wenig, fing sich aber wieder und fand zurück zur Gruppe.

Bourgoin beobachtete die Szene verdutzt. »Was zum Teufel ist denn mit euch beiden los?«

Will grinste. »Hans erteilt mir nur ein bisschen Fahrtechnik-Training.«

»Hebt euch das gefälligst für Senlis auf. Wir fahren hier ein Rennen.«

»Wirklich? Ich dachte, das wär' ein Familienausflug. Schau Papa, ein McDonald's, können wir anhalten?«

Will rollte an die Spitze des Trios und übernahm die Führungsarbeit. Jetzt, da sie eine Weile im Flachen fahren konnten, fand er wieder seine Kraft. Er musste sich nur darauf konzentrieren, die Sauerstoffmoleküle aus dem Düngergestank herauszufiltern, der schwer in der Luft hing. Die Landschaft war ein grünbrauner Flickenteppich. Und Will wusste, woraus das Braun bestand.

32 Kilometer vor dem Ziel kam der erste der letzten drei Anstiege. Er führte die Gruppe über den dreizehnprozentigen Berendries und zog auf der Ebene dahinter, auf dem Weg zur Muur, der Mauer, das Tempo an. Bei der Anfahrt zur Muur hatten sie wieder Kontakt zur Spitzengruppe. Sie sammelten sogar Paluzzo und einen weiteren italienischen Neuprofi ein, aber auf dem kurzen steilen Anstieg verloren sie wieder alles, was sie vorher gutgemacht hatten. Die Führungsgruppe mit Cacciavillani sprang über die Kuppe und schoss auf den Bosberg und das Ziel in Meerbeke zu, während Will und die anderen sich an der Steigung abzappelten. Es würde heute keinen Sieg für sie geben, aber sie hatten sich nichts vorzuwerfen. Das Peloton, das sich endlich von dem Sturz erholt hatte, holte schnell auf, die Spitzengruppe rollte wie die Brandung aufs Ziel zu. Haven war noch in der Lücke dazwischen, arbeitete noch immer hart. Aber es ging nicht mehr um den Sieg, sondern nur noch um ein gutes Ergebnis.

Hinter dem Bosberg waren alle Gesichter von den Anstrengungen des Tages gezeichnet. Bourgoin war wieder aschfahl, Will spürte, wie seine Narben glühten, Merkel hatte resigniert. Hinter der letzten Rechtskurve in Meerbeke schwärmten die fünf über die ganze Straßenbreite aus. Paluzzo und sein italienischer Kollege griffen zuerst an und Bourgoin heftete sich an Paluzzos Hinterrad. Vierzig Meter vor dem Ziel trat Bourgoin an, fuhr links neben Paluzzo und warf sein Rad über die Ziellinie. Um eine halbe Radbreite hatte er noch einen Belgier distanziert, Paluzzo, der den Sprint für ihn vorbereitet hatte, wurde Dritter. Das Rennen mag die Hölle gewesen sein, aber der Sprint hat Spaß gemacht, dachte Bourgoin.

Will folgte halbherzig einem anderen Italiener und ließ sich von ihm ins Ziel ziehen. Das reichte ihm. Wie viel Enthusiasmus er auch immer für das Finale gehabt haben mochte, am Bosberg hatte er ihn verloren. Merkel ignorierte den Sprint völlig und kurbelte einfach über die Linie. Es war kein Sieg, aber eine solide Mannschaftsleistung.

Tony C. kam als Dritter aufs Podium. Bourgoin war Zehnter, Paluzzo Fünfzehnter. Will hatte sich im Sprint verheddert, kam aber trotzdem noch auf den 22. Platz, seinem besten Ergebnis seit Jahren und Merkel wurde Fünfunddreißigster. Nicht schlecht, dachte Will, nicht schlecht für einen, der noch vor sieben Stunden darüber nachgedacht hatte, seine Mannschaft zu verraten.

Will schob sich durch die Menge und nahm Merkel am Arm.

»Gute Arbeit. Gut gezogen auf den letzten 50 Kilometern.«

Merkel drehte sich zu Will um. Sein Gesicht war rot und Tränen standen ihm in den Augen.

»Du hast mich umgebracht.«

»Was, wegen dem Rennen? Hey, ich hab' vielleicht gedrückt, aber du hast die ganze Arbeit gemacht!«

»Ich meine nicht das Rennen, du Idiot.« Merkel schubste Will hart in die Menge. Dann drehte er sich um und verschwand im Gewühl.

Eine dicke belgische Frau half Will, sein Gleichgewicht wiederzufinden. Er dankte ihr und schaute sich nach Merkel um. Er war verschwunden.

»Du hast das Richtige getan«, sagte er zu niemand bestimmtem.

Deeds hatte während des Rennens so gut wie keinen Kontakt zu seiner Mannschaft gehabt, aber er unternahm alle Anstrengungen um klarzustellen, dass der Erfolg auf sein Konto ging. Eine gute Platzierung bei La Ronde war ihm seit Jahren verwehrt geblieben und so war ein dritter Platz und die Tatsache, dass die gesamte Mannschaft unter den ersten Vierzig gelandet war, aufregend für ihn.

»Gratuliere, Carl.«

»Nein, Will. Ich gratuliere dir. Du warst gut. Du bist ein guter Fahrer. Verzeih mir, dass ich so ein Arschloch war.«

»Du warst kein Arschloch, Carl. Nur ein Hurensohn. Das ist ein Unterschied.«

»Danke, Kumpel«, sagte Deeds, ohne auf Will zu hören, und klopfte ihm auf die Schulter. »Du bist in Ordnung.«

Erstaunlich. Will schüttelte den Kopf. Wie sich die Zeiten ändern. Wie sich die Leute ändern. Sogar Deeds. Vielleicht hatte Will eins auf die Nuss gebraucht, um in Gang zu kommen. Vielleicht hatte Merkel das auch gebraucht. Deeds bekam Ergebnisse von Will. Will bekam Ergebnisse von Merkel.

Erstaunlich. Will drehte sich wieder zur Bar um und starrte auf eine Reihe von Flaschen mit unleserlichen Etiketten, als er die leise Explosion hörte. Einige der Flaschen wackelten. Was denn jetzt schon wieder? Ein Touristenpaar saß an einem Ecktisch und hielt sich in Erwartung des nächsten Bebens an der Einrichtung fest. Das müssen Kalifornier sein, dachte Will.

Sekunden vergingen, in denen nichts geschah, dann nahmen die Geräusche im Raum wieder ihre alte Lautstärke an. Der Portier des Hotels steckte den Kopf in die Bar und suchte die Menge ab. Er fand Deeds und eilte zu ihm hinüber, packte ihn an der Schulter und flüsterte ihm etwas ins Ohr. Will beobachtete, wie Deeds' Gesichtsausdruck sich von feierlich über schockiert zu blankem Entsetzen wandelte. Was immer der Portier gesagt hatte, es hatte mit einem Schlag alles Leben aus Deeds herausgequetscht.

Deeds ging langsam zur Bar und stellte sanft sein Glas ab. Er drehte sich um und wollte den Raum verlassen, als Will ihn stoppte.

»Was gibt's?«

»Zimmermädchen. Das Zimmermädchen. War im Gang, als sie

einen Knall gehört hat. Hat die Tür von Merkels Zimmer aufgemacht, um nachzuschauen, und ist über einen Fußball gestolpert. War aber kein Fußball.«

Deeds drehte sich in seinem dumpfen, entfernten Schock um und ging zur Tür. Will schaute ihm einfach hinterher und ging zurück zur Bar. Er stellte sein Saftglas langsam neben drei halb leeren Drinks ab, die einer neben dem anderen auf dem lackierten Holz standen. Er leerte sie in der Reihenfolge, in der sie da standen.

Er schaute sich in einem kleinen Spiegel an. Il Cicatrice, das Narbengesicht, war jetzt Il Seccatura, der Wütende.

»Scheiße«, war alles, was er sagen konnte.

Jacques Anquetil war ungehalten. Vielleicht hätte ich in die Hölle gehen sollen, dachte er. Hier wird es langsam zu voll.

14
Ein Wort: Plastiksprengstoff

Godot hatte sich mit der Tastatur selbst ausmanövriert. Seine Sekretärin Isabelle war schon vor Stunden nach Hause gegangen und jetzt hing er fest, aber so richtig. Das Gesicht des geheimnisvollen Haven-Angestellten füllte den gesamten Bildschirm und er kam nicht weiter. Die Computersuche war hilfreich gewesen, er hatte große Fortschritte mit seiner Untersuchung gemacht. Er hatte seinen Verdächtigen auf dem Bildschirm, starrte ihm ins Gesicht und suchte nach einem Hinweis auf seine Identität. Wer bist du? Wo bist du? Isabelle war in die Personalakten von Haven bei der UCI vorgedrungen. Aber diese war so leer und nichtssagend wie Godots eigene Akte. Wer bist du?

Und jetzt saß er fest. Der Name, der dem Foto aus einer Fahrgenehmigung zugeordnet war, war so falsch wie die Zähne von Charly McCarthy. Klack klack klack. Er knirschte mit seinen Zähnen. Er wusste nicht, wie lange er das schon tat. Er schaute auf und sah Stephen LaSarge, der Letzte außer ihm im Büro, der im Türrahmen lehnte.

»Zigarren. Und zerknautschte Regenmäntel. Und verqualmte Autos. Und piepsende Computer. Und jetzt, knirschende Zähne. Sie sind wirklich eine der widerwärtigsten Personen, die ich je getroffen habe.«

»Ach ja?«

»Der Lärm ihrer Fehlermeldungsinfo hat mich hierher geführt. Ich nehme an, Sie haben ein Computerproblem.«

»Ich bin stecken geblieben.«

»Ja, in den 50er Jahren«. LaSarge schlenderte von hinten an Godot heran, griff ihm über die Schulter und drückte auf die Escape-Taste.

»Möchten Sie dieses wundervolle Foto sichern?«

»Ja, bitte.«

LaSarge bewegte den Cursor und drückte auf eine Taste. »Wie möchten Sie es nennen?«

»Es nennen?«

»Es betiteln«. Er machte eine lange Pause. »Damit Sie es wiederfinden.«

»Ich weiß nicht.«

»Dann nennen Sie ihn doch einfach beim Namen.«

Godot wollte gerade sagen: »Den kenne ich aber nicht«, als LaSarge anfing, mit einem Finger den Titel der Datei einzugeben:

La Bombe.

»Wo gehst du hin?«

»Ich weiß es noch nicht«, sagte Will. Er ignorierte Cheryl, während er seine Sachen in den Kofferraum des abgerissenen Mannschaftsautos stopfte.

»Weiß es Deeds? Er wird den Wagen als gestohlen melden.«

Will trat zurück auf den Bürgersteig vor dem Hoteleingang. Er schaute auf das Auto, das mit Haven-Logos und Aufklebern der minderen Sponsoren übersäht war. Es fiel ihm auf, dass irgendjemand einen Aufkleber der Grünen dazwischen gemogelt hatte. »Nein«, sagte er, »Deeds wird einen Zirkuswagen als gestohlen melden. Kein Bulle mit Selbstachtung würde das als Auto anerkennen. Außerdem habe ich ihm einen Zettel hinterlassen. Bis er nüchtern und mit der Polizei fertig ist, bin ich über die Grenze und auf dem Weg nach Paris, packe mein Zeug zusammen und springe in einen Zug nach Lille, Roubaix und Cucamonga.«

»Warum?«

»Warum? Mein Gott, wo bist du denn gewesen? Colgan. Tomas. Merkel. Wie viele müssen noch dran glauben, bis du deinen Geschmack an diesem Sport verlierst? Und offen gestanden möchte ich nicht hier rumsitzen und warten, bis mein Kissen explodiert und das Zimmermädchen mit meinem Kopf Fußball spielt, damit die Haven-Brüder rausbekommen, wer von ihnen Geschäftsführer wird.«

»Was ist mit Tomas?«

Er hielt inne und starrte auf den Boden. »Das hat mit Tomas nichts zu tun.«

»Es hat verdammt viel mit Tomas zu tun. Colgan ist mir völlig Wurst. Nach dem, was du mir von Merkel und seinen Telefonsex-Freunden erzählt hast, interessiert er mich auch nicht besonders. Das mit seinem Kopf tut mir zwar Leid, aber nach dem dritten Mal wird man gegenüber neuen und interessanten Methoden, den menschlichen Körper zu zerteilen, langsam abgebrüht. Aber bilde dir nicht für einen Augenblick ein, dass es hier nicht um Tomas geht. Ich bekomme kein Auge zu bei dem Gedanken an einen Typ im Anzug, der sich überlegt, welcher meiner Freunde sterben soll und welcher am Leben bleibt, damit er die Mannschaft loswird und mehr Vitamintabletten verkaufen kann.«

»Was?«

»Was?«

»Nein. Was. Dein was. Was hast du über die Mannschaft gesagt?«

»Mein Gott! Sitzt du auf deinen Ohren? Die Gerüchte schwirren überall herum. Bergalis will die Mannschaft sterben lassen.«

»Er macht gute Fortschritte.«

»Nein. Er will den Laden dichtmachen. Es wird gemunkelt, er wolle in American Football investieren. Seine eigene Mannschaft kaufen.«

Will schwieg. Das hatte Jablom auch gesagt. Henri hatte es angedeutet. Warum war ihm nicht schon früher ein Licht aufgegangen? Vielleicht, weil Kim gesagt hatte, dass er kein Zeichen erkennen würde, wenn man es ihm auf einer Plakatwand vorhalten würde. Und Kim. Was zum Teufel spielte sie für eine Rolle? Die Briefe – was hatte Kim mit den Briefen zu tun, die Godot ihm vor das Gesicht gehalten und mit denen er ihm gedroht hatte? Und Plastiksprengstoff. Drei gute Männer waren mit Plastiksprengstoff umgebracht worden. Na ja, ein guter Mann, zwei gute Fahrer.

Menschen, Papier, Plastik. Drei Schlüssel. Er hatte einen. Er wusste, dass seine Briefe an Kim gefälscht waren. Godot wusste das auch. Godot wusste, wie und warum, aber nicht von wem. Er wusste, von wem – Kim und ihr kleiner Freund Martin –, aber es gab keine Möglichkeit, in die Firmenbüros von Haven einzudringen, ohne die Karten aufzudecken und sich die Finger zu verbrennen.

Und dann war da der Plastiksprengstoff. Und die Person, die dahinter steckte.

Kampf oder Flucht? Er kannte diese Frage. Aber jetzt griff sie ihm an die Kehle und schnürte ihm die Luft ab. Er hatte von seiner Mutter die Neigung zu Darmkrämpfen geerbt. Jetzt musste er sich vor Schmerzen krümmen. Kampf oder Flucht? Aber schließlich musste er ja nur aufs Rad steigen. Ihre Pläne durchkreuzen. Um den Sieg fahren. Na also. So schlimm war es doch gar nicht. Tut mir Leid.

»Du konntest noch nie ein Nein vertragen.« Will unterbrach seine innere Konferenz und sah Cheryl an. »Was?«

»Du konntest noch nie ein Nein vertragen. Du hast immer geschrien und gezetert.«

Eine unglaubliche Frau. »Stimmt. Das macht mich wütend. Schon immer, oder fast immer.«

»Genau das tun sie aber gerade«, sagte Cheryl und trat dabei ganz nahe an ihn heran. Er schaute in ihre wütenden, bestimmten grauen Augen, die ihn fixiert hatten. »Sie sagen ›Nein‹. Will. Tu das nicht. Mach nicht weiter. Rühr nicht weiter in der Suppe. Fahr nicht. Reg dich nicht wegen Tomas auf. Lass uns einfach das Team auflösen und euch in die Röhre schauen. Du hast doch auf dem Rad gut gekämpft. Warum stehst du nicht auf und kämpfst auf zwei Beinen, um sie schwitzen zu lassen? Du hast doch schon einen ziemlich hohen Preis bezahlt.«

Will starrte auf seine Füße. Die italienischen Tennisschuhe hatten rote und blaue Streifen. In dem merkwürdigen Neonlicht sahen sie grün und lila aus. Er hätte in Avelgem im Bett bleiben sollen, dachte er. Dann wären alle noch am Leben. Außer Colgan, aber das war kein großer Verlust. Trotzdem, nur einer statt drei. Andererseits hatte er die Nase voll davon gehabt, betrunken zu sein. Und er hatte die Nase voll davon gehabt, unklug zu fahren und immer zu verlieren. Und vor allem hatte er die Nase voll davon, herumgeschubst zu werden. Er hatte die Nase voll davon, von Kim und den Bergalis-Brüdern ›Nein‹ gesagt zu bekommen und von der kalten, knochigen Figur, die kleine Party-Gags aus Knetmasse bastelte.

Knetmasse. Plastiksprengstoff. Der zweite Schlüssel.

Will sah Cheryl an. Er dachte nach. Seine Augen waren geschlossen, seine Stirn zerfurcht. Er sprach langsam, fast in Gedanken.

»Wenn du Plastiksprengstoff verstecken wolltest, wo würdest du das tun?«

»Nicht unbedingt im Keller neben dem Heizkessel, wenn du mich so fragst.«

»Genau. Wenn du Plastiksprengstoff verstecken wolltest, würdest du ihn nicht bei dir zu Hause verstecken, weil die Polizei ihn dann finden könnte oder weil du dich unter Umständen selbst in die Luft jagen könntest. Im Büro würdest du ihn auch nicht verstecken – aus denselben Gründen. Du würdest ihn irgendwo verstecken, wo du jederzeit an ihn rankommst. Irgendwo, wo es haufenweise Verdächtige gäbe, wenn er gefunden wird, und du massig Zeit zum Verschwinden hättest. Und wo – wenn er hochgeht – es deinem Zweck dienen würde, weil es ein weiterer Sargnagel für die Mannschaft wäre.«

»Vielleicht die ganze Mannschaft. Auf einmal«, sagte Cheryl mit ebenso gedämpfter Stimme wie Will.

Sie fanden die Antwort gleichzeitig.

»Senlis«, sagten sie im Chor.

Will ging auf die Fahrerseite des Peugeot.

»Wo erreiche ich dich? Ich rufe dich an, wenn ich etwas gefunden habe.«

»Dreh dich einfach nach rechts«, sagte sie, zog die Beifahrertür auf und befestigte den Sicherheitsgurt, bevor Will etwas dazu sagen konnte.

»Ich bin dein verdammter Schatten.«

»Was würde deine Muter dazu sagen?«

»Das Gleiche wie immer. Sie ist verrückt nach dir.«

»Was?«

»Fahr einfach.«

Will drehte den Schlüssel um und der Peugeot erwachte ratternd zum Leben. Er rollte aus der Einfahrt heraus und machte sich auf die 300 Kilometer lange Fahrt nach Süden. Das weiße Auto, das trübe Abgase von sich gab, mit Firmenaufklebern übersät war und ein uraltes Fahrrad auf dem Dach hatte, verschwand rasch in der belgischen Nacht.

LaSarge konnte sich im Morgengrauen, beim letzten Kaffeeklatsch der Friedhofsschicht, nicht zurückhalten.

»Ich hab' nicht nur Godots Computerproblem gelöst, sondern auch seinen Fall.«

Aron Benedict, ein alter Detektiv, neben dem sogar Godot wie ein Neuling aussah, nahm Godot in Schutz.

»Du kennst dich mit Sprengstoff-Attentaten aus. Godot macht normalerweise private Mordfälle. Das musst du ihm zugute halten. Erzähl mir lieber, wer der Bösewicht ist.«

LaSarge holte den zusammengefalteten Foto-Ausdruck aus der Tasche seines Sakkos und schob ihn über den Tisch. Benedict sah ihn sich einen Augenblick lang an. Als er aufsah, war er von allen Inspektoren im Raum umzingelt.

»Wer ist das?«

»La Bombe. Serienattentäter. Sprengstoffexperte in der Fremdenlegion. Auf Plastiksprengstoff spezialisiert. Verstümmelt eigentlich lieber, als dass er tötet. Sehr gut. Sehr erfindungsreich. Sehr blutig.«

»Mmmhhh«. Der alte Detektiv nickte und schaute noch einmal auf den Computerausdruck. Sorgfältig. Er wollte sich nicht nur versichern, dass das der Mann war, von dem glaubte, dass er es war, sondern er wollte auch die Spannung im Raum bis ins Unerträgliche steigern. Es gelang ihm. Alle Blicke waren auf ihn gerichtet und alle beugten sich gespannt nach vorne.

»Dann hat er wohl seinen Namen geändert. Und seinen Job gewechselt. Zu Weihnachten wurde er mir noch als Sicherheitschef vorgestellt.«

»Bei wem?«

»Haven-Pharma«, sagte der Detektiv trocken.

Es wurde still im Raum.

»Holt schnell Godot«, sagte schließlich jemand.

Will und Cheryl hatten gut drei Stunden von Meerbeke nach Senlis gebraucht. Als sie an den zwei Meter hohen Zaun rund um das Velodrom heranfuhren, war es noch finster, aber der Himmel bereitete sich spürbar auf den Tag vor. Ihr einziges Problem war es jetzt, den Weg nach innen zu finden. Das Tor wurde nachts von einer schweren Kette mit Vorhängeschloss gesichert. Der einzige Weg nach innen schien über ein zweieinhalb Meter hohes Tor zu führen, das mit zwanzig Zentimeter langen Dornen versehen war.

»Warte hier«, sagte Will über die Schulter zu Cheryl und kletterte den Zaun hinauf. Die Schwierigkeit bestand nicht darin, rauf zu kommen oder wieder runter, sondern oben drüber, die Gonaden über die Dornen zu heben, ohne sich dabei ernsthaft zu verletzen.

Auf dem Gipfel seiner Kletterpartie versuchte Will, sich so zu positionieren, dass er ein Bein hinüberschwingen konnte und dabei mit seinem Schoß zwischen zwei Stacheln sitzen konnte. Die Bewegung gelang ihm zwar, aber trotzdem wünschte er sich in diesem Moment, er würde einer Rasse mit längeren Armen angehören. Jeder männliche Verwandte von Ross musste sich strecken, um sich an der Nase zu kratzen. Toller Zeitpunkt, um sich an so etwas zu erinnern. Toller Zeitpunkt auch, um festzustellen, dass die Dornen geschliffene Kanten hatten, so dass er sich vermutlich eine Beinarterie aufschlitzen würde, wenn seine Ellenbogen das Gewicht nicht mehr halten konnten. Er konnte schon die Schlagzeilen in den Pariser Abendzeitungen vor sich sehen: »Senlis weigert sich, Weihnachtsschmuck zu entfernen! Elfe des Grauens!« Will verlagerte sein Gewicht und versuchte, einen Zeh in ein Kettenglied auf der Innenseite des Zauns zu bekommen. Trotz der Kälte des frühen Morgens schwitzte er heftig. Er brachte den Zeh unter, ließ sein Gewicht langsam darauf sinken und fing dann an, sein rechtes Bein über die Dornen zu heben. Nach drei Vierteln des Weges, den Sieg vor Augen, rutschte sein Zeh ab und er fiel über den Zaun, bis sich sein Bein in den Dornen verfing. Er zog sich hoch und versuchte, den Fuß freizubekommen. Er hing in einem derart schrägen Winkel, dass er ihn nicht befreien konnte. Jetzt blieb auch noch sein Schnürsenkel hängen. Er bekam nasse Hände. Lange würde er sich nicht mehr halten können. Er zog sich ein letztes Mal hoch und wand seinen Fuß. Er konnte seinen Schuh befreien, aber sobald sein Bein frei war, verlor er das Gleichgewicht. Er riss sich das Kinn am Zaun auf und fiel waagerecht zu Boden. Er saß einen langen Augenblick lang da und suchte durch den Zaun nach Cheryl. Sie war verschwunden.

»Hey«, flüsterte er mit verschwörerischer Stimme. »Hey, Fräulein große Hilfe!«

»Was ist?«

Die Stimme kam von hinten und erschreckte ihn zu Tode. Er drehte sich um und drückte seinen Rücken gegen den Zaun. Cheryl schaute auf ihn herab und grinste mit überlegener Zufriedenheit. Von seiner Seite des Zauns aus. Völlig unversehrt.

»Was zum Teufel machst du denn hier drinnen?«

»Nun, während du hier den Roten Korsaren gespielt hast, habe ich mich daran erinnert, dass der Zaun an der Bahn nie ganz fertig gestellt wurde. Das Tor, über das du gerade geklettert bist – äußerst elegant übrigens –, dient in der Hauptsache dazu, die Leute davon abzuhalten, ihre Autos nicht an der Bahn oder vor dem Eingang zu parken. Ich bin einfach außenherum gelaufen. Hat etwa 45 Sekunden gedauert.«

»Manchmal hasse ich dich.«

»Danke sehr. Wenn dies eine Fernsehserie wäre, würde das bedeuten, dass wir uns bald ineinander verlieben.« Sie grinste bösartig. »Aber verlass dich nicht darauf. Männer, die ein Gesicht wie eine Straßenkarte haben und nicht genügend Grips, eine offene Tür zu suchen, haben mich noch nie angemacht.«

»Brich doch bitte in eines der Fenster ein, damit ich erst einmal Luft holen kann. Oder kennst du zufällig einen besseren Weg?«

»Die Tür zum Turm ist offen. Hab' schon nachgeschaut. Innen ist eine Wendeltreppe. Sollen wir?« Sie reichte ihm die Hand.

Will nahm sie und zog sich hoch. Er richtete seine Jacke und sein Hemd und wischte seine Hose ab. Dann ging er wortlos und ohne sie eines Blickes zu würdigen zur Außentreppe am Turm des Velodroms.

So hatte er sich das nicht vorgestellt.

Godot schaute auf den Bildschirm, den LaSarge durch geheimnisvolle Manipulation seiner Tastatur zum Leuchten gebracht hatte. Auf dem Schirm waren drei Bilder seines namenlosen Verdächtigen zu sehen. Drei verschiedene Bilder mit drei verschiedenen Namen.

»Voila«, sagte LaSarge.

»Das ist verdammt merkwürdig«, sagte Benedict.

»Oh, *merde«*, sagte Godot.

Sie waren fast eine Stunde lang durch das Velodrom gestolpert, ohne genau zu wissen, wonach sie suchten, und fast ohne Licht, das ihnen dabei hätte helfen können. Langsam ging ihnen die Zeit, die Kraft und die Geduld aus.

»Wie sieht das Zeug denn aus?«, fragte Cheryl.

»Ich glaube, wie Knetmasse – entweder grau oder olivgrün. Es müsste auch beschriftet sein. Militärsymbole und so ’n Zeug. Darüber hinaus habe ich keine Ahnung.«

»Es könnte überall hier sein.«

»Es wird wohl kaum irgendwo sein, wo viel Verkehr herrscht. Selbst wenn es den Leuten dann nicht auffallen würde, könnte jemand drüber stolpern. Vielleicht in irgendeinem Lagerraum oder Schrank. Andererseits, wenn es mit Sachen zusammenliegt, die benutzt werden, könnte irgendwer daran herumpfuschen – die Schachtel öffnen, um zu sehen, ob irgendetwas drin ist, das man gebrauchen kann. Also … nein. Gibt es irgendwelche Räume, die nicht benutzt werden? In die man nicht hinein muss?«

Cheryl dachte einen Augenblick lang nach. Im anbrechenden Morgengrauen konnte er besser sehen, wie sie ihren Kopf zur Seite neigte, als würden die Gedanken so besser an die richtige Stelle fallen. »Wahrscheinlich ist das Gebäude voll davon. Aber ich bin in jedem irgendwann einmal gewesen. Außer im Trockenraum.«

»Welchem Trockenraum?«

»Direkt neben den Umkleidekabinen und der Dusche. Wir haben ihn nie für irgendetwas gebraucht. Normalerweise blieb er verschlossen.«

Will konnte sich gut daran erinnern. An seinem ersten Tag bei der Mannschaft war er durch ein Fenster in diesen Raum geklettert, auf den Boden gefallen und war mit der Schulter – auf was? – auf eine Holzkiste aufgeschlagen. Eine Kiste. Eine Holzkiste. Mit grüner Leinwand überzogen.

Will schaute Cheryl an und sagte leise: »Ich glaube, ich weiß wo.« Sie gingen durch die Dunkelheit der Umkleidekabine entgegen. Das erste Morgenlicht schien nun durch die Oberlichter des Raums. Will und Cheryl gingen schnell durch das Zimmer, ihre Aufregung wuchs mit jedem Schritt. Sie hielten an der Tür und Will drehte langsam den Griff um. Erst klemmte sie ein wenig, doch dann öffnete sie sich. Er stieß sie auf und sie gingen zusammen hinein. Ihre Schatten im Morgenlicht füllten den Raum. Will suchte rasch den Boden ab und fand die niedrige rechteckige Form direkt unter dem Fenster, wo sie bereits das letzte Mal gelegen hatte.

»Das Zeug wird doch nicht hochgehen, oder?«, fragte Cheryl mit einem leichten Zittern in der Stimme.

»Nein, glaube ich nicht. Man braucht wohl irgendeinen Zünder. Einen elektrischen Anschluss. Einen Zündkopf.«

Als er die Leinwand beiseite zog, konnten sie in dem grauen Licht eine Kiefernholzkiste erkennen, auf deren Deckel ein blauer Kompass eingeprägt war.

»Was ist das?«

Will kannte das Symbol. Er war in Brüssel oft am Hauptquartier vorbeigegangen.

»NATO. Volltreffer.«

»Gestohlen?«

»Kaufen kann man das Zeug wohl nicht.« Die Kiste war mit einem Vorhängeschloss versehen, aber die Scharniere auf der Hinterseite schienen locker zu sein. Will holte sein Taschenmesser heraus, klappte den Schraubendreher aus, lockerte mit der flachen Seite die Schrauben und öffnete die Kiste von hinten. Innen waren rechteckige Stücke der kneteartigen Masse, je etwa sechs Zentimeter breit und zwanzig Zentimeter lang. Sie waren einzeln mit einer Art Wachspapier umwickelt.

Cheryl griff nach einem der Blöcke, aber Will hielt sie zurück. Er kannte sich nicht gut genug mit dem Zeug aus und wollte lieber kein Risiko eingehen. Außerdem würde man auf Knete und Wachspapier die besten Fingerabdrücke hinterlassen, die man sich vorstellen konnte. Sie steckten ohnehin schon viel zu tief in der Sache. Mit der Schneide seines Messers schälte er vorsichtig das Papier ein Stückchen ab. Auf der Knetmasse konnte man »US Army C4« sowie eine lange Liste mit Warnungen und Codenummern erkennen. Das war es, richtiges Kriegsspielzeug.

Vier Blöcke fehlten offenbar. Jean-Pierre. Tomas. Hans. Und – wer? Der zweite Schlüssel zu dem Fall lag in dieser Kiste. Der Tod lag in dieser Kiste. Will schloss den hölzernen Deckel und drehte mit seinem Schraubendreher die Schrauben zurück in das weiche Holz. Dann deckte er die Kiste wieder mit der Leinwand zu und versuchte, den Raum genau in den Zustand zu versetzen, in dem sie ihn vorgefunden hatten. Nur den Staub würde er wohl nicht wieder hinbekommen.

»Zeit, die Kavallerie zu holen.«

»Wann fängt Godot an zu arbeiten?«

»Wer weiß? Aber das Zeug liegt hier seit Monaten. Es wird wohl so schnell nicht verschwinden. Wir rufen ihn vom Café gegenüber aus an.«

»Bist du sicher, dass es nicht explodiert?«

»Ja. Wie ich schon gesagt habe, man braucht einen Zünder. Einen Schalter, eine Batterie oder …«, er hielt inne und schaute wie in Gedanken an ihr vorbei zur Tür des Raums, »… oder Philippe.«

»Philippe? Warum Philippe?« Sie drehte sich um und folgte seinem Blick zur Tür. Sie sah eine Gestalt und eine Hand mit einer Pistole. Die Pistole und die Hand schnellten hervor, direkt ihrem Gesicht entgegen. Sie spürte den Schlag, den Druck des kalten Stahls auf ihrer Wange, von ihrem Unterkiefer bis zu ihren Augen. Dann sah sie nur noch ein Feuerwerk von Lichtern. Ihr letzter bewusster Gedanke war, dass der Boden sie an sich zog und dass sie die Hände ausstrecken musste, wenn ihr Sweatshirt mit der lachenden Kuh nicht im Dreck landen sollte.

Ihr Sweatshirt landete im Dreck.

Godot, LaSarge und Benedict starrten auf den Bildschirm.

»Was glaubt ihr, wer er ist?«, fragte Godot.

LaSarge antwortete zuerst: »La Bombe. Philippe Champeau. Das Kamel. Ehemaliger Fremdenlegionär, der zum Bombenexperten der Mafia aufgestiegen ist. Kann alles in die Luft jagen. Scheut sich nicht, seine Künste an jeden zu verkaufen, der genügend Geld bezahlt.«

»Wo ist er?«, fragte Godot.

»Keine Ahnung. Ist vor neun Monaten vom Erdboden verschwunden. Wir dachten, irgendjemand habe beschlossen, ihn endgültig loszuwerden.«

Benedict stimmte ein. »Vor neun Monaten tauchte Philippe leise, aber nicht unbemerkt als Sicherheitschef von Haven wieder auf. Philippe Sournois. Der Listige. Seitdem ich ihm im Club des Chefinspektors vorgestellt wurde, habe ich nichts mehr von ihm gesehen oder gehört.«

»Ich kenne ihn als Philippe Graillot«, sagte Godot. »Mannschaftsassistent beim Haven-Team. Das zufällig zwei Verluste aufweist. Beide durch Plastiksprengstoff.«

LaSarge griff hinter sich und warf Godot beiläufig die Morgenausgabe der Zeitung hin. »Drei. Einer gestern Abend in Belgien.«

Godot überflog den Artikel und suchte den Namen Ross. Er kannte diesen Merkel nicht. Jemand anderes hatte ihn nach Colgans Tod befragt. Will wurde nicht erwähnt. Godot atmete erleichtert auf. Ross' Glück hielt an. Noch.

Als Isabelle ins Büro kam, fand sie ihren Chef gebannt auf den Bildschirm starrend. Ein alter Hund hat einen neuen Trick gelernt, dachte sie. Zwei Kollegen starrten zusammen mit ihm auf drei Bilder. Godot drehte sich um, als er Isabelle hereinkommen hörte. Sie zuckte zusammen. Er sah fürchterlich aus. Stoppelbart. Verschwommene Augen. Zerknitterte Klamotten. Einen durch und durch ekelerregenden Zigarrenstummel im Mund.

»Ruf das Hotel in Meerbeke an, das in dem Artikel erwähnt wird.« Er stach mit dem Finger auf die Zeitung ein. »Hol mir Ross an die Leitung. Weck ihn, wenn es sein muss.«

Er drehte sich wieder zum Bildschirm.

Isabelle Marchant leistete ihrem Chef umgehend Folge, froh, dem Raum zu entkommen, der nach Rauch und Schweiß stank.

In Senlis war der Tag angebrochen, aber die Stadt rührte sich noch nicht. Jedenfalls nicht rund um das Velodrom. Will hatte gehofft, dass ein Polizist zufällig hier seine Runde drehte, oder wenigstens jemand, der seinen Hund ausführte oder in der *Boulangerie* Brot kaufte. Es gab auch keinen Durchgangsverkehr, alles war tot rund um das Velodrom. So starben auch seine Hoffnungen wieder.

Philippe hielt seine Pistole, eine 9-mm-Beretta, auf Will gerichtet, während sie Cheryls schlaffen Körper zum Auto schleppten. Will hielt ihre Füße. Philippe hatte seine Arme unter ihren Achseln. Die Pistole in seiner Rechten schwankte vor Wills Eingeweiden hin und her. Philippe fasste Cheryl mit der linken Hand an die Brust und grinste Will dabei an.

»Man muss nehmen, was man kriegen kann.«

»Schlägst du alle deine Freundinnen K.o., bevor ihr mit dem Vorspiel anfangt?«

Philippe wurde mit einem Schlag wieder ernst. Er nahm die Hand von der Brust, um die Hintertür des Renault zu öffnen. Er drehte sich um und warf Cheryls Kopf und Schultern achtlos auf den Sitz und bedeutete Will, er solle einsteigen. Will lehnte sich über Cheryls Gesicht und suchte nach einem Lebenszeichen. Sie atmete, aber sie war weggetreten. So sanft er konnte, zog er sie auf die Rückbank, bis sie ganz im Auto war. Er kniete noch vor der Sitzbank, als Philippe sich in das Auto beugte und ihm die Beretta an die Schläfe schlug. Will hatte den Schlag kommen sehen und versucht, ihn zu dämpfen, indem er sich mit der Schlagrichtung bewegte, aber der Rücken des Vordersitzes war ihm im Weg gewesen und so verlor er sofort das Bewusstsein.

Das Letzte, woran er sich erinnern konnte, war das Gefühl und der Geruch von Leinwand. Mein Gott, er hat mich zusammengefaltet und mich in die Kiste mit dem Sprengstoff gesteckt.

Isabelle steckte ihren Kopf durch die Bürotür, weigerte sich jedoch einzutreten.

»Der Team-Manager sagt, Ross habe ein Auto gestohlen, eine Frau entführt und sei gestern Abend noch nach Paris gefahren.«

Godot schüttelte den Kopf. Was jetzt?

»Ruf unten an und bestell mir ein Auto. Ich fahr zu seiner Wohnung. LaSarge – gib mir dein Handy.«

»Erst der Computer, jetzt das Handy. Rauschen wir nicht ein wenig zu schnell ins 21. Jahrhundert?«

»Gib's mir einfach. Ich muss Kontakt halten.«

Godot schaute sich das Telefon an und schob es in seine Manteltasche. Als er aus dem Büro trat, fiel ihm plötzlich der Unterschied in der Luftqualität auf. Vielleicht sollte ich mir die Zigarren abgewöhnen, dachte er.

Er sollte sich vielleicht das Duschen angewöhnen, dachte Isabelle, als er an ihrem Schreibtisch vorbeiging.

Philippe Sournois-Champeau-Grailliot fuhr schnell durch den Morgenverkehr zu seiner Verabredung in Paris. Seine menschliche Ladung schlief friedlich unter der Leinwand auf dem Rücksitz. Seine vierte Ladung Sprengstoff wartete an der Tür zu Will Ross' Wohnung.

Philippe lachte herzlich und dachte: »Wer immer es sein mag, es wird eine gelungene Überraschung.«

15
Morgenröte

Bei ihren besten Rennen hatte sich für Will und Raymond alles in Zeitlupe bewegt. Geschmeidig und klar und schön. Wenn andererseits Rennen außer Kontrolle gerieten, liefen sie wie Charlie-Chaplin-Filme mit vierundzwanzig Bildern pro Sekunde, abgehackt, unbeholfen und schneller, als das menschliche Auge sie begreifen konnte. Dann war das Feld nicht mehr in den Griff zu bekommen. Es war ein Zustand reiner Anarchie, Mannschaften fielen auseinander, es gab keine Taktik mehr, überall versprengte Fahrer und niemand konnte aussagen, wer vorne lag … bis auf denjenigen, der sich rechtzeitig freigekämpft und das Chaos hinter sich gelassen hatte.

Stewart hatte immer gesagt, es sei ihre Aufgabe, den Herdentrieb unter Kontrolle zu bringen. Er war immer dabei, um sie zu führen, anzustachelen, zu inspirieren, anzufeuern und sie durch das Gewühl undisziplinierter Fahrer hindurch einem höheren Ziel entgegenzutreiben.

»Ihr wollt irgendwann in Europa Rennen fahren«, sagte er, »und in Europa musst du kontrolliert fahren können.« Alle wussten, dass er mit Raymond sprach.

Will wusste das. Will verstand das. Drei Jahre harten Trainings hatten ihn zu Raymonds Leutnant gemacht; aber er würde das Team erst führen können, wenn Raymond den Sprung in eine europäische Amateurmannschaft geschafft hatte. Und wer konnte wissen, ob es bis dahin noch irgendjemanden zu führen gab.

Aber es störte ihn nicht, weil Raymond gut war. Er war stark. Er war taktisch klug. Er spielte jeden Fahrer aus, wie ein Hochseeangler seine Beute ausspielt. Du bist frei. Du gehörst mir. Du bist frei. Du gehörst mir. Du bist tot.

Und Raymond war sein bester Freund.

Raymond hatte die nächste Stufe erreicht. Qualifikationsrennen für die Nationalmannschaft. Er war dabei. Er konnte mit den Besten trainieren. Auf der Bahn. Auf der Straße. Das Team führen. Große Träume träumen. Nach Europa gehen und die Tour de France mitfahren.

An diesem Sonntag fuhren sie ein Rennen nordwestlich von Detroit in der Nähe von Mount Pleasant. Und die Hitze war, wie immer im Hochsommer in Michigan, feucht und drückend, vor allem zwischen den Maisfeldern, die jeden Wind auffingen und die Luft zum Stehen brachten. Es war, als würde man durch einen feuchten Ofen fahren.

Es war ein guter Tag. Sie bewegten sich schnell, während das Leben um sie herum langsam an ihnen vorbeizog.

Raymond und Will hatten das Feld weit hinter sich gelassen. Wegen der Luftfeuchtigkeit war außer Raymond keiner bereit, sich zu verausgaben. Und mit Raymond Will, immer an seiner Seite, führend, folgend, führend, folgend. Der Mais war gerade so reif, dass jedes Feld wie ein grüner Korridor mit einem grauschwarzen Teppich aussah. Will sah von weitem die Einmündung, an der ein Streckenposten mit einer roten Fahne zwischen den Verkehrshütchen stand. Er schaute nach links und hob sein Fähnchen, um ein Auto zu stoppen. Raymond, der gerade führte, zog sein rechtes Bein zum höchsten Punkt der Kurbelumdrehung und legte sein Rad in die Kurve. Will tat an seinem Hinterrad das Gleiche. Für den Bruchteil einer Sekunde konnte er das Rot der Fahne zu seiner Linken erkennen, während er sein Rad in Schräglage brachte. Dann gab es einen Knall und er sah Grün und Rot und er hörte die Hupe und spürte, wie sich das Rad wie ein Akkordeon unter ihm faltete. Sein linker Arm und sein Rücken schlugen auf Metall und rollten von der Blechwand ab in den Graben und in das frische Gras und die Weiden am Straßenrand. Er schaute auf und sah Mais. Reihe für Reihe grünen Mais. Es raschelte und bog sich und schrie. Schrie?

Will drehte sich um und sah den Streckenposten, einen erwachsenen Mann von etwa 35 Jahren, der mit seiner Fahne winkte und schrie, völlig hysterisch schrie. Dann sah Will sein Rad. Sein neues Rad, nicht einmal eine Saison alt. Vielleicht drei Rennen. Zerbrochen und blutig am Straßenrand. Demoliert. Und dann sah er Raymond, seine Füße, die gegenüber aus dem Straßengraben herausschauten. Will ging langsam über die Straße, auf seinen Schuhplatten über den Asphalt stolpernd und schlitternd.

Will hielt in der Straßenmitte an und schaute auf den schreienden Mann. Er zeigte die Straße hinunter. Will drehte sich um. Der blassgrüne Pickup hatte vielleicht 50 Meter weiter angehalten. Der Fahrer, in einer Latzhose und einem Strohhut, brüllte und gestikulierte. Will lief ihm, wie magisch angezogen, entgegen. Auf halbem Weg konnte er ihn verstehen: »Die Straße gehört euch nicht, sie gehört mir, ich bezahle Steuern und die Straße gehört nicht euch, ihre kleinen Bastarde.« Dann sah er die Flasche im Sonnenlicht glänzen und neben seinen Füßen zerspringen. Ich kenne das Etikett, dachte Will, das habe ich schon einmal gesehen. Dann schaute er wieder auf und sah, wie sich der Wagen wegbewegte, über den Highway hin- und her schlitternd wie ein großer grüner Wal, der im Meer der Maisfelder nach Beute sucht.

Will drehte sich um und ging auf Raymond zu. Der Mann stand in der Straßenmitte, zeigte auf Raymond und schrie. Und schrie. Und schrie. Und schrie. Und dann brach die Zeit zusammen und Raymonds Mutter stand unter dem Zelt und im Regen und schrie und heulte und klammerte sich an ihre Kinder, eines nach dem anderen und klammerte sich an Will, ganz fest und begrub sein Gesicht in ihrer Brust, bis er nicht mehr atmen und nicht mehr weinen konnte …

Die Großstadtzeitungen, die sonst Radrennen keine Aufmerksamkeit schenkten, kamen zur Beerdigung. Sie knipsten mit ihren Blitzlichtern ein Bild nach dem anderen, von der Familie und den Kindern und den anderen Fahrern und von Will. Der nicht mehr weinen konnte.

Er konnte einfach nicht mehr weinen.

Und doch weinte er. Um Raymond und Frau Cangialosi und aus Schmerz. Ein Schmerz, der nicht mehr aus seinem Kopf verschwand und sein Gehirn zum Platzen brachte und ihm den Magen umdrehte.

Der Schmerz sollte aufhören. Keine Tränen mehr, kein Schmerz mehr.

»Schhh«. Ihre Hände streichelten sanft sein Gesicht.

»Ist schon gut. Alles wird gut. Entspanne dich.«

Will hörte seine eigene Stimme wie aus einer großen Entfernung. »Es tut mir Leid. Es tut mir Leid.«

»Ich weiß. Ich weiß, dass es dir Leid tut. Ich weiß, dass du mich brauchst.«

»Ja, ich brauche Sie.«

»Ich weiß. Ich weiß. Schh. Entspanne dich. Ich bin da.«

Er spürte, wie sein Gesicht in ihre Hände fiel und dann an ihre weiche Brust. Er tauchte an die Oberfläche seines Bewusstseins auf und rieb sein Gesicht an ihrem Pullover und an ihren Brüsten. Das ist ein sicherer Ort. Das ist ein guter Ort, dachte er. Und er fing langsam an, sich wie eine Katze zu reiben und in ihrem Geruch zu baden. Ein schwerer Geruch. Tief und warm und ... und ... Lagerfeld.

Er riss sich aus ihren Armen, sich aus der Dunkelheit befreiend, dem entfernten Licht in seinem Kopf entgegen. Es war kalt und schmerzhaft, aber er wusste, dass, wenn er hierbleiben würde, er noch hundertfach sterben würde, also zwang er sich hoch, dem Licht entgegen, das ihn blendete und ihn hart gegen die Lehne des Ledersofas warf.

Er warf sich nach vorne und würgte, schmerzhaft und trocken. Seine linke Schläfe explodierte bei jedem Anfall. Jetzt hyperventilierte er. Versuche, deine Atmung zu kontrollieren. Versuche, dich zu beruhigen. Er konzentrierte sich auf die Silberkante des Glastisches. Ein Atemzug. Langsam. Langsamer. Langsamer. Langsamer. Jetzt fixierte er das Fenster. Den Turm. Konzentriere dich. Ein riesiges Buch. Der Turm. Paris. Langsamer. Ein Atemzug. Langsam. Das Buch lag auf dem Tisch. Der Tisch stand vor dem Sofa. Leder mit Knöpfen. Sofa. Ein Atemzug. Langsamer. Die Beine. Auf dem Sofa. Beine. Er folgte ihnen bis an das bunte Kostüm. Schön. Langsamer. Ein Atemzug. Bis zu ihren Brüsten. Oh schön, dachte er. Und den Schal. Schön. Langsamer. Hals und Kinn und Lippen und Augen. Und Scheiße.

Kim.

Kim. Kim. Kim. Was machst du denn hier? Kim. Seine Augen verschwammen und wurden wieder klar, als er sich auf die Couch zurückfallen ließ und er an die Decke schaute und Kim anfing, ihn zu schlagen. Bumm. Bumm. Bumm. Ins Gesicht. Verdammt. Kim. Du hast doch schon den Hund. Was willst du noch? Bumm. Bumm. Sein Gesicht fiel nach vorne und ihm wurde klar, dass nicht Kim ihn schlug, sondern Philippe. Philippe. Du ... du ...

»Verdammter Hundesohn!«

Bumm!

Wills Kopf schleuderte zur Seite und er rollte zur Ecke des Sofas. Er griff die schwer gepolsterte Armlehne und nutzte die Wucht des Schlages, um sich aus den Kissen hochzureißen und dem nächsten Schlag auszuweichen, der ihn nur leicht am Hinterkopf traf. Jetzt stand er mit dem Rücken zur Wand. Er lehnte sich an, in seinem Kopf drehte es sich noch immer leicht und er schaute sich im Raum um.

Es war irgendein Büro auf einer Anhöhe über der Stadt. Das riesige Fenster gab einen wundervollen Blick frei. Wozu brauchte man einen großkotzigen Bildband von Paris, wenn man solch einen Ausblick hat? Scheiße.

Sein Blick löste sich langsam vom Fenster. Da saß ein Mann in einem repräsentativen Ledersessel am größten Schreibtisch, den Will je gesehen hatte. Oh, ja. Das musste der Boss sein. Wie hieß er gleich noch? Verdammt. Philippe. Philippe war der Nächste. Die kleine, glatzköpfige fette Kröte stand mitten im Raum, mit verschränkten Armen, die linke Hand, nein, die rechte, die Finger der rechten Hand um den Griff einer schwarzen Pistole geknotet. Wo habe ich diese Pistole schon einmal gesehen? Schöne Waffe. Gutes Handwerk. Wo habe ich die schon einmal gesehen?

Und dann war da Kim. Sie saß auf dem Ledersofa neben irgendetwas – einem Stapel Lumpen oder so, er konnte es nicht erkennen – das zerknüllt neben ihr lag. Sie schaute ihn besorgt an.

»Wie fühlst du dich?«

»Äähhh. Weiß' nicht. Ich ... Scheiße. Wo bin ich?«

»Im Büro.«

»Du willst immer noch den Hund, stimmt's? Aber du kriegst ihn nicht. Ich will den Hund, Kim. Wo ist der Hund?«

»Der Hund ist tot, Will. Ich habe ihn einschläfern lassen.«

»Was? Oh, Scheiße. Du Schlampe. Du verdammte Schlampe. Du und dein beschissener halbseidener Rechtsanwalt ...« Er torkelte durch das Zimmer und musste sich an Philippe und seiner Pistole festklammern, als er merkte, dass das überhaupt kein Rechtsanwalt war. Das war ... Moment ... das war ... der Boss.

»Hallo, Chef. Wie geht's?«

»Besser als Ihnen, Mr. Ross. In jeder Hinsicht.«

»Verdammt. Wirklich?« Will wusste nicht, was er sonst sagen sollte. Er dachte an das Sousaphon in B-Moll, das in seinem linken Ohr dröhnte, und gestand sich ein, dass sein Gegenüber vermutlich Recht hatte. Bergalis. Hen ... Martin Bergalis. Der Boss. Chef von Haven. Jetzt habe ich's. Dieses gottverdammte Klopfen in meinem Kopf.

»Wissen Sie, warum Sie hier sind, Mr. Ross?«

»Ähhh – Ähh ... – nein.« Er schluckte einen Rülpser herunter, der einen Anhalter mitgenommen hatte.

»Sie sind hier, Mr. Ross, weil Sie ein Versager sind.«

Will starrte Bergalis fassungslos durch schwere, rote, wässrige Augen an.

»Sie wurden angestellt, weil Ihre Frau mir gesagt hat, Sie seien ein Versager. Nett, nicht? Deshalb haben wir Sie Hunderten anderer, besserer Fahrer vorgezogen. Weil wir dachten, Sie wären der richtige Mann. Und Sie konnten es einfach nicht sein lassen, was?«

»Ich bin gut gefahren. Het Volk – ich habe Richard nach vorne gebracht. Und das andere Rennen, wie hieß es noch – Flandern. Da bin ich auch gut gefahren.«

»Bitte machen Sie sich nicht lächerlich. Oder haben Sie etwa gewonnen? Der zweite Platz ist so gut wie der Letzte, nicht wahr? Und dann mussten Sie den Ratgeber spielen, die moralische Stütze. Komm schon, Merkel ... leg dich ins Zeug, für die Mannschaft; fahr den Sieg ein. Hör nicht auf sie. Und jetzt ist er tot. Auf dem Gebiet haben Sie auch versagt. Übrigens – Sie schulden mir ein Mobiltelefon.«

»Ziehen Sie es von meinem Gehalt ab.«

»Das werde ich. Keine Sorge, Mr. Ross, das werde ich.«

Will musste sich unbedingt hinsetzen. Hinsetzen und schlafen.

Das muss die Gehirnerschütterung sein, dachte er, oder die mehr als 24 Stunden auf den Beinen, sieben davon in einem Rennen in Belgien. Wie lange ist das schon her? Tage. Jahre. Er schaute sich nach einem freien Sessel um, es gab aber keinen. Kim saß auf der hellen Ledercouch links neben der Tür, Philippe hatte sich auf der anderen dunkleren Couch rechts breitgemacht, unter einer riesigen Plastik aus schwarzem Schiefer. Er saß da und spielte an seiner schwarzen Pistole, die wieder in seinem Schulterhalfter hing. Cheryl. Er wollte nach Cheryl sehen, aber seine Beine wollten sich nicht in ihre Richtung bewegen. Sie saß zusammengeknäuelt am Ende der Couch neben Kim. Er konnte sehen, dass sich ihr Rücken hob und senkte. Sie lebte. Wenigstens lebte sie.

»Mr. Ross. Mr. Ross. Hier bin ich.«

Wills Blick wanderte wieder zu Bergalis. Er hatte nur die Hälfte dessen mitbekommen, was Bergalis bislang gesagt hatte. Das Wesentliche hatte er jedoch, wie im Geographieunterricht in der vierten Klasse, verstanden. Südamerika ist irgendwo südlich von Michigan und sieht aus wie Charles de Gaulle. Du hast versagt, Will Ross, bei allem, was du je angepackt hast, und deshalb bist du hier. Er hatte noch immer schwere Kopfschmerzen, aber der Nebel verzog sich langsam. Er wusste, wo er war. Er wusste, wer er war. Er begann, die Tiefe der Scheiße zu ermessen, in der er steckte.

Bergalis wartete, bis Wills Augen auf ihn gerichtet waren, und fuhr fort.

»Und dann haben Sie bei dem Versuch, Detektiv zu spielen, versagt. Sie und ihre kleine Freundin.« Er zeigte auf Cheryl, die noch immer still und bewegungslos auf dem Sofa lag. »Sie haben sich in Dinge eingemischt, die Sie nichts angehen. Sie haben alle meine Pläne durchkreuzt. Das war nicht gut.«

»Welche Pläne – das Team loszuwerden? Nur zu. Es ist doch Ihr Team.« Will merkte, dass er sich wie ein lärmender Betrunkener anhörte. »Machen Sie den Laden doch dicht. Verramschen Sie das Zeug. Mit den Trikots und Mützen und Rädern und dem ganzen Kram müssten Sie einen Mords-Reibach machen. Sie kriegen das doch von den Herstellern ohnehin umsonst. Die Mannschaftsausrüstung der letzten Saison – das geht im amerikanischen Einkaufsfernsehen weg wie warme Semmeln. Das muss doch viel einfacher sein, als uns einen nach dem anderen umzulegen. Und viel sauberer. Lass uns gehen«, er winkte Cheryl herbei, »und ich verspreche Ihnen, dass ich nie wieder fahre und kein Wort mehr sage. Ehrlich. Wirklich. Wir verschwinden einfach vom Erdboden.«

»So einfach ist das nicht. Sie hängen beide viel zu tief drin. Und was die Mannschaft anbetrifft – ich habe eine Familie, mit der ich mich herumschlagen muss. Einen Vater, der die Mannschaft gegründet hat, und einen Bruder, der die Zeichen der Zeit nicht erkennt. Ich muss eine Situation erzeugen, in der es keine andere Wahl gibt, als die Mannschaft fallen zu lassen. Und dazu sind Sie der Schlüssel. Sie waren es von Anfang an und sind es jetzt wieder. Das heißt, wenn Sie den heutigen Tag überleben.«

»Moment mal.« Will war plötzlich alles klar. Das große Rätsel des Haven-Teams und seiner Rolle war auf einmal gelöst. Er hörte die Glocken klingeln. Was er sah, war kein Bild von einem verrückten Bombenattentäter mehr, sondern eines von Machtpolitik in einem Großkonzern. Du bist mein Bauer und daher habe ich das Recht, dich zu opfern. Er drehte sich um und schaute Kim an. Die Königin, wenn es sein muss. Er schaute Philippe an. Oder den Springer. Er drehte sich zu Bergalis um. Aber immer im Dienst des Königs. Dein Leben ist dem König geweiht. In Will stieg eine unermessliche Wut auf, durch den letzten Rest von Schmerz und Nebel in seinem Kopf hindurch. Er konnte jetzt klar denken, wenn auch nicht sonderlich klug. Wäre er klug gewesen, hätte er einfach die Klappe gehalten. Nein, seine Gedanken waren alles andere als klug.

»Sie sagen mir also, dass Sie drei Menschen umgebracht haben – drei Menschen – weil Sie nicht die Chuzpe haben, Papa ins Gesicht zu sehen und ihm zu sagen, dass Sie die Mannschaft loswerden wollen? Ist es so? Sie machen sich vor ihrem Vater in die Hose und deshalb sind drei Männer, darunter mein bester Freund, tot? Das tut mir Leid.« Er trat direkt an den Schreibtisch und legte seine Hand mitleidig auf die von Martin. »Ja, Mann, es tut mir verdammt Leid. Es tut mir Leid, dass das alles passieren musste. Es tut mir Leid, dass Sie keine Eier haben und nicht genug Mumm, um ihre kleine Vitamin-Fabrik und alles, was damit zu tun hat, in den Griff zu kriegen. Aber das ist Ihr Problem. Und es wird Ihr Problem bleiben, weil ich Ihnen dabei nicht helfen werde. »

Kim senkte ihren Kopf. Halt's Maul, Will. Du weißt nicht, was du da anrichtest. Du weißt nicht, wozu er fähig ist.

Philippe grinste. Er würde heute viel zu tun bekommen.

Bergalis starrte Will einfach nur an.

»Sie werden sterben«, sagte er ruhig und ohne Emotionen. »Jetzt. Hier. Heute.«

»Oh. Ich glaube nicht. Erstens – würde es Ihren Teppich versauen. Haben Sie den Mut, eine Reinigungsfirma zu beauftragen und Papi dann die Rechnung zu zeigen? Und wer weiß, wie viel es kostet, das Blut aus ihrem schicken Flausch rauszukriegen. Das wird überhaupt nicht gehen. Sie würden sich jeden Tag an mich erinnern.«

Bergalis lehnte sich nach vorne und öffnete eine Mappe. Darin lagen Kopien der Briefe, die Godot Will gezeigt hatte, Briefe, die Will in Verdacht bringen sollten, Colgan ermordet zu haben und, mit ein wenig Fantasie, auch Merkel und Tomas.

»Ich werde Ihnen erzählen, Mr. Ross, wie das Programm für den Rest des Tages aussieht. In ein paar Minuten werden Sie hier sterben. Und Sie auch«, er zeigte auf Cheryl. »Sie wird einfach vom Erdboden verschwinden. Sie wird ein Feld im Osten der Stadt düngen. Man wird sie nie finden. Sie wird man auch nicht finden. Nicht ein Stück. Aber die Polizei wird davon überzeugt sein, dass sie noch am Leben sind. Und dass Sie hinter den schrecklichen Morden stecken, die Haven erschüttert haben. Sie. Will Ross. Der frühere Ehemann von Kim Grady Ross, der Leiterin der Haven-Fahrradabteilung. Basierend auf diesen Briefen – in denen Sie um eine Chance betteln. In denen Sie schreiben, dass Sie alles tun würden, um wieder fahren zu können. Alles. Was für meine von Natur aus misstrauischen Freunde bei der Polizei durchaus Mord beinhalten könnte. Und dieser Gedanke wird durch den Plastiksprengstoff gefördert, der gegenwärtig in Ihrer Wohnung versteckt ist. Mitsamt Zündern. Und übrigens, egal, wie viel Ihres Blutes hier vergossen wird – ich kann das Büro innerhalb von zwei Stunden makellos neu einrichten lassen.«

»Wahrscheinlich sind Sie bei den Einrichtungshäusern Stammkunde.«

Kim meldete sich von der Couch. »Will. Hör auf ihn. Du weißt nicht, wozu er fähig ist – und er macht keine Scherze.«

Er drehte sich ruckartig zu ihr um und schaute ihr tief in die Augen, in die Seele.

»Und wozu bist du fähig, Kim? Was hast du von der ganzen Sache? Fünf Leute sterben und du musst nie wieder kellnern? Denk genau nach, Kleine. Glaubst du wirklich, dass er dich am Leben lässt? Ich weiß zu viel. Du weißt noch mehr. Du bist genauso tot wie ich.«

Er drehte sich wieder zu Bergalis um und ließ seinen Blick dabei an Philippe vorbeischweifen, der sich auf dem Sofa breitgemacht hatte und die Vorgänge weiterhin mit Interesse verfolgte. Konnte Will den Sprung schaffen? Er schätzte die Entfernung und den Winkel ab und stellte fest, dass er wahrscheinlich nach einem Schritt tot wäre. Es reichte nicht. Noch nicht.

»Übrigens, Bergalis – mit diesen Briefen werden Sie Probleme bekommen. Ich weiß nicht, wer Ihnen meine Unterschrift gegeben hat«, er deutete mit dem Kopf auf Kim, »aber Sie hätten sich damit ein wenig mehr Zeit lassen sollen.«

Er schaute auf den Tisch und sah eine goldene, mit Stiften gefüllte Dose, zu der auch ein schwarzer Filzstift mit breiter Schreibfläche gehörte. Perfekt. Er schnappte sich den Stift und sprang zu Philippes Überraschung quer durch den Raum auf die Couch neben Kim.

»Passt auf«, er schaute seine Ex-Frau an. »Du auch. Vielleicht lernst du etwas, wenn du deinen nächsten Ex-Mann reinlegen willst.

Er fing an, in großen Zügen auf die Wand zu schreiben. Die schwarze Tinte zog tief in die raue Tapete ein.

»Wissen Sie, als ich in der neunten Klasse war, hat mein Bruder mich immer auf Listen eingetragen: für den Hässlichkeitswettbewerb … die Mädchen-Volleyball-Mannschaft … den Schachclub – dem ich dann übrigens beigetreten bin und der mir sehr viel Spaß gemacht hat. Deshalb habe ich damals beschlossen, eine Unterschrift zu entwickeln, die man nicht fälschen kann. Und das«, er trat zurück und schwang den Arm über das riesige William E. Ross, das jetzt auf die Wand gezeichnet war, »ist das Ergebnis.« Er strahlte Kim an. »Schau in deiner Hochzeitsurkunde nach, Süße, da wirst du es sehen.

Das ist meine ›offizielle‹ Unterschrift.« Dann schaute er wieder zu Bergalis. »Aber das ist nicht die Unterschrift auf den Briefen.«

Bergalis schaute auf die Briefe und dann wieder zu Will. In seinem Gesicht stand die Wut und die rasch schwindende Geduld, die ihn zerfraß.

»Aber man kann auch nicht immer mit seiner vollen Unterschrift zeichnen. Will man auch nicht, vor allem, wenn man Freunden schreibt. Deshalb entwickelt man eine Kurzunterschrift. Pass jetzt gut auf, Kim, ich zeige dir jetzt, wo du einen Fehler gemacht hast.«

Mit der breiten Seite des Filzstifts malte er ein geschwungenes »wr« an die Wand.

»So unterschreibe ich Briefe, die keine Behörde zu sehen bekommt. An Freunde, Bekannte, Ex-Frauen, sie wissen schon.« Er schaute Kim noch einmal tief in die Augen. »Leute, denen ich vertraue. Aber, wie du sehen kannst, Marty, ist das auch nicht die Unterschrift auf den Briefen.«

Bergalis schaute wieder auf die Briefe.

»Nein. Auf den Briefen ist meine dritte Unterschrift. Und das ist überhaupt keine Unterschrift, sondern ein Autogramm. Zuerst habe ich das gar nicht bemerkt, als ich mir die Briefe angeschaut habe. Seltsam. Fausto Coppi hat mir in einem Traum gesagt, ich solle bei der Ruta ›meinen Namen schreiben‹. Und ich habe mich daran erinnert. Verdammt merkwürdig, findest du nicht, Kimmy?« Er drehte sich um und drückte den Stift fest gegen die Tapete. So fest, dass Bergalis sich das Autogramm noch verdammt lange würde anschauen müssen. Noch lange, nachdem Will sein erstes Weizengras gedüngt hatte. Die Buchstaben waren scharf, kurz und ganz anders als bei den beiden anderen Unterschriften.

»Du hättest besser aufpassen sollen, Kim. Die Poizei hat die Briefe jedenfalls bereits als Beweismittel verworfen. Haben sie Ihnen nichts davon erzählt, Marty? Das tut mir aber Leid. Sie sollten öfters in den Club gehen. Und, Kim, bevor du einfach mein Autogramm aus einer Pressemappe abmalst, solltest du besser nachdenken. Nicht hastig arbeiten, Fräulein. Dann macht man leicht Fehler.«

Er schaute Kim zufrieden an. In ein paar Sekunden würde er umgenietet werden, aber er würde zufrieden gehen. Kim war rot geworden und schnaubte leise. Das war für sie kein guter Morgen gewesen. Sie wandte sich langsam von Will ab und Martin zu. Will folgte ihrem Blick und beobachtete Martin Bergalis, den Chef von Haven, wie er langsam den obersten Brief aus der Mappe zog, ihn zu einem winzigen Ball zusammenknäulte und dabei seine Augen stets auf Kim gerichtet hielt. Oh oh, dachte Will, da haben wir aber einen angepissten Liebhaber.

»Übrigens, tut mir Leid wegen der Wand, Marty.« Will sehen, wie du die in einer Stunde wieder hinkriegst, du Arschloch.«

»Sie werden den Plastiksprengstoff in Ihrer Wohnung finden.«

»Das werden sie. C-4. US Army. Aus NATO-Beständen gestohlen. Davon habe ich im letzten Jahr gelesen. Als ich in Italien so furchtbar schlecht durch die Berge gefahren bin. Ich habe auch eine 9-mm-Beretta verloren. Wie die, die der Kamerad hier trägt.« Philippe fand sich in ein faszinierendes Gespräch verwickelt. »Sie müssen zugeben, dass es ziemlich weit hergeholt ist, mich mit Plastiksprengstoff in Verbindung zu bringen. Außerdem, würde ich vielleicht mein eigenes Fahrrad in die Luft jagen? Godot wird mit Ihren Absicherungsplänen kurzen Prozess machen.«

»Godot?«

»Ja, Godot.« Will gefiel es überhaupt nicht, wie Martin auf einmal grinste.

»Inspektor Luc Godot von der Pariser Polizei?«

»Ja.«

Bergalis lachte.

»Ich habe eine traurige Nachricht für Sie, Mr. Ross. Wenn die Polizei den Plastiksprengstoff findet, wird sie ihn in den Ruinen Ihrer Wohnung finden. In den Ruinen Ihres Wohnhauses. Es scheint, als habe jemand, vielleicht Sie selbst, Ihre Wohnungstür verdrahtet – und als Godot und Ihre Vermieterin die Tür geöffnet haben, um Sie zu suchen«, er schaute Philippe an, »wahrscheinlich vor ungefähr einer Stunde, ist die Wohnung einfach … in die Luft geflogen. Tut mir Leid.«

Will stand da, als habe er einen Tritt in den Magen bekommen. Das vierte Stück aus der Kiste. Jetzt wusste er, wo es war. Er konnte Philippe neben sich lachen hören. Bergalis nahm den zerknüllten Brief und öffnete ihn langsam und vorsichtig wieder, strich die Falten glatt.

»Das erspart mir die Mühe, das Gebäude abreißen zu lassen. Und vielleicht sollte ich hiermit ein wenig sorgsamer umgehen – man kann nie wissen, wann man so etwas noch brauchen kann.«

Bergalis lächelte und schaute zu Philippe. Er nickte in Wills Richtung. Oh oh. Verdammt. Scheiße. Überlege schnell. Game over. Alles, was sein Hirn hervorbrachte, war Game over. Bzzzzzzz. Wieder und wieder. Game over.

Philippe beugte sich in der Hüfte und legte beide Hände auf den Rand der Couch, um sich langsam aus ihrer Bequemlichkeit zu befreien. Er erhob sich mit hängenden Armen und gesenktem Kopf. Alles an ihm zeigte zu Boden.

Will hörte es zuerst. Ein Brüllen wie von einem wilden Tier. Dann zuckte ein rot-weiß-gelber Blitz durch den Raum. Eine Kuh. Eine lachende Kuh flog durch das Zimmer. Eine lachende Kuh war gekommen, um ihn zu retten. Dann sah er, dass die Kuh menschliche Arme hatte und dass die Arme ein Buch hielten, ein riesiges verdammtes Buch über Paris, dass von unten nach oben schwang und Philippe Graillot am Kinn erwischte, als er sich gerade zu voller Größe aufrichtete. Die Wucht des Schlages warf seinen Kopf nach hinten gegen das Kunstwerk aus Schiefer. Es gab einen dumpfen Knall, sein Kopf spaltete den Schiefer und das Buch sank auf seinen bereits blutigen Skalp. Philippe krachte auf den Boden wie ein Reissack, der von einem Lastwagen fiel.

Cheryl Crane stieg über den Körper ihres Peinigers, nahm ihm seine Pistole ab, zeigte damit auf die ganze Versammlung und sagte entschlossen: »Legt euch nicht mit mir an. Ich komme aus Detroit.«

Keiner wagte, sich zu rühren. Will verspürte eine plötzliche Erleichterung und musste auf einmal dringend zur Toilette.

»Meine Heldin«, quietschte er.

»Will, komm hier rüber und geh mir aus dem Schussfeld. Wenn ich diesem Arschloch schon den Kopf wegblasen muss, würde ich das lieber tun, ohne dich dabei auch zu durchlöchern.«

Will bewegte sich flink in Richtung Tür, auf Zehenspitzen, fast über den Teppich schleichend.

»Jetzt blockierst du meine Ziellinie auf das kleine Fräulein Kim. Geh zur Seite.«

»Nicht, dass ich dir nicht trauen würde, Kim-ber-ley, aber ich traue dir nicht.« Kim fing an, sich zu rühren und Cheryl schnellte mit der Pistole ruckartig in ihre Richtung. »Pass auf, Süße, du gehst mir seit Januar regelmäßig auf die Nerven, also bild dir nicht ein, dass ich auch nur einen Augenblick zögern würde, dir das verdammte Gehirn wegzublasen. Ich bin müde. Ich habe Kopfschmerzen. Ich brauche 'nen Kaffee. Und ihr habt den ganzen Vormittag darüber diskutiert, mich zu Pflanzenfutter zu verarbeiten, als wäre es die selbstverständlichste Sache der Welt ... also – stell' meine Geduld nicht auf die Probe, Kim. Verstanden?« Kim nickte erstarrt.

Martin sagte leise: »Was glauben Sie, wohin Sie entkommen können? Wo glauben Sie, dass Sie sicher vor mir sind?«

»Ich werde entkommen«, sagte Cheryl mit ruhiger Stimme. »Aber ich werde mich nicht verstecken. Genauso wenig wie Mr. Ross. Als Erstes werden wir Ihren Bruder Henri anrufen. Und dann Ihren Herrn Papa. Ist ihnen aufgefallen ... Kim, ich habe dich gewarnt, ich habe ganz schlechte Laune ... dass Ihr Vater mich süß findet? Er hat mir sogar seine Privatnummer gegeben. Es hat mir nie gefallen, ›süß‹ zu benutzen, um vorwärts zu kommen – anders als andere Leute –, aber in diesem Fall mache ich eine Ausnahme.«

Martin begann zu schwitzen, sein Gesicht glänzte vor Anspannung und einem rasch ansteigenden Blutdruck.

»Dann rufe ich bei den Bullen an – mit oder ohne Godot – damit sie Mr. Phil und den Rest der Bande aufsammeln. Dann werde ich mich in die Badewanne legen. Und mir einen ausgiebigen Schlaf unter etwas anderem als einer Leinwand gönnen. Und dann – wer weiß –, vielleicht werde ich meinen Radlerkumpel hier dazu animieren, noch einmal im Haven-Trikot anzutreten, bei Gent-Wevelgem aufzutrumpfen oder, noch besser, bei Paris–Roubaix und eure kleinen Spielchen und Pläne endgültig zunichte zu machen.

»Äääühhh, Cheryl ... ich will wirklich nicht ... «

»Halt's Maul, Will.« Sie schwenkte die Pistole zwischen ihren beiden Zielen hin und her. Direkt hinter ihr fing Philippe an zu stöhnen. Cheryl schaute über ihre Schulter, hob ihr linkes Bein und traf Philippe mit dem Absatz ihrer Laufschuhe direkt an der Schädeldecke. Er gab nur ein »Arggh« von sich und war dann wieder still.

»Und jetzt raus hier, Will. Schluss mit lustig.« Sie blickte noch einmal auf Wills verschiedene Unterschriften an der Wand. »Ihr Innenausstatter gefällt mir. Sie müssen mir unbedingt seine Telefonnummer geben.« Will öffnete die Bürotür und trat in den Flur. Cheryl folgte ihm rückwärts. »Richten Sie Philippe aus, dass es persönlich gemeint war. Und wenn er das nächste Mal an mir rumfummelt, breche ich ihm seine gottverdammten Finger.« Sie holte mit dem linken Bein die Tür heran und trat sie zu. Kurz bevor sie ins Schloss fiel, sagte sie durch den letzten Spalt: »Danke für die Gastfreundschaft. Einen wunderschönen Tag.«

Plötzlich fing sie an, den Gang herunterzurennen, dem Treppenhaus entgegen und dem Vorraum und der Tür. »Beeil dich, Kumpel. Wir haben viel zu erledigen, viele Leute anzurufen und Pläne zu durchkreuzen.«

Will rannte schweigend hinter ihr her, ein Stockwerk nach unten in den gekachelten Empfangsbereich, durch die verschlossene Vordertür und auf die Straße. Die Beretta war unter Cheryls Sweatshirt verschwunden. Die lachende Kuh war bewaffnet und gefährlich. Sie trat auf den Boulevard, holte tief Luft und fing an, in Richtung Osten zu joggen.

»Die Metro ist nur ein paar Straßen weiter und ich brauche eine Telefonzelle.«

»Du hast das ernst gemeint«, sagte Will, der neben ihr lief. »Du hättest sie umgelegt. Wo hast du gelernt, so mit einer Pistole umzugehen?«

»Du kannst deinen Arsch darauf verwetten, dass es mir ernst war. Dem Idiotengesicht und seiner Freundin werde ich's zeigen, und zwar richtig.«

Will drehte sich noch einmal zu dem Chateau um und sah durch das Fenster im zweiten Stock Martin und Kim, wie sie Seite an Seite den verschwindenden Figuren nachschauten. Er wollte eigentlich winken, aber er konnte nicht. Wenn man den Schlangen entkommen ist, steckt man nicht seine Hand in den Korb zurück, um sich zu verabschieden.

Martin beobachtete, wie die beiden Gestalten die Straße herunterrannten. Er brauchte Zeit zum Nachdenken. Er musste kontern. Er konnte Henri ausschalten, aber nicht seinen Vater. Und woher zum Teufel hatte sie seine Privatnummer? Nicht einmal er hatte die Privatnumer seines Vaters. Er schaute Kim an – sein Gehirn arbeitete schnell, gezielt und sorgfältig – und dann wusste er es. Die Antwort stand direkt vor ihm.

Kim lächelte ihn an, ein unsicheres, verängstiges Lächeln. Philippe stöhnte in der Ecke. Martin schaute auf die Uhr. Montagmorgen 8.15 Uhr. In der nächsten halben Stunde würde die Belegschaft eintrudeln.

»Weck ihn auf. Ich muss mit ihm reden.«

Kim drehte sich um und ging rasch zu Philippe durch den Raum. Philippe richtete sich auf und stieß sie weg. Er wollte und brauchte keine Hilfe. Martin beobachtete, wie Philippe aufstand und schwankte, sich den Nacken rieb und mit hasserfüllten Augen seinen König anschaute.

Martin Bergalis wusste, dass er im Schach war, aber nicht Schachmatt. Die tödlichste Figur auf dem Brett gehörte noch immer ihm.

Und er war am Zug.

16
Flucht nach vorne

Godot hasste es, im Sitzen zu schlafen. Er versuchte sich aufzurappeln, um ins Bett zu gehen, aber es gelang ihm nicht. Schlimmer noch, er war falsch herum eingeschlafen, seine Knie, seine Brust und sein Gesicht waren in die Rückenlehne des unbequemsten Stuhls der Welt gepresst. Gott, wann hat Beatrice nur dieses Ding gekauft? Offensichtlich kurz bevor sie ihn verlassen hatte. Es musste ein letzter Akt des Trotzes gewesen sein, aber wer konnte ihr das verübeln? Er war nie zu Hause. Er wollte die Ehe beenden, hatte aber nie den Mut gehabt, es ihr zu sagen; er hatte die Ehe einfach sterben lassen und ihr die Drecksarbeit überlassen.

Es war grauenhaft. Der Krach. Der Schmerz. Er versuchte, sich aus den Tiefen des Schlafs hochzuzwingen und den verdammten Fernsehapparat auszuschalten. Was würden die Nachbarn sagen? Er öffnete ein Auge und stellte fest, dass es seine Nachbarn nicht stören würde. Das war überhaupt nicht seine Wohnung. Das war weder sein Stuhl noch sein Zimmer noch sein geschliffenes, in Blei gefasstes Fensterglas. Der Fernseher heulte mit einem Zischen und einem Krachen wieder auf. Das war auch nicht sein Fernseher. Das hier war eines dieser Großbildschirm-Teile, das Leben in die Bude brachte.

Es war nicht nur die Matratze, das war auch das schlimmste Kissen der Welt. Er scheiterte bei dem Versuch, seinen Kopf zu heben. Oh, *merde*. Er klebte daran fest. Er zwang sich dazu, den Schmerz zu ignorieren, und schälte sich von der Stirn über das Gesicht heraus, bis sein Kopf frei in der Luft baumelte wie der einer billigen Puppe.

Godot versuchte, sich rückwärts fallen zu lassen. Er hielt sich noch aufrecht, fiel aber dann zur Seite, gegen den Zaun und starrte in den

Himmel. Das ist garantiert nicht meine Wohnung, dachte er. Meine hat ein Dach. Er fiel in Ohnmacht, im selben Augenblick, in dem der 11-Uhr-15-Zug vom Gare du Nord die Höchstgeschwindigkeit erreichte und in Richtung Brüssel vorbeipfiff.

Das Letzte, das Will gesehen hatte, bevor er in Ohnmacht gefallen war, war Cheryl gewesen, wie sie mit Henri Bergalis in ein intensives Gespräch über die Ereignisse der letzten vierundzwanzig Stunden vertieft war. Er wäre gerne geblieben und hätte mitgeredet, aber er hatte mehr als vierundzwanzig Stunden nicht geschlafen, war ein Sieben-Stunden-Rennen gefahren und hatte eine Autofahrt unter einer Leinwand erlebt. Nur auf der Ecke des Diwans zu sitzen hatte ausgereicht. Die dunklen Schlafgötter hatten aus der Matratze nach ihm gegriffen, seinen Hinterkopf gepackt und ihn tief in ihr Reich gezogen.

Er hatte sich nicht gewehrt.

Er hatte nichts geträumt, außer einem kurzen Schnappschuss von Mrs. Cangialosi, wie sie bei Raymonds Beerdigung im Regen stand. Unbeweglich. Von der Armee ihrer Töchter umringt. Raymond war ihr einziger Sohn gewesen. Will ging zu ihr hinüber und wurde spontan dazu auserwählt, den leeren Fleck in ihrem Leben zu füllen.

Der Regen und die Dunkelheit umschlangen die beiden und Will verschwand in den Nebeln des Schlafs.

Cheryl war noch zu aufgewühlt zum Schlafen. Sie hatte ihren Glauben, ihr Vertrauen und ihr Leben in Henri Bergalis' Hände gegeben. Sie hoffte, noch klar denken zu können. Sie war auch seit vierundzwanzig Stunden wach, hatte einen Schlag ins Gesicht mit einer 9-mm-Beretta abbekommen und einen hässlichen Bluterguss davongetragen, war auf dem Bodenblech eines alten Renault nach Paris gefahren und hatte dabei Abgase eingeatmet, hatte im Chefbüro eines multinationalen Pharma-Konzerns Calamity Jane gespielt und hatte jeden angerufen, von dem sie glaubte, er könne in der Sache hilfreich sein: Henri; Stefano Bergalis; Deeds, den sie nicht erreicht hatte; und mit einem mitternächtlichen R-Gespräch Debbie, ihre beste Freundin in den USA, von der sie sich moralische Unterstützung geholt hatte.

Debbie hatte nachdenklich zugehört und einfach gesagt: »Halt die Stellung. Und bring Ross dazu, auch die Stellung zu halten. Wenn ihr abhaut, haben sie gewonnen. Aber pass auf dich auf.«

Leichter gesagt als getan, vor allem aus 8 000 Kilometern Entfernung. Alles in ihr schrie danach, die Hufe zu schwingen, aber sie hatte auch eine Mordswut und wünschte sich inständig, dass um Martin Bergalis herum die Welt zusammenbräche. Deshalb entschied sie sich für den Bruder. Sie hatte die beiden zusammen erlebt. Sie hatte die Kälte erlebt, die sich zu Hass auswuchs. Vielleicht, dachte sie, kann ich Henri als Schild benutzen, um mich und Will und die Mannschaft zu schützen.

Keine Leichen mehr.

»Keine Leichen mehr.«

»Entschuldigen Sie?«

»Was?« Sie schüttelte sich, um zu sich zu kommen. Sie konnte sich kaum mehr aufrecht halten. Henri hatte ständig geredet und sie hatte nicht wirklich zugehört, war im Dialog mit sich selbst verstrickt gewesen. »Entschuldigen Sie. Was haben Sie gesagt?«

Henri hielt inne und lächelte. Das, dachte er, ist ein Frau zum Liebhaben. Hart, schlau, stark und, auf ein einfache, ruhige Art schön. Frisch, trotz des Blutergusses auf ihrem Gesicht. Er gab ihr Charakter und fügte ihrer Schönheit einen gefährlichen Zug hinzu.

»Warum ruhen Sie sich nicht einfach aus? Sie und Mr. Ross sind hier sicher. Das ist einer meiner sichersten Orte. Er gehört Ihnen, so lange Sie ihn brauchen. Ich werde Bertrand losschicken, um Ihnen frische Kleidung zu besorgen. Es tut mir Leid für Mr. Ross. Wegen der Explosion liegen seine Sachen im ganzen Viertel um sein Haus herum verteilt. Bertrand wird ihm neue Sachen kaufen.« Er schaute zu Will. Seine Größen stehen ja in der Ausstattungsliste der Mannschaft.«

Sie nickte. Langsam. Ihr Blick begann zu verschwimmen. Henri half ihr aufzustehen und brachte sie ins Schlafzimmer.

»Ich danke Ihnen«, sagte sie und ihre Augen rollten vom Bett zu den Fenstern zu seinem Gesicht. »Sind Sie sicher, dass Ihr Bruder diese Wohnung nicht kennt?«

»Bei meinem Bruder kann man nie wissen«, sagte Henri. »Aber ich glaube, dass Sie im Augenblick sicher sind. Er glaubt, dass Sie im George V. untergebracht sind. Außerdem haben Sie ihn ausgekontert. Was Sie getan haben, hat seine Pläne völlig durcheinander gebracht.«

»Er wird doch nicht durchdrehen und alles umnieten, was ihm in den Weg kommt?«

»Was sagen Ihre Football-Teams dazu – ein ›blitz‹? Nein. Er spielt zwar auf Leben und Tod, aber mit Finesse. Er hat sich jetzt zurückgezogen und sucht nach neuen Wegen, um seine Ziele zu erreichen.«

»Oder um seinen Arsch zu retten.«

»Wenn Sie so wollen. Er würde gerne seinen, ähem ... Arsch ... retten.«

Sie hatte ihre Schuhe abgestreift und das schmutzige Kuh-Sweatshirt über den Kopf gezogen. So stand sie mit natürlicher Schamlosigkeit vor ihm, ihre Brüste hoben und senkten sich bei jedem Atemzug. Er versuchte, nicht hinzuschauen, aber das untere Drittel seines Blickes konnte sich nicht ganz abwenden und bei jedem ihrer Atemzüge fand er sie aufregender und entzückender.

Sie hatte sich ohne zu überlegen ausgezogen und erst die Kälte im Raum machte ihr bewusst, dass sie sich vor einem fremden Mann entblößt hatte. Selbst das Aufwachsen in einer Großfamilie hatte sie nicht derartig kühn gemacht. Sie lächelte, nahm seinen Arm und brachte ihn an die Tür.

»Ich rufe Deeds an«, sagte Henri, hielt den Kopf geradeaus und konzentrierte sich auf die Peripherie seiner Wahrnehmung. »Wir nehmen Ross für Gent-Wevelgem aus der Mannschaft und schauen dann, wie er sich vor Paris–Roubaix fühlt. Versuchen Sie ihn zu überreden, Paris–Roubaix zu fahren.«

»Das wird nicht so schwierig. Er ist so ehrgeizig wie schon seit Jahren nicht mehr. Sogar für Paris–Roubaix, das er noch mehr hasst als den Mont Ventoux.«

»Ja.« Er nickte. »Ich lasse Ihnen Kleider hier. Dort neben Ross.«

Sie schauten beide zum Diwan. Will hatte sich darauf ausgebreitet, ein Arm lag darauf, der andere darunter und die Beine waren wie Pfeifenreiniger verbogen.

»Vielleicht sollte ich ihn ein wenig bequemer hinlegen.«

»Ach, lassen Sie ihn. Er kriegt das schon hin.« Sie wandte sich ihm zu. »Ich danke Ihnen. Danke für die Hilfe und für den Schutz. Sie sind süß.« Sie beugte sich zu ihm, berührte sein Gesicht mit der Hand und küsste ihn auf die Wange. Er nahm die Hand, hielt sie für einen Augenblick und küsste dann die Handfläche.

»Keine Ursache.«

Sie schauten einander einen langen Augenblick an, bevor Cheryl ihre Hand wegzog, im Schlafzimmer verschwand und die Tür hinter sich zuzog, nicht jedoch, ohne ihm durch den letzten Spalt hinterherzuschauen.

Die Tür schnappte zu. Und Henri Bergalis lächelte. Das war ein fantastischer Morgen für ihn gewesen. Er war kurz davor, seinem Bruder die Kontrolle über die Firma zu entreißen. Und stand am Anfang einer Beziehung mit der Amerikanerin. Alles innerhalb weniger Minuten, nachdem sie ihn mit ihrem Anruf geweckt hatte.

Schlaf gut, Liebling, dachte er. Nach dem, was du für mich und mit mir getan hast heute Morgen, werde ich es niemandem erlauben, dir weh zu tun. Er drehte sich um und sah, wie Will friedlich auf dem Tagesbett schnarchte und aus dem Mundwinkel sabberte. Unrasiert, zerzaust, ungepflegt.

Dir wohl auch nicht, seufzte er.

Die Züge hatten Godot aufgeweckt. Warum sie immer pfeifen mussten, wenn sie an einem vorbeifuhren, war ihm ein Rätsel. Aber sie taten es. Und beendeten einen lausigen Nachtschlaf.

Er starrte einen Augenblick lang in den Himmel, wunderte sich, wo er war, und stellte fest, dass er sich eigentlich in keine Richtung wälzen konnte. Die dichte Hecke hinderte ihn zur einen Seite daran, der Begrenzungszaun der Gleise zur anderen. Er rappelte sich langsam auf. Sein Gesicht brannte. Er fuhr mit einer Hand darüber, an der getrocknetes Blut und Blätter kleben blieben. Ein weiterer Zug in Richtung Stadt rauschte vorbei. Das war kein geeigneter Platz für ein Nickerchen. Er zog sich am Zaun hoch. Alles in ihm tat weh und im Stehen wurde ihm schwindlig. Er lehnte sich an den hölzernen Zaunpfahl und gab der Welt außerhalb seiner Augäpfel die Gelegenheit, mit dem Tango aufzuhören.

Dann drehte er sich um, fand eine schmale Lücke in der Hecke und bahnte sich mit eingezogenem Kopf seinen Weg. Es war schwerer als er gedacht hatte, eine echte Anstrengung, durch das Gestrüpp in die Außenwelt vorzudringen. Er begann sich zu fragen, wie er überhaupt dorthin gekommen war. Als er sich befreit hatte und seine Augen geöffnet, erinnerte er sich rasch. Er stand in einem kleinen Hinterhof aus Matsch und Schlamm mit wenigen Flecken Gras. Vor ihm war die Ruine dessen, was wohl ein Wohnhaus gewesen sein musste. Die Seitenwände standen größtenteils noch, aber die Vorder- und Hinterseite waren völlig weg und das Dach schien senkrecht nach unten gefallen zu sein.

Hier wohnte doch Will Ross. Ist er tot? Vielleicht.

Er erinnerte sich daran, dass die Hausmeisterin an die Tür geklopft hatte und daran, dass LaSarges Mobiltelefon geklingelt hatte. Er hatte abgenommen, aber die Verbindung im Flur war miserabel gewesen. Er war ein Stockwerk nach unten und aus der Hintertür ins Freie gegangen. Dort war die Verbindung gut. Es war ein Anruf für LaSarge gewesen. Und dann war er von einer riesigen Hand durch den Hof und die Hecke zu den Zügen gefegt worden. Aber sein Gesicht hatte ihn gestoppt, indem es sich in den Zaun gedrückt hatte.

Die Polizei und die Sanitäter wimmelten durch das Gebäude wie Reporter an einer Bar, wo es freie Getränke gab. Godot konnte sie kaum hören. Alles was er hören konnte war das gelegentliche Pfeifen der Züge, die vorbeizischten. Er stand schweigend da und beobachtete die Arbeiter dabei, wie sie das Dach durchschnitten, gruben, nach Überlebenden suchten.

Die Hausmeisterin musste die Tür aufgemacht haben.

Sucht gar nicht erst nach ihr, dachte Godot. Es wird kaum genügend von ihr übrig sein, um eine Mokkatasse zu füllen.

Er fing an zu husten, erst leicht, dann fest, dann ging er auf die

Knie und kotzte seine Lungen und seine Eingeweide aus. LaSarge und Benedict waren an der Vorderseite des Gebäudes gewesen. Benedict hatte die Rettungsarbeiten beobachtet und auf ein Zeichen von seinem Freund gewartet und LaSarge hatte die Teenager im Tanzstudio auf der anderen Straßenseite beobachtet, die sich das Geschehen durch ein Panoramafenster ohne Glas anschauten, als der uniformierte Offizier die Nachricht von dem Überlebenden mit dem Trenchcoat im Hinterhof überbrachte. Sobald Benedict Godot sah, rief er nach Hilfe. Sie liefen zu ihm, packten ihn an den Schultern und setzten ihn auf den Boden.

»Luc – Luc. Ich bin's. Benedict.« Godots Augen schauten wie die eines betrunkenen Bernhardiners. Er hatte aus der Nase und aus den Ohren geblutet. Die Druckwelle, dachte Benedict. Sein Gesicht war mit Kratzern und Dreck übersäht und mit wirren Linien aus getrocknetem Blut gezeichnet. Womit auch immer Godot gekämpft hatte, er hatte verloren. LaSarge schaute Godot mit dem geübten Auge eines Mannes an, der in seinem Leben viel Blut gesehen hat. Wenn er keine inneren Verletzungen hatte, würde Godot nur für ein paar Tage ein Klingeln in den Ohren und teuflische Kopfschmerzen haben. Diese Diagnose wurde in den nächsten Tagen auf dem Revier die Grundlage seiner Verteidigung gegen Vorwürfe, er habe sich im Hinterhof eines zerstörten Wohnhauses im Norden von Paris kaltschnäuzig und unverschämt verhalten.

LaSarge packte Godot fest bei den Schultern, schüttelte ihn und sagte in einer lauten, durchdringenden und kräftigen Stimme: »Wo zum Teufel ist mein brandneues Mobiltelefon, du Bastard?«

Der Himmel war offensichtlich außerhalb seiner Reichweite. Das hier war eher wie der Wartesaal des Busbahnhofes in Milwaukee. Das konnte nicht der Himmel sein. Er hatte so viel mehr erwartet.

»Das ist nicht der Himmel«, sagte Tomas, »entspann dich.«

»Wo bin ich dann?« Will schaute sich langsam und verwirrt um.

»Es ist eher so etwas wie ein Vorhof. Eine Art Durchgangsstation.«

»Hat Philippe mich gefunden?«

»Nein, Kumpel – du bist nur zu Besuch. Nachwirkungen deiner Gehirnerschütterung. Er hat dir ein ganz schönes Ding verpasst«, sagte Tomas, beugte sich vor und begutachtete die Beule und die Wunde direkt oberhalb von Wills Schläfe. »Du hast Glück gehabt. Du hättest auch hier hängenbleiben können und ein paar Jahrhunderte lang Getränkeautomaten auffüllen müssen.«

»Heh?«

»Buße. Kleinere Vergehen. Moralische Ausrutscher. Schimpfwörter. Freunde im Stich lassen. Lässlicher Kram. Nichts Tödliches.«

»Hast du Schimpfwörter gesagt?«

»Ja – oh. Seinen Namen missbrauchen, solches Zeug.«

»Siehst du?«

Will schaute sich im Wartezimmer zum Himmel um. Plastikbänke und -stühle. Der Getränkeautomat mit dem gesprungenen Glas. Die verschmierten Türen, die zur Siebten Straße in Milwaukee führten, so hatte er sich das nicht vorgestellt.

»Ich sehe ein leer stehendes Lagerhaus neben einer Pier auf Korsika«, sagte Tomas und sah sich in der höhlenartigen Halle um. »Mein Vater hat mich dort jeden Sommer hingeschickt, um mit meinem Onkel Ladungen zu lichten. Ich musste hier immer auf das Schiff nach Hause warten. Manchmal mehrere Tage, bis sie endlich losfuhren. Was siehst du?«

»Oh nein, Mann«, sagte Will und winkte ab, »es ist der Busbahnhof. Ich glaube, in Milwaukee. Habe dort viel Zeit verbracht. Auf dem Weg nach Hause.«

Tomas lächelte. »Purgatorium. Ist für jeden von uns anders.«

»Mann, ich vermiss' dich.«

»Ich weiß, Will. Und es freut mich. Ich bleibe so lange am Leben, wie du mein Andenken in deinem Herzen bewahrst. Und wo ich gerade dabei bin – Raymond lässt dich grüßen.«

»Mein Gott, Raymond.«

Tomas hob schnell die Hand. »Eheh. Pass' auf, was du hier sagst.«

»Oh, sorry. Wo ist Raymond?«

»Er ist hier. Ist aber irgendwie sauer auf dich. Sieht so aus, als hättest du seine Familie sitzen lassen. Seine Mutter. Bist 'n Mordsfreund, was?«

Schuld und Scham trafen Will aus über einer Dekade Entfernung mitten ins Herz. Er hatte sie sitzen lassen. Er hatte Mrs. Cangialosi den Rücken gekehrt. Er hatte der gesamten Familie den Rücken gekehrt. Er hatte nicht gewusst, wie man mit dem Tod umgeht. Und schon gar nicht mit dem Tod seines besten Freundes vor seinen Augen. Er hatte nicht gewusst, wie er mit ihrem Bedürfnis nach einem Ersatz für ihren Sohn umgehen sollte. Er war ein Kind gewesen. Sechzehn, vielleicht siebzehn. Er wusste es einfach nicht. Deshalb hatte er sich abgewendet.

Will spürte, wie die Tränen auf seinen Wangen brannten, auf den Narben, die sein Gesicht durchzogen. Er hatte sich abgewandt. Sechzehn Jahre nach dem Unfall, fünfzehn Jahre nachdem er weggelaufen war, weigerte sich seine Scham, ihn in Ruhe zu lassen. Sie war zurückgekehrt, um ihn heimzusuchen.

Will wachte auf einem Diwan in einem Zimmer auf, dass er nicht kannte, rollte sich auf den Boden, streckte sich und machte sich auf die Suche nach einem Telefon, dass er nicht finden konnte. Aufhören, dachte er. Hör einfach auf zu klingeln. Es hörte nicht auf. Es war beharrlich. Will wanderte halb wach durch das Halbdunkel des Raums. Das Tageslicht blitzte an den Rändern des schweren Samtvorhangs vorbei, der die halb runden Fenster verhängte. Es pochte nicht mehr in seinem Schädel, aber sein Mund fühlte sich an, als wäre er mit dem Inhalt der Sporttasche eines Gymnasiasten gefüllt. Er stolperte über einen gusseisernen Hund und fluchte.

Das Telefon klingelte immer noch.

Hör' auf den Ton, dachte er. Such den Ton. Er hielt inne, schloss die Augen und wartete auf den nächsten Ton. Er schlief prompt wieder ein. Rechts. Und ganz in der Nähe. Er bewegte sich langsam vorwärts, stolperte noch einmal über den Hund, fluchte noch einmal und blieb stehen. Rechts vor ihm. Er tat einen langsamen Schritt und hörte auf das Läuten. Ganz nahe. Seine Wade stieß an einen runden Tisch. Er öffnete die Augen, nahm das Telefon aus Perlmut ab und flüsterte eine Begrüßung hinein.

»Was?«

»Will?« Es war eine Frauenstimme. Eine, die er kannte, obwohl er sie seit Jahren nicht mehr durchs Telefon gehört hatte.

»Kim?«

»Ja. Wie geht es dir?«

»Im Moment muss ich dringend pinkeln.« Es gab eine lange unangenehme Pause.

»Ich muss mit dir reden.«

»Oh Mann. War das heute Morgen nicht genug?«

»Heute Morgen? Will – es ist Dienstagmittag.«

Wirklich? Scheiße. Es kam ihm gar nicht so vor.

»Will, ich muss mit dir reden.«

»Wie hast du mich gefunden?«

»Will –«

»Wie hast du mich gefunden?«

»Ich habe Mittel und Wege.«

Er lachte. »Das glaube ich dir aufs Wort.«

»Verdammt Will. Das ist nicht fair.«

Will verlor langsam die Geduld. Je klarer sein Kopf wurde, desto dringender wollte er auflegen. Wenn Kim sie gefunden hatte, hieß das, dass Bergalis sie finden würde. Bergalis hieß Philippe und Philippe hieß zurück zum Busbahnhof in Milwaukee. Endgültig.

»Ich weiß, dass es nicht fair ist, aber du hast dein kleines Spiel schon zu lange gespielt und zu oft gewonnen, als dass du die süße Unschuldige spielen könntest, wenn es dir jemand ins Gesicht sagt.«

»Ich brauche deine Hilfe, Will.«

»Ach ja?«

»Martin. Philippe. Sie wollen mich umbringen und mir alles anhängen.«

»Was alles?«

»Colgan. Tomas. Merkel. Sogar Godot. Ich habe das Team geleitet – also behaupten sie, ich hätte deine Unterschrift benutzt. Dein Autogramm. Ich hätte versucht, dir alles anzuhängen. Ich hätte versucht, die Mannschaft zu zerstören.«

»Hast du ja auch.«

»Darum geht es nicht.«

»Natürlich geht es darum.«

»Aber doch nur auf Martins Befehl. Verdammt, Will, ich bin als nächstes dran. Du hast mich geliebt. Ich bin die Nächste, Will!« Ihre Stimme wurde plötzlich sanft. »Bedeutet dir das gar nichts?«

Will war lange still, dann seufzte er leise. »Es hat mir was bedeutet. Es hat mir wirklich etwas bedeutet. Früher einmal. Vielleicht auch vor nicht einmal allzu langer Zeit. Aber die letzten Tage und Wochen ...« Bilder von Mailand spukten durch seinen Kopf und seine Stimme wurde schärfer. »Hey – hast du schon einmal einen Mann – einen Freund von dir, nach einer Plastiksprengstoff-Explosion gesehen, Kim? Der menschliche Körper, Kim«, seine Stimme fing an, vor kaum kontrollierter Wut zu zittern, »fliegt in Stücken auseinander. Finger, Arme, Köpfe, Füße, Knie, Kim. Wenn du das einmal gesehen hast, vergisst du das nicht mehr. Nie mehr. Ich habe es gesehen. Ich habe meinen besten Freund sterben sehen. Das war das zweite Mal, dass ich mir das ansehen musste. Man gewöhnt sich nie daran. Und du warst daran beteiligt. Vielleicht hast du nicht die Anweisung dazu gegeben, vielleicht hast du nicht die Bombe gelegt, aber du hattest mit Martin und Philippe zusammen den Finger am Abzug, weil du es gewusst hast. Du hast es gewusst und nichts dagegen unternommen. Du ...« Er spürte, dass er sich nicht mehr unter Kontrolle hatte. »Du hast Tomas auf dem Gewissen, genauso sehr wie alle anderen. Erwarte von mir kein Mitleid, wenn du jetzt selbst unter die Räder kommst.«

»Tomas war ein Versehen. Er sollte nicht sterben.«

»Ich weiß, Kim. Ich sollte sterben! Erinnere dich daran. Es war mein Fahrrad. Mein Fahrrad, das in die Luft gegangen ist. Nicht das von Merkel. Nicht das von Bourgoin. Nicht das von Erwin Müller aus Wanne-Eickel. Mein Rad, verdammt.«

»Nein, ich meine – Colgan war der Einzige, der ...«

»Was? Der auf deine Rechnung geht?«, sagte er sarkastisch. »Der auf deinem Kalender stand? Oh, lass mich schauen. Sonntag 12 Uhr, den Weltmeister umbringen. 14 Uhr Tennis im Club. Dieses Leben, das du führst. Wie hältst du das nur aus?«

»Will, du musst mir helfen. Sie werden mich umbringen, Will.« Kim fing an zu weinen, stieß tiefe, gequälte, verängstigte Seufzer aus.

»Sie wollen mich umbringen, Will. Es tut mir Leid. Es tut mir so Leid. Will, sie wollen mich umbringen. Ich weiß es.«

Er hörte ihr einen Moment lang zu und überlegte, was er sagen könnte. Ein Teil von ihm wollte ihr helfen, aber er wollte einer anderen Kim helfen als der Frau am Telefon. Einer Kim, für die und mit der er etwas empfunden hatte. Aber ein anderer Teil von ihm brannte vor Hass und Bitterkeit gegenüber dem naiven Ehrgeiz, der ihr Gewissen aufgefressen hatte und der sie ins Telefon jammern ließ, wenn der Leibhaftige kam, um seinen Zoll einzufordern.

Er fragte sich, wie ihr Purgatorium, nein, ihre Hölle, wohl aussah.

»Ich kann dir nicht helfen, Kim. Tut mir Leid. Aber es gibt nichts, was ich für dich tun kann.«

»Triff dich mit mir. Triff dich morgen in Wevelgem im Ziel mit mir.«

»Nein, Kim.«

»Nach dem Rennen. Ich finde dich.«

»Nein, Kim.«

»Will, sie werden mich umbringen.«

»Kim – noch bist du nicht tot.«

»Was zum Teufel meinst du damit?«

»Entweder, du gehst zur Polizei und singst und hoffst auf das Beste ...«

»Willst du mich ...«

»Oder du rennst, Kim. Renn wie der Teufel und schau nicht zurück.«

»Du feiger Hund«, sagte sie und ihre Stimme triefte vor Gift. »Es ist wahr – all deine kleinen Freunde haben es immer gesagt – wenn du gebraucht wirst, haust du ab. Es wundert mich, dass du überhaupt noch Freunde hast.«

»Das ist wahr, Kim – aber andererseits versuchen meine Freunde mich wenigstens nicht umzubringen.«

Er atmete tief ein, wartete einen Moment lang auf eine Antwort und legte langsam den Hörer auf.

Er starrte eine Weile den Hörer an. Dann wurde ihm plötzlich klar, dass sie schleunigst verschwinden mussten. Jetzt gleich. Er eilte durch den Raum zu den Flügeltüren, die, wie er sich erinnern konnte, zum Schlafzimmer führten, dass er nie erreicht hatte. Er stieß sie auf, ignorierte Cheryls Halbnacktheit auf dem riesigen Bett, zog die Vorhänge auf, ging zurück und klatschte ihr mit der Hand auf den Rücken. Sie drehte sich erschrocken um und bedeckte sich hastig mit dem Laken.

Will beugte sich über das Bett und lächelte in ihr verschlafenes, verwirrtes Gesicht.

»Los geht's, Venus von Milo«, sagte er lächelnd, »sie wissen, wo wir sind – und wenn sie uns schon umbringen, sollten wir es ihnen so schwer wie möglich machen.«

Cheryl war mit einem Mal hellwach, schüttelte sich und starrte ihn mit weit geöffneten Augen an.

»Und ob, Sherlock.«

Deeds war wütend. Ihm fehlten seit 48 Stunden ein Auto, ein Fahrrad, ein Fahrer und eine Masseurin und er wusste nicht, ob sie nur eine Landpartie machten oder ob man sie ins Jenseits befördert hatte. Dann tauchten alle vier am späten Dienstagnachmittag ohne Vorwarnung im Mannschaftshotel in Gent auf, zerzaust, zerbeult und kaputt.

Deeds sah auch schlimm aus. Er hatte zwei Tage lang mit der belgischen Polizei verhandelt und versucht sie davon zu überzeugen, dass Kissen öfter mal explodierten und dass Herr Merkel einer jener unglücklichen Menschen war, deren Köpfe nicht fest saßen. Zwischen den Verhören, dem gestohlenen Auto und den aufgeregten Anrufen von Henri und Martin Bergalis hatte er nicht einmal die Gelegenheit gehabt, sich die Zähne zu putzen.

Henri Bergalis war jetzt für das Team zuständig. Kim Ross war draußen. Martin Bergalis wurde wegen irgendwas von der Polizei untersucht, wovon niemand so recht wusste, was es war. Carl war auf Martins Anweisung am Montagnachmittag ins Haven-Büro gefahren, hatte statt seiner jedoch seinen Bruder angetroffen sowie einen Schwarm Handwerker, die alles neu tapezierten. Hier muss ein Verrückter gewütet haben, dachte Deeds, die ganze Wand war mit Filzstift beschmiert.

Ihm fehlte jetzt mit Merkel ein Fahrer, mit Tomas ein Mechaniker und jetzt, wo Philippe spurlos verschwunden war, auch noch ein Assistent. Deeds erzählte es niemandem, aber nach den Ereignissen der vergangenen Wochen erwartete er jedes Mal, wenn er eine Tür öffnete, Philippes Kopf in einer Hutschachtel zu finden oder einen Knall zu hören und Stücke seines glatzköpfigen Assistenten im Waschraum des Hotels verteilt zu finden.

Deeds blickte zu Will hinüber, der sich einen bequemen Stuhl ans Fenster gezogen, sich darauf zurückgelehnt und die Füße auf die Fensterbank gelegt hatte.

»Es tut mir Leid, Will. Du kannst Gent-Wevelgem nicht mitfahren. Berga – Henri – sagt, du brauchst Zeit, um dich auf Paris – Roubaix vorzubereiten. Ich weiß, dass du dich darauf gefreut hast ...«

Aber Will war schon wieder eingeschlafen, in seinen Träumen versunken, wieder an seinem Busbahnhof, wieder im Purgatorium. Es wurde heißer. Das war kein gutes Zeichen.

Am Mittwochmorgen hatte Will seinen Kopf aus dem Hotelfenster gesteckt und wollte sofort nach Paris fahren, um Martin Bergalis, Kim und sogar Philippe persönlich für die letzten Tage zu danken. Ein bitterer Wind von der Nordsee pfiff durch die Stadt. Die Fahrer würden den ganzen Vormittag dagegen ankämpfen müssen. Er schaute auf und sah, dass der graue Himmel hellere und dunklere Stellen hatte, was vermuten ließ, dass sie die meiste Zeit auch im Regen fahren würden. Wasser, Wind, Wasser, Wind. Eine großartige Art und Weise, sein Geld zu verdienen. Der Hintern noch wund vom Wochenende und schon wieder im belgischen Wetter unterwegs. Und keine Menschenseele am Straßenrand. Heute ohne mich, dachte Will.

Er lächelte, aber es nagte auch ein wenig an ihm. Schlechtes Gewissen. Dieselbe Art schlechten Gewissens, die man hat, wenn man die Schule schwänzt oder freitags Fleisch ist. Er gehörte auf die Straße, um mit allen anderen gegen den Wind anzukämpfen, das Brennen in den Beinen zu spüren, sich der endlosen Straße zu stellen und sich zu wünschen, man wäre irgendwo anders.

Nach dem Start hüpfte er zu Cheryl in den Mannschaftswagen, half ihr dabei, Verpflegung auszuteilen, verfolgte mit ihr das Rennen über Funk. Daran werde ich mich gewöhnen müssen, dachte er, wenn ich dem Sport verbunden bleiben will; das war vermutlich seine Zukunft – als Zweiter Assistent, als Wasserflaschenfüller.

Cheryl schaute sich besorgt um.

»Geht's dir gut?«

Will schloss die Augen und rieb sich fest die Stirn.

»Klar doch. Kein Problem.«

Nach fünf Stunden des Rennens stand Will am Kemmelberg und schaute den Ersten dabei zu, wie sie sich den Berg heraufquälten. Aber das war noch gar nicht das Schlimmste. Das Schlimmste kam 40 Kilometer weiter, wo das Feld den Berg von der anderen Seite herauffahren musste. Wenn der Wind weiter so blies und es weiter so regnete, würde die unebene Straße auf der Abfahrt denjenigen das Leben schwer machen, die bis hierher überlebt hatten.

Will wollte dabei sein.

»Dir fehlt der Schmerz irgendwie, nicht wahr?«, sagte Cheryl leise und trat neben ihn, als die ersten Fahrer vorbeifuhren.

Will lächelte. »Ja. Es ist verrückt, aber es stimmt.«

»Ich weiß. So fühlte ich mich am Ende der letzten Saison auch, als ich nicht mehr fahren konnte. Ich stand während eines Frauen-Kriteriums in Südfrankreich am Rand und habe geheult. Ich kannte die ganzen Fahrerinnen. Und sie besaßen die unglaubliche Frechheit, ohne mich zu fahren. Ohne mich! Das hat mir das Herz zerrissen. Es dauert etwa sechs Wochen, bis man darüber hinwegkommt. Wenn man es je schafft.«

»Letztes Jahr«, sagte Will und starrte auf den Pflasterstein am Straßenrand und dann in den endlos grauen Himmel, »... bin ich einfach gegangen. Ich hatte kein Problem damit. Hab' einfach allem den Rücken gekehrt. Bin per Anhalter nach Avelgem gefahren. Hab' mich jeden Tag aufs Rad gesetzt und bin 50 Kilometer gefahren, nur zum Spaß. Aus Gewohnheit. Ohne Leidenschaft. Ohne Verlangen. Ich habe es nicht einen Augenblick vermisst. Aber jetzt – heute«, er zeigte mit der Hand auf den schmalen Anstieg zum Kemmelberg, »ist es kaum auszuhalten.«

»Willkommen zu Hause …« Ein junger italienischer Fahrer kam die Abfahrt heruntergeschossen, verlor sein Gleichgewicht auf einem Sandflecken, bekam das Rad wieder unter Kontrolle, blieb mit dem Vorderrad in einer Rille hängen, bekam das Rad wieder unter Kontrolle, richtete sich auf und schoss wie ein Pfeil in einen Milchlaster, der am Straßenrand geparkt war.

Will und Cheryl beobachteten das Geschehen schweigend.

»Ja«, sagte er, »es fehlt mir.«

Das Wetter hatte das Feld dezimiert.

Bourgoin, Cacciavillani und Cardone hatten sich alle zwischen der ersten und zweiten Passage über den Kemmelberg aus dem Feld herausfallen lassen. Der Wind war so stark und so gemein, dass die Erholung Tage dauern würde, wenn sie sich hier aufrieben. Das größte Frühjahrsrennen stand direkt vor der Tür: Paris–Roubaix, der Sonntag in der Hölle. Es war sinnlos, sich hier kaputtzumachen, um dann im Wald von Arenberg wie ein Kartenhaus zusammenzuklappen.

Paluzzo war der einzige Überlebende, wenn man bei seinem verzerrten Gesichtsausdruck im Kampf gegen die Elemente von »Überleben« reden konnte. Er musste sein Lehrgeld zahlen. Bei gleichen Bedingungen im nächsten Jahr würde er sich mit dem Rest der Mannschaft zurückfallen lassen. Dieses Jahr war alles noch neu für ihn. Frisch und aufregend. Die Herausforderung war seine neue Droge und er war süchtig. In zwölf Monaten würde sie ihn ankotzen.

Die Menge am Ziel in Wevelgem war größer als alle, die Will unterwegs gesehen hatte. Viele Leute hatten sich zeitig von der Arbeit davongeschlichen, nachdem der Wind nachgelassen und der Himmel etwas klarer geworden war. Die Farben des Tages waren noch immer trübe, aber zumindest lebhafter als das Grau in Grau, das er vom Start in Erinnerung hatte.

Beim Blick die Zielgerade herab konnte Will in der Ferne die ersten Fahrer erkennen. Das Feld war am Kemmelberg viel weniger zersprengt worden, als er es erwartet hatte. Die Italiener und die Deutschen zogen den Sprint an, die belgischen und holländischen Fahrer schoben sich zwischen ihnen hindurch. Die Lokalmatadoren hatten die letzten Rennen zu Hause verloren und nicht vor, das noch einmal geschehen zu lassen.

Will versuchte, die Fahrer im Feld zu zählen. Er kam bis zwanzig, aber es gab so viel Geschiebe und Gedränge, dass er sich nicht sicher war. Es war ein dichtes Feld und es wurde hart gekämpft. Einige belgische und holländische Fahrer traten zu früh an; keine gute Idee bei so vielen hochkarätigen Sprintern am Hinterrad, denen eine Steinschleuder zur Ziellinie nur recht war.

Das Tempo zog an, es wurde ernst, die vorderen Fahrer schwangen weit aus, um die hinteren zu großen Bögen zu zwingen, wenn sie überholen wollten. Will konnte erkennen, wie sich Kosygin, der Russe, mit dem Kopf auf dem Lenker an das Hinterrad eines jungen Belgiers hängte. Der Junge würde gar nicht wissen, wie ihm geschah, wenn Kosigyn ihn überrollte. Noch 500 Meter zum Ziel und das Akkordeon der zwanzig Fahrer war dicht zusammengezogen. 200 Meter vor dem Ziel würde die Hölle losbrechen und eine wilde Hatz zum Zielstrich entbrennen.

Aber es gab da etwas anderes, das entfernt an Wills Bewusstsein klopfte. Er hörte es und dann wieder nicht, eine Stimme, seinen Namen, irgendwo aus der Menge. Er riss zögernd seine Aufmerksamkeit von Rennen los, schaute sich um und dann auf die gegenüberliegende Straßenseite. Er suchte die Menge nach einer Stimme ab, von der er nicht sicher war, ob er sie kannte, einem Gesicht, von dem er nicht wusste, ob er es erkennen würde. Da – neben der Zeitmessanlage.

Kim.

Sie sah, dass er sie erkannte, und lächelte, als habe es die vergangenen Tage, Monate und Jahre nicht gegeben. Sie winkte ihm und drängte sich dann durch die Menge, ohne ihren Blick von ihm abzuwenden, jeden beiseite schiebend, der ihr im Weg war, bis sie direkt an der Absperrung stand.

In der Menge hinter ihr wurde es unruhig. Kim wandte ihren Blick kurz von Will ab und schaute über ihre Schulter auf die Leute, die sich streckten, um besser sehen zu können. Dann schaute sie wieder zu Will. Aus der verlogenen Verführung in ihrem Blick war blanke Panik geworden.

»Kim?«

Sie wand sich verzweifelt, um eine Lücke in der Barrikade zu finden, aber sie kam nicht durch die Menschenmasse hindurch. Sie schaute wieder hinter sich und ihre Bewegungen, die eben noch schnell gewesen waren, wurden unkontrolliert und hysterisch, wie die eines Tieres, das versucht, einer Falle zu entkommen. Philippe Graillot war nur noch durch sechs Leute von ihr getrennt und bewegte sich langsam auf sie zu.

Will konnte jetzt ihre Augen sehen, die Panik, das Flehen, den Schrecken. Entsetzen. Entsetzen über die Wendung der Ereignisse, die sie in diese Situation gebracht hatte, an diesen Zaun, dann durch eine Lücke hindurch, auf die Straße, auf der im selben Augenblick sechzehn Männer mit 70 Stundenkilometern angeschossen kamen.

»Kiiiiiiimmmmmmmm!«

Will schrie, aber seine Stimme ging im Jubel der belgischen Zuschauer unter. Zum ersten Mal seit fast einer Woche brach in Wevelgem die Sonne durch die Wolken.

17
Ein Sonntag in der Hölle

Die Schlagzeilen brüllten es für den Rest der Woche heraus.
Unfall ... Tod ... Haven
Tod ... Haven
Haven.

Kim. Nackte Angst, in Gestalt von Philippe, hatte sie auf die Bahn getrieben, wo einhundert Kilo Mensch und Fahrrad mit einer Geschwindigkeit von 70 Kilometern pro Stunde sie getötet hatten. *Quelle tragédie!* Für die Fahrer jedenfalls.

Für Kim jedoch bedeutete öffentliche Anteilnahme etwas anderes.

Sie hatte Will einmal erzählt, dass es ihr größter Traum sei, in den Schlagzeilen zu sein. Sie hätte mit ihren Wünschen ein wenig vorsichtiger sein sollen, denn jetzt stand sie im Mittelpunkt eines der größten Skandale in der Geschichte des professionellen Fahrradsports: Mord, Geld und Zerstörung eines Teams, alles nett zu ihren Füßen liegend.

Will lächelte grimmig. Er stellte sich Martin Bergalis vor, mit einem blütenweißen Hemd, dem Anzug von Armani, Kleidung und Frisur makellos gepflegt, wie er bei der anberaumten Pressekonferenz den Chorknaben spielte.

»Wenn ich das nur gewusst hätte, wenn ich sie nur hätte aufhalten können ... das Team gerettet hätte ... alle diese Leute ... Möchte jemand von Ihnen noch etwas Wein? Etwas zu essen? Bitte, bedienen Sie sich doch!«

Und die Wächter der Wahrheit, der Justiz und der französischen Lebensart würden sich über das bestellte Buffet hermachen, würden sich satt essen, und später in ihren Redaktionen würden sie lauthals darüber klagen, wie traurig es sei, dass sich ein so vortrefflicher Franzose wie Martin Bergalis von einer amerikanischen Hure habe um den Finger wickeln lassen.

Kim.

Die Ergebnisse der vorläufigen Autopsie besagten, dass man Spuren von Kokain gefunden habe, offenbar injiziert. Ein französisches Boulevardblatt ging so weit, zu schreiben, es sei genug Kokain gewesen, um einen 120-Kilo-Mann mit einer hervorragenden Gesundheit umzubringen. Es überraschte Will nicht, dass sie so zu entfliehen versuchte. Sie war großartig in der Kunst des Fliehens.

Auf der anderen Seite waren es keine Drogen, die Kim Grady Ross getötet hatten. Auch nicht die tödlichen Hände von Philippe Graillot oder die tödlichen Machenschaften von Martin Bergalis. Es war ein 90kg schwerer russischer Sprinter, der sie breitseits traf und sie aus Wills Sichtkreis beförderte, wie eine Barbiepuppe, die von einem Hochgeschwindigkeitszug getroffen wird.

Der Russe hatte einen gebrochenen Arm und musste in dieser Saison erstmal pausieren. Bei ihr war es das Genick. Auch ihre Saison war beendet. Für immer.

Und irgendwo im Hintergrund hörte Will den großen Haven-Staubsauger, der dabei war, allen Schmutz zu beseitigen. Er fragte sich, ob er wohl einer der Krümel in der Ecke sei.

»Wie geht's ihm?«

»Heute ist nicht der Tag, an dem ich auf ihn aufpasse.«

»Verdammt, Cheryl, wie geht's ihm?«

Cheryl Crane war überrascht. Deeds schien aufrichtig besorgt zu sein. Nach drei Monaten, in denen er auf den Mann eingeschlagen hatte, ihn reingelegt und versucht hatte, ihn fertigzumachen, ließ Carl Deeds Stimme eine echte emtionale Bewegtheit spüren, als er sich nach Will erkundigte. Sie seufzte schwer. Sie war auch sehr besorgt.

»Ehrlich gesagt, Carl, ich weiß es nicht. Genau genommen, weiß ich auch nicht, wo er ist. Ich habe ihn in Wevelgem gesehen, als er mit der Polizei sprach.«

»Wird er am Sonntag hier sein? Kann ich davon ausgehen, dass er bei Paris–Roubaix dabei ist?«

Sie zögerte einen langen Augenblick. »Ich weiß nicht, Carl.

»Finde ihn. Bourgoin will nicht ohne ihn fahren.«

Voller Verachtung legte sie den Hörer auf. Sie hätte es wissen müssen. Deeds interessierte sich gerade einmal für die Teilnehmerliste beim nächsten Start. Cheryl wandte sich Henri Bergalis zu, der es sich in dem heruntergekommenen Sessel in der Ecke ihres Apartments gemütlich gemacht hatte. Er schaute sie mit müden, traurigen Augen an: »Können wir mit ihm rechnen?«

»Mensch, Henri, ich weiß es nicht. Ich habe keine Ahnung, was in seinem Kopf momentan abläuft. Schließlich hat er miterlebt, wie seine Ex-Frau vor seinen Augen niedergemacht wurde. Vielleicht ist er einfach ausgeflippt.«

Gedankenverloren nahm sie ihr Weinglas auf und ein dunkelroter Tropfen sprang über den Rand und fiel auf ihre Bluse, gerade über dem Herzen.

Verdammt, dachte sie. Nichts geht so schwer aus einer weißen Bluse wie Wein. Hartnäckiger war nur noch Blut.

Jeder hat seinen eigenen Platz, an dem er sich sicher und geborgen fühlt, abgeschirmt von der Welt, von Sorgen und Streit. Will begriff, dass sein Platz der Fahrradsattel war, eine unbekannte Straße herunterhetzend, durch einen toten Winkel hindurch, sich durch den Verkehr schlängelnd, Schwierigkeiten meisternd, die ihm gerade sechs Meter Platz für ihre Lösung ließen – Jagen, Dahingleiten, Rennen, Weiterjagen, Denken, Jagen und Jagen.

Er zog die zerrissene und bespritzte Michelin-Straßenkarte aus seinem Trikot. Es war ein kalter und hässlicher Samstagmorgen. Er war gefahren. Fast 150 Kilometer pro Tag seit Mittwoch. Nachdenken, in die Pedale treten, die Wut in sich hochkommen und wachsen lassen. Dann brach sie hervor als Geschwindigkeit, sie wurde auf dem rauen Belag schneller und schneller und dann verschwand sie, als hätte er die Ziellinie überquert. Die Ziellinie mit Raymond überquert.

In den letzten Tagen hatte er jedes den Menschen bekannte Gefühl durchlebt: Schuld, Wut, Freude, Trauer, aber vor allem war da Selbstmitleid. Es kam ihm so vor, als ob alles, was er anpackte, daneben ging. Alles, was er war, schien ihm falsch. Alles, was er seit Leonards Anruf im Januar getan hatte, war umsonst gewesen.

Alle, die ihm je etwas bedeutet hatten, waren tot.

Er hätte den Hörer damals nicht abheben sollen. Es war das Todesurteil für Tomas und Merkel, für Kim, Godot und seine Vermieterin Mrs. Tonoose gewesen. Und, alleine mit sich selbst, hatte er sich abgewandt und war davongefahren. Kim hatte ihren Tod selbst verschuldet, dachte er, vielleicht auch Merkel –, aber er fühlte sich immer noch klein, immer noch glaubte er, kein Mensch mehr zu sein, weil er so fühlte, weil er so gehandelt hatte.

Er haute ab.

Er fuhr weg, geradewegs in den Sonnenuntergang hinein, und wieder einmal überließ er es anderen, das Chaos zu beseitigen, bei dessen Entstehung er selbst eine Hand im Spiel hatte. Es war seine Zuflucht vor den Dämonen, denn während er dahinfuhr, wuchsen der Hass und die Schuld, sie überwältigten ihn, aber dann verzogen sie sich wieder und wurden zu einer leicht kontrollierbaren Kreatur, die in einer Ecke seines Verstandes still neben einem alten Stapel National Geographic vor sich hinkauerte.

Will spürte, dass der Druck der Gefühle langsam nachließ. Er schaute das endlose Band der Straße entlang, endlose Pedalumdrehungen in jede Richtung, Straßen gesäumt von Bäumen mit kahlen Stämmen, schweigsamen Boten des kommenden Frühlings – er sah, dass er nichts wiedererkannte. Das war schlecht.

Bis zum Nachmittag musste er zum Mannschaftshotel in Compiègne finden. Irgendwann während der Fahrt, irgendwann, als er der Welt um sich herum keine Aufmerksamkeit schenkte, hatte er eine Entscheidung getroffen. Vielleicht war es das erste Mal in seinem Leben, aber er würde sich nicht abwenden. Diesmal nicht.

Philippe Graillot griff unter das Bett in seinem Apartment, fasste den Griff und zog den langen Kasten heraus. Er hatte vergessen, dass er so schwer war. Er legte den Kasten auf das Bett und stellte die Nummer 007.007 am Zahlenschloss ein. Er grinste. Guter Witz.

Er schaute sich den schweren Metallgriff seiner Heckler & Koch PSG1, einem Spezialgewehr für Heckenschützen, an. Andere in seinem Metier hatten bei den Waffen Gewicht abgeworfen bis hinunter zum absoluten Minimum. Er hatte seinen Grund, bei den schweren zu bleiben: Es machte seinen Schuss ruhiger, besonders über eine Distanz, wie er sie morgen überwinden musste. Ein bewegliches Ziel in 130 Metern Entfernung, durch Bäume hindurch. Interessant und zugleich schwierig unter den gegebenen Bedingungen. Aber nicht unmöglich. Jedenfalls nicht für ihn.

Er überprüfte das Zielfernrohr. Der letzte Schrei. Er überprüfte den Ständer. Genau nach seinen Angaben gearbeitet. Er überprüfte den Schalldämpfer. Handgefertigt in seiner eigenen Werkstatt. Er überprüfte die Munition. 308 Winchester. Drei Magazine, fünfzehn Schuss. Mehr als genug für ihn. Er würde nur einen brauchen.

Er überlegte einen Moment. Nein. Zwei wären besser.

Für die amerikanische Frau hatte er nicht einmal eine gebraucht. Es genügte, dass sie ihn am Ziel in Wevelgem gesehen hatte, schon brach sie in Panik aus. Und das ohne Grund. Philippe hatte gar nicht vorgehabt, sie umzubringen. Philippe war nur geschickt worden, um ein Auge auf die langfristige emotionale Investition von Martin Bergalis zu werfen. Aber als sie sein Gesicht in der Menge bemerkte, verlor sie völlig die Beherrschung und nahm sich mit einem Fahrrad das Leben. Erstaunlich. Tragisch. In gewisser Hinsicht auch komisch. Er lächelte. Oh well. *C'est la vie.*

Er schloss den Gewehrkasten, ließ die Verschlüsse zuschnappen, löschte das Licht und verließ das Apartment zum letzten Mal. Er machte sich auf zu einer abgelegenen Hütte in Nordfrankreich, in einem Wald bei Wallers. Am Montag würde er dann im Süden Griechenlands sein, mit einer völlig neuen Sicht auf das Leben und einem völlig neuen Leben mit einem anderen Namen.

Isabelle Marchant brauchte zwanzig Minuten, um an der Rezeption des Krankenhauses vorbei zu Inspektor Godot durchzukommen.

»Sie wollten mich nur schützen.«

»Nun, sagen Sie bitte Ihren Gorillas, wenn sie am Ende ihrer Schicht nicht feststellen wollen, dass ihre Autos abgeschleppt sind, dass sie mich nächstens gefälligst durchlassen sollen, wenn ich sage, es ist eine offizielle Polizeiangelegenheit.«

»Du bist hartnäckig.«

»Ich habe gefunden, wonach du gesucht hast. Haven besitzt durchgängig zwanzig Parzellen Land entlang der Rennstrecke Paris–Roubaix. Das meiste davon unter dem Namen einer Baufirma. Nennt sich SB Development.«

»Bauen sie schon?«

»Nein, den größten Teil hat Stefano Bergalis gekauft, um es aufzuheben. Ich vermute, dass die Steine und Kiesel auf der Route verschwinden sollten. Sie sollte asphaltiert werden. Deshalb hat die Firma viel von dem Ackerland gekauft, die Straßen, die Häuser und die Scheunen und dann die Parzellen an die alten Besitzer zurückverpachtet. So gibt es weiter *pavées* und Kiesel für Paris–Roubaix.«

Godot überlegte kurz: »Wenn der Vater stirbt, wird Martin den Betrieb übernehmen. Und die Dinge, die Nordfrankreich zu einem besonderen Fleck machen, werden unter einem Bett von Beton und hinter Ziegelmauern verschwinden.«

Marchant sagte nichts. Auch ihre Familie hatte Land entlang der Strecke besessen.

In der Nähe des Waldes von Wallers-Arenberg. Sie hatte es für eine stattliche Summe vor zwei Jahren an SB Development verkauft.

»Wie schnell kannst du hier sein?«

»In zwanzig Minuten.«

»Fahr bitte bei meinem Apartment vorbei und bring mir neue Kleider mit. Fahr dann im Büro vorbei. Meine Schlüssel sind in einer Kaffeetasse auf meinem Schreibtisch.«

»Welche Tasse? Die mit ohne Griff oder die mit dem Schimmel auf dem Boden?«

»Die mit dem kleinen glatzköpfigen amerikanischen Detektiv drauf. Die Tasse mit den Schlüsseln. Der kleine Schlüssel öffnet die untere rechte Schublade. Bring den Inhalt mit.«

»Was denn?«

»Meine Pistole. Ich gehe auf die Jagd.«

Carl Deeds hatte seine gesamte Habe nach seiner verschwundenen American Express Corporate Card durchsucht: Brieftasche, Tasche, Koffer, Ausweismappe, Notizbuch, Aktentasche. Nichts.

Die Angestellte des kleinen Hotels in Pierrefonds wurde langsam ungeduldig. Sie hätte diese Räume zu einem viel höheren Tarif an Radsportfans oder Frühjahrstouristen vermieten können, aber sie war gezwungen worden, sie für Haven Pharmaceuticals zum Industrie-Rabatt zu reservieren. Jetzt sah es so aus, als könnten die nicht einmal das bezahlen.

Will Ross drängelte sich durch das Gewühl von Fahrern und Material, welches den kleinen Vorraum gänzlich ausfüllte. Er tippte Tony C. auf den Rücken. Als der Sprinter sich nach links drehte, tauchte Will rechts vorbei, direkt neben Deeds.

»Gibt's Probleme?«

»Mann, gut, dass du kommst. Ja, ich habe meine Kreditkarte nicht dabei.«

»Ach, macht nichts.« Will wandte sich an die Rezeptionistin. »Hier, nehmen Sie meine.« Er legte die American Express Gold Card auf die Kasse. »Geben Sie mir bitte ein Zimmer nach vorne, ja?«

Deeds erkannte seine Karte wieder.

»Was soll …?«

»Reg dich nicht auf, Carl. Ich habe sie in Wevelgem stiebitzt. Weißt du, was toll ist an diesen Karten? Es gib kein Limit. Das ist super. Aber vielleicht überlegen die jetzt, ob sie dir eins verpassen sollten. Du weißt, was ich meine.«

Will schrieb seinen Namen auf das Anmeldeformular, nahm einen Schlüssel, hängte seine Klamotten über die Schulter und schaute den immer noch ungläubigen Deeds an.

»Bis morgen, Kumpel. Kuck nicht so schockiert. Bergalis zahlt und dieses Arschloch schuldet mir eh eine Woche auf dem Land.«

Alle starrten auf Will, als er die Diele entlang zu dem uralten Aufzug ging. Tony C. griff nach der American Express Card, aber in dem Moment haute Deeds seine Hand drauf.

Cacciavillani fragte: »Bin ich jetzt dran?«

Alles, was Deeds in den Sinn kam, war: »Nein, nein.«

Sachte rollte das Peloton über die Kreuzung aus Compiègene heraus und nahm schnell Geschwindigkeit auf. Die meisten Fahrer hatten sich bereits damit abgefunden, heute sieben oder mehr Stunden durch eine kalte, nasse und nieselnde Hölle fahren zu müssen, um am Ende festzustellen, dass sie nicht einmal in der Nähe der Führungsgruppe ankamen. Diejenigen, die das Rennen kannten, hassten es. Die Neulinge, die noch aufgeregt herumsprangen wie Kinder vor ihrem ersten Besuch beim Zahnarzt, würden es kennen lernen.

Cardone war bei Gent-Wevelgem als Bourgoins Wasserträger gefahren, aber diese Aufgabe war nicht für ihn gemacht. Er hatte sich dabei aufgerieben und jetzt fiel dieser Job Will zu. Nicht, dass er es gewollt hätte, denn bei diesem Rennen ging es darum, den Kapitän nach vorne zu werfen. Da musste man so lange wie möglich bei ihm bleiben, und sich dann irgendwie ins Ziel retten. Immerhin, er freute sich über die Gesellschaft. Er war schließlich an den letzten Tagen alleine gefahren, es war schön, sich in Verkehr zu bewegen, der nicht aus Autos bestand. Er schaute Richtung Himmel. Der nächtliche Regen war einem trockenen, kalten Sonnenschein gewichen, der aber schon bald durch graue Wolken abgelöst werden würde.

So ein Spaß. Roubaix und sein verdammter Ruf.

Kaum nördlich von Compiègne riss das Feld das erste Mal auf, als zwei Fahrer davonschossen und versuchten, Unsterblichkeit zu erlangen, indem sie als erste das Kopfsteinpflaster erreichten. Wachsame Augen schauten auf, ließen sie ziehen und widmeten sich dann wieder ihrer Routinearbeit. Sie würden gejagt, eingefangen, aufgesaugt und ausgespuckt werden, bevor die Horde in Troisvilles sein würde, vor dem ersten von zweiundzwanzig Teilstücken mit *pavées*.

Andere Rennen hatten auch Kopfsteinpflaster. Andere Rennen hatten auch die grob geschlagenen Steine als Straßenoberfläche, aber Roubaix war anders. Dieses Rennen war stolz darauf, dass es sein Gesicht immer wieder veränderte. Während Stadtväter Straßen verbreiterten und Beton legen ließen, um automobilen und landwirtschaftlichen Verkehr zu erleichtern, suchte das Rennkomitee tiefer und tiefer in den unerschlossensten Gebieten Nordfrankreichs, um Straßen zu finden, die nicht einmal das Vieh nehmen würde: wellig, rutschig und vor allem gefährlich. Perfekt.

Das führte zu einer Fahrt, die nicht nur aus Sprüngen bestand, nicht nur aus Erschütterungen: Es war eine Fahrt, die die Wirbelsäule zusammenstauchte und den Fahrer zu einem ganztägigen Kampf mit seinem Lenker, seiner Konzentration, seinen Nerven und seiner Kraft zwang. Einhundert Jahre Regen und Schnee und Krieg und Vieh hatten die Steine so verformt, dass es auf keinem Abschnitt eine klare Spur von mehr als zehn Metern gab. Waren sie trocken, dann konnten sie innerhalb von Sekunden die Reifen fassen, durchlöchern und zerreißen, sie konnten Felgen verbeulen und ganze Fahrradrahmen ruinieren. Bei Nässe konnten sie ziehen und schieben, konnten einen Fahrer seitlich aus der Spur rutschen lassen und ihn zu Boden schleudern, sie konnten nach dem Fahrer greifen und ihm eine Schulter zerschmettern, eine Hüfte oder einen Wirbel. Unter allen Bedingungen, ob nass oder trocken, waren die Steine furchteinflößend. Es war unmöglich, sauber zu fahren.

Es gab tatsächlich einige im Peloton, die das Fahren völlig aufgaben und an den schlimmsten Stellen einfach ihre Fahrräder trugen. Einige gingen noch weiter und weigerten sich, das Rennen überhaupt zu fahren. Während Merckx, Moser und De Vlaeminck sich hier pudelwohl gefühlt hatten, hasste Anquetil es. Hinault beschwerte sich, es sei nichts als ein 270 Kilometer langes Querfeldeinrennen, kam aber, gewann es und kehrte nie wieder zurück.

Will hatte keine Wahl. Er konnte sich von Paris–Roubaix nicht verabschieden, so sehr er es auch hasste, so sehr er es auch aufgeben wollte. Schließlich wurde er genau dafür bezahlt und in seinem Innersten wusste er, je besser er abschneiden würde, desto mehr Schwierigkeiten würde ein Apothekenkönig im Zentrum von Paris haben.

Will grinste. Er machte das Tempo, nahm die Position vor Bourgoin ein und begann, sich mit ihm durch das Feld zu schlängeln, damit er näher an die Spitze kam.

Die Geschwindigkeit war gleichmäßig, Will blickte auf den noch glatten Asphalt und stellte fest, dass er gedanklich herumirrte, in der Woche, im Monat, in der Saison. Tomas' Gesicht erschien vor ihm, dann Merkel, Colgan und seine Vermieterin. Ich mochte dich nicht, bis du tot warst, dachte er; und schließlich – Kim.

Kim.

Jeder, dachte er, hat einen blinden Fleck in seinem Leben, eine Person, die ihn missbraucht, misshandelt, der aber immer vergeben wird. Kim war seine Schwäche. Er konnte nicht anders, als sie zu bedauern, auch wenn sie ruhig dabei gestanden hätte, während Cheryl und er umgebracht wurden. Jetzt hatte sie es in die Schlagzeilen geschafft. Ihr Tod würde die Brisanz aus der Haven-Untersuchung nehmen. Sie war der Schlüssel. Und konnte nichts zu ihrer Verteidigung sagen.

Und Martin. Das lächelnde Gesicht des Martin Bergalis. Mit Kim hatte er einen unerwarteten Zug gemacht. Mit der Hilfe seines tödlichen Springers Philippe kontrollierte er jetzt wieder das Schachspiel.

Was aber war mit Philippe? Er war vom Angesicht der Erde verschwunden, dies hatte Deeds gesagt, dies hatte auch ein gewisser LaSarge vom Hauptquartier der Pariser Polizei gemeint. Nichts mehr zu befürchten. Fort. Vergessen. Aus dem Bild verschwunden.

Ja, klar.

Wenn es nichts zu befürchten gab, dachte Will, warum standen dann die Härchen in seinem Nacken aufrecht? Er zog den Reißverschluss seiner Teamjacke das letzte Stückchen hoch, bückte sich und senkte seinen Kopf in den Wind.

Der größte Teil des Weges zu dem verlassenen Haus führte über Landstraßen und Kuhpfade.

Philippe Graillot schaute gebannt auf das Haus und fragte sich, wie lange Martin Bergalis es noch leben lassen würde. Nicht sehr lange jedenfalls. Sobald er die definitive Autorisierung von den örtlichen Gemeideräten hatte, sobald die richtigen Türklinken gedrückt waren, würde das Haus abgerissen werden, die Straßen würden weitergehen, der Wald würde kanalisiert und Wohnungen errichtet. Wohnungen in einem Wert von fünf Millionen Francs. Landleben für die Reichen und ihre Freunde. *Au revoir* Nordfrankreich, au revoir Bauernhöfe, au revoir Kopfsteinpflaster, au revoir Paris–Roubaix.

Nur weg damit, dachte er.

Er zog den schweren Kasten aus dem Kofferraum seines Autos und trug ihn zur Tür.

Es ging Cheryl einfach furchtbar. Ihr Gesicht pulsierte mit einem dumpfen Schmerz. Deeds stand die ganze Zeit auf dem Sitz neben ihr, sein Oberkörper ragte über das Sonnendach hinaus, sein Körper war eine lebende Kühlerfigur. Außerdem waren sie in einem Wald von Ersatzreifen und Rädern gefangen. Die ganze Zeit schrie er sie an, schneller zu fahren, dann langsamer, dann wieder schneller, sie solle in Position gehen, aber er sagte ihr nie, wo genau sie Havens Mannschaftswagen hinsteuern solle. Sie fuhr aus dem Bauch heraus, mit Bildern von vergangenen Rennen im Kopf. Das war nicht ihr Job. Deeds' Fahrer hatte sich kurz vor dem Rennen das Handgelenk verstaucht. Er hatte sich Cheryl geschnappt, bevor sie zur Verpflegungsstelle fuhren. Jetzt war sie angespannt von der Verfolgung des Feldes, während es sich aufsplittete und wieder vereinigte. Sie kam zu den ersten Kopfsteinpassagen, wo Fahrer hin- und herflogen. Die Fans an der Seite drängten nach innen. Sie war sich ziemlich sicher, an einer Stelle ein Kind mit einem Rückspiegel getroffen zu haben. Auf dem Rücksitz saß der belgische Mechaniker und hielt ein Radio an einer Seite seines Gesichtes, auf der anderen Seite hielt er die Zigarre. Sie würde sich übergeben müssen, sie wusste es. Alles, was sie jemals gegessen hatte, würde rausspritzen, das Auto füllen und sie alle ertränken. Sie hätte auf ihren Vater hören sollen.

Melde dich niemals freiwillig.

Auf ihrer Fahrt nach Norden waren Godot und Isabelle bislang an drei SB Development-Grundstücken vorbeigefahren. Überwiegend flaches Ackerland, gerade außerhalb kleiner Städte, etwas abseits der Strecke Paris–Roubaix.

»Wonach suchen wir eigentlich?«, fragte Isabelle, deren Pläne für einen ruhigen Sonntag in Paris bereits zunichte gemacht worden waren.

»Ich weiß nicht. Es ist eine Vermutung, ein Gefühl. Ich werde es wissen, wenn ich es sehe. Was ist als nächstes dran? Bleib bei den Grundstücken, die an den Kurs des Rennens angrenzen.«

»Ich weiß nicht, ob ich das kann. Sie sind nach Städten aufgelistet. Es gibt einen südlich von Valenciennes und einen im Wald bei Wallers.«

Godot jagte den Motor des kleinen Wagens hoch und fühlte ihn nach vorne drängen. Vielleicht sollte ich mir ein amerikanisches Auto besorgen, dachte er, damit erntet man mehr Respekt als mit einem Peugeot. Ein amerikanisches Auto. Ein Dodge. Ein Dodge-Truck. Damit bekam man Respekt auf der Straße.

Als ob er sich beschweren wolle, traf der Peugeot ein Loch in der Straße, welches sie in ihre Sitze drückte und dann ins Dach. Godot schüttelte seinen Kopf und kämpfte darum, das Auto auf ihrem Kurs nach Norden unter Kontrolle zu halten.

Isabelle schaute dem schwitzenden Boss zu, der langsam eine Glatze bekam. Sie hatte ihn nie so gesehen, entschlossen und konzentriert auf eine Idee. Sein Gesicht zeigte noch die Narben und Spuren seiner Begegnung mit dem Zaun.

Und irgendwie, sie wusste nicht wie, aber all dies machte ihn irgendwie ... sexy.

Philippe zog die letzte Schraube am Zielfernrohr fest und hob das Präzisionsgewehr auf die Fensterbank des Landhauses. Wenn er aus dem offenen Fenster schaute, sah er drei lichte Stellen im Wald, die ihm zusätzliche Schüsse auf sein Ziel erlauben würden, falls nötig. Wenn er sich nach rechts herauslehnte, konnte er auch die Anfahrt zum Wald überblicken. Mit einem Zielfernrohr konnte er problemlos sehen, wie sich sein Opfer näherte.

Die Bedingungen waren einfach perfekt.

Philippe Graillot schaute auf seine Uhr. Nach Auskunft des Radios war das Feld noch etwa 15 Minuten entfernt. Er lehnte sich zurück gegen die Wand, zündete sich eine Gauloise an, machte sich warme und wunderbare Gedanken über die griechischen Inseln. Morgen um diese Zeit würde er dort sein. Mit mehr als zwei Millionen Francs und endlosem Sonnenschein.

Godot raste an dem Schild »Wallers, 3km« vorbei.

»Wohin, wo jetzt?«

Isabelle hatte nicht auf die Karte geachtet.

»Hmmmh. Hmh. Rechts. Nein, links. Hier links.«

Mit quietschenden Reifen bogen sie ab, durch einen kleinen Graben und auf einen Feldweg. »Bist du sicher?«

»Ja, ganz sicher. Da ist ein Haus«, sagte Isabelle. Unausgesprochen blieb, dass es das Haus war, in dem sie aufgewachsen war und dass sie gegen den Willen ihrer Mutter an SB Development verkauft hatte.

Will konnte den Energieschub im Peloton spüren, Energiewellen durchzogen das Feld, von hinten nach vorne. Ohne ihre genaue Position zu kennen, wusste er, wo sie waren. Der Wald kam näher. Das Teilstück mit den schlimmsten *pavées*, den am dichtesten gedrängten Menschenmengen und dem geringsten Platz für die Fahrer.

»Bleib dran, folge ihnen«, rief Deeds zu Cheryl herunter.
»Was ist mit den Leuten?« »Die machen schon Platz.«

Von einer Erhebung hinter dem Haus aus schaute Godot durch sein Fernglas auf den Wagen, der auf einer kleinen Lichtung geparkt war. Dann veränderte er seinen Blickwinkel und schaute auf die Menschenmenge, die den Kurs etwa 100 bis 150 Meter hinter dem Haus säumte. Vielleicht war es ja nur ein Zuschauer, der herausgefunden hatte, wie man in der Nähe parken konnte. Oder ein Killer, von dort? Nein, ein ziemlich unmöglicher Schuss. Dann sah er die Lücken zwischen den Bäumen. Und den Winkel zum Haus. Dann das Nummernschild und den Aufkleber daneben.

Ein Mietauto. Das war's.

Er holte die 9-mm-Smith & Wesson aus der Jackentasche. Ein Klassiker. Voll geladen. Er atmete tief durch und begann zum Haus zu gehen. Ohne über die Schulter zu blicken, raunzte er Isabelle an: »Du bleibst hier.«

Isabelle Marchant wartete einen Augenblick, schaute sich noch einmal auf der freien Fläche von Feld und Wald um, dann schauderte es ihr und sie folgte Godot langsam.

Hier würde sie nicht alleine bleiben. Außerdem musste sie aufs Klo – und sie wusste, dass es hier eins gab.

Das Feld riss auseinader, als es die *pavées* erreichte. Will machte sich bereit für die ersten Erschütterungen in seinen Armen. Er schaute kurz nach oben und sah, dass sich in den letzen Augenblicken Nebel gebildet hatte. Dies verlieh dem Straßenbelag gerade genug Rutschigkeit, um ihn tödlich werden zu lassen. Er atmete tief durch und warf sich über die berüchtigten Eisenbahnschienen in den nahenden Wald hinein, unmittelbar vor Bourgoin.

Da war er.

Philippe fand Will in der Gruppe, die das Feld in den Wald hineinführte, vielleicht dreißig Fahrer hinter der Spitze, direkt hinter drei leuchtend gelben Trikots der Regio-Possanza-Mannschaft.

Die würden seine Markierungen sein. Beobachte sie in der ersten Lücke, markiere den Punkt, dann schlage in der zweiten Lücke zu. Die dritte dann als Reserve.

Ganz einfach.

Wie lautete diese amerikanische Redewendung noch? Ah, ja. als ob man Aale im Eimer schießt.

Er warf einen letzten Blick durch das Zielfernrohr, dann legte er es beiseite und begann seine Arbeit. Er grinste über das, was er sah.

In dieser Sekunde entschied er sich, sein Ziel zu ändern.

Weniger als die Hälfte der Fahrer hatte Federgabeln, um das brutale Schütteln etwas abzumildern. Sie waren beliebt geworden, seitdem LeMond sie vor Jahren als Erster benutzt hatte. Damals hatten alle noch gelacht. Die seien doch für Mountainbikes. Heute lachte keiner mehr. Auch Will nicht. Die Chancen, ohne die Dämpfer zu gewinnen, wurden immer schlechter. Die besten Fahrer hatten welche. Will schaute auf das Vorderrad vom »Biest«. Er hatte keine.

Will bemühte sich, in der Spur der Regio-Fahrer unmittelbar vor ihm zu bleiben, aber sie hatten große Mühe, auf der Straßenkuppe zu fahren. Als dem führenden Fahrer des Regio-Teams der hintere Reifen platzte, beschloss Will zur Seite auszuweichen und, falls nötig, einen Schleichpfad durch die Menge zu suchen. Zwei Jungen sahen, was er vorhatte, und riefen den Fans auf der Seite zu, sie sollten Platz machen für ihre Helden Bourgoin und Cardone.

Godot befand sich in der früheren Diele. Die Tür schien furchtbar zu quietschen, als er sie öffnete, aber als er jetzt in das Haus hineinhörte, war alles still. Dann ein Rappeln, als ob etwas Metallisches, wie ein Kuli, ein Schraubendreher oder eine Kugel auf den Holzboden gefallen wäre, ein Stockwerk höher, im hinteren Teil des Hauses.

Godot entsicherte seine 9-mm und hörte das beruhigende Klicken. Er atmete tief durch und betrat die erste Stufe der Treppe zum ersten Stockwerk.

Philippe Graillot befand sich in einer seltsamen Situation. Er war noch nie an einem solchen Scheideweg gewesen. Welches Ziel? Den Mann oder die Frau? Er konnte nicht glauben, dass ihm die Entscheidung schwer fiel.

Das Geld bekam er für den Mann. Aber an der Frau konnte er sich rächen. Er war noch nie von einer Frau überwältigt und bestimmt noch nie von einer Frau kaltgestellt worden. Die Rache siegte. Den Mann konnte er sich immer noch schnappen. Der Mann war ein Idiot. Das würde nur einen längeren Arbeitstag bedeuten.

Er bewegte das Gewehr zur ersten Lücke hin. Das Regio-Team musste noch auftauchen, aber da war Bourgoin schon und vor ihm noch ein Fahrer, inmitten der Menschenmenge. War es Ross? Unmöglich festzustellen. Das Feld war offensichtlich aufgesprengt, daher improvisierte jeder seinen Weg durch Wald und Asphalt.

Kein Schuss. Warten auf die nächste Lücke? Oder auf Nummer Sicher gehen?

Er bewegte das Gewehr zurück zu jener ersten Lücke im Wald. Das war die erste Gelegenheit, sein Ziel zu treffen, in ihrem Auto, hinter dem Steuer, in ihrem Sarg.

Godot war zwei Stufen vom Ende der Treppe entfernt, als die Stufe knarrte. Er erstarrte. Er hob seinen Fuß langsam von der Stufe und setzte ihn vorsichtig auf die nächste. Im Moment der Stille hatte er wieder ein Rascheln aus dem hinteren Raum gehört und einen Luftzug von einem offenen Fenster gespürt. Er betete zu Gott, dass er nicht auf einen Fotografen auf der Jagd nach einem spektakulären Bild zielen würde. Er hatte das Ende der Treppe erreicht.

»Durch die Menge, durch die Menge«, schrie Deeds.

Cheryl blinkte auf und hupte unentwegt, während sie mit einem Finger das Lenkrad bearbeitete, um durch diese Mauer von Menschen durchzukommen. Die Gasse war so schmal, dass immer nur einzelne Fahrer hindurchgelangten, ein Spießrutenlauf mit Stößen nach vorne und zur Seite und mit Klapsen der Aufmunterung und der Verachtung.

Durch die Augenwinkel sah sie eine Lücke in den Bäumen zu ihrer Linken. Dort war eine kleine Erhebung der Straße. Dort war weniger Schatten und mehr Licht. Und die Menge war nicht mehr so dicht. Sie lächelte. Dort konnte man durchatmen, wenn auch nur für eine Sekunde.

Philippe atmete sorgfältig und ruhig aus. Er konnte die blinkenden Lichter des Führungsautos durch den Wald zu der Lücke kommen sehen. Er platzierte das Kreuz des Fernrohrs knapp unterhalb der Lichter und wartete. Das Auto kam in die Lücke. Er peilte schnell sein Ziel an, ohne Eile, ohne Panik, legte seine Wange an den glatten Griff seines Gewehres, identifizierte sein Ziel. Langsam und fast zärtlich zog Philippe den Abzug und spürte den Rückstoß, als er sein Geschenk durch die kühle Luft eines Sonntagnachmittags sandte – direkt in die rechte Brust von Cheryl Crane.

Rache ist süß!

18
Roubaix

In der Lücke erwartete Cheryl Crane ein Hauch von Sonnenschein, ein Augenblick mit weniger Leuten, ein paar Meter einfacheren Fahrens. Es gab einen Augenblick, als goldene Diamanten auf der Windschutzscheibe zu spielen schienen, jener Moment, als die Scheibe mit einem Knall in Tausende kleiner Stückchen zerbrach und sie ein Geräusch hörte, als ob eine Melone explodierte. Sie spürte Tausende kleiner Einstiche an ihrem Kinn, am Hals und auf der Brust, ganz so, als ob ein Kind achtlos Kieselsteine geworfen hätte, als das Fenster zu ihrer Linken plötzlich mit einem Knall verschwand.

Dann hörte sie Deeds.

Von oben, wo sein Torso immer noch über das Sonnendach ragte, schrie er mit dem tiefen wütenden Bellen eines verwundeten Tieres. Sie schaute nach rechts, dorthin, wo sein Knie gewesen war. Alles was davon noch übrig war, war eine klaffende Wunde ohne Gelenk.

Wie in einem Traum begann sie zu verstehen, dass das Gelenk die weißen und roten Spritzer auf ihrer Brust waren.

Oh Gott, dachte sie und glaubte, sich übergeben zu müssen.

Philippe blinzelte sorgfältig durch das Fernrohr. Das zerbrochene Fenster besagte nichts, er war sich nicht sicher. Er sah Cheryl, ihre Brust blutverschmiert, aber was war das Ding neben ihr? Es ist besser, sicherzugehen. Er bereitete sich auf den zweiten Schuss vor.

Godot hatte den Knall aus dem Gewehr nicht erwartet. Er war so überrascht, dass ihm die Waffe aus der Hand auf den Dielenboden fiel, direkt gegenüber der offenen Tür.

Cheryl wusste immer noch nicht, was passiert war. Sie wusste, sie stand unter Schock, aber Deeds – Deeds, das war klar, hatte ein ziemlich großes Problem. Rasend vor Schmerz, versuchte er durch das Sonnendeck des Autos zu klettern. Sie kämpfte mit ihm und dem Auto, indem sie mit der einen Hand lenkte und ihn mit der anderen an der Hosentasche festhielt. Auf dem Rücksitz saß Roger, einer der Assistenten, schneeweiß im Gesicht, und starrte auf das blutige Loch, das einmal Deeds Kniescheibe gewesen war. Cheryl drehte sich zu ihm um und sagte: »Hilf mir!« Keine Reaktion. Sie ließ Deeds für einen Moment los und langte mit ihrem Arm nach hinten. Sie erwischte seine Wange mit ihren Knöcheln. Das war nicht viel, aber es war genug.

»Hilf mir, verdammt nochmal.«

Cheryl griff über den Sitz und zog Deeds Beine unter ihm weg. Wie ein Verrenkungskünstler rutschte er durch das Sonnendach durch. Er war im Auto, aber mit ihm auch der Krach, denn das Schreien war jetzt das eines Wahnsinnigen. Jetzt sah er, was mit ihm passiert war. Und trotz seines Schockzustandes spürte er es auch.

In den wenigen aufreibenden Sekunden wurde Cheryl klar, dass sie sich der zweiten Lücke zwischen den Bäumen näherten. Bevor sie die Eisenbahnschienen überquerten, hatte sie ein kleines Bauernhaus etwa 200 Meter entfernt im Feld bemerkt. Wo ein Bauernhaus war, war auch eine Straße. Auf einer Straße konnte sie die acht Kilometer nach Valenciennes zurückfahren und Deeds ins Krankenhaus schaffen.

Die eine Hand lag auf Deeds Brust, die andere am Steuer war klebrig vom Blut. »Halt ihn fest, halt ihn fest«, schrie sie Roger an.

Roger lehnte sich vor und warf sich über den Sitz, dann drückte er Deeds in den Sitz. Cheryl griff nach dem Lenkrad, konzentrierte sich auf die zweite Lücke und schaltete in den zweiten Gang herunter. Kurz bevor sie in den Wald hinein abbog, durch die Menge hindurch, setzte sie den Blinker.

Die Zuschauer hielten das Blinksignal zuerst für einen Witz, aber dann bewegten sie sich und zwar schnell. Dann verstanden sie, dass es kein Witz war, sondern dass die Fahrerin mit dem stählernen Blick die Strecke verließ, um querfeldein – mit der furchtbarsten Sirene an Bord, die je aus einem Teamfahrzeug erschallt war – davonzufahren.

Graillot war verblüfft. Es kam ihm so vor, als hätte er einen Elchbullen verwundet und der verdammte Bulle drehte sich um und griff ihn an. Der kleine schwarz-rot-gelbe Mannschaftswagen schoss durch das hohe Gras und wirbelte über das offene Feld. Er schaute durch das Fernrohr und sah, dass sich der Beifahrer, es war ein Mann, vor Schmerzen krümmte. Er krümmte sich in seinem Sitz, während jemand anders offenbar versuchte, ihn zu beruhigen. Am Steuer saß diese Crane, ihr Gesichtsausdruck gefasst und entschlossen.

Sie war blutig, aber am Leben.

Verdammt. Er hatte daneben geschossen.

Na ja, dachte er. Aber nicht noch einmal.

Er legte seine Wange an den Griff und peilte durch den Sucher. Voll im Fadenkreuz.

Ein Schuss ins Herz. Sie würde nie herausfinden, was sie getroffen hatte. Er atmete langsam aus, um sich selbst zu beruhigen. Er war erregt bei dem Gedanken an ihren Tod.

Das Auto war zum Fußboden einer Latrine geworden. Der eklig süße Geruch von Blut erfüllte den Innenraum, und das Blut schien überall zu sein. Auf dem Lenkrad, auf den Pedalen, auf der Windschutzscheibe, auf den Sitzen – überall. Cheryl fand nirgends Halt. Durch das Schreien in ihrem Kopf hindurch brüllte sie Roger an: »Du mußt die Blutung stoppen.«

Er griff auf den Rücksitz und fand dort ein T-Shirt. Er stopfte es in die Höhle, in der früher Deeds Knie gewohnt hatte. Carl brüllte vor Schmerz, packte Roger und riss ihn in seiner Qual über den Sitz.

Cheryl konnte das Lenkrad nicht mehr halten. Sie versuchte, stattdessen eine der Lenkradstreben zu packen, um wenigstens annäherungsweise einer Richtung zu folgen. Als sie sich dem Bauernhaus näherte, bemerkte sie einen Schimmer im oberen Fenster. Da waren Leute. Gott sei Dank. Leute – das bedeutete Autos. Autos gleich Straßen, und wo Straßen waren, gab es einen Weg heraus aus dem Feld und nach Valenciennes.

Das Auto holperte durch ein kleines Loch. Deeds heulte und umklammerte Roger, der vor Angst schrie. Cheryl bemerkte, dass sie auch schrie, aus der Anstrengung heraus, ihr nächstes Ziel zu erreichen, das Haus, dann die Straße, die Stadt, Hilfe.

Lieber Gott.

Wieder sah sie das Blitzen im Fenster. Den Mann dahinter sah sie nicht.

Nur noch ein bisschen, mein Täubchen, nur noch ein kleines bisschen. Philippe begann Druck auf den Abzug zu geben, um die Waffe zum Abfeuern bereit zu machen. Diesmal war es schwer, denn er spürte eine andere Person im Raum, so als würde er beobachtet. Für einen kurzen Moment nahm er das Gesicht vom Griff des Gewehrs, um zu lauschen. Er war so vertieft, dass er nicht begriff, dass er mit den Oropax in den Ohren überhaupt nichts mitbekommen konnte. Er wandte sich wieder dem aktuellen Geschäft zu. Das Auto kam näher. Ein leichter Schuss, welch ein leichter Schuss.

Diesmal spürte er es. Er spürte die Bewegung eines der Bodenbretter, auf denen der stand. Wer immer das war, dachte er, hatte gerade eine Fahrkarte in die Hölle gekauft. Er löste sich vom Abzug des Gewehrs, griff lässig in das Halfter unter seinem linken Arm und zog die Beretta heraus. In dem Moment, als er die Waffe auf die Tür richtete, wo er sein Ziel vermutete, spannte er den Revolver und war bereit zu feuern.

Godot sah die Bewegung. Er war in die offene Tür getreten, um seinen Revolver aufzuheben, als er merkte, wie der Boden nachgab. Er drehte sich um und sah Philippe Graillot schon reagieren. Seine Hände zitterten vor Angst, als er die Smith & Wesson hob. Die große

Beretta bewegte sich auf ihn zu, während er noch rief: »Halt, Polizei«. Er zog den Abzug und zog und zog und zog.

Es ist ein endloser Zug, dachte er, während der Hammer den Schuss auslöste.

Die Beretta bewegt sich immer noch auf ihn zu.

Das Bauernhaus kam schnell näher. Fünfzig Meter, jetzt vierzig, jetzt noch dreißig. Cheryl sah eine Lücke zwischen dem Haupthaus und dem kleinen Schuppen. Dort wurde der Untergrund endlich eben. Sie steuerte das Auto in diese Richtung, als sich die Tür des Schuppens öffnete. Mit übertriebener Sorgfalt und Ruhe kam eine Frau hervor.

»Augen auf, Madame, ich muss hier durch!«

Eine Ahnung ergriff Godot, eine Ahnung, dass er sterben würde. Es dauerte ewig, bis seine Waffe feuerte, er zitterte so sehr, dass der Revolver vor seinem Ziel hin und her schwankte. Die Beretta näherte sich ihm unterdessen, schnell, sicher und tödlich. Und dann ging sie los. Der Revolver machte einen Satz in seinen Händen, als sie losging, und Godot stellte fest, dass er seine Augen geschlossen hatte. Er öffnete sie und erwartete den Blitz der Beretta in seinem Gesicht. Nein! Er sah, dass Philippe Graillot einen kleinen Fleck an seiner Weste festhielt. Blut floss langsam aus dem Zwischenraum zwischen seinen Fingern. Graillot schaute Godot erschrocken an. Er richtete sich vor dem Fenster auf und zielte mit seiner Beretta wieder auf Godot. Godot wusste gar nicht genau, ob er seine Pistole noch hatte, er hatte das Gefühl, er zeige nur mit einem Finger auf Philippe.

Und der Finger feuerte.

Eine kleine rote Blume erblühte nun auf Philippes Brust und er stolperte rückwärts, fiel gegen den morschen Fensterrahmen, der zunächst hielt, dann nachgab. Das Fenster, der Rahmen und Philippe Graillot stürzten hinaus und hinab auf die Erde.

Isabelle war schon im kleinen Schlösschen gewesen, als sie den ersten Schuss hörte. Schnell beendete sie ihr Geschäft und kauerte sich in eine Ecke. Als sie nichts Weiteres hörte, öffnete sie vorsichtig die Tür und ging in den Hof jenes Hauses, in dem sie ihre Kindheit verbracht hatte. Dabei wurde sie beinahe von einem Zirkusauto überfahren, das von einer Verrückten gesteuert wurde. In dem Zirkusauto, so schien es ihr, waren lauter Verrückte, die gerade eine Art Sketch aufführten, denn alles war voller roter Farbe. Dann hörte sie einen weiteren Schuss, dann gab es eine Pause, dann wieder einen, dann ein Plop, ein Knall ... und der Körper ihres Bruders Philippe Givre fiel ihr vor die Füße.

Sie war überrascht. Ihr Bruder war vor fast 25 Jahren von zu Hause wegegangen und hatte geschworen, niemals wiederzukommen.

Jetzt war er hier. Er schlief in seinem eigenen Hinterhof.

Will und Bourgoin durchquerten den Saum des Waldes und bogen in eine schmale Landstraße ein. Es gab nicht viel Platz, aber wenigstens war hier Asphalt. Will fühlte, wie sich seine Unterarme entspannten und wie sich der Schmerz langsam aus den Schultern verkroch. Wie viele Kopfsteinpflaster-Abschnitte hatte es schon gegeben? Sieben? Oder zehn? Er hatte aufgehört zu zählen. Er hatte noch zu viele von diesen verdammten Dingern vor sich und bei diesem Wetter, bei diesem Nebel in der Luft hatten sie das Schlimmste noch vor sich. Hier waren die Steine nicht so unregelmäßig, nicht so abgefahren wie oben im Wald, aber hier würden Matsch und Wasser auf der Strecke sein, bis hinauf zum Scheitelpunkt der Straße. Es würde heimtückisch werden.

Es waren noch 75 Kilometer bis zum Ziel, als sich eine neue Ausreißergruppe von drei Fahrern bildete und der Führungsgruppe, die aus etwa dreißig Fahrern bestand, davonschoss. Will und Richard kämpften in der Mitte dieser Gruppe, etwa fünfzehn Fahrer zurück, voll und ganz damit beschäftigt, den Dreck aus Augen, Gesicht und Schaltwerk herauszuhalten.

Will war diesen Kurs bereits viermal gefahren. Es war noch nie so schlimm gewesen. Bourgoin war bereits sechsmal angetreten. Er sah es auch so. Beim Start hatte ihm ein Bauer erzählt, die Bedingungen seien noch nie so schlecht gewesen, nicht seit dem Weltkrieg. Dem Ersten, wohlgemerkt.

Bourgoin keuchte. Will bemerkte, dass das Blut wieder einmal aus dem Gesicht seines Kapitäns gewichen war. Für Bourgoin ging dieser Tag zur Neige. Eine extreme Anstrengung stand jetzt nicht mehr zur Debatte, wahrscheinlich für beide nicht. Das Ziel hieß: überleben. Durchhalten bis Roubaix.

Sie bogen vom Asphalt auf ein kurzes Stück Kopfsteinpflaster, das diesen Namen kaum verdiente. Will lachte vor sich hin. Wenn das Pflaster gemein war, heulte er, als wolle man ihn umbringen. Wenn es dagegen einfach war, dann klagte er, als wolle man ihn zum Narren halten. So ist der Mensch, dachte er – wir sind nie zufrieden.

Sie fuhren wieder um eine Kurve, auf eine weitere enge Asphaltstraße und fädelten sich hinter zwei Fahrern ein, Windschatten und Dreck aus den Hinterrädern saugend. Will spürte, dass das Tempo erhöht wurde, die Fahrer vor ihnen fingen an sich zu strecken und versuchten, die Lücke zu den Ausreißern zu schließen.

Will sah, dass Bourgoin an seinem Kopfhörer fummelte.

»Was ist los?«

»Weiß nicht. Seit wir im Wald waren, habe ich von Deeds nichts mehr gehört. Ich habe keine Ahnung, was hinter uns los ist.«

»Vielleicht ist die Batterie alle. Oder er ist außerhalb des Empfangsbereichs.« Will überlegte einen Moment. »Das heißt, wenn wir Hilfe brauchen, bekommen wir keine.«

»Nur den neutralen Materialwagen.«

»Ja, aber ich habe keine Ahnung, wo der ist und wem die zuerst helfen würden. Erinnerst du dich an Duclos-Lassalle und Ballerini? Sie hatten zur gleichen Zeit einen Platten, Ballerini musste sich aber mit ihnen wegen eines Reifens anlegen.«

»Keine Sorge. Ich bin Franzose. Sie lieben mich.«

»Sorgen? Ich bin Ami. Ich werde hier nicht einmal in Restaurants bedient.«

Bourgoin lachte, aber es war kein Gefühl, keine Energie in dem Lachen. Er wurde immer schwächer.

»Richard, häng dich an mich dran. Ich ziehe dich.«

Bourgoin hängte sich hinter Will und kämpfte darum, das Feuer von heute Morgen wiederzufinden. Auf den ersten 100 Kilometern war es da gewesen. Jetzt war es weg, dachte er.

Für heute war es weg.

Cheryl merkte, dass sie wie ihr Onkel fuhr, den Kopf aus dem Fenster hängend und Passanten um die richtige Richtung anschreiend.

»Krankenhaus!«

Eine Frau, die an einer Straßenecke in Valenciennes stand, zeigte in eine Richtung.

Sie passierte einen Gendarmen.

»Krankenhaus?«

Er zeigte geradeaus, machte dann einen linken Bogen mit seiner Hand.

Der Peugeot setzte kurz auf, dann schoss er vorwärts auf ein großes blaues Haus zu.

Und auf einen Pfeil nach links.

Geschafft, dachte sie. Deeds war jetzt still. Er hatte auf halbem Weg zwischen Waller und Valenciennes das Bewusstsein verloren. Wahrscheinlich vom Schock und dem Blutverlust. Oder eine Reaktion auf den Schmerz. Egal.

Sie betete nur, dass es nicht der Tod war, der ihm vor der langen Busfahrt in die Unterwelt befohlen hatte, die Klappe zu halten.

Sie befanden sich jetzt auf dem schlimmsten Stück, den kurzen Asphaltpassagen vor und hinter Seclin. Jener Asphalt ersetzte den der Streckenabschnitte, die wegen der großen Schnellzuglinien durch Nordfrankreich und unter dem Kanal hindurch nach London hinein modernisiert worden waren.

Die Streckenleitung hatte nach angemessen schwierigen Straßen und Feldwegen nach Roubaix gesucht. Er kämpfte sich verbissen durch ein matschiges Teilstück, bemüht, auf dem Scheitel der Straße zu bleiben, aber er rutschte immer wieder in die Wasserpfützen und den Schlamm am Straßenrand. »Meine Herren, Sie haben sich selbst übertroffen. Ihr verdammten Hunde.«

Sie befanden sich gerade hinter der 50-Kilometer-Marke, als Will bemerkte, dass sie das Tempo nicht mehr halten konnten. Während die Führungsgruppe sich schon in Richtung Ziellinie streckte, fielen sie, zunächst langsam und unmerklich, nach hinten zurück. Es ging ganz allmählich, kaum spürbar, es war fast, als merke man, dass man einschläft. Aber Will wusste Bescheid. Er versuchte noch einmal eine höhere Schlagzahl, aber Bourgoin war fertig und zog ihn mit nach hinten. Richard würde Roubaix heute nicht auf dem Fahrrad erreichen.

Sie kamen wieder auf eine trockene Straße mit einer festgefahrenen Schmutzdecke. Das Tempo ging noch einmal nach oben.

Will ließ sich an Bourgoins Seite zurückfallen.

»Bist du o.k.? Was brauchst du?«

Bourgoin machte wieder an seinem Ohr herum. »Ich weiß nicht.«

»Was weißt du nicht?«

»Irgendwas ist im Feld passiert. Irgendetwas mit Deeds Auto. Wir haben keinen Mannschaftswagen mehr. Nur noch neutrale Unterstützung. Das ist alles.«

»Was ist passiert?«

»Irgendwas im Wald. Keine Ahnung. Sie haben gesagt, es gab Schüsse und Blut und ... « Er zögerte, lange genug, dass Will ihm am liebsten den Ohrstöpsel herausgerissen hätte, um selbst hören zu können. »Alles geht drunter und drüber. Der Wagen ist von der Strecke heruntergefahren, in den Wald geschossen und dann verschwunden. Keiner weiß, was los ist.«

Es traf Will wie ein Schuss aus einem Bärentöter. Er atmete kurz und heftig. Er musste die Frage stellen, die er nicht stellen konnte. »Wer ... wer ist gefahren?«

Bourgoin schaute ihn an: »Cheryl ist am Steuer. Deeds und Roger. Sie hat sie gefahren.«

Will spürte, wie sein Herz stehen blieb. »Ist jemand ... ist jemand ... ?«

»Ich weiß nicht, Will. Wirklich nicht.«

Bourgoin bemerkte, dass sie beide aufgehört hatten zu treten und sich stattdessen nur treiben ließen, der Matsch und der Dreck auf der Straße hing an ihren Reifen und würde sie bald zum Stehen bringen.

»Will. Los jetzt, komm! Wir müssen fahren. Wir müssen weitermachen. Wir können nicht mehr zurück. In Roubaix können wir ihnen am ehesten helfen. Wir müssen vorwärts. Will! *Mon dieu,* Will, schau mich an.«

Er griff nach Wills Kopf und drehte ihn so, dass er ihm in das Gesicht schauen konnte. Wills Augen kamen von weit her zurück und hatten einen eisigen Glanz. »Bergalis«, murmelte er.

»Das war Bergalis.«

»Was ist los?«

»Dieser verdammte Bergalis. Verdammt. Bergalis. Verdammt nochmal.«

Will schaute zurück, zum Wald und der Compiègne, dann die Straße hinauf, auf mehr *pavées* und nach Roubaix. Er wandte sich in Richtung Ziellinie und begann wild am »Biest« zu reißen, vor und zurück, hin und her. Er versuchte, Geschwindigkeit auf dem nassen Untergrund aufzunehmen, um die sich langsam aufspaltende Führungsgruppe wieder zu erreichen.

Bourgoin wurde von dem plötzlichen Geschwindigkeitswechsel überrascht. Für einen Moment stand er alleine auf der Landstraße, sein linker Fuß auf dem Pedal, der rechte in einem Matschloch. Er hatte noch nie jemanden so antreten sehen. Jedenfalls keinen normalen Menschen. Mit seinem rechten Fuß stieß er sich ab, zwängte den matschigen Schuh in das Pedal und schickte sich an, seinen Teamgefährten einzuholen.

Will erreichte das hintere Ende der Gruppe. Weniger als 40 Kilometer noch. Die *pavées* würden bald enden und dann würde die Hatz zum Ziel ernsthaft losgehen.

Bergalis. Bergalis mußte dahinter stecken. Und sein verdammter Handlanger Philippe.

Will ließ sich in eine scharfe Linkskurve fallen und fuhr mitten durch ein Matschloch. Das war kein guter Plan. Unmöglich zu erkennen, wodurch man dort fuhr oder was man alles mitnahm. Es war jetzt aber alles egal, alles oder nichts. Roubaix. Roubaix war das Ziel. Ein Telefon. Endlich Auskunft. Und seine Hände am Hals des verdammten Mörders Martin Bergalis.

Er konnte hinter sich jemanden kämpfen hören. Er kannte dieses Keuchen. Richard. Richard hatte aufgeholt. Er musste noch mehr aufs Tempo drücken.

»Bleib dran, bleib dran«, rief er ihm zu. Er schaltete in einen höheren Gang und beschleunigte. Vage fühlte er ein Brennen in seinen Beinen, im oberen Bereich seiner Waden. Und die Wunden an seinen Wangen begannen zu singen, aber von weit her, fast als wäre es ein Traum. Er schob sich an eine Reihe von drei Fahrern heran, deren Trikots wie ein Regenbogen am graugrünen Himmel dastanden. Ohne Zögern überholte er sie auf der rechten Seite. Er konnte hören, wie Richard hinter ihm aus den Lungen pfiff. Bleib dran, dachte er, es geht nach Hause. Nur ein einzelner Fahrer war jetzt noch vor ihm, der vom Scheitel der Straße zur rechten Seite hin und her schlingerte. Er schlingerte gerade runter, als Will kreuzte und ihn auf dem Scheitel der Straße überholte. Er war gerade an diesem Fahrer vorbei, als Will erkannte, dass er den höchsten Punkt der Straße überquert hatte und zum linken Rand hinschlitterte. Zu spät sah er das Loch, wo zwei Pflastersteine sich verabschiedet hatten, nachdem sie französischen Bauern jahrzehntelang gute Dienste geleistet hatten. Bei der Geschwindigkeit, die er fuhr, war es unmöglich, diesem tiefen und rauen Loch auszuweichen. Er versuchte noch das Rad hochzureißen, aber sein Vorderreifen traf das Loch mit voller Wucht.

Sofort merkte er, dass etwas anders war, er hatte keine Kontrolle mehr, die Reibung nahm zu. Er hatte einen Platten. Vielleicht war sogar die Felge verzogen. Er war richtig sauer. Völlig außer sich. Er hielt am Straßenrand an, sprang sofort von seinem Fahrrad, riss das Vorderrad von der Gabel und warf es weit ins Feld hinein. Und hob sofort seinen Arm um Hilfe.

Das war nicht mehr nötig. Denn das Vorderrad war schon runter von Bourgoins Fahrrad. Der Kapitän des Haven-Teams steckte das Rad in die Vordergabel des »Biest« und wiederholte immer wieder: »Fahr schon, fahr, na los, fahr los!«

Nach jahrelanger Übung lief alles automatisch: Will war schon wieder auf dem Fahrrad und fuhr an, als Bourgoin noch den Schellspanner festzurrte und ihm in Richtung Roubaix und Richtung Ziel schob. »Fahr, fahr einfach los.«

Ohne zu zögern stellte Will sich in die Pedale und kam schnell wieder in Tritt. Alles passierte so schnell, dass die drei Fahrer, die Will gerade überholt hatte, sich bereitwillig hinter dem wahnsinnigen Amerikaner einreihten, um in seinem Windschatten mitzufahren.

Richard Bourgoin, Kapitän des Haven-Pharma-Teams, Nachfolger von Jean-Pierre Colgan in diesem Amt, sah zu, wie sein Mannschaftskamerad im grauen Nebel verschwand. Er zog sein Rad zum Straßenrand und setzte sich auf einen Grashügel. Er würde warten, dass das Rennen zu ihm kam. Er hatte es nicht mehr eilig.

Will spürte, daß die Kraft der Beschleunigung wieder zu ihm zurückgekehrt war. Er war ziemlich außer Reichweite, was Hilfe oder Unterstützung anging, denn Stürze im hinteren Feld hielten die neutralen Motorräder auf. Und die Mannschaftswagen hingen hinter dem Hauptfeld. Die einzigen Motorräder in der Nähe waren die der Fotografen. Die hatten keine Reifen. Die waren ihm keine Hilfe.

Andererseits war jeder von ihnen in derselben Situation. Sie hatten dieselben Gefahren vor sich. Ein Plattfuß, irgendein Problem und man konnte das Rennen vergessen.

Er fuhr von hinten an eine Gruppe von zehn Fahrern heran. Davor mussten noch mehr sein, das wusste er. Eben waren noch 14 oder 15 andere und Richard vor ihm gewesen. Unter dem Druck ständiger Angriffe und Gegenangriffe war das Feld auseinander gebrochen. Wenn er hier bliebe, überlegte er, war der Tag für ihn gelaufen und seine Rückenschmerzen machten ihn fertig. Vorher hatten sie am Ende jedes Abschnitts mit Kopfsteinpflaster nachgelassen, aber jetzt blieb der Schmerz. Wenn er hier bliebe, würden die Schmerzen nachlassen und ihm die Gelegenheit geben, durchzuatmen. Der Gedanke ließ ihn am Ende der Gruppe kleben.

Bis er wieder an Bergalis dachte.

Ein Bild erschien vor seinen Augen und ließ einen Gedanken seine Wirbelsäule und seinen Rücken herunterkriechen bis in seinen Beine. Dann bemerkte er, dass er durch die Gruppe der zehn durchgestoßen war und dabei war, die Lücke zu schließen. Die Lücke zur nächsten Gruppe, zu den vor ihm Fahrenden, zu dem, was ihn hinter der nächsten Kurve erwartete. Er schloss auf zur nächsten Kurve, zum nächsten Teilstück mit Kopfsteinpflaster, zum nächsten Hügel auf der Strecke nach Roubaix.

Ohne zu wissen, wo er sich im Feld befand, schaltete Will in den größten Gang, sah im Kopf das Metronom vor sich und erhöhte gleichzeitig seine Schlagzahl, bis er sah, dass die Lücken im Beton unter ihm schneller vorbeiflitzten, als er das jemals erlebt hatte.

Martin Bergalis saß unterdessen in seiner silbernen Mercedes-Limousine in der VIP-Section in Roubaix. Auf Eurosport schaute er er sich die letzten 20 Kilometer des Rennens an und was er sah, gefiel ihm nicht unbedingt. Da sah er Ross und der schloss die Lücke zu den drei führenden Fahrern mit einer Geschwindigkeit, die beängstigend war, besonders angesichts der Tatsache, daß er vor etwa 100 Kilometern hätte tot sein sollen. Er fragte sich, was geschehen war und warum einer seiner Mannschaftswagen nur wenige Augenblicke, bevor alles geregelt sein sollte, wie verrückt durch den Wald fuhr.

Fragen über Fragen. Sie beunruhigten ihn, aber nur ein wenig. Er hatte sein Ziel schon erreicht. Er hatte schon das, was er wollte. Und einen Trumpf hatte er noch im Ärmel.

Es war ein steter und harter Ansteig bis zum Hinterrad der führenden Gruppe. Am cleversten wäre es, dachte sich Will, wenn er sich hinter ihnen einfädelte und in ihrem Windschatten bis zur Zielgeraden in Roubaix fahren würde. Da war aber etwas ganz anderes, etwas, was er nicht kontrollieren konnte, was ihn direkt durch diese enge Gruppe hindurchtrieb. Er sprengte sie auseinander, als wären es Kegel. Die drei Fahrer fluchten und reihten sich hinter ihm ein.

Verpisst euch, dachte er, verpisst euch.

Er schoss zum Straßenrand hinüber und dann gleich wieder zurück. Dabei verlor er zwei. Ein Belgier aber klebte an ihm wie Pech, und bediente sich bei Wills Windschatten, als wäre es Muttermilch. Na gut, dachte Will, mit einem werde ich fertig. Bleib ruhig dran.

Er beugte seinen Kopf herunter, hörte wieder das Metronom in seinem Kopf und konzentrierte sich auf die Schlagzahl. Eins-Zwei-Eins-Zwei, die Geschwindigkeit seiner Kolben hypnotisierte ihn so, dass er den Schmerz in seinen Beinen, seinen Hüften, seinem Rücken und in seinen Armen vergaß.

Die Hölle des Nordens war vorbei. Er überquerte den letzten Rest *pavée*, das so glatt war, dass es kaum noch den Namen verdiente. Nun war es nur noch ein Sprint auf Beton bis zur Ziellinie, durch die Vororte und um die engen Kurven herum rasten sie in das Stadion von Roubaix. Will schaute kurz über seine Schulter. Er hatte die Klette hinter sich gelassen, der Belgier hatte sich zurückfallen lassen zur Verfolgergruppe, um mit einer guten Platzierung abzuschließen und sich dabei nicht selbst zu zerstören.

Realismus auf dem Fahrrad. Eine seltsame Vorstellung.

In den Vororten von Roubaix erreichte Will die Ausreißer. Er wollte durch sie hindurchjagen und dieses Scharade beenden, aber in seinem Kopf hörte er immer wieder die Stimme von Stewart Kenally. Stewart, der dieses Rennen in den späten Vierzigern gefahren war, gegen Coppi und Van Steenbergen, hatte ihm immer wieder eingehämmert: *»Von hinten sprinten – von hinten sprinten!«* Nach einer Jagd, von der er nicht mehr wusste, wie lange sie gedauerte hatte, hängte Will sich dankbar in den Sog der drei führenden Fahrer und schlängelte sich in Richtung Ziellinie.

Es war ein regelrechtes Labyrinth von Straßen bis hin zum Stadion, links, rechts, rechts und wieder links und dann rechts durch das Tor. Will war Dritter bei der Einfahrt in das Stadion, eineinhalb Runden vor dem Ziel. Der vierte Fahrer fiel sofort zurück und begnügte sich mit den Abfällen, die jetzt noch für ihn zu ernten waren. Der Führende, Henderson vom Boschavie-Team, begann seinen Sprint sehr früh und versuchte, zwischen sich und dem Holländer auf Position zwei und Will auf drei etwas Platz zu schaffen, aber keine Lücke ist groß genug, um einen Sprint über eine ganze Runde zu überleben. Der Holländer war auf dem Sprung, kurz hinter Henderson, Will direkt an seinem Hinterrad.

Warten. Du musst warten.

Er wollte antreten, wollte wieder antreten. *Warte, warte*. Schau, wann der Holländer sich bewegt. Er wird sich bewegen, bevor er antritt. *Warte*. Jetzt. Nein. *Warte*. Intuitiv folgte er dem Rad vor ihm. Er beobachtete den Kopf des Holländers. Noch eine Dreiviertelrunde. Schau hin. Noch nicht. *Warte:* Jetzt kam es, das Zucken. Er sah die Bewegung, als der Holländer zuckte, ehe er nach rechts zog und vorbei. Er trat von hinten an, schoss an dem Holländer vorbei und klemmte ihn damit hinter Henderson ein. Der Holländer fluchte und hängte sich hinter Will, in der Hoffnung noch einmal Schwung zu bekommen, der ihn über die Ziellinie bringen würde. Henderson gab sein Letztes, aber er hatte so lange geführt, so weit und hatte so hart gearbeitet, dass er nichts mehr zuzusetzen hatte.

Das Ziel tauchte vor ihnen auf. Den Kopf nach unten, sprintete Will wie ein Besessener, ohne auf den Holländer zu seiner Rechten oder auf die Welt um ihn herum zu achten. Will las: *Le Redoute – Redoute* – auf die Straße gemalt vor einem letzten Stückchen aus graubraunem Beton und …

Der weißen Linie.

Der verdammten, verfluchten, wunderbaren weißen Linie.

19
Zu spät zum Helden geworden

Irgendwie hatte er mehr erwartet. Eine Party. Ein Fest. Tomas. Und seine Großeltern, seine Hunde, seinen Französischlehrer, der überhaupt keine Ahnung von der Tour hatte, seinen Sportlehrer, der sich immer über ihn lustig gemacht hatte, Fahrrad fahren sei etwas für Kinder, seine Englischlehrerin in ihrem Wald von Parkuhren, und dann Colgan, Merkel, Anquetil und Coppi.

Die Halle des Busbahnhofs war leer. Will konnte kaum atmen. Er würde gleich ohnmächtig werden. Wild ruderte er mit den Armen, schaute sich um nach Leuten, nach irgendjemandem, er suchte nach einem Grund, wieder hier zu sein, als er eine einzelne Person in einem teuren, gut geschnittenen italienischen Anzug bemerkte. Stefano Bergalis stand im Hintergrund, sein Gesicht ernst und gefasst. Ohne die geringste Gefühlsregung sagte er, seltsamerweise ohne seine elektronische Sprechhilfe: »Das Spiel ist noch nicht zu Ende.« Der Raum erschien plötzlich weit weg, so dass die Bilder in Wills Kopf zu verschwimmen begannen.

»Er kommt hierhier.«

Will spürte nur Kälte, abgesehen von dem tropischen Regenwald, der um seinen Mund herum wucherte. Er nahm ihm die Luft. Er kämpfte, erhob sich und öffnete seine Augen in einen Wald von Augen hinein, alle Augen weit geöffnet, nervös und ganz nahe. Verdammt, waren die nahe. Aber das eine Gesicht, welches er sehen musste, welches er sehen wollte, es war nicht da.

Cheryl.

Er schlug mit seinen Armen um sich, die Gesichter bewegten sich weiter weg. Er packte die Sauerstoffmaske und riss sie sich von Mund

und Nase, um die kühle, feuchte Luft des Sonntags in Roubaix einzuatmen.

»Sie sind zusammengebrochen«, sagte der weiß gekleidete Sanitäter, »Sie brauchten Sauerstoff.«

Will keuchte. Er schaute auf die Sauerstoffmaske, hielt sie an sein Ohr und hörte hinein.

»Danke, nett von Ihnen. Aber nächstens bitte vorher anschalten.«

Er gab die Maske dem zwergenhaften Sanitäter zurück, der sie ungläubig anstarrte.

Cheryl.

Will fand sich in der Menge, die ihn schob und zum Podium zog. Im Stadion um ihn herum lief das Rennen immer noch. Als er die Fahrer auf dem rutschigen, nassen Beton sah und – wie ihre Fahrräder – verzweifelt bemüht, sich auf der schlüpfrigen Oberfläche zu halten, hielt er inne, drehte sich um, ging dahin zurück, wo er hingefallen war. Vorsichtig hob er das »Biest« auf und rollte es zum Podium.

Ein silberhaariger Mann in Anzug und Krawatte, geschützt durch ein Plastik-Regencape, hielt ihn auf.

»Einen Moment. Sie müssen mit Ihrem Team sprechen.« Er zeigte auf einen Tribünenteil gleich neben der Bahn. Ein Junge versuchte das »Biest« zu nehmen, um ihm zu helfen, um es für Will zu den Wagen zu schieben, aber Will schüttelte ihn so sanft wie möglich ab.

»Wir beide gehen zusammen.«

Nach all den Emotionen und der Anstrengung war es enttäuschend, durch das Stadion in Roubaix zu gehen, körperlich und gefühlsmäßig. Es kam ihm so vor, als hätte er zwei Valium genommen und sie mit einem Glas Wein heruntergespült.

Cheryl.

Er brauchte eine Dusche. Er brauchte einen Stuhl. Nein. Nicht hinsetzen. Noch nicht. Bourgoin rannte auf ihn zu, um ihn zu begrüßen. Er lächelte nicht.

»Erstens – bist du o.k.? Herzlichen Glückwunsch. Zweitens, sie ist o.k.!«

»Was? Was ist passiert?«

»Bei ihr ist alles in Ordnung. Durcheinander, aber ansonsten o.k. Sie ist gerade auf dem Weg hierher, zusammen mit Henri Bergalis.«

»Wo sind sie?«

»Im Krankenhaus von Valenciennes. Deeds, ... ähh, hat sein Bein verloren. Jemand hat auf das Auto geschossen und Deeds ins Knie getroffen. Ziemlich übel. Er hat viel Blut verloren. Cheryl hat ihn gerettet. Eine außergewöhnliche Frau.«

»Wer hat geschossen?«

»Die Polizei ermittelt noch. Die Schüsse kamen von einem Bauernhaus bei Wallers.

»Der Wald. Die Schüsse kamen aus dem Wald.«

»Ja, so ist es.«

Durch die Lücken zwischen den Bäumen, dachte Will und dachte noch einmal an den Wald, an die Blitze von Sonnenlicht, die ihn durch die Bäume getroffen hatten wie Amorpfeile. Er erinnerte sich an die Erhebung, an die Lichtung, an das Licht und daran, dass bei der Lichtung und beim Eintritt in den Wald weniger Zuschauer gestanden hatten. Zu seiner Linken hatte er das Haus deutlich in der Ferne sehen können. Man konnte den Schuss am Anfang des Waldes vorbereiten und an der Lichtung ausführen. Solange das Ziel nicht außer Reichweite war, wenn es nicht auf der anderen Seite der Straße durch die Menschenmenge fuhr. Also hatte er die zweite Wahl genommen. Hatte auf die Frau geschossen, die ihn vor dem Chef zum Narren gemacht hatte.

»Der Killer ist tot«, sagte Bourgoin. »Ein Polizist hat ihn erschossen. Sie haben ihn aber noch nicht identifiziert.«

»Es war Philippe. Unser Freund Philippe.«

»Nein, nein, unmöglich.«

»Da kannst du sicher sein, Richard. Es war unser Freund.« Will lächelte traurig und dachte dabei an den Polizisten, der sich des Falls so gewissenhaft angenommen hatte und mit seiner seltsamen Art so etwas wie ein Freund geworden war. »Zu schade, dass es nicht Godot sein konnte.

»Godot? Ich habe den Namen gehört, ich glaube, der war's.«

Will lachte: »Gut geschossen. Der Himmel über Wallers. Bumm. In einem Windhauch. Bumm. Im Dunkeln.« Er spürte, dass der Schritt seiner Rennshorts anfing, zwischen seien Beinen zu kratzen und zu jucken. »Ich muss das ausziehen.«

Bourgoin deutete auf den Mannschafts-Masseur, der am Fuß der Tribüne stand. »Der wird dich abrubbeln und dir frische Klamotten geben.«

Will tauchte sauber und entspannt wieder auf. Er fühlte sich wie seit Jahren nicht mehr. Wie ein Champion.

In gewisser Weise war das wie der Geruch einer exotischen Blume, von der er nicht genug bekommen konnte, wie eine Droge, wie eine Abhängigkeit, die ihn anzog und ihn so festhielt, wie er es schon lange nicht mehr erlebt hatte.

Sieg.

Er hielt den Marmorblock, auf dem der schwere Kopfstein von Paris–Roubaix ruhte, über seinen Kopf, darum bemüht, auf dem Podium die Balance nicht zu verlieren. Darum bemüht, nach all dem die Fassung nicht zu verlieren.

Hinter der Traube von Fotografen, Kameraleuten, Reportern und Pressegroupies, die sich eine Karte erschlichen hatten, tauchte ein Reporter auf, der etwas zu den anderen sagte. Es war fast so wie eine Bühnenanweisung, die durch die versammelten Medienvertreter ging wie die Kunde von einer neu eröffneten Kneipe.

Auf einmal waren alle weg. Zurück blieb nur ein etwa zehnjähriges Mädchen, das mit seiner Wegwerfkamera aus Pappe Bilder von Will machte.

Will senkte seine Trophäe und starrte zu Martin Bergalis hinüber, der nun von den internationalen Rennsportmedien umzingelt war. Seine Frisur, sein Anzug, sein Stil waren wie immer perfekt. Ruhig. Cool. Besonnen. Wie viele Menschen hatten jeden Tag sterben müssen, um sein Dorian-Gray-Bildnis frisch und jung zu erhalten? Wie viele Menschen hatten gelitten, hatten ihre Freunde und Kinder beerdigen müssen, damit er bekam, was er wollte? Wie viele Herzen hatte er gebrochen, weil er nicht den Mumm hatte, seine eigene Firma von Angesicht zu Angesicht mit seinem alten Herrn zu führen?

Wie würde Bergalis aussehen, fragte er sich, wenn man einen 15 Pfund schweren Ziegelstein in seinen Kopf rammte, sein makellos frisiertes Haar, sein perfekt rasiertes Kinn und seine perfekt gebundene Krawatte?

Seine Trophäe in der Hand, stieg Will vom Podium und begann den Innenraum zu durchqueren, erst langsam, dann schneller, sein Schritt immer länger, während seine Wut wuchs. Sein Hass auf den Mann vor ihm wurde größer, je näher er kam, immer näher, und mit jedem Schritt wuchs der Hass.

Cheryl.

Sie stand vor ihm, blass, ohne zu lächeln, eine Frau, die einen längeren und härteren Tag erlebt hatte, als er ihn je erleben würde. Sie streckte beide Hände aus und hielt Will davon ab, zu der Menschentraube zu gehen.

»Er hat gewonnen, Will.«

»Was? Hallo. Wovon sprichst du?«

»Bergalis hat gewonnen. Komm. Komm mit mir.«

»Ich weiß nicht, was du meinst mit diesem Gerede vom ›Gewinnen‹, aber du musst mich kurz entschuldigen. Ich habe eine Waffe, die ich ungefähr zwanzig Zentimeter tief in seinem Kopf versenken möchte.«

»Will ...« Sie hielt ihn sanft, aber bestimmt fest, »es ist vorbei. Bitte, komm mit mir.«

Will Ross starrte in die Augen, die er so faszinierend gefunden hatte, als er sie das erste Mal gesehen hatte. Er schaute in ein Gesicht, das heute viel, sehr viel gesehen, gefühlt und vollbracht hatte. Er sah eine Freundin, eine Vertraute, die Person, die ihm geholfen hatte, aus der Asche seines Lebens wieder aufzusteigen, die Person, die ihm wieder einen Grund gegeben hatte zu fühlen, zu vertrauen und wieder zu fahren.

Er stellte die Trophäe weg, von der er einmal geglaubt hatte, dass sie das Leben für ihn bedeuten würde, und umarmte voller Verzweiflung die Frau, die sein Leben war.

Sie erwiderte seine Umarmung, löste sich dann und schob ihn ruhig zurück.

»Henri und ich müssen mit dir reden, Will, jetzt sofort.« Sie nahm seine Hand und zog ihn zum Tor, dem Eingang zum Velodrom, durch das er vor weniger als einer Stunde gefahren war. Sie führte ihn über den Asphalt zu einer burgundfarbenen BMW-Limousine. Cheryl öffnete die Tür und stieg ein. Sie rutschte durch und setzte sich neben Henri Bergalis.

Will angelte sich einen Klappsitz und setzte sich den beiden gegenüber, als Henri Bergalis seinen Arm zärtlich um Cheryl legte.

Oh, verdammt!, dachte Will. Zu spät. Zu spät. Alles wertlos. Zu spät und zu wenig.

»Mein Vater«, sagte Henri steif, um Beherrschung bemüht, »mein Vater ist heute Morgen gestorben.«

Will dachte zurück an seinen Besuch im Busbahnhof. »Ja. Ja, ich weiß. Es tut mir Leid.«

Bergalis schien von Wills Äußerung ein wenig überrascht, aber er fuhr fort. »Zum derzeitigen Zeitpunkt führt mein Bruder das Unternehmen, wohlgemerkt mit der vollen Unterstützung des Vorstandes. Er allein führt das Unternehmen. Ich bin der Zweite an der Spitze, habe aber nur eine Stimme im Vorstand. Nicht mehr.«

»Also, was bedeutet das für mich? Oder …«, fragte er, indem er die Arme zu ihnen ausbreitete, »was bedeutet das für uns?«

»Es bedeutet, dass Kim hinter einer Verschwörung steckte, um das Haven-Team zu zerstören. Martin hat Beweise.«

»Da bin ich mir sicher«, murmelte Will.

»Dokumente, die er bei ihren Unterlagen gefunden hat, beweisen, sagt er, dass sie für die Tode von Colgan, Tomas, Merkel und Godot verantwortlich war.«

»Godot ist nicht tot.«

»Er ist in dieser Woche in deinem Apartment gestorben.«

»Nein, Godot hat Philippe heute erschossen, nachdem der auf dich geschossen hatte. Du hättest ihn nicht so verärgern sollen, Cheryl.«

»Verdammt, du machst einen Witz, oder? Das war dieser Bas … Ich hätte, ich hätte … wie hast du das herausgefunden?«

»Ich habe gerade genug gehört, Bourgoin hat es mir erzählt, um es zusammenzusetzen – nur so macht alles Sinn. Philippe war immer noch auf dem Brett. Kim war die Dame deines Bruders, aber er hat sie geopfert, damit sein Springer das Schachspiel entscheidet.«

»Schachmatt,« flüsterte Henri, »der König ist tot. Lang lebe der König.«

»Nun, da bin ich mir nicht so sicher, jedenfalls hatte ich noch keine Gelegenheit, ihm meine Trophäe zu zeigen. Also, was nun?«

Henri trommelte mit seinen Fingern auf die lederbezogene Armlehne neben ihm.

»Nun. Wir sehen jetzt das Ende von Haven. Die Reporter, die von deiner Siegerehrung weggelaufen sind, waren hinter der größten Geschichte der Saison her. Mit sofortiger Wirkung wird Haven von 30 auf 10 reduziert. Das Personal insgesamt wird um 75 Prozent verringert. Es wird noch ein Team geben, ein kleines, welches kleine Rennen fährt, vielleicht Le Tour noch einmal aus Tradition, einfach um die Saison noch zu beenden. Danach läuft nichts mehr.«

»Kein Haven mehr?«

»Kein Haven-Rennsport mehr. Vielleicht Haven American Football, aber keine Fahrradrennen. Er hat gewonnen. Er hat alles gewonnen.«

»Mein Gott.«

Will schüttelte den Kopf voller Verwunderung.

»Mein Gott, wisst ihr, ich bin tatsächlich beeindruckt. Der Kerl kann Wunder wahr werden lassen.« Er sah, dass Cheryl und Henri ihn schockiert ansahen. »Also, schaut es euch an. Er hat jeden Schritt geschafft. Jedes Mal, wenn er versucht hat, es jemandem in die Schuhe zu schieben, wenn die Person sich herausgewunden hatte, hat er einen neuen Sündenbock gefunden. Die Behörden hatten ihn nie unter Verdacht. Nicht einmal. Und wenn alles den Bach runtergeht und alles voller Leichen ist, da geht euer alter Herr über die Wupper, und er? Er kommt aus allem frei, unbelastet und mit einer blütenweißen Weste heraus.«

Will schüttelte wieder seinen Kopf.

»Unglaublich.«

Cheryls Mund stand offen.

»Du erstaunst mich, Will. Vor fünf Minuten wolltest du diesen Hurensohn noch umbringen und jetzt willst du ihn zum ›Unternehmer des Jahres‹ auszeichnen?«

Es klopfte an der Glasscheibe.

»Keine Auszeichnung. Aber du musst zugeben, er ist ein echter Profi. Dagegen war Katharina de Medici harmlos.«

Es klopfte noch einmal. Cheryl lehnte sich über den Rücksitz und zog den Türknopf. Die Tür öffnete sich und offenbarte Martin Bergalis, mit einer ganzen Armee von Journalisten im Schlepptau.

»Hallo, Kinder! Wie geht es euch nach einem so ruhmreichen Tag?«

So elegant wie möglich begab sich Cheryl wieder zurück in Henris Arm. Martin wandte sich Will zu.

»Möchtest du nicht auch ein Schwätzchen mit der Presse halten?«

»Nein, nicht unbedingt.«

»Na, komm jetzt. Es wird Spaß machen.«

Will stieg aus dem Wagen und in den gebrochenen Sonnenschein eines Spätnachmittags in Roubaix hinein.

»Meine Damen und Herren«, verkündete Bergalis mit lauter und arroganter Stimme, »ich darf Ihnen den neuen Teamkapitän von Haven Pharmaceuticals vorstellen, Will Ross.«

Das hatte Will nicht erwartet.

»Auch wenn unser Team verkleinert wird, wird Mr. Ross unsere Mannschaft zu weiteren Siegen führen – so wie heute.«

Wills Mund arbeitete hektisch, er arbeitete verzweifelt daran, die Worte zu finden, die Gedanken zu formulieren, die er brauchte.

»Er wird dabei kompetent unterstützt von Richard Bourgoin und dem Rest der ersten Aufstellung. Der Rest des Teams …«

Will hat das Wort gefunden. »Nein«, sagte er ruhig.

»… wird rechtzeitig benannt. Und dies«, Martin hielt ein Päckchen hoch, »ist ein besonderes Geschenk, welches mein Vater Will Ross vermacht hat, schon vor dem heutigen Tag, vor dem Sieg – um seine unbeugsame Haltung zu würdigen«, Will stockte der Atem bei diesen Worten, »die er die ganze Saison über auf dem Fahrrad gezeigt hat. Für seine Kraft, seinen Stil und seine Tapferkeit überreichen wir von Haven dies …«

Bergalis drückte Will das kleine Paket etwas heftig in die Hände, so dass das Papier zerriss. Wills Verstand verlor sich in einem Wald von Gesichtern, Gedanken und Gefühlen. Er riss den Rest des Papiers herunter. Ein goldener Fahrradfahrer auf einem Acrylsockel. Er war klein, aber schwer. Die Journalisten reckten ihre Hälse, Kameras surrten und blitzten, denn alle wollten einen Blick erhaschen auf dieses großartige Geschenk, welches das großzügige Haven-

Team einem Mann gab, den man aus dem Abgrund der Mittelmäßigkeit gerettet hatte.

Will starrte entgeistert auf den Fahrradfahrer. Er drehte sich um und sah in die leeren Gesichter von Cheryl und Henri, dann schaute er auf den triumphierend lächelnden Martin Bergalis. Schließlich sagte er laut genug, um bei dem Geschnatter der hysterischen Medienvertreter gehört zu werden: »Nein.« Er steckte seinen Finger durch den Rahmen des goldenen Rennrades und wedelte es im Kreis herum wie einen Revolver. »Nein, du verdammtes, mieses Arschloch. Ich werde dein Team nicht führen. Jetzt nicht und auch nicht in Zukunft.«

»Aber, Will«, kicherte Bergalis drohend, »du hast doch einen Vertrag einzuhalten.«

Ein Lachen kam aus Wills Kehle und wurde schwach.

»Das habe ich doch schon mal irgendwo gehört. Prima. Dann verklagt mich doch. Ich bin raus, ich mache bei deinen Spielchen nicht mehr mit. Bourgoin ist der Kapitän des Teams. Er verdient es auch. Und Paluzzo verdient die Chance, den Leutnant zu spielen. Und Cacciavillani verdient die Chance, toll zu sprinten und dann zehnjährigen Mädchen nachzustellen. Sie alle haben es verdient, weiterzumachen, nachdem sie die Saison so toll begonnen haben. Aber das tust du nicht. Du baust nichts auf. Du zerstörst. Ein Team dieser Größe ohne die richtige Unterstützung, sie werden verloren sein. Sie werden alle ein Jahr vor der Frühpensionierung stehen und können nichts vorweisen, wenn du sie dann beiseite schubst und American Football spielen lässt. Du weißt das auch, nicht wahr? Dies ist das Finale, nicht wahr, Marty? Das Spiel ist vorbei, mal schauen, wie viele Leben wir noch ruinieren können, bevor andere dann die Scherben wegkehren müssen. So ist es doch, nicht wahr?«

Langsam wandten sich die Reporter Martin Bergalis zu, um die Reaktion des großen Mannes auf solche Undankbarkeit und Unverschämtheit einzufangen.

Bergalis sagte nichts. Das Lächeln verließ sein Gesicht nicht. Nur die Mundwinkel wurden härter.

»Ich kann dich nicht aufhalten. Du bist verdammt gut, Marty!« Will atmete tief durch und wandte sich seinem nächsten Ziel zu. Er würde etwas tun, was er sich geschworen hatte, nie wieder zu tun, aber dies war der einzige Ausweg, um mit heilem Verstand rauszukommen.

»Ich werde kein Teilchen in deinem Puzzle mehr sein. Nicht heute und nicht morgen. Oder jemals in der Zukunft. Ich gehe. Jetzt. In diesem Moment.« Er sah sich schnell um und stellte fest, dass sein »Biest« gegen einen Haven-Transporter gelehnt war. »Und ich verlasse diesen Ort auf diesem Fahrrad. Auf diesem da. Wenn du mich dafür verklagen oder wegen Diebstahls belangen willst, nur zu! Es ist ja dein Recht, nicht wahr, Marty? Ich werde mich jetzt von dir abwenden und hoffe, dass du mir nicht in den Rücken schießt. Ich fahre weg. Von allem.«

»Kim«, Bergalis sprach den Namen langsam, fast zärtlich aus, »Kim sagte, du seist in deinem Leben vor so ziemlich allem weggelaufen. Weggerannt. Einige Dinge ändern sich nie, nicht wahr?«

Will schaute für einen langen, schmerzhaften Augenblick auf den Boden. »Nein, Marty, einige Dinge ändern sich nie. Aber damit kann ich mittlerweile leben.«

»Schade«, rief Bergalis laut zu der Traube von Reportern, »er war einmal ein Riesentalent.«

»Mach dir nichts vor, Bergalis«, sagte Will ruhig, »wir waren alle Riesentalente. Irgendwann einmal. Irgendwie. Auf irgendeinem Gebiet. Aber niemand ist für immer ein Riesentalent. Man wird älter. Man lässt nach. Dann gibt es neue Dinge.« Er seufzte. »So ist das Leben. Man muss es so nehmen, wie es ist. Und in der Zukunft solltest du andere Leute das auch tun lassen.«

Will wandte sich von Martin ab und schaute zu Henri und Cheryl, die im Türrahmen des Wagens standen. Henri hatte seinen Arm um Cheryl gelegt. Will streckte ihm seine Hand hin.

»Danke, Henri, tut mir Leid, dass es nicht geklappt hat.«

Henri Bergalis schüttelte Wills Hand. »Es hat mir besser gefallen, wenn du mich Henry genannt hast.«

Will lächelte und richtete seinen Blick auf Cheryl. »Wir sehen uns, Kleine. Danke für alles.«

In ihren Augen sah er, dass der Tag für sie bald vorbei sein würde, ihr Gesicht war rot und angestrengt und bald würde sie unter der Last dessen, was sie gesehen, gehört und gefühlt hatte, zusammenbrechen.

»Du wirst nie mehr fahren, das weißt du, nicht wahr?«, sagte Martin Bergalis mit genug Gift in der Stimme, dass es weh tat, gerade mit genug Lautstärke, um bis in die hinteren Reihen des Pressemobs gehört zu werden. Alle drehten ihre Köpfe, als der Ball auf Wills Seite des Courts aufschlug. »Du wirst vielleicht nicht für mich fahren, aber ich werde an deinem Vertrag festhalten. Kein anderer wird dich danach mehr nehmen wollen. Nächstes Jahr wirst du 33. Wer will denn schon einen alten Mann für sich fahren lassen?« Er grinste und zeigte dabei scharfe, spitze Zähne.

»Das ist wahr«, sagte Will mit einer leiser werdenden Stimme. Er nahm Bergalis bei der Hand, drehte ihn um und führte ihn weg von der Journalistenmeute zu den Mannschaftsfahrzeugen. Mit einer Stimme, die erfüllt war von einer leisen, aber sehr bestimmten Kraft flüsterte Will ihm zu: »Denk dran, Marty, ich bin dein schlimmster Alptraum. Denn ich bin der, der weiß, wo die Leichen versteckt sind und wie sie dahin gelangt sind. Und du weißt nicht, ob ich wirklich bloß wegfahre oder ob ich zu Godot gehe, und ihm alles stecke. Du kannst vielleicht Henri ruhigstellen. Oder sogar Cheryl, die dir, sobald sie sich erholt, wahrscheinlich auch ihren Vertrag um die Ohren hauen wird. Sie wird genauso wenig kontrollierbar sein wie ich. Du wirst nie wissen können, wann wir beide aufstehen und dir das Leben zur Hölle machen. Und, glaube mir, Marty, ich werde weiter Fahrrad fahren. Du hast mir ein großartiges Geschenk gemacht, Marty. Mein Selbstvertrauen. Einen Sinn dafür, was ich bin und wer ich bin und warum ich Fahrrad fahre. Also spiel deine Spielchen ruhig weiter. Ich werde Fahrrad fahren und – das Beste ist, dass ich immer in deinen Gehirnwindungen herumspuken werde. Ich werde dafür sorgen, dass du grübelst, dass du stöhnst, dass du ins Schwitzen gerätst.«

»Was sollte mich davon abhalten, dich zu töten?«

»Ganz einfach. Wen könntest du dafür verantwortlich machen? Alle sind weg, Marty. So ist es. Alle deine Kumpane, deine Frau, deine Verdächtigen sind weg. Wenn du uns umbringst – oder irgendjemand anderen –, werden selbst deine Tennisfreunde im Innenministerium anfangen, sich sehr zu wundern.

»Ich schlottere ja fast vor Angst.«

Will wedelte noch einmal wie ein Revolverheld mit dem goldenen Fahrradfahrer in der Luft herum. Mit einem kurzen Blick über seine Schultern in Cheryls Richtung drückte er sich an Martin Bergalis vorbei zum Mannschaftswagen. Seine Sporttasche lag neben dem Wagen. Er öffnete sie, schlüpfte in seine Rennschuhe und Handschuhe, die immer noch klamm waren, dann warf er seine Tasche wie einen Rucksack über die Schultern und sprang auf sein Fahrrad. Er hatte einen langen Sonntag auf dem Rad verbracht und sein Südpol ließ ihn das jetzt langsam spüren.

»Ich klaue gerade dein Fahrrad, Marty. Da drüben ist ein Gendarm. Vielleicht willst du ihn rufen.«

Bergalis starrte ihn wütend und zugleich machtlos an. Dieser Narr hatte die Spieler vom Brett gefegt. Geh nur, dachte er. Steig in Henris Auto und geh. Fahr ruhig mit Henri zu deinem Hotel. Na los, verschwinde!

»Lass uns morgen darüber reden.«

»Die Diskussion ist beendet, Boss. Ich bin weg.« Er lehnte sich vor. »Und, Marty«, flüsterte er betont deutlich, »wenn Miss Crane oder deinem Bruder etwas, irgendetwas zustößt, falls sie einen Pickel bekommen oder ein Auto mit Waisenkindern aus einer Kurve fliegt und zufällig in sie hineinkracht, oder falls sie die Treppe runterfallen oder gar in der Dusche ausrutschen, denk bitte an eines: Ich werde sofort da sein. Weil ich weiß, dass du deine Finger im Spiel hast. Hast du das verstanden?«

Bergalis schwieg.

»Danke, Marty, du warst großartig.« Will tätschelte Bergalis' Wange, dann kniff er ihn kräftig. Er drehte den Fahrradfahrer ein letztes Mal um seinen Finger, ließ seinen rechten Fuß in die Pedale des »Biest« gleiten und fuhr langsam zum Ausgang, zur Straße, nach Avelgem und auf sein Leben zu.

Ein Leben, dem etwas fehlte, das er liebte, das aber alles hatte, was er zum Überleben brauchte.

Und in dem er die Fäden zog.

Will verschwand schnell, als die Menge auf Martin zuschwappte, der immer noch gelöst lächelte, wie einige Reporter feststellten, obwohl der Ami so rüde gewesen war. Was sie nicht bemerkten, war, dass Martin, während er auf seine Uhr schaute, in der anderen Tasche seines eleganten italienischen Anzugs gleichzeitig an einem kleinen funkgesteuerten Fernauslöser herumfuchtelte.

Unberechenbar.

Hmm, Marty, dachte er. Er hasste das. Sein Vater hatte ihn immer so genannt.

Abgesehen davon, dass es ihm nicht gelungen war, die Statue des goldenen Fahrradfahrers vom Finger zu bekommen, war es ein guter Abgang gewesen, überlegte Will. Gerade außerhalb der Sichtweite der Fotografen hielt er an, um die Figur von seinem Finger zu ziehen. Er bekam sie nur herunter, indem er sie verdrehte und dabei etwas Haut abzog. Will schaute sie einen Moment lang an.

Sie war schön, aber sie war nicht die Menschenleben wert, die sie gekostet hatte.

Am Straßenrand stand ein silberner Mercedes. Martin Bergalis' Chauffeur hatte den Kofferraum geöffnet und trug eine Kiste mit Werbebroschüren zum Pressezentrum. Einige lagen auf dem Boden des Kofferraums verstreut. Will hielt an der Seite des Wagens an und schaute hinein.

Das neue Haven, tönte die Überschrift.

Jedes große Vermögen, dachte er, beginnt mit einem Verbrechen. Vielleicht geht es damit auch weiter.

Aus dem Handgelenk warf er den goldenen Fahrradfahrer in den Kofferraum der Limousine.

Ohne zurückzuschauen pedalierte er langsam von dannen.

20
Endspiel

Nur zehn Minuten vom Velodrom entfernt, nur zehn Minuten in Richtung Nordosten, in Richtung der Vororte von Roubaix, nach Avelgem und nach Hause, wurde Will von der Wirklichkeit eingeholt.

Er rollte nicht mehr auf dem »Biest«, vielmehr fuhr er einen Ochsenkarren, der von einem betrunkenen Gnu gezogen wurde. In ihm war nichts mehr, kein Drive, keine Energie, kein Leben. Sein großer Abgang aus dem Velodrom in Roubaix hatte auf Adrenalin und auf Wut beruht, jetzt aber musste er einen Ort zum Ausruhen finden, und zwar schnell. Er kam zu einer Hauptstraße und fuhr einen Block lang im Verkehr, bis er gefunden hatte, was er suchte: ein kleines, elegantes Hotel, etwas zurückversetzt von der Straße, mit einer eleganten und opulenten Ausstattung, das herrliche Zimmer zu Spitzenpreisen anpries. Will betrat das kleine Foyer, schob sein Fahrrad neben sich und erschreckte den Mann an der Rezeption, der ihm voller Verachtung entgegensah.

»Ich brauche ein Zimmer.«

»Wir sind belegt.«

Will tat so, als hätte er das überhört.

»Ein Zimmer mit Bad.«

»Die sind teuer.«

»Ein Zimmer nach hinten raus.«

»Sind sehr teuer.«

»Setzen Sie es hier drauf.« Will warf die Goldcard auf das Silbertablett vor dem pomadigen Hotelangestellten. Der dünne Mann mit Halbglatze und einem engen Anzug mit Blume im Knopfloch schaute einen Moment lang die Karte an, dann musterte er Will.

»Natürlich, Monsieur Deeds. Sofort, Sir. Benötigen Sie Hilfe mit Ihrem Fahrrad?« Will schüttelte seinen Kopf. Carl sollte wirklich besser auf dieses Ding aufpassen.

Zehn Minuten später stieg Will in eine dampfende Badewanne, neben sich, auf einem Tischchen eine riesige eisgekühlte Flasche Bier. Ein Zugeständnis an seinen plebejischen amerikanischen Geschmack. Er hob die Flasche hoch und rief in den Raum hinein: »Auf mich!«

Er schaute zu seinem »Biest« hinüber, das er gegen einen immens teuren Eichensekretär gelehnt hatte.

»Und auf dich, mein Freund. Und auf Carl und Tomas, Richard, Raymond, Tony, Cheryl, Henri, auf Jablom und Godot und auf Philippe – mögest du in der Hölle schmoren, du verdammter Hurensohn – und auf Stewart. Stewart, mit dem alles begann, die Hölle und der Himmel und überhaupt alles.«

Er nahm einen langen, tiefen Schluck und spürte, wie die Bitterkeit des Bieres bis zu seinem Gaumensegel durchdrang. Will sah den letzten Strahlen des Sonnenlichts zu, die an der Decke des Badezimmer tanzten, dann hörte er Donner in der Ferne und freute sich. So sehr er den Regen hasste, wenn er den ganzen Tag darin fahren musste, so liebte er es nachts, wenn er schlief, ihn zu hören.

Der Busbahnhof war leer, abgesehen von Will und Tomas, die auf der einsamen Holzbank in der Mitte der Halle saßen.

»Sag mir, Tomas, bin ich hierzu verdammt?«

»Meine Güte, Will, wie oft musst du Dinner for One noch sehen? Du lebst doch. Du kannst dich ändern.«

»Ich wünschte, du wärst heute dabei gewesen, Alter.«

»Du hast keine Ahnung, wie sehr ich dabei war. In jedem Moment.«

»Ich verstehe.«

»Nein, tust du nicht«, sagte Delgado sanft. »Wenn du einmal tot bist, wirst du es kapieren. Dann erst. Jetzt aber ist es so, als ob du deiner Mutter erzählst, du wüsstest, wie sie sich fühlt, wenn du gerade einen Fußball in die feine Kaffeetassensammlung deiner Großmutter geschossen hast. Du lebst, Will. Du bist am Leben. Du tust was. Du versuchst Dinge und leidest und berührst und liebst und existierst. Ich bin tot. Punkt.«

»Tut mir Leid. Du hast wohl Recht.« Es gab eine lange, peinliche Stille. Wills Gesicht leuchtete plötzlich auf und wandte sich seinem Freund zu: »Schau, du bist tot. Du weißt alles und siehst alles, nicht wahr? Ich hätte da mal 'ne Frage.«

»Schieß los.«

»Was ist los mit Anquetil? Warum läßt er Colgan nicht neben sich gelten. Der arme Kerl wandert durch meine Träume mit einer Handvoll Toaster-Resten und wird von seinem Helden nur verspottet.«

»Frag ihn doch selbst.«

Tomas Delgado nickte und Will drehte sich um. Er sah Anquetil in einer Ecke sitzen, wie er in den Getränkeautomaten starrte. Er zog an einem Hebel, stieß dann einen Fluch aus und trat den Automaten.

»Irgendwie habe ich vom Himmel mehr erwartet«, schrie der französische Nationalheld.

»Jacques«, sagte Tomas, »hat sein Schicksal nie akzeptiert.«

»Zur Hölle mit dir, Tomas.«

»Nur mit deiner Mutter, Jacques.«

Will schaute sich um, ob ein Polizist oder irgendein Hallendämon zu sehen war. Für das Fegefeuer wurde hier viel geflucht.

»Und du«, bellte Anquetil, und zwang Will damit, aufzuschauen, »du bist genauso ein Weichei wie Colgan.«

Will reagierte instinktiv.

»Du kannst mich mal, Opa. Ich habe wenigstens Paris–Roubaix gewonnen. Du nicht.« Der große Franzose schaute einen Augenblick lang verkniffen, dann lächelte er.

»Du hast Recht, Delgado. Der Kerl ist in Ordnung.«

Jacques Anquetil, der Mann, der fünfmal die Tour de France gewonnen hatte, der Halter des Stunden-Weltrekords, Träger des Gelben Trikots über mehr Etappen und mehr Kilometer als Eddy Merckx, dieser Mann gönnte Will ein Lächeln und verschwand im Nebel eines regenbogenfarbenen Rauches.

»Du meinst, das genügt? Man muss ihm nur die Stirn bieten? Seinen Respekt gewinnen? Das ist alles?«

»Größtenteils. Denn er lebte in einer Welt von Bewunderern. Er respektiert die, die ihn herausfordern. Andererseits, Will, müssen wir der Realität ins Auge sehen. Pierre Colgan ist wirklich ein ...«

»Ein Weichei?«

»Genau.«

»Ich hab' noch eine Frage.«

»Noch eine Frage – aber frag mich bitte nicht, wer Kennedy wirklich umgebracht hat, oder was Goethe mit seinen letzten Worten gemeint hat.«

»Nee. Ganz einfach. Was steckt hinter der Sache mit meiner Englischlehrerin und all den Parkuhren?«

Wills Augen schnellten auf. Er schaute auf die Uhr, 9 Uhr 25. Er war eingeschlafen, volle zwei Stunden. Noch fünf Minuten, nur fünf Minuten und er hätte Delgados Antwort noch mitbekommen. Fünf lausige Minuten. Verdammt.

Er lag im Bett, starrte an die Decke und versuchte, sich auf das Stuck-Ornament, den Tag und sein Leben zu konzentrieren. Bald wusste er, was er zuerst zu tun hatte.

Er nahm den Telefonhörer ab und wählte die Vermittlung im Hotel an.

»Was kann ich für Sie tun, Mr. Deeds?«

»Ich muss drei Anrufe in die USA machen. Nach Kalamazoo, Michigan, Mr. and Mrs. Harold Ross und dann zwei nach Detroit. Mr. Stewart Kenally und ...«

»Ja, Mr. Deeds?«

»Mrs. Rose Cangialosi. Versuchen Sie es dort zuerst. Hier ist die Nummer.«

Er hoffte, dass sechzehn Jahre seine Erinnerung nicht gelöscht hatten.

Bis Mittag hatte Carl Deeds sich aus dem Hotel in Roubaix verabschiedet und eine gewaltige Rechnung sowie ein üppiges Trinkgeld hinterlassen, über das sich die Buchhalter von Haven Pharmaceuticals den Kopf zerbrechen konnten. William Edward Ross war wieder auf der Straße, frische Kleidung, frische Luft, ein frischer Blick auf die Welt. Langsam rollte er aus Roubaix heraus, überquerte die Grenze nördlich der Stadt und begann eine gemütliche Tour nach Avelgem. Er hatte es nicht eilig, die 25 bis 30 Kilometer in das Dorf zurückzulegen. Er hatte keine Verabredung, nichts Dringendes zu erledigen. Außerdem wurde er schließlich, aus reinem Trotz, von Bergalis bis zum endgültigen Ende der Saison bezahlt.

Also ließ er sich Zeit. Keine Schlaglöcher. Kein Kopfsteinpflaster.

Eine leichte Enttäuschung verspürte er aber trotzdem. Irgendwo in Roubaix hatte er seine Trophäen vergessen. Den Marmorsockel mit dem riesigen Kopfstein für Paris–Roubaix und den goldenen Fahrradfahrer, den er vielleicht etwas voreilig weggeworfen hatte.

Schließlich hatte er ihn vom Vater des Teufels persönlich erhalten. Aber der Teufel verführt einen schließlich mit dem, was man sich am meisten wünscht und so lockte ihn die Schönheit dieses Stücks auch einen Tag später noch, selbst wenn die Fingerabdrücke von Martin Bergalis daran klebten.

Innerhalb einer Stunde war er auf seinem normalen Kurs, seiner verkürzten Trainingsrunde, der Runde, auf der er im frühen Januar schwach geworden war, als Colgan gestorben war und er wiedergeboren wurde. Er war jetzt nahe dran, nahe an zu Hause, an der Ruhe und an noch mehr Training und an einer Chance, sich zu entscheiden, was er mit seiner Zukunft anfangen sollte. Und mit der von Martin Bergalis.

Er erreichte das Dorf und winkte in das Fenster des Fahrradladens hinein. Das führte zu einem ziemlich Aufruhr. Monsieur Vanderranden und mindestens drei Kinder stürzten heraus, winkend und »Die roten Socken. Hurra!« schreiend. Will lächelte und senkte seinen Kopf. Vor zwei Monaten wäre das eine Beleidigung gewesen, jetzt machte es ihn stolz.

So musste es sein. Ich habe gewonnen. Ich habe verdammt nochmal gewonnen.

Er fuhr durch das Dorf und die Leute starrten und zeigten auf ihn und applaudierten. Da war ein echter Champion unter ihnen.

Und der Champion war er.

Er steckte seinen Kopf ganz kurz bei Hilda herein, um zu grüßen, Hallo zu sagen und ihr Lob einzuheimsen. Aber es war niemand da. Nur der besoffene Leo, dessen Kopf auf einem Tisch mit einer Plastiktischdecke lag. Die Kneipe roch nach Rauch, schalem Bier, abgestandenem Urin und jenem merkwürdigen elektrischen Geruch, den ein Fernseher, der zu lange an ist, einem Raum verleiht.

Die Atmosphäre, der Geruch, die Erinnerungen an ihn selbst dort in der Kneipe trieben ihn aus der Tür heraus und auf die helle Straße. Er atmete tief durch, um sich selbst zu reinigen, dann stieg er wieder auf das »Biest«, um langsam heimzufahren.

Eine Tür hatte sich geöffnet, eine andere war zugefallen.

Er fuhr um die Ecke und sah das Lagerhaus vor sich, dazu das Haus von Madame Nola, seiner Vermieterin, dann sah er sein Haus, altersschwach, ein wenig windschief, aber dennoch einladend.

Hmm, dachte er, genau wie der Mann, der früher hier gewohnt hat.

»Hallo, Madame Nola«, sang er, als er mit dem »Biest« am Haus vorbeiflitzte. Er hörte ein Kreischen und ein »Hallo, Will« als Antwort aus einer weit entfernten Ecke des Hauses. Will hob in voller Fahrt das Vorderrad, sprang über ein Loch und brachte das Fahrrad vor seiner Treppe zum Stehen. Irgendetwas war anders.

Ein Marmorsockel mit einem Kopfstein, einem verdammt großen Kopfstein, stand mitten auf der Treppe, die zu seiner Haustür führte. Die Tür öffnete sich langsam und offenbarte Cheryl Crane.

»Hallo, Fremde.«

»Hi. Du bist gestern ziemlich überstürzt abgehauen.«

»Ich hatte eine Reservierung auf Carls Namen und die wollte ich nicht verfallen lassen."

»Du hast dir echt Zeit gelassen mit dem Heimkommen.«

»Tut mir Leid. In meinem Alter kann ich mir nur zwei- oder dreimal in der Woche den Arsch aufreißen.«

»Nun, Opa, du hast das Beste verpasst.«

»Gott, was denn noch? Ein Tag ohne Haven ist wohl ein Tag, an dem man die drei Topstorys der Abendnachrichten verpasst.«

Sie warf ihm eine Ausgabe von *Le Matin* vor die Füße. Es dauerte einen Augenblick, bis er die Schlagzeile auf dem Kopf stehend lesen konnte, aber dann schaffte er es doch, sie zu entziffern.

»Bergalis tot!!«

»Oh Gott … Henri?«

»Nein, Gott sei Dank ist es Martin.«

Will pfiff wie ein dampfender Kessel. Der König war vom Brett gefegt worden.

»Wer hat ihn erwischt? Wie ist es passiert?«

»Die Polizei ist sich nicht sicher. Sein Wagen ist in die Luft geflogen. Eine Bombe. Im Kofferraum. Die hat das Benzin in Brand gesetzt. Er hatte keine Chance.«

»So wie er Tomas keine Chance ließ. Ein Abschiedsgeschenk von Philippe?«

»Keine Ahnung. Interessant daran ist nur, dass die Polizei in seiner Tasche einen Fernzünder gefunden hat. Fast als hätte er das verdammte Ding selbst ausgelöst. Selbstmord. Wer hätte das von ihm gedacht?«

Plötzlich tauchte das Bild eines goldenen Rennfahrers auf einem schweren schwarzen Acrylsockel in Wills Kopf auf. Er dachte daran, wie die Figur durch die Luft in den Kofferraum der wunderbaren silbernen Limousine geflogen war. Er atmete tief und heiser. Yuhuuuh.

»Ja, wer hätte das gedacht?«

Er stieg von seinem Rad, lehnte es gegen einen Baum, bevor er so elegant wie eben möglich mit seinen Rennschuhen über den Beton zu der hölzernen Treppe klackerte. Er zog die schwere Tasche von seinen Schultern, legte sie ab, setzte sich und legte seine Hand auf die Trophäe von Paris–Roubaix, die zwischen ihm und Cheryl stand.

»Was sonst noch? Sei mir nicht böse, aber du bist doch nicht nur als reisende Nachrichtenagentur hier?«

»Es gibt da noch etwas. Ich will dich zurückholen.«

»Was? Um ein Spitzenteam auf den Weg in die Mittelmäßigkeit zu führen? Nein, danke.«

»Wach auf, Will! Henri hat jetzt das Sagen. Das Team bleibt bei dreißig Fahrern. Volle Unterstützung. Drei Staffeln. Kein Football. Bourgoin will dich als Leutnant beim Giro, der Vuelta und der Tour.«

»Oh, Richard hat schon meinen ganzen Urlaub verplant, was?«

»Das hast du dir selbst zuzuschreiben.«

Das stimmte, er wusste es. Der Gedanke daran, wo er war, wo er gewesen war und wohin er nach all den Jahren der Mühe jetzt gehen konnte, schnürte ihm die Luft ab und er wurde rot.

» Wer ... ähm«, er kämpfte gegen den Schub von Gefühlen, der ihn überkam, »wer wird der Sportliche Leiter sein?«

»Deeds. Er wird überleben. Er wird hinken, aber leben. In sechs Wochen sollte er wieder fit sein, so fröhlich und so schön wie immer.«

»Ja, aber jetzt können wir ihm noch weglaufen.«

»Ich weiß nicht. Ein Orthopädie-Experte aus Denver hat sich schon mit seiner Frau in Verbindung gesetzt wegen Reha und Prothese.«

»Mist. So ein Ärger.«

Jetzt war es an ihr zu lachen. Will stählte sich unterdessen, um die Frage zu stellen, die er nicht stellen wollte, weil er Angst vor der Antwort hatte. Aber wie dem auch sei, er konnte sie nicht vermeiden. Er atmete tief durch und wollte loslegen. Cheryl war schneller.

»Ich bin mir nicht sicher, was ich tun werde. Henri möchte, dass ich dabei bleibe, um als Betreuerin weiterzumachen und um den Job der stellvertretenden Sportlichen Leiterin zu lernen. Er ist ein sehr netter Mann, aber etwas merkwürdig. Wäre das nicht ein gefundenes Fressen für die Rennsportpresse? Eine Assistentin in einem Männerteam. Europa würde in Ohnmacht fallen.«

»Der ganze Kontinent wäre völlig von den Socken.«

»Ich habe aber auch ein Angebot aus den Staaten. Ein Freund von mir baut gerade ein Mountainbike-Team auf. Er hat mir einen Platz angeboten – das wäre die Chance, gegen Fahrerinnen wie Furtado, Ballantyne oder Matthes anzutreten. Gegen die Besten.«

»Das ist ein tolles Angebot.«

»Vielleicht hast du von ihm gehört. Sein Name ist Stewart Kenally.« Will grinste.

»Ich habe mich schon gefragt, wann wir uns diesem Thema nähern, du mit deinem ›Legt euch nicht mit mir an. Ich komme aus Detroit‹.«

Jetzt grinste Cheryl.

»Meine Mutter hat uns zum Überleben erzogen.«

»Ja, das weiß ich. Übrigens, Cheryl Louise, deine Mutter lässt dich grüßen.«

»Sie hat mir erzählt, dass du angerufen hast. Danke. Es hat ihr sehr viel bedeutet. Sie war immer ganz begeistert von dir.«

»Warum hast du nichts gesagt? Zum Beispiel, dass du deinen Namen geändert hast?«

»Weil ich dich zuerst nicht mochte. Ich habe dich richtig gehasst. Für mich warst du ein Verlierer. Ein Holzkopf.«

»Ich weiß deine freundlichen Gedanken zu schätzen.«

»Mann, was erwartest du denn, was soll ich denn denken, wenn deine Ex-Frau die Hosen anhat? Außerdem ging es dich nichts an, warum ich meinen Namen geändert habe. Du hast dich von meiner Mutter, meiner Familie und von Stewart abgewandt, als Raymond starb. Als sie dich wirklich gebraucht haben. Und als du sie auch gebraucht hättest, wie ich hinzufügen möchte. Sie haben mir beide gesagt, haben mir immer wieder gesagt, ich solle dir vergeben, ich solle dir Zeit lassen, aber ich habe schon den Gedanken an dich gehasst.«

»Was hat deine Meinung geändert?«

»Wer behauptet, ich hätte meine Meinung geändert?« Sie lachte, als sie Wills betretenes Gesicht sah. »Schon gut. Es hat mich eine ganz schön lange Zeit gekostet. Tomas hat geholfen. Die Ruta hat geholfen. Wie du gefahren bist. Wie du gekämpft hast. Ghisallo. Tomas.« Sie drohte ihm mit dem Finger: »Meine Mutter hat mich vor Jungs wie dir gewarnt.« Sie atmete tief und langsam ein und aus.

»Und dann gab es noch einen anderen Grund.«

»Was denn?«

»Na ja – wer will denn schon die kleine Schwester seines besten Freundes küssen?«

Sie sah Will mit warmherzigen, offenen Augen an.

Zum ersten Mal spürte William Edward Ross die Wärme des belgischen Frühlings. Langsam hob er die Hand.